(M.

Emily Blaine
Rendezvous für einsame Herzen

PIPER

Zu diesem Buch

Seine Vergangenheit in einem kleinen französischen Dorf möchte Maxime am liebsten vergessen. In Paris hat sich der Schauspieler ein neues Leben im Rampenlicht aufgebaut. Aber ebenso bekannt wie für sein Talent ist Maxime für sein aufbrausendes Temperament. Als er nach einer Schlägerei Sozialstunden leisten muss, verschlägt ihn das Schicksal ausgerechnet in seinen Heimatort und in die Buchhandlung von Sarah. Die schüchterne Buchhändlerin verbringt ihre Zeit am liebsten zwischen ihren Romanen und entflieht lesend dem Alltag. Ein Bad Boy wie Maxime scheint nicht in ihr Leben zu passen. Doch warum bekommt Sarah in seiner Nähe plötzlich immer Herzklopfen?

Emily Blaine ist Wahl-Pariserin und stammt ursprünglich aus der Bretagne. Sie gehört zu den erfolgreichsten französischen Romance-Autorinnen und arbeitet am liebsten rund um die Uhr an ihren herzerwärmenden Liebesromanen.

Emily Blaine

Rendezvous für einsame Herzen

Roman

Aus dem Französischen
von Anja Mehrmann

PIPER

Mehr über unsere Autoren und Bücher:
www.piper.de

Wenn Ihnen dieser Roman gefallen hat, schreiben Sie uns unter Nennung des Titels »Rendezvous für einsame Herzen« an *empfehlungen@piper.de*, und wir empfehlen Ihnen gerne vergleichbare Bücher.

Zitat Seite 5:
Alfred de Musset, *On ne badine pas avec l'amour*,
Clarendon Press, Oxford 1884,
aus dem Französischen von Anja Mehrmann.

FSC
www.fsc.org
MIX
Papier aus verantwortungsvollen Quellen
FSC® C083411

Deutsche Erstausgabe
ISBN 978-3-492-31653-8
April 2021

Titel der französischen Originalausgabe:
»La librairie des rêves suspendus«,
HarperCollins France, Paris 2019

Redaktion: Nadine Lipp
Umschlaggestaltung: FAVORITBUERO, München
Umschlagabbildung: Bilder unter Lizenzierung
von Shutterstock.com genutzt
Satz: Satz für Satz, Wangen im Allgäu
Gesetzt aus der Palatino
Druck und Bindung: CPI books GmbH, Leck
Printed in the EU

»Oft wird man in der Liebe betrogen und verletzt, oft ist man unglücklich; aber man liebt. Und steht man eines Tages an des Grabes Schwelle, blickt man zurück und denkt: Ich habe oft gelitten und manchmal mich geirrt, aber ich habe geliebt. Ich habe gelebt, ich war ich selbst und kein künstliches Wesen, geleitet durch zu viel Stolz und Überdruss.«

Alfred de Musset

1

Maxime Ich rutschte tiefer in das schwarze Samtpolster der Couch und breitete die Arme auf der Rückenlehne aus. Über das Geländer hinweg betrachtete ich die dichte Menschenmenge, die im Stockwerk unter mir zu lauter Musik die Hüften schwang. Die dunklen Wände und glitzernden Böden vibrierten unter wummernden Bässen, farbige Spots ließen abwechselnd nackte Beine, Dekolletés und schweißglänzende Gesichter aufblitzen. Die Tänzer streiften einander, berührten sich gelegentlich, trugen ein laszives Lächeln zur Schau. Im Vorübergehen zwinkerten mir ein oder zwei Mädels zu, während sie sich in einer aufreizend engen Umarmung mit einem Typen befanden.

Ich mochte diese Atmosphäre, in der es nach berauschenden Parfüms und den Ausdünstungen von Sex und Alkohol roch. Was diesen Club von allen anderen unterschied, war die Tatsache, dass zusätzlich der dezente, aber nachhaltige Duft von Geld in der Luft hing. Dieser Ort war Lichtjahre von der Diskothek entfernt, in der ich erstmals eine ganze Nacht verbracht hatte – ein provinzieller, altmodischer Laden, in dem es nach billigem Bier roch. In meiner Gegend war das damals die einzige Möglichkeit, sich die Zeit zu vertreiben, und die Disko war genauso trostlos wie der Rest meines früheren Lebens.

In jenem anderen Leben beschränkten sich meine Berufsaussichten auf eine Stelle als Lagerist in einem Großmarkt in der Charente. Von Dienstag bis Samstag schleppte ich Holzkisten durch die Gegend, acht Stunden täglich. Ich leerte sie aus, stellte sie aufeinander, schlug sie in Stücke oder trug sie in Fünferstapeln von einem Ort zum anderen. Jede Woche zog ich mir zehn Holzsplitter ein, meine Hände bluteten, und der Lohn war so karg, dass er innerhalb von zehn Tagen aufgebraucht war. Ich übte zwar einen anderen Beruf aus als mein Vater, lebte im Endeffekt aber das gleiche Leben wie er, und das machte mich wütend. Ich fürchtete mich davor, so zu enden wie er: krumm vor Erschöpfung, gelähmt vor Schmerzen. Ich hasste mein Leben. Ich hasste es so sehr, dass ich es systematisch verpfuschte. Ich stritt mich mit meinen Eltern, prügelte mich so oft wie möglich, beleidigte all die Menschen, die mich missachteten, und ertränkte das Ganze in Alkohol.

Jeden Morgen betrachtete ich mein Spiegelbild im Badezimmer meiner Eltern. Eine Narbe über der rechten Braue, ein angeschlagener Zahn und dunkle Augen, die aber glasig vor Müdigkeit waren, ein muskulöser Körper – das einzig Positive an meinem Job – und ein Tattoo in Form einer Dornenranke, die sich um meinen linken Bizeps wand … Kein Wunder, dass die meisten Leute ziemlich Schiss vor mir hatten.

Ich gebe es gern zu: Ich habe Glück gehabt. Ein so großes Glück, dass mir mein neues Leben wie ein riesiger Schwindel vorkam. Ich war ein potenzieller Betrüger, ein Hochstapler. Berühmt und reich, okay, aber trotzdem ein Betrüger.

Als mich diese Castingfrau damals entdeckt hat, war ich gerade dabei, eine Palette abzuladen. Nach zweimaligem Vorsprechen und überzeugenden Probeaufnahmen in Paris wurde ich erstmals in Dreharbeiten für einen Spielfilm und in ein Leben katapultiert, in dem ich mir beim Arbeiten nicht mehr die Hände ruinieren musste. Das war das Beste daran: Ich wurde bezahlt, um zornige Typen zu spielen, durfte kämpfen und Mädels küssen, die mich normalerweise nicht einmal angesehen hätten. Ein herrlicher Schwindel.

Ich hatte mich von meinen altmodischen, provinziellen Gewohnheiten verabschiedet, von den billigen Klamotten, dem abgestandenen Bier und den jämmerlichen Freunden. Ich hatte einen Haken unter die Vergangenheit gesetzt und nicht die geringste Absicht, jemals nach Hause zurückzukehren. Inzwischen hatte ich die Geringschätzung in den Blicken der anderen beinahe vergessen. Für all diese Leute, für jeden, der mich beim Kistenschleppen gesehen hatte, war ich ein Niemand.

Beinahe. Denn jetzt war ich derjenige, der das Sagen hatte. In jeder Beziehung.

Mit einem Glas Cognac in der Hand kostete ich mein neues Leben aus. Ich hatte Geld, wurde bewundert, genoss Anerkennung. Ich zog von Bars zu Clubs, von Dreharbeiten zu Interviews, von Fashionshows zu schicken Partys. Ehrlich gesagt, hatte ich seit fast anderthalb Jahren keinen Supermarkt mehr von innen gesehen. Nervtötende Besorgungen hatte ich an eine Haushälterin, eine Assistentin und meine Agentin delegiert. Mein Kühlschrank war voll, meine Bar gut bestückt, und die Panoramafenster meiner Wohnung, die auf den Parc Monceau hinausgingen, waren spiegelblank geputzt.

Ich hatte alles, was ich wollte, und mein früheres Leben fehlte mir nicht im Geringsten. Dennoch brodelte dicht unter der Oberfläche die Wut in mir, bereit, sich am kleinsten Funken zu entzünden. Mein überwältigender Erfolg hatte sie nicht besänftigen können; die vielen Jahre des Grübelns über mein erbärmliches Leben hatten ihre Spuren hinterlassen. Manchmal vermisste ich das Adrenalin, und ich prügelte mich immer noch gern, selbst wenn keine Kamera in der Nähe war. Nach zwei von der Presse breitgetretenen Skandalen hatte meine Agentin rasch das passende Gegenmittel gefunden: eine private Boxhalle, in der ich zweimal wöchentlich für vier Stunden meine destruktive Energie abreagieren und gleichzeitig in Form bleiben konnte.

Wenn sich die Presse nicht gerade auf meine Skandale stürzte, bestaunte sie meine Entschlossenheit, meine offensichtliche Lust am Erfolg und mein angeborenes Talent. Mag sein, dass ich all das besaß. Tatsächlich aber wollte ich in diesem Augenblick nur in diesem Club sein, die Welt von oben betrachten, die Massen beherrschen und mir eine der Frauen aussuchen, die sich mir förmlich an den Hals warfen. Hier auf dem Samtsofa, in Designerjeans und mit einer sündhaft teuren Uhr am Handgelenk, war ich fest entschlossen, meinen Platz keinem anderen zu überlassen.

»Auf welche hast du's abgesehen?«

Ich drehte mich in die Richtung, aus der Simons Stimme kam. Ohne meine Antwort abzuwarten, lehnte er sich an das Geländer und ließ den Blick über die Menge schweifen. Ein Raubtierlächeln umspielte seinen Mund, und er nahm einen Schluck von diesem widerwärtigen, völlig unerschwinglichen Whisky, den er so gern mochte.

»Die Blondine mit der Jeansshorts?«, fragte er.

»Nee. Brünett. Goldenes Minikleid.«

Er kniff die Augen zusammen und versuchte das Objekt meiner Begierde im blendenden Spotlicht zu erkennen.

»Das Mädel, das da vorn mit dem Typen tanzt?«

Er drehte sich zu mir, und ich nickte. Simon, Schauspieler und in meinem letzten Film für eine Nebenrolle besetzt, unterdrückte nur mit Mühe ein Lachen. Er leerte sein Glas in einem Zug und fuhr sich mit dem Handrücken über den Mund.

»Mit einem Typen, der garantiert nicht ihr Bruder ist«, fügte er hinzu.

»Eine kleine Herausforderung hat noch keinem geschadet«, sagte ich.

»Du suchst keine Herausforderung, du hast einfach Lust auf eine Schlägerei.«

»Ist schon lange her, dass ich jemandem eine Tracht Prügel verpasst habe.«

Simon deutete ein Lächeln an, als ich mit der rechten Faust in meine linke Handfläche schlug. Beim letzten Mal hatte die Presse die Gelegenheit genutzt, um meine Zukunft im Filmgeschäft grundsätzlich infrage zu stellen – ich sei zu labil, zu schwierig, zu gestört. Mir war aufgefallen, dass ich komischerweise, sowohl in meinem jetzigen als auch in meinem früheren Leben, ständig unter die Lupe genommen und beurteilt wurde. Ob Dorfbewohner oder Paparazzi, im Grunde unterschieden sie sich nicht sonderlich voneinander.

Ich trank ein weiteres randvolles Glas Cognac aus, während ich mit geistesabwesender Miene eine ausgesprochen hübsche Bedienung musterte. Auch um diese Frau hätte ich mich liebend gern geprügelt, denn nach dem anstrengenden Dreh hatte ich das Bedürfnis, Dampf abzulassen. Seit fast einem Monat hatte ich nicht mehr geboxt, und ich war angespannt; mein ganzer Körper stand unter Druck, ich war quasi kurz vorm Implodieren. Ich ballte die Fäuste und atmete tief durch.

»Das wird eines Tages böse für dich enden. Warum machst du so was?«

»Um mich abzureagieren. Ich prügele mich gern. Und inzwischen mache ich es ganz unauffällig.«

»Hm. Normale Menschen nehmen einfach mal Urlaub. Du könntest … einen Abstecher nach Kanada machen oder auf Weltreise gehen.«

»Ich denk drüber nach«, log ich und unterdrückte den Drang zu lachen.

Hätte ich dem Filmgeschäft in diesem Moment den Rücken gekehrt, wäre meine Karriere zu Ende gewesen. Die Welt der Kunst verabscheut die Leere, und wer nicht an einem Projekt arbeitet, existiert praktisch nicht mehr. Urlaub zu nehmen kam also überhaupt nicht infrage. Ich gab der Bedienung ein Zeichen und ließ ihr im Tausch gegen zwei neue Gläser ein großzügiges Trinkgeld zukommen. Sie schenkte mir ein kesses Lächeln, wobei sie mich neugierig musterte.

Mit etwas Geduld hätte ich die Tusse klarmachen können, und ich hätte sie nicht mal mit nach Hause nehmen müssen. Mein Auto, eine Seitenstraße oder die Toilette des Clubs, und die Sache wäre gebongt. Aber Simon hatte recht, mir war tatsächlich nach einer saftigen Prügelei zumute.

»Hast du demnächst einen Dreh?«, fragte ich ihn in der vagen Hoffnung, mich doch noch zu beruhigen.

»In zwei Monaten, in Griechenland. Emma kommt mit.«

Ich verzog das Gesicht. Ich verstand nicht, warum Simon so vernarrt war in dieses leicht dümmliche Mädchen, das wie eine Klette an ihm hing und ernsthaft von den Leuten erwartete, dass sie zur Begrüßung einen Knicks vor ihr machten. Unerträglich … und noch dazu war sie hochnäsig. Sie wusste genau, wo ich herkam, und es machte ihr offenbar irre viel Spaß, mich bei jeder Gelegenheit daran zu erinnern.

»Aber du wirst doch nicht um ihre Hand anhalten, oder?«, fragte ich beunruhigt.

Der Boden unter meinen Füßen vibrierte jetzt noch stärker, und die Menschenmenge tobte unter den Spotlights. Die Temperatur war um mehrere Grad gestiegen, die Luft wurde allmählich stickig. Ich schaute Simon an, er trank aber erst mal in aller Ruhe einen Schluck, bevor er antwortete.

»Auf keinen Fall«, sagte er. »Und du, was steht bei dir so an?«

»Zwei Drehs, einer davon in Südafrika. Der Regisseur ist ein irrer Typ, das wird bestimmt lustig. Wir haben Cannes ins Auge gefasst.«

Simon zog eine Augenbraue hoch. Er wirkte eher skeptisch als verwundert. Mein erster Film hatte mir eine Menge Türen geöffnet, und ich erhielt jede Woche ein neues Drehbuch. Ich entschied mich immer für die härtesten Rollen, ich mochte schwierige Charaktere und abgefahrene Plots, denn in gefährlichen Drehbüchern erkannte ich mich selbst wieder.

Simon hingegen spielte abwechselnd in Komödien und Dramen mit. Er schauspielerte schon, seit er fünf Jahre alt war, und verkörperte inzwischen den Typus des idealen Schwiegersohns, weil er wie ein netter Junge aussah und vertrauenerweckend wirkte.

»Cannes? Echt jetzt?«

»Ja, Cannes. Ich wollte schon immer mal bei einer dieser unanständigen Partys im Hôtel Martinez aufkreuzen und eine Massenschlägerei auslösen.«

»Du willst doch nur, dass man über dich redet.«

»Na und? Hast du was dagegen?«

Simon war einer von den ganz Vorsichtigen. Der Typ, der alten Frauen über die Straße hilft, sich von Bioprodukten ernährt und möglichst keine Welle macht. Ordentlich, glatt und zuvorkommend. Genau wie das Filmgeschäft und die Presse es liebten, so kam es mir zumindest vor. Wie wir uns hatten anfreunden können, war mir ein Rätsel, aber nach einigen gemeinsam verbrachten Abenden war eine echte Verbindung zwischen uns entstanden. Er ließ mich von seiner Erfahrung profitieren, und ich holte ihn aus der Komfortzone, indem ich ihn regelmäßig herausforderte.

Eines Tages war es mir sogar gelungen, ihn in die Boxhalle mitzunehmen, wo ich ihm eine Abreibung verpasste, die er so schnell nicht vergessen würde. Zum ersten Mal in seiner Karriere hatte Simon einen kompletten Drehtrupp für eine Woche arbeitslos gemacht, so lange hatte es gedauert, bis seine Nase wieder auf ihre normale Größe geschrumpft war. Anfangs hatte er mir das übel genommen, aber nach ein paar Bieren haben wir darüber gelacht.

»Du weißt genau, was ich davon halte«, erwiderte Simon.

»Ja, du glaubst, dass ich es eines Tages bitter bereuen

werde. Fühlst du dich etwa verpflichtet, mir eine Moralpredigt zu halten?«

»Ich habe Leute schon alles verlieren sehen, das ist wie auf der Achterbahn: Du rast so schnell bergab, dass du den Ausgangspunkt hoch oben nicht mal mehr erkennen kannst. Du bist ein gefährlicher Typ, Max, an der Grenze zur Gewissenlosigkeit.«

»Und du bist ein ätzender Typ, Simon, an der Grenze zum Friedhof. Amüsier dich lieber ein bisschen, und hör auf, den netten Jungen zu spielen.«

»Die Leute mögen nette Jungs.«

»Und du würdest alles tun, damit sie dich auch weiterhin mögen. Vielleicht solltest du das mal mit einem Therapeuten besprechen«, sagte ich lächelnd und stand von der Couch auf. »Ich hau ab, ich hab eine gesehen, die ich abschleppen will.«

Simons Blick wanderte zu dem goldenen Minikleid. Ich näherte mich dem Geländer und stellte fest, dass sie eng umschlungen mit ihrem Freund tanzte, während sie sich ununterbrochen in die Augen sahen. Diese Herausforderung wurde immer interessanter.

»Könnte schwierig werden, sie nach ihrem Vornamen zu fragen«, sagte Simon spöttisch.

»Das trifft sich gut. Wie sie heißt, ist mir nämlich völlig egal.« Ich hob das Glas zum Zeichen, dass die Diskussion zu Ende war. Ich wollte dieses Mädchen, und ihr Freund würde mich bestimmt nicht daran hindern, meinen Plan in die Tat umzusetzen. Ich griff nach meiner Lederjacke und lief rasch die Stufen ins Parterre hinunter. Die Musik war ohrenbetäubend, die Tanzfläche so voll, dass ich mich nicht zur Bar durchkämpfen konnte. Ich blickte zur Empore hinauf. Simon hob sein Glas, dann deutete er mit dem Zeigefinger auf eine Stelle rechts von mir.

Ich nickte und schob mich durch die Menge hindurch auf meine Beute zu. Die schlanke, brünette junge Frau wiegte sich noch immer hin und her, verlor sich im Klang der Bässe. Mir lachte das Glück: Ihr Freund war nicht mehr in der Nähe; wahrscheinlich versuchte er beim Barista zwei Drinks zu bestellen. Ich schob mich immer näher an sie heran, bis ich ihr gegenüberstand. Als unsere Blicke sich trafen, hielt sie einen Moment inne und blinzelte mehrmals.

»Maxime«, stellte ich mich vor, indem ich meinen Mund ihrem Ohr näherte.

Ihre Lippen verzogen sich zu einem angedeuteten Lächeln. Ich blieb auf Tuchfühlung, und sie setzte sich wieder in Bewegung, wiegte lasziv das Becken. Sie drängte sich an mich, während meine Hände ihre Hüften umfassten. Der Typ von vorhin schien nicht weiter wichtig zu sein, denn sie stieß mich nicht weg, sondern schlang mir im Gegenteil die Arme um den Hals.

Meine Filmkarriere hatte mir Arbeit und Geld gebracht und erleichterte es mir außerdem, Beziehungen zu knüpfen. Die meisten Menschen verhielten sich mir gegenüber geradezu enthemmt: keinerlei Misstrauen, keine Zurückhaltung. Meine Berühmtheit schien sie grundlegende soziale Regeln vergessen zu lassen. Darum hatte ich mir diese Art zu funktionieren angewöhnt, bei der ich auf den Vornamen, den Charakter, ja, sogar auf das Leben der Mädels pfiff, die ich bumste.

»Bist du allein hier?«, fragte ich, um ins Gespräch zu kommen.

Sie schüttelte den Kopf, dann zeigte sie auf ihren Kerl,

der noch immer an der Bar stand und sich über das Gezappel und Gedränge dort ärgerte.

»Ich weiß, wer du bist«, flüsterte sie an meinem Mund.

Sie löste die Hände von meinem Nacken und ließ sie über meinen Oberkörper hinabgleiten. Auf einmal wirkte ihr Blick wie verschleiert; ich drückte sie an mich und bewegte die Hüften im langsamen Rhythmus der Musik. Mit ihren langen Beinen und den üppigen Lippen sah diese Frau absolut erotisch aus. Ich war beinahe enttäuscht, dass sie sich wegen des Mannes, mit dem sie hergekommen war, kaum Sorgen zu machen schien. Ich hatte mir ein bisschen Gegenwehr erhofft, eine Art Spielchen, ja vielleicht sogar den Beginn einer Auseinandersetzung, aber diese Frau war offenbar bereit, sich mir widerstandslos hinzugeben.

»Wollen wir rausgehen?«, schlug ich vor, schon jetzt gelangweilt von der Mühelosigkeit, mit der ich sie erobert hatte.

Erneut wiegte sie sich in den Hüften und rieb sich aufreizend an mir. Ich ließ sie gewähren, ragte mit meinen eins achtzig über ihr auf, bis sie wieder hochkam, mich mit glühendem Blick betrachtete und sich dabei sinnlich auf die Unterlippe biss. Allmählich verging mir die Lust auf eine Prügelei, sie wurde durch Erregung und Verlangen ersetzt, und ich begann ernsthaft darüber nachzudenken, ob ich ihr befehlen sollte, für den Rest der Nacht die High Heels anzubehalten.

Ich drehte den Kopf zur Bar und bemerkte, dass ihr Freund seinen Posten verlassen hatte. Einige Sekunden lang suchte ich den Raum nach ihm ab und ballte die Faust, bereit zum Kampf. Mit etwas Glück würden mein Körperbau und ein zorniger Blick ausreichen, um den

Typen zu vertreiben und mich selbst vor einem weiteren Skandal zu bewahren.

»Gehen wir vor die Tür«, sagte das goldene Minikleid.

Ich packte sie am Handgelenk und steuerte auf einen der Notausgänge zu. Angesichts der Entschlossenheit, mit der ich aus dem Club drängte, wichen die Leute vor mir zurück. Hinter mir klickten die Absätze des Mädchens über den Glasboden. Ich spürte Hände, die nach mir griffen, und hörte Leute meinen Namen flüstern wie ein schändliches Geheimnis. Ich überhörte das missbilligende Gemurmel und stieß die schwere Tür nach draußen auf.

Im ersten Moment überraschte mich die frische Nachtluft, sodass die Wirkung des Alkohols ein wenig gemildert wurde. Ich ging einige Schritte, und schon befand ich mich in einer dunklen Sackgasse.

»Hier?«, erklang die Stimme des Mädels.

»Ja, hier.«

Ich drückte sie an die Hauswand aus Beton und ließ die Hände über ihren Körper wandern. Das Dröhnen der Bässe war noch immer zu spüren. Zischend sog sie die Luft ein und wollte anfangen, sich über die Kälte zu beschweren. Ich drückte ihr die Lippen auf den Hals und spürte ihren leichten Schweißfilm, der sich mit ihrem teuren Parfüm vermischt hatte. Ihr Ärger verwandelte sich in Erregung, ein lustvolles Stöhnen entschlüpfte ihrem Mund. Ich ließ die Hände an ihrer Taille hinabgleiten und landete auf ihren Pobacken. Sie rieb sich an mir, bewusst obszön. Ich berührte ihre nackten Schenkel und schob ihr die Hände unter das knappe Kleid.

Die Schnalle wölbte den Rücken, presste ihr Becken an meines und überließ sich meiner Begierde. Ihre Gefühle waren mir scheißegal, ich wollte nur ihren Körper, und mit dem würde ich tun, wozu ich Lust hatte. Ich berührte sie flüchtig im Schritt, während sich meine Lippen einen Weg zu ihren eher kleinen Brüsten bahnten. Mit den Zähnen packte ich den Stoff ihres Bustiers und zog heftig daran, ihr Kleid erinnerte inzwischen eher an einen breiten goldenen Gürtel. Überrascht stieß sie einen leisen Schrei aus, während ich bereits ihre Brustwarzen bewunderte, die sich durch eine Mischung aus Kälte und Erregung aufgerichtet hatten.

Mit der Zunge reizte ich ihre Brüste, während ich ihr Geschlecht durch den Slip streichelte. Wie eine abgestellte Puppe lehnte sie mit ausgebreiteten Armen an der Wand, ohne mich zu berühren oder irgendeine Form von Initiative zu ergreifen.

»Hey!«, rief eine männliche Stimme in der Nähe.

»Mist!«, stieß sie erschrocken hervor.

Sie schubste mich weg und zog hastig ihr Kleid runter. Außer Atem und ziemlich sauer wegen der Unterbrechung drehte ich mich zu dem ungebetenen Gast um. Meine Erregung fiel blitzschnell in sich zusammen: Es war ihr Freund. Natürlich.

Das verlieh der Situation deutlich mehr Würze.

»Was geht hier vor?«

Kopfschüttelnd musterte er seine Freundin; sein Gesichtsausdruck verriet eine Mischung aus Ekel und Verständnislosigkeit. Rasch zog er sein Hemd aus und reichte es ihr.

»Um Himmels willen, zieh dir was über! Wir fahren nach Hause.«

Er machte einen Schritt auf mich zu. Seine Augen funkelten vor Wut, die Schultern waren angespannt, sein Kiefer mahlte. Die Wut schien in immer stärkeren Wellen von ihm auszugehen. Ich baute mich vor ihm auf und musterte ihn. Normalerweise beruhigten sich die Typen, wenn ich sie nur ansah.

»Der Schauspieler, stimmt's?«, fragte er.

»Stimmt. Und ich finde deine Freundin ziemlich niedlich«, sagte ich in provozierendem Ton.

Das arme Mädel stand hinter ihm und streifte sich sein Hemd über. Ihr Blick war auf den Boden geheftet, und sie schwitzte vor Demütigung, so, wie ihr Typ vor Wut schwitzte. Wäre sie mir nicht völlig egal gewesen, hätte sie mir leidtun können. Sobald sie mich weggestoßen hatte, hatte ich das Interesse an ihr verloren. Ehrlich gesagt, reizte mich die Aussicht auf eine Prügelei mit ihrem Typen inzwischen mehr als eine schnelle Nummer mit ihr.

»Nenn mir einen guten Grund, warum ich dir nicht aufs Maul hauen sollte«, sagte der Typ.

»Das werde ich auf keinen Fall tun«, zischte ich ihn an.

Im nächsten Augenblick schmetterte er mir die Faust gegen die Schläfe. Erstaunt von der Wucht des Aufpralls, geriet ich ins Stolpern und taumelte einige Schritte zurück. Als er zum zweiten Schlag ansetzte, gelang es mir, seinen Arm zu blockieren und ihm die Faust in den Magen zu rammen. Er stieß ein gequältes Gurgeln aus, beugte sich vor und rang nach Luft. Er richtete sich wieder auf, und erneut landete ein Fausthieb auf meinem Kiefer, dann einer auf der Wange. Er drückte mich an die Wand, und seine Hand schloss sich um meinen Hals, sodass ich keine Luft mehr bekam. Mein Schädel schlug gegen den Beton; es fühlte sich an, als hallte der Aufprall in meinem ganzen Körper wider.

Es gelang ihm, meinen Schlägen auszuweichen, aber als mein Knie in seinem Schritt landete, grunzte er vor Schmerz.

Ich hatte wahnsinnige Kopfschmerzen und taumelte weiter in die Sackgasse hinein, um auf Sicherheitsabstand zu gehen. Ich fuhr mir mit den Fingern über den Mund, der vertraute metallische Geschmack von Blut ließ meinen Zorn wieder aufleben und verlieh mir neue Energie. Ich raste auf ihn zu, entschlossen, meine Wut an ihm auszutoben. In seinem Blick flackerte Angst auf. Jetzt bereute er die Feindseligkeit, mit der er auf mich losgegangen war. Bereit, die Flucht anzutreten, wich er zurück, stolperte aber und landete mit dem Hintern auf dem schmutzigen Boden.

Ich ließ Faustschläge auf ihn niederregnen, obwohl er sich schützend die Arme vors Gesicht hielt. Mein Atem ging schwer, mir dröhnte der Kopf, aber ich schlug unaufhörlich auf ihn ein. Er würde bezahlen. Er würde bezahlen für all diejenigen, die mich ihre Herablassung hatten spüren lassen. Er würde bezahlen, weil er es von Anfang an leichter gehabt hat als ich, er bezahlte für sein perfektes Leben. Und endlich war ich besänftigt – für eine Weile. Ich hatte meine Revanche bekommen.

Das Mädchen schrie, sie flehte mich an, aufzuhören, drohte mir schließlich, die Polizei zu rufen. Als ich wieder hochkam, rang ich nach Luft, und mein Hemd war blutbefleckt. Die Haut meiner Fingerknöchel war abgeschürft, aber ich war erleichtert. Der Druck, der mich im Club überwältigt hatte, ließ endlich nach.

Der Typ lag wimmernd am Boden, sein Seufzen und Stöhnen hallte in der kleinen Sackgasse wider. Ich starrte ihn noch immer an, während seine Freundin sich über ihn beugte und heiße Tränen vergoss. Ich spuckte auf den Boden und begutachtete den Schaden: Mein Hemd befand sich in einem erbärmlichen Zustand, und in wenigen Stunden würde ich einen Bluterguss von der Größe Australiens im Gesicht haben.

»Ich prügle mich halt gern«, sagte ich schließlich. »Wenn du unbedingt einen Grund hören willst …«

»Verpiss dich«, knurrte er.

»Würde ich ja gern, aber deine Freundin scheint damit nicht einverstanden zu sein.«

Blaue und rote Lichter zuckten über die Backsteinmauer und ließen mein Siegerlächeln verblassen. Dass die Polizei auftauchte, gehörte nicht zu meinem Plan. Die würde keine fünf Sekunden brauchen, um zu kapieren, was hier vor sich ging. Ich sah bereits die Probleme vor mir, mit denen ich mich würde herumschlagen müssen: strafrechtliche Verfolgung, weil ich diesen Typen zusammengeschlagen und einen zu hohen Alkoholspiegel im Blut hatte, ein hübscher Skandal für die Presse, die Verschiebung der nächsten Dreharbeiten, meine stinkwütende Agentin, die scheinheiligen Blicke der Kollegen aus dem Filmgeschäft. Das würde ein paar Tage so gehen, dann wäre die Sache wieder vergessen.

Dies war einer der Vorteile meines Berufs: Man konnte unausstehlich sein, sämtliche Grenzen missachten, einen Unschuldigen in einer dunklen Ecke windelweich prügeln – jedes Fehlverhalten wurde einfach hingenommen und als »Entgleisung« bezeichnet. Nach ein paar Entschuldigungen mit zerknirschter Miene war alles wieder in Ordnung, die Zeche war bezahlt.

Mithilfe seiner Freundin stand der Typ auf und stolperte auf die Mauer zu, um sich daran abzustützen. Ich wog meine Chancen ab: Blieb mir noch genug Zeit, um die Flucht zu ergreifen? Ich befand mich in einer Sackgasse. In jeder Hinsicht. Selbst wenn ich es zurück in den Club schaffte, würden sie mich in Anbetracht meines Zustands schnell aufspüren. Das Blut auf meinen Händen und Lippen trocknete bereits. Ich ging tiefer in die Sackgasse hinein, überzeugt, der Polizei ausweichen und das kaputte Liebespaar hinter mir lassen zu können. Ich kam auf der Avenue heraus, die hinter dem Club verlief, und sah mich rasch um.

Sollten die Flics bereits ausgestiegen sein, hielten sie sich zurück. Vermutlich waren sie wegen etwas Wichtigerem als einem Schauspieler gerufen worden, der sich mit einem Normalsterblichen schlägt.

Es war eine süße Illusion. Ich war noch keine zwei Schritte gegangen, da rief mich ein Polizist beim Namen und befahl mir, auf der Stelle stehen zu bleiben. Ich beachtete ihn nicht weiter und holte ein Päckchen Zigaretten aus der Gesäßtasche meiner Jeans.

»Stehen bleiben!«, brüllte er erneut.

Ich ging weiter, drehte den Bullen den Rücken zu und zündete mir eine an. Ich kam nicht mehr dazu, mein Feuerzeug wieder einzustecken. Plötzlich wurde ich heftig nach vorn geschleudert und knallte mit dem Gesicht auf die Motorhaube eines Wagens. Als der Bluterguss auf das eiskalte Metall traf, verzog ich vor Schmerz das Gesicht.

»Stehen bleiben, habe ich gesagt!«, zischte der Bulle, der nun hinter mir aufragte und mir eine Hand zwischen die Schultern presste.

Er suchte mich ab, betastete meine Taschen und den unteren Rücken.

»Hast du was dabei?«, fragte er und warf mein Zigarettenpäckchen auf den Boden.

»Nein, nichts.«

Es war nicht das erste Mal, dass ich festgenommen wurde, also wusste ich genau, was nun folgen würde. Sie würden mir auf offener Straße einen Verweis erteilen und mich gehen lassen, nachdem ich versprochen hatte, mich von nun an zu benehmen.

Plötzlich packte mich der Polizist am rechten Handgelenk, und ich spürte, wie sich die Handschelle darum schloss. Die andere Hand folgte, und an der kleinen Kette, die meine Fäuste miteinander verband, wurde ich grob zurückgezogen. Das kalte Metall schnitt mir in die Handgelenke, und die Brutalität, mit der die Festnahme vor sich ging, ließ mich missbilligend knurren. Die Sache verlief anders als vorhergesehen.

»Hey, langsam«, schimpfte ich.

»Träum weiter«, kam es postwendend. »Du verbringst die Nacht auf dem Revier, vielleicht beruhigst du dich dann wieder.«

»Ich möchte jemanden anrufen.«

Die Antwort des Bullen bestand darin, dass er heftig an der Kette zog, woraufhin sämtliche Muskeln in meinem Körper zu rebellieren begannen; vor allem meinen Schultergelenken gefiel diese Behandlung überhaupt nicht. Ich stolperte über einen Gullydeckel und senkte den Blick. Trotz allem musste ich grinsen – diese Farce war ein einziger großer Spaß für mich.

Der Polizist öffnete die Tür eines Zivilstreifenwagens und drückte mir zum Einsteigen den Kopf hinunter.

»Muss das sein?«, fragte ich.

Als ich ein letztes Mal aufblickte, stellte ich fest, dass

sich auf dem Bürgersteig mehrere Fotografen befanden, die offenbar vorhatten, das Foto des Jahrhunderts zu verkaufen. Tja, Mathilde würde mir das Grinsen schon noch austreiben.

»Einsteigen!«

Der Wagen rauschte ab, und ich sah gerade noch, wie uns mit Kameras bewaffnete Paparazzi im Laufschritt folgten.

»Wohin fahren wir überhaupt?«

»Zum Polizeirevier des 9. Arrondissements. Sehr gemütlich dort, Sie werden sehen!«

2

Sarah »Meine Güte, wie viel hast du denn bestellt?«

»Sie werden nach Gewicht verkauft. Ich habe ein sehr gutes Geschäft gemacht!«, verteidigte ich mich und schob das graue Samtsofa in der Leseecke etwas nach hinten.

Baptiste musterte mich genervt. Leicht verlegen und ein wenig beschämt blickte ich auf den Boden, denn ich kam mir vor wie ein Kind, das mit dem Finger im Marmeladenglas erwischt wird. Nur dass meine Marmelade antiquarische Bücher waren.

Die heutige Lieferung belief sich auf annähernd vierzig Kilo.

Zugegeben: Das entsprach keinem Glas, sondern eher einem Kessel voller Marmelade, und ich steckte bis zu den Ellbogen in der klebrigen Masse. Ich stand dazu, und die Scham wich rasch einem gesunden Gefühl von Stolz.

»Lesen ist eine positive Sucht«, erklärte ich, während mein Nachbar die vierte Bücherkiste auf den Stapel stellte. »Ich habe so viel bestellt, dass es für die nächsten Wochen reicht.«

»Sarah, diese Bücher sind zum Weiterverkaufen bestimmt, das ist dir doch klar, oder?«

Baptiste, der das einzige akzeptable Restaurant in der Stadt betrieb, war groß und von stämmiger Statur. Er verhielt sich stets zuvorkommend, war ungefähr so alt wie mein Vater, und er liebte es, mich wie eine Tochter zu behandeln. Er vergewisserte sich, dass ich regelmäßig aß, und nahm mich ebenso regelmäßig wegen der Buchhandlung ins Gebet. Seiner Ansicht nach besaß ich keinerlei Geschäftssinn und drohte noch vor Ende des Jahres pleitezugehen.

»Ja, ich weiß. Aber vorher werde ich mich davon überzeugen, dass die Bücher in Ordnung sind.«

»Sarah«, ermahnte er mich stirnrunzelnd.

Ich überhörte es und öffnete die erste Kiste. Taschenbücher verkauften sich am besten. Und ich hatte mir mit dem »Buchgetränk« sogar ein spezielles Angebot überlegt: Zu jedem gekauften Taschenbuch gab es ein Heißgetränk gratis. Damit belohnte ich die Leserinnen und Leser und lockte zugleich die Koffeinsüchtigen an, die mit der Tasse in der Hand zwischen den Regalen der Buchhandlung herumschlendern konnten.

Es kam günstiger, gebrauchte Bücher in großen Mengen zu kaufen, und außerdem hatte ich das Gefühl, etwas Gutes zu tun, indem ich sie vor der Mülldeponie bewahrte. Ich sortierte die Bände, flickte sie, wenn nötig, legte sie im Schaufenster aus und stellte sie gelegentlich für die abendlichen Treffen des Leseclubs nach Themen zusammen.

Aber dies war mein Lieblingsmoment: der Augenblick, in dem ich die Bücher entdeckte, in dem wir Bekanntschaft miteinander machten und ich mir vorzustellen versuchte, durch wessen Hände sie bereits gegangen waren. Ich atmete ihren Duft ein, strich über das Papier und verlor mich in der Betrachtung der Titelbilder.

Ich hatte nie Gelegenheit gehabt zu verreisen, aber ich las, und das war beinahe das Gleiche – nur ohne Jetlag und vom gemütlichen Sofa aus.

Ich nahm ein Buch aus der Kiste und blätterte es rasch durch, ehe ich fortfuhr: »Ich muss mir den Allgemeinzustand ansehen, das Cover und so. Wusstest du, dass es grausame Menschen gibt, die Eselsohren in Buchseiten machen?«

»Das sind zweifellos gefährliche Straftäter«, spöttelte Baptiste.

»Genau wie die Leute, die deinen Bordeaux mit Wasser verdünnen.«

»Na, die haben wirklich einen qualvollen Tod verdient. Aber ich glaube nicht, dass ein Eselsohr …«

Ich hob die Hand, um ihn zum Schweigen zu bringen. Ohne ein Wort strich ich die Ecke einer Seite wieder glatt, die ein böser Mensch umgeknickt hatte. Das empörte mich immer wieder aufs Neue, dass manche Leute so wenig Respekt vor Büchern hatten.

»Ich hole mal die anderen Kisten«, sagte mein Nachbar schließlich.

Vertieft in die vergilbten Seiten, nickte ich nur zerstreut.

»Sarah?«

»Ja.«

»Nicht lesen. Begnüg dich damit, sie auszupacken, du hast noch zu tun.«

Ich hatte bereits begonnen, diese neue Geschichte zu verschlingen und dabei bereitwillig vergessen, dass ich erst alles auspacken und erfassen musste, ehe ich Nutzen aus der Lektüre ziehen konnte. Baptiste lief noch dreimal hin und her, und bald darauf sah ich mich – auf dem Boden sitzend – von Pappkisten umzingelt. Ich zog mir die

Schuhe aus und leerte die erste Kiste, indem ich die Bücher gewissenhaft aufeinanderstapelte.

»Findest du denn Platz dafür?«, fragte Baptiste, der an der Wand lehnte.

»Anita bringt mir noch ein paar alte Regale zurück. Könntest du vorbeikommen und sie für mich aufstellen? Ich will sie unter der Treppe unterbringen, um die Lücke dort zu füllen.«

»Von mir aus.«

Er seufzte, und seine Worte schienen in der Luft zu hängen, als wartete er auf eine Antwort von mir. Ich musterte ihn eine Weile scharf, dann schenkte ich ihm ein Lächeln. In besorgtem Ton fragte er: »Ich gehe mit dem Ensemble ein Glas Wein trinken, kommst du mit?«

Ich schaute Baptiste an. Inmitten der Bücherkisten und im Trancezustand der Entdeckung dachte ich mir bereits Themengruppen für all diese Wunderwerke aus, und er schlug mir vor, einen trinken zu gehen? Als ich schwieg, kam er mit väterlich-missbilligender Miene auf mich zu.

»Ich mache mir Sorgen um dich«, sagte er.

»Mir geht's gut.«

»Ich weiß, dass die Buchhandlung im Augenblick schlecht läuft.«

Ich war im Begriff, etwas zu erwidern, aber er hob gebieterisch den Zeigefinger. Baptiste nahm seine Rolle als Ersatzvater ein bisschen zu ernst, und manchmal ging mir das auf die Nerven. Jahrelang hatte meine Großmutter diese Buchhandlung geführt. Vor ihrem Tod hatte sie mir alles übertragen: den Laden, ihre Liebe zu Büchern, ihren Sinn fürs Teilen. Einfach alles. Seitdem tat ich mein Bestes, um den Fortbestand des kleinen Unternehmens zu sichern.

»Das wird schon wieder. Bald fangen die Sommerferien an, da gehen die Geschäfte immer sehr gut.«

»Sarah ...«

Eilig räumte ich eine weitere Bücherkiste aus und ignorierte den bohrenden Blick meines Nachbarn. Er brauchte nicht zu wissen, dass die Konten in den roten Zahlen standen und der Bankberater mich drängte, endlich einen Gesprächstermin mit ihm zu vereinbaren. »Wir müssen Ihre Situation erörtern«, hieß es, aber das war nur eine bequeme Redensart, um mich in die Knie zu zwingen und mich vollends fertigzumachen, indem sie von mir verlangten, den Laden zu verkaufen.

Baptiste nahm mir das Buch aus der Hand, das ich gerade begutachtete. Ich hob den Kopf und musterte ihn gereizt.

»Ich arbeite gegenüber, ich sehe doch, was hier los ist. Willst du darüber reden?«

»Es ist alles in Ordnung, wirklich«, sagte ich im Brustton der Überzeugung.

»Und Pauline?«

»Was soll mit ihr sein?«

Ich stand auf und klopfte mir den Staub von der himmelblauen Jeans. Um etwas Platz zu schaffen, stieß ich mit dem Fuß einen Kistenstapel beiseite. Die Leseecke, die aus einem Sofa und drei senfgelben Lehnsesseln bestand, war komplett zugestellt. Bis zum nächsten Morgen, wenn ich öffnete, musste alles weggeräumt sein.

»Ich weiß, dass ihr euch nicht mehr so häufig seht, seit sie geheiratet hat. Vielleicht solltest du dich mal mit anderen Leuten treffen.«

»Pauline war in den Flitterwochen. Und außerdem habe ich dich und Anita und das komplette Ensemble. Ich brauche keine neuen Leute. Mit euch habe ich schon genug zu tun!«

»Mit einem Trupp alter Wracks, von denen die Hälfte taub ist und unter Arthrose leidet?«

»Und die andere Hälfte?«, fragte ich belustigt.

»Die andere Hälfte hat Probleme mit dem Gedächtnis oder mit der Prostata. Oder sogar mit beidem, wenn sie Pech haben. Sarah, niemand will seine Zeit mit Leuten verbringen, die ihren Hausarzt als Familienmitglied ansehen. Du solltest mit Menschen deines Alters verkehren.«

Ich hielt inne, wusste nicht recht, ob ich amüsiert oder verblüfft sein sollte. Ich kümmerte mich gern um das Theaterensemble der Stadt. Ich mochte den Buchladen, und ich mochte das Leben in diesem Ort. In meinen Augen hatte ich alles, was ich brauchte, und ich empfand keinerlei Bedürfnis, etwas anderes zu tun.

»Dazu habe ich keine Zeit«, antwortete ich ausweichend. »Und erst recht keine Lust!«

»Hast du schon mal ans Internet gedacht? Du könntest Bekanntschaften schließen, deine Leidenschaft mit anderen teilen.«

»So etwas interessiert mich nicht, Baptiste.«

»Und warum gehst du nicht zu der Party vor der Weinlese? Da sind jede Menge junge …«

»… stockbesoffene, hirnlose Typen, die schlecht riechen. Für jemanden, der um mein Wohl besorgt ist, finde ich deine Ideen ziemlich fragwürdig.«

»Okay, okay. Aber du kannst doch nicht immer allein bleiben! Du brauchst einen Mann, der sich um bauliche Maßnahmen im Laden kümmert … und die Bücherkisten schleppt.«

»Ich tue jetzt mal so, als wäre diese Bemerkung überhaupt nicht sexistisch, und empfehle dich für die weibliche Hauptrolle in unserem nächsten Stück.«

»Du weißt genau, wie ich das meine«, sagte er und seufzte. »Ich mache mir Sorgen um dich. Wir alle tun das. Eine hübsche junge Frau wie du …«

Dieses Gespräch wurde allmählich anstrengend. Alle hatten eine Meinung über mich und mein Liebesleben, sogar meine Freunde. Seit mehreren Wochen versuchte das Ensemble mit diebischem Vergnügen, mich aus dem Laden zu locken, aber bisher war ich standhaft geblieben. Ich war gern hier, und ich war gern allein. Es machte mir nichts aus. Ich brauchte niemanden und verspürte auch sonst keinen Mangel, mit dem Laden war ich völlig ausgelastet. Offen gesagt, hätte ich nicht gewusst, wie ich Zeit für eine Beziehung aufbringen sollte.

»Mir geht es gut hier inmitten der Bücher und weit weg von der Realität. Und das mit deiner Prostata tut mir leid«, fuhr ich fort, um vom Thema abzulenken.

»Aber … woher …«

»Eine einfache Schlussfolgerung, Baptiste. So, und jetzt möchte ich gern mit dem Auspacken fertig werden. Wenn die Bücher da drinbleiben, werde ich sie nie verkaufen.«

»Nicht mal auf ein Glas?«, hakte er nach.

»Nein. Danke, Baptiste.«

Um das Gespräch zu beenden, gab ich ihm einen Kuss auf die Wange, die von einem dünnen, grau melierten Bart bedeckt war. Ich hörte meinen Nachbarn ein weiteres Mal seufzen, ein sicheres Anzeichen dafür, dass er sich erneut mit einer Niederlage abfinden musste.

»Brauchst du noch Hilfe?«, fragte er, während er auf die Tür zusteuerte.

»Nein, ich komme klar. Geh nach Hause. Gloria wartet sicher schon auf dich.«

»Sie gehört zu der Hälfte, die taub ist. Um diese Zeit sitzt sie vor dem Fernseher vor ihrer Serie und schläft, und dann könnte ein Flugzeug neben ihr starten, ohne dass sie eine Miene verzieht.«

»Das erzähle ich ihr …«

»Hab ich mir schon gedacht.«

Auf der Schwelle des Ladens lächelte er mich noch einmal an und zog mich in eine freundschaftliche, warmherzige Umarmung. Innerhalb einer Sekunde hatte ich unser Gespräch vergessen und ihm seine aufdringliche Neugier verziehen.

»Geh nicht so spät ins Bett«, ermahnte er mich. »Und schließ die Tür ab.«

Ich blieb auf der Schwelle stehen, während er seine Weste zuknöpfte und sich ans Steuer seines Transporters setzte. Ohne Baptiste wäre ich gezwungen gewesen, mir die Bücher liefern zu lassen und ein Vermögen dafür auszugeben. Ohne es zu wissen, war er mir auch auf diese Weise eine große Hilfe, und dafür mochte ich ihn noch lieber.

Ich winkte ihm zum Abschied und wartete, bis er um die Ecke gefahren war, ehe ich wieder hineinging. Ich schloss die Tür und ließ den Blick über die Nachbarhäuser schweifen: Rechts säumte Baptistes Restaurant mit der Terrasse voller prächtig blühender Blumen den Platz, links befand sich eine Bäckerei in unmittelbarer Nachbarschaft eines Gemüsehändlers. Und direkt gegenüber stand der Blumenladen. Frédéric, der Florist, hatte stets ein Lächeln auf den Lippen und verfügte über einen üblen Sinn für Humor. Sehr bald hatte sich herausgestellt, dass wir einiges gemeinsam hatten: Er las gern und trank seinen morgendlichen Espresso am liebsten ohne Zucker. Gelegentlich brachte er mir Blumen vorbei, weil es ihn zu sehr betrübt hätte, sie wegzuwerfen. Der Gedanke an dieses Detail entlockte mir ein Lächeln, während ich dabei war, die Tür zu verriegeln.

Ich ging in die Leseecke zurück und öffnete vorsichtig sämtliche Kisten. Inmitten der Bücher fühlte ich mich sicher und geborgen. Baptiste war besorgt, ich sei zu einsam, dabei war es wesentlich leichter so. Das ersparte mir mitleidige Blicke. Ich musste das Geflüster und den Spott der Leute nicht mehr hören, die meine Eltern noch gekannt hatten. Manchmal dachte ich, dass es einfacher gewesen wäre, wegzugehen und ein neues Leben anzufangen, unberührt von den Eskapaden meiner Familie. Mehrmals hatte ich meine Koffer gepackt, meine Meinung aber wieder geändert: Wohin hätte ich auch gehen sollen? Mein Leben spielte sich nun mal hier ab.

Ich verbrachte den Großteil der Nacht damit, meine zuletzt erworbenen Schätze einzuräumen. Nachdem ich die Pappkisten zusammengefaltet und in einer Ecke des Ladens aufgestapelt hatte, stieg ich die Treppe zu meiner Wohnung hinauf. Außer dem Geschäft hatte meine Großmutter mir auch eine Unterkunft in der oberen Etage hinterlassen. Nach ihrem Tod hatte ich die Räume renoviert; die vergilbten Tapeten waren einer Schicht weißer Farbe und einigen Schwarz-Weiß-Fotos gewichen. Das Wohnzimmer quoll über vor Büchern, die sich sogar auf meinem Schreibtisch ausgebreitet hatten. Den Großteil der Zeit arbeitete ich auf der Couch, machte die Terminplanung für den Club und überlegte mir neue Aktionen für die Stammkunden.

Der Rest der Wohnung bestand aus zwei weiteren Zimmern: Ich schlief in dem Raum mit dem großen Glasfenster, das auf den Park hinter dem Haus ging, während mir das andere Zimmer als Zwischenlager für noch mehr Bücher diente.

Ich bereitete mir ein leichtes Abendessen zu und listete auf, was ich am nächsten Tag zu tun hatte. Den beiden Rechnungen – Telefon und Strom –, die geduldig darauf warteten, bezahlt zu werden, schenkte ich demonstrativ keine Beachtung. Irgendeine Lösung würde sich schon finden.

Am nächsten Tag nutzte ich den strahlenden Sonnenschein, um vor dem Laden ein paar Tische aufzustellen. Ich holte auch die minimalistische Getränkekarte hervor und fuhr mühsam einen Verkaufsständer hinaus. Perfekt aufgereiht standen die Bücher vom Vorabend darauf, nach altem Papier und ebenso alter Druckerschwärze duftend und bereit, gekauft zu werden.

Um elf Uhr kam wie üblich Anita mit dem Überschwang ihrer fünfundfünfzig Lenze in den Buchladen gestürmt. Stets originell gekleidet – heute hatte sie sich für eine individuell gestaltete Jeanslatzhose mit Stickereien und Schottenkaro-Flicken entschieden –, schäumte sie über vor immerwährender guter Laune, gepaart mit einem ziemlich beißenden Sinn für Humor. Nach ihrer dritten Scheidung vor vier Jahren hatte sie beschlossen, aufs Land zu ziehen und Jugendlichen bei der Wiedereingliederung in die Gesellschaft zu helfen. Für ihr finanzielles Wohlergehen sorgten ihre Ex-Ehemänner. Nachdem sie mich herzlich begrüßt hatte, musterte sie mich von Kopf bis Fuß und verzog das Gesicht.

»Hm, ich würde sagen … keine fünf Stunden Schlaf?«

»Dreieinhalb«, antwortete ich und unterdrückte ein Gähnen.

»Baptiste hat mir erzählt, dass du Bücher angekauft hast.«

Trotz ihrer lässigen Art gelang es Anita virtuos, ihr Missfallen zum Ausdruck zu bringen. Sie setzte ein halbes Lächeln auf und runzelte leicht die Stirn, und ich hatte längst gelernt, die Zeichen zu deuten. Diesmal verriet sie außerdem ihr Tonfall, der ein bisschen ernster war als sonst.

»Halt mir bitte keine Moralpredigt«, sagte ich und stürzte mich sofort wieder in die Arbeit. »Du weißt, dass ich das Lager ständig ergänzen muss, um die Kunden bei der Stange zu halten.«

»Deine Regale sind jetzt schon kilometerlang. Du solltest ein bisschen vernünftiger sein.«

»Ich weiß genau, worauf dieses Gespräch hinausläuft«, sagte ich ausweichend.

»Tatsächlich?«

»Tatsächlich. Du wirst mir etwas über Bücher erzählen und sagen, dass du dir Sorgen um den Laden machst. Und danach geht es weiter mit angedeuteten Vorschlägen für mein nicht existentes Liebesleben …«

»Sarah«, fiel sie mir ins Wort.

Ich hob eine Hand und fuhr fort: »Natürlich wirst du dich deutlich genug ausdrücken, damit ich gekränkt bin und gleichzeitig verunsichert genug, um die gewünschten Schlüsse daraus zu ziehen. Du wirst auf der Tatsache herumreiten, dass ich schon lange allein bin, und mir vorschlagen, mich mit einem Gleichaltrigen zu treffen, zum Beispiel mit dem besten Freund deines Sohnes.«

Anita starrte mich mit offenem Mund an, den Ellbogen auf die Theke gestützt, die als Treffpunkt diente. Sie richtete sich auf und verzog den Mund zu einem strahlenden Lächeln. Zufrieden, weil ich ihren Angriff abgewehrt hatte, kam ich langsam wieder zu Atem.

»Einen Kaffee?«, fragte ich.

»Einen koffeinfreien. Und tatsächlich wollte ich dir gerade von meinem Neffen erzählen«, korrigierte sie mich.

Ich ging zur Kaffeemaschine und kehrte meiner Freundin den Rücken zu.

»Warum wollt ihr mich unbedingt unter die Haube bringen?«, fragte ich, während ich den Wasserbehälter füllte. »Ich bin gern allein, ich habe Arbeit und überhaupt keine Zeit, mit dem erstbesten Typen zu flirten.«

»Zu flirten?«

Ich musterte sie mit finsterem Blick, ehe ich eine Tasse herausholte und sie unter die Kaffeedüse stellte. Vergeblich versuchte ich meinen Ärger zu unterdrücken. Ich hatte es immer schon gehasst, wenn andere sich in meine Angelegenheiten einmischten. Und dass sie alle so besessen von meinem Liebesleben waren, wurde allmählich geradezu beleidigend. Entweder wollten sie mich loswerden, oder sie hielten mich für zu tollpatschig, um einen Mann zu verführen.

Niemals würde ich zugeben, dass die zweite Vermutung die richtige war. Ich war einfach keine dieser femininen Frauen voller Geist und Witz, die sich in ihrem Körper wohlfühlen. Ich trug Jeans und T-Shirt, ließ meine Haare an der Luft trocknen und machte mir absolut nichts aus Schminke. Ich beneidete Frauen, die es verstanden, ihre Vorzüge zur Geltung zu bringen, die mit entschlossener

Miene und sinnlichem Lächeln an ihrem Haar herumspielten.

Mein Leben war diese Buchhandlung. Den ganzen Tag lang dachte ich an Bücher ... und sprach darüber. Sogar mit Männern, die mir möglicherweise gefielen. Und das verwandelte mich unweigerlich und immer wieder in eine Langweilerin, eine schüchterne graue Maus.

Ich selbst war die Einzige, die mein Liebesleben behinderte, ich war eine verdammte Spaßbremse mit dicken Socken und Wollstrickjacke.

»Ja, flirten«, fuhr ich fort. »Dafür habe ich keine Zeit! Und außerdem habe ich ständig eiskalte Füße und keine Ahnung, welchem Typ Mann so was gefallen könnte.«

»Sarah ...«

»Hier wird jedenfalls garantiert keiner hereinschneien und mich zum Abendessen einladen.«

»Sarah ...«

»Und wenn doch, ist er so alt wie mein Opa und starrt mich notgeil an. Glaub mir, der Märchenprinz kommt nicht ...«

Mit Anitas Tasse in der Hand verstummte ich mitten im Satz, denn Frédéric, der Florist aus der Nachbarschaft, tauchte plötzlich mit einem Strauß roter Pfingstrosen auf und warf meiner Freundin einen verschwörerischen Blick zu. Ich stellte Anitas koffeinfreien Kaffee auf die Theke und wischte mir nervös die Hände an meiner Jeans ab.

Ich war nicht nur eine Spaßbremse auf Beinen, sondern hatte außerdem ein ausgeprägtes Talent dafür, in jedes Fettnäpfchen zu treten.

»Salut«, murmelte ich.

»Salut. Die sind für dich, ich dachte, sie gefallen dir vielleicht«, sagte Frédéric und hielt mir den Strauß hin.

Wie oft mir ein Mann Blumen geschenkt hatte, ließ sich an den Fingern einer Hand abzählen. Und vier von diesen fünf Sträußen hatte mir Frédéric überreicht. Es war deprimierend. Dennoch nahm ich sein Geschenk mit einem strahlenden Lächeln entgegen. Er blickte mir unverwandt in die Augen, und unsere Hände streiften sich in dem Moment, in dem ich die Finger um die Blumen schloss. Verlegen und mit rasendem Herzen senkte ich den Blick und nahm ihm den Strauß mit einer ruckhaften Bewegung aus der Hand.

Selbstverständlich verzog er keine Miene, sondern starrte mich nur an und fragte sich vermutlich, wie es um meine geistige Gesundheit stand.

»Danke«, flüsterte ich und spürte, wie meine Wangen heiß wurden.

»Du solltest dir öfter mal Blumen kaufen!«

»Das täte ich auch, wenn ich das Geld dafür hätte. Vielen Dank für den Strauß.«

»Keine Ursache. Ich dachte mir schon, dass sie dir gefallen würden. Ich habe gesehen, wie du die Tische rausgestellt hast.«

»Heute Nachmittag soll es prächtiges Wetter geben, habe ich gehört. Und du, wie sieht's bei dir mit Aufträgen aus?«

»Am Wochenende habe ich eine Hochzeit, damit dürfte ich für den Rest der Woche ausgelastet sein. Da bleiben bestimmt ein paar Blumen übrig, die bringe ich dir dann.«

Gegen meinen Willen verspürte ich einen leichten Stich in der Herzgegend. »Für den Rest der Woche ausgelastet«, das bedeutete vor allem, dass er mich nicht besuchen würde. Frédéric tauchte für gewöhnlich am Abend bei mir auf, bestellte einen Kaffee, schlenderte durch den Laden und fragte mich schließlich, ob es etwas gab, das er unbedingt lesen musste.

Mein Nachbar gefiel mir. Er war groß, brünett, muskulös, zuvorkommend, lustig, scharfsinnig und faszinierend – damit entsprach er allem, was ich an Männern mochte. Oder jedenfalls fast allem. Wäre er an mir interessiert, wäre er definitiv die Verkörperung des idealen Mannes. Aber ich hatte sehr bald begriffen, dass er nur eine nette, hilfsbereite Nachbarin in mir sah.

»Das ist doch super!«, rief ich, um meine Enttäuschung zu verbergen.

»Also, was ist das für eine Geschichte mit diesem Mann, der dich zum Essen einlädt?«

Ich warf Anita einen Blick zu. Vorsichtshalber wich sie ein paar Schritte zurück und trat die Flucht in die Krimiabteilung an, während ich sie und ihre Nachkommen der nächsten Generationen verfluchte. Ich nahm einen Stift, griff nach meinem Terminplan und tat so, als müsste er auf der Stelle berichtigt werden. Vor lauter Panik zitterten mir die Hände, und ich versuchte das unangenehme Hitzegefühl nicht zu beachten, das mich überkam. Ich strich zwei Felder durch, kritzelte eine unleserliche Notiz und wendete das Blatt, um zwei Romantitel darauf zu notieren.

Als ich, verkrampft vor Nervosität, den Kopf hob, war Frédéric immer noch da. Ein amüsiertes Lächeln umspielte seinen Mund. Mein Herz schlug ein bisschen schneller, als ich seinen fröhlichen Blick und dieses unwiderstehliche Grübchen in seiner Wange sah.

»Bilde ich mir das nur ein, oder tust du gerade so, als sei ich gar nicht da?«

Ich bin das Mädchen, das am Boden des Lochs noch weitergräbt. Vermutlich, weil ich meine Scham dort beerdigen will, meine Schüchternheit und meinen Magen, der Loopings dreht.

»Ich … ähm … Niemand hat mich zum Essen eingeladen«, sagte ich schließlich, während ich den Stift zwischen den Fingern hin und her drehte.

»Und was machst du morgen?«

Der Stift flog durch die Luft, und ich ertappte mich dabei, dass ich mir die Finger rieb wie ein kleines Mädchen, das dringend zur Toilette muss. Ich war gleichzeitig erschrocken über seine harmlose Frage und bestürzt wegen meines eigenen Verhaltens. Meine krankhafte Schüchternheit würde die geringen Chancen zerstören, die ich bei diesem Mann vielleicht hatte.

Plötzlich verblasste Frédérics Lächeln, und er runzelte die Stirn.

»Ich hab ganz vergessen, dass du den Leseclub hast.«

»Ähm … äh … ja. Aber …«

»Und ich weiß, dass du nie einen Termin ausfallen lässt.«

»Ach ja?«

»Das gehörte zu den ersten Dingen, die du mir erzählt hast, als ich hier angekommen bin. Ich will deine Pläne und die der anderen nicht durchkreuzen.«

Ich unterdrückte ein frustriertes Stöhnen. Wenn ich nicht endlich lernte, den Mund zu halten, würde ich mir mein Leben irgendwann selbst vermasseln. Ich überlegte fieberhaft, wie ich die Situation retten konnte, ohne den Eindruck völliger Verzweiflung zu erwecken.

»Vielleicht an einem anderen Abend?«

Ich war beeindruckt von mir selbst, weil ich weder gestammelt noch wie ein Teenager gequiekt hatte. Stattdessen trat ich weiterhin von einem Fuß auf den anderen wie ein Kind vor der Bescherung am Heiligen Abend. Frédéric musterte mich. Er zögerte. Schließlich nickte er und schlug vor:

»Treffen wir uns doch zum Mittagessen.«

»Ja, super! Morgen?«

Innerlich geißelte ich mich für meine allzu offensichtliche Begeisterung, und ich kniff die Lippen zusammen, damit keine weitere Dummheit aus meinem Mund kommen konnte. Um einen unangebrachten Wortschwall zu unterdrücken, umklammerte ich die Theke – vor ihm auf dem Boden zu kriechen wäre dann doch zu demütigend gewesen.

»Morgen bin ich schon verabredet, aber vielleicht … übermorgen?«

»Ja, super!«

»Ich bringe dir Blumen mit«, versprach er und machte Anstalten, den Rückweg zu seinem Laden anzutreten.

»Ja, super!«

Am liebsten hätte ich mich geohrfeigt. Ich war so glücklich … Selbst wenn er mir vorgeschlagen hätte, mich von der Brücke zu stürzen, hätte ich nur ständig wiederholt: »Ja, super!« Am Ende würde er noch glauben, dass ich Aufputschmittel nahm, aber tatsächlich war er es, der mich in diesen Zustand versetzte.

Im Übrigen war er der Einzige, der sich für mich interessierte. Ich liebte es, mich in seinem azurblauen Blick zu verlieren, während ich einfältig grinsend davon träumte, seine Hand in meiner zu spüren.

»Ich komme heute Abend noch mal auf einen Kaffee vorbei«, versprach er und winkte mir ein letztes Mal zu.

»Ja, super!«, erklang Anitas Stimme rechts von mir.

Mit raschem Schritt überquerte Frédéric den Platz, während sie mit bestürzter Miene den Kopf schüttelte. Sie stellte ihre Tasse mit dem noch dampfenden Kaffee auf die Theke, hob meinen Stift auf, der mitten im Gang lag, und gab ihn mir zurück.

»Das war ja erbärmlich.«

»Ich weiß«, sagte ich und stöhnte. »Was Männer betrifft, bin ich einfach eine Niete.«

»Ja, offensichtlich. Warum hast du den Club nicht sausen lassen und dich mit ihm zum Essen verabredet?«

Ich verbarg mein Gesicht in beiden Händen. Am liebsten hätte ich mich in Luft aufgelöst und diese Geschichte einfach vergessen. Unglücklicherweise war Anita Zeugin meines jämmerlichen Wortwechsels mit Frédéric gewesen, sodass er von nun an in Stein gemeißelt war. Sie würde es sich nicht nehmen lassen, mir meine Worte immer wieder in Erinnerung zu rufen, nur um mich zu quälen.

»Ich war nicht darauf vorbereitet«, versuchte ich mich zu rechtfertigen.

»Das ist das Problem mit den Männern: Sobald sie die Initiative ergreifen, verfallen wir Frauen in eine Art Schockstarre. Aber du hättest die Einladung trotzdem annehmen sollen.«

»Ich gehe mit ihm mittagessen.«

»Zum Mittagessen geht man mit Freunden, Sarah. Mittagessen ist eine unschuldige und etwas langweilige Sache.«

»Du übertreibst.«

Trotz meines katastrophalen Wortwechsels mit Frédéric

empfand ich einen Anflug von Stolz, weil es mir gelungen war, mich zu einem Essen mit ihm allein zu zweit zu verabreden. Das war mehr, als ich mir hätte träumen lassen. Mein Blick wanderte zum Blumengeschäft hinüber. Frédéric war gerade dabei, die Eimer mit den Schnittblumen herauszuholen und sie vor den Laden zu stellen. Ich stieß einen neidischen Seufzer aus und drehte mich wieder zu Anita um, die mit den Augen rollte.

»Dann hast du ja noch zwei Tage Zeit, in denen du lernen kannst, nicht mehr zu hyperventilieren, sobald er vor dir steht.«

»Willst du noch einen Kaffee?«, fragte ich, um das Gespräch auf ein anderes Thema zu lenken.

»Nein, danke. Zieh am besten dein gelbes Kleid an, das steht dir gut.«

»Anita! Es ist nicht … Ich meine, es ist doch nur …«

»Ja, ich weiß. Aber glaub mir, diese lächerliche Geschichte von der inneren Schönheit stellt keinen Widerspruch zu diesem gelben Kleid dar. Auf andere Qualitäten kannst du später noch setzen, zum Beispiel auf deine Freundlichkeit und Großzügigkeit und dein Organisationstalent. Oder auf deine Gelassenheit.«

»Meine Gelassenheit?«

»Ich schwanke zwischen Gelassenheit und Durchhaltevermögen angesichts widriger Umstände«, fuhr sie nachdenklich fort.

Ich war ein sehr ängstlicher Mensch. Mir machte alles Angst, beginnend bei den Rechnungen, die sich stapelten, über den Wetterbericht bis hin zu einem Mittagessen mit Frédéric. Jeden Abend überprüfte ich zweimal, ob ich die Türen richtig abgeschlossen hatte, und das leiseste Knarren des Parketts versetzte mich in helle Panik.

Ich war alles andere als gelassen, und das wusste sie genau.

»Was redest du denn da, Anita?«

Sie leerte ihre Kaffeetasse in einem Zug und zeigte dann mit dem Zeigefinger auf eine Stelle hinter mir.

»Deine Leseecke steht unter Wasser.«

3

Maxime Die Nacht in der Zelle hatte länger gedauert als angenommen, denn normalerweise teilte man mir nach ein oder zwei Stunden mit, dass ich wieder frei war. Es war beinahe ein Spiel für mich: Jedes Mal, wenn sie mich einsperrten, fragte ich mich, ob sie mich schneller als beim letzten Mal wieder rauslassen würden. Das Blut auf meinem dunkelgrünen Hemd war endlich getrocknet und hatte zahlreiche dunkle Flecken hinterlassen. Natürlich hatte die Polizei darauf geachtet, mir die Schnürsenkel abzunehmen, sodass meine Füße in den schweren Boots kaum noch Halt fanden.

Nach einigen Stunden in der Zelle hatte ich mich endlich auf der Bank aus grauem Beton ausgestreckt. Den Kopf auf meine aufgerollte Lederjacke gebettet, die Füße verschränkt und die aufgeschürften Hände auf dem Bauch gefaltet, war es mir sogar gelungen, ein paar Stunden zu schlafen, in der Hoffnung, dass Mathilde irgendwann angestürmt kommen und mich aus der Sache raushauen würde.

»Na los, aufstehen!«

Die Neonröhre flackerte, und gleich darauf war ich komplett geblendet. Ich schnitt eine Grimasse, richtete mich auf und fuhr mir mit der Hand über mein schmutziges Gesicht. Vermischt mit Staub und getrocknetem Blut, bildete der Schweiß einen unangenehmen Film auf meiner Haut. Ich brauchte dringend eine Dusche und einen sehr starken Kaffee.

Der Polizist entriegelte die Tür und signalisierte mir, dass meine Nacht in der Ausnüchterungszelle vorbei war. Ich bedachte ihn mit einem kleinen, aber siegessicheren Lächeln und schob mich an ihm vorbei nach draußen. Wir liefen mehrere schmucklose Flure entlang, und ich nutzte die Gelegenheit, um ihm Fragen zu stellen.

»Sofortige Vorführung vor den Strafrichter?«, fragte ich.

»Schon möglich.«

Der letzte Flur mündete in den Empfangsbereich des Polizeireviers. Ich rechnete damit, Mathilde dort anzutreffen, die mein Schutzengel und meine Agentin war und ziemlich sauer sein würde, weil man sie am Sonntag dermaßen früh geweckt hatte. Wenn sie noch dazu ihr Kind bei der Nachbarin hatte unterbringen müssen, war sie mit Sicherheit stinkwütend. Sie würde mir gehörig aufs Dach steigen.

»Man erwartet Sie in diesem Raum«, sagte der Flic.

Überrascht hielt ich inne. In den Monaten zuvor hatte ich mehrmals eine Nacht in der Zelle verbracht, aber dieses Erwachen war anders als jedes zuvor. Meistens meckerte Mathilde ein bisschen rum, ehe sie mich hereinließ und mir bei einem Espresso eine endlose Predigt hielt. Gelegentlich landete ich vor dem Richter, der mir auf die Finger klopfte – offiziell hieß es, dass er mir eine Verwarnung erteilte –, und dann ging ich nach Hause. So lief das nun mal: Auf die eine oder andere Art hieß es am Ende immer »Schwamm drüber«, und das nutzte ich ordentlich aus.

Der Bulle öffnete die Glastür des Raums und schloss sie hinter mir wieder. Beim Geruch nach Desinfektionsmittel und abgestandener Luft verzog ich das Gesicht. Meine Laune verfinsterte sich vollends, als ich sah, dass drei Personen auf mich warteten.

»Oh, volles Programm«, sagte ich ironisch.

»Setz dich hin«, erwiderte Mathilde mit eisiger Stimme.

Ich warf Claude, meinem Anwalt, und Damien einen Blick zu. Mit Letzterem hatte ich seit einer Ewigkeit nicht mehr gesprochen. Er begrüßte mich mit einem Kopfnicken, seine groben, von harter Arbeit gezeichneten Hände lagen gefaltet vor ihm auf dem Tisch.

»Sonst …?«, fragte ich provozierend.

»Ich habe keine Lust auf deine Spielchen, Maxime.«

»Setz dich«, sagte nun auch Claude.

Der war normalerweise immer wie aus dem Ei gepellt und trug elegante Maßanzüge, aber an diesem Morgen war er in Sweatshirt und Jeans erschienen. Offensichtlich hatte ich eine Menge Leute aus den Federn geholt. Seufzend tat ich, was sie von mir verlangten. Ich zog geräuschvoll einen Stuhl heraus und nahm Platz. Ich musterte meinen Anwalt, um herauszufinden, wie er gelaunt war.

»Was soll dieser Zirkus?«, fragte ich schließlich.

»Simon hat mich angerufen«, erklärte Mathilde.

»Der liebe, gute Simon«, sagte ich lächelnd.

»Der treibt mich am Sonntagmorgen wenigstens nicht aus dem Haus.«

»Er hat ja keine Ahnung, was ihm entgeht. Und jetzt sagt mir endlich, warum ihr hier seid, ich will mich wieder hinlegen.«

»Wir haben eine Abmachung getroffen«, antwortete mein Anwalt.

Ich ließ den Blick über die drei Menschen vor mir schweifen. Mathildes Anwesenheit überraschte mich nicht, und auch die meines Anwalts erklärte sich ohne Weiteres, aber ich verstand nach wie vor nicht, was Damien hier wollte.

»Hast du deine Weingärten sich selbst überlassen?«, fragte ich ihn.

»Nur für zwei Tage, so lange, wie ich brauche, um hierher und wieder zurück zu fahren.«

»Dein Timing ist gut«, sagte ich und meinte es als Kompliment. »Ich bin nämlich in Höchstform.«

Damien begnügte sich mit einem unergründlichen Lächeln. Die Erklärung, auf die ich wartete, blieb aus.

»Maxime?«, sagte Mathilde.

»Was ist?«, seufzte ich. »Willst du mir schon wieder eine Moralpredigt halten?«

Meine Agentin war nur ein paar Jahre älter als ich. Offenbar reichte ihr das, um sich wie meine Mutter zu benehmen und mich mit Zurechtweisungen und lästigen Ratschlägen zu überschütten. Ich war erwachsen, ich brauchte niemanden, der den Anstandswauwau für mich spielte.

»Nein.«

»Umso besser. Ich habe keine Lust, mir ständig von dir anzuhören, dass ich meine Zukunft aufs Spiel setze. Kann ich jetzt gehen?«

»Nein«, sagte Damien.

Sein entschiedener Ton überraschte mich. Früher waren wir mal Freunde gewesen. Sein Vater, Besitzer eines Weinguts in der Charente, hatte mich zweimal im Herbst zur

Weinlese eingestellt. Damien und ich mochten uns, aber er war sehr viel aufrichtiger und anständiger als ich. Es war mir nie gelungen, ihn in meine fragwürdigen Aktivitäten hineinzuziehen: Seine Rechtschaffenheit war über jeden Zweifel erhaben.

»Ich habe dich sehr wohl verstanden«, erwiderte Mathilde mit einer Stimme, in der eine Spur Bitterkeit mitschwang. »Ich setze mir meine Prioritäten selbst, Max. Und da ich keinerlei Einfluss auf dich habe, habe ich beschlossen zu kündigen.«

Mir entfuhr ein höhnisches Lachen.

»Wenn ich jedes Mal einen Euro bekäme, sobald du von Kündigung redest …«

»Hier ist das Schreiben«, fiel sie mir ins Wort und legte ein Blatt Papier auf den Tisch.

Ich straffte den Rücken und ließ den Blick über den Brief wandern. Mathilde und ihre Meinung über mich waren mir scheißegal. Mit dem Handrücken wischte ich das Blatt vom Tisch und warf meiner zukünftigen Ex-Agentin einen vernichtenden Blick zu.

»Hast du etwa geglaubt, ich rege mich darüber auf?«

»Einen Rest Hoffnung hatte ich noch, ja.«

»Ist mir scheißegal, ob du für mich arbeitest oder nicht. Ich muss nur mit den Fingern schnippen, und schon habe ich eine neue Agentin.«

»Maxime!«

Mein Anwalt schlug mit einer Handfläche auf den Tisch. Während Mathilde zusammenfuhr, zuckte Damien nicht einmal mit der Wimper. Mit seinen billigen Klamotten – einem am Hals abgewetzten T-Shirt und einer Jeansjacke – wirkte er hier völlig deplatziert. Alles an ihm verriet den Bauer aus der Provinz. Trotzdem blieb er völlig unbeeindruckt, im Gegenteil, er schien das Schauspiel zu genießen.

»Was ist?«, knurrte ich ihn an.

»Nichts. Du sollst dir nur anhören, was wir dir zu sagen haben.«

»Ist mir total egal, okay? Ihr könnt mich alle mal. Also, erklärt ihr mir jetzt endlich, was das Theater hier soll? Mathilde, wenn du in den Sack hauen willst, werde ich dich nicht daran hindern. Du hast ja offensichtlich keine Lust mehr, für mich zu arbeiten.«

»Ich habe keine Lust, Zeugin deines Niedergangs zu sein. Deine eigene Karriere kannst du gern auf Spiel setzen, aber meine lasse ich mir von dir nicht kaputt machen.«

»Wie gesagt, das ist mir scheißegal.«

»Also, zur Sache, Maxime«, ergriff erneut mein Anwalt das Wort.

Er öffnete eine Akte und legte drei Blätter ordentlich vor mir auf den Tisch. Ich machte mir nicht mal die Mühe, mich vorzubeugen, um zu lesen, was dort stand. Ich wusste, dass Claude mir früher oder später in seinem Juristenjargon, den ich nur mit Mühe verstand, mein Urteil verkünden würde. Und um gut dazustehen, würde ich genau in diesem Augenblick mein schauspielerisches Talent einsetzen, mich untertänigst entschuldigen und ihm versprechen, nie wieder jemanden zu verprügeln.

Bis zur nächsten Eskapade würde ich vermutlich eine Woche durchhalten. Bestenfalls.

»Warum dieser dramatische Ton?«, fragte ich spöttisch.

Er bedachte mich mit einem wütenden Blick, dann fuhr er fort: »Das Paar, das du angegriffen hast, wird Strafanzeige erstatten wegen der Schläge und Verletzungen, und hinzu kommt noch sexuelle Belästigung.«

»Sie war einverstanden«, stieß ich zwischen zusammengebissenen Zähnen hervor. »Und außerdem habe ich sie kaum angefasst. Diese Tussi lief in einem derart kurzen Kleid herum, dass …«

»Die Nase und zwei Rippen ihres Verlobten sind gebrochen«, schnitt mir Claude das Wort ab. »Wir warten noch auf den vollständigen Bericht des Krankenhauses. Selbst wenn der Richter nicht von sexueller Belästigung ausgeht, was ich bezweifle, werden sie dich zwangsläufig der restlichen Vergehen beschuldigen, den Tatbestand der Flucht noch nicht eingerechnet.«

»Tatbestand der Flucht?«

»Der Polizist hat gesagt, dass er dich verfolgen musste. Maxime, ich versichere dir, diesmal ist es wirklich ernst. Es steht eine Menge auf dem Spiel.«

»Und du riskierst deine Karriere«, fügte Mathilde hinzu.

»Da du ja nicht mehr meine Agentin bist, geht dich das einen Scheißdreck an.«

»Ich dachte, wir wären Freunde. Tatsächlich glaube ich das immer noch, sonst wäre ich nämlich nicht hier und würde nicht versuchen, dir den Hintern zu retten.«

»Zu liebenswürdig. Aber ich glaube kaum, dass ich auf dich oder sonst jemanden angewiesen bin«, sagte ich und erhob mich von meinem Stuhl. »Ich weiß nicht, was das hier soll. Wenn es wirklich so schlimm wäre, hätten sie mich doch längst dem Strafrichter vorgeführt, oder?«

Ich ballte die Fäuste und versuchte die Wut zu beherrschen, die plötzlich in mir aufstieg. Um meine leichten Rückenschmerzen zu mildern, streckte ich die Arme über dem Kopf aus. Ich glaubte in diesem fensterlosen Raum ersticken zu müssen. Auf der Suche nach einer Zigarette durchwühlte ich meine Taschen. Vergeblich, der Bulle hatte mir bei der Ankunft auf dem Revier alles abgenommen. Ich stieß einen Seufzer aus – jetzt war ich wirklich genervt.

»Stimmt, du müsstest eigentlich schon vor dem Richter stehen«, bestätigte mein Anwalt, während ich in dem kleinen Raum auf und ab ging.

»Wir konnten mit ihm verhandeln«, fügte Damien hinzu.

»Wollt ihr ihm einen Scheck ausstellen?«, fragte ich hämisch.

»Wir haben mit dem Richter gesprochen, Maxime. Und bevor ich dir erkläre, was wir vorhaben, musst du wissen, dass dir für diese neuerliche Entgleisung Gefängnis ohne Bewährung droht.«

Erneut verspürte ich einen Anflug von Nervosität. Ich beschleunigte den Schritt und fuhr mir mit einer Hand durch die schmutzigen Haare. Ich hatte die Ehre, den Knast bei einem kurzen Aufenthalt von innen kennenzulernen, als ich noch bei meinem Vater wohnte, und offen gesagt, hatte ich keine Lust, diese Erfahrung zu wiederholen.

»Kollateralschäden gibt es übrigens bereits. Dein Dreh in Südafrika ist gecancelt.«

»Gecancelt? Du meinst, er wird verschoben, bis ich von meinem Abstecher ins Gefängnis zurück bin?«

»Nein, ich meine komplett abgesagt. Sie werden für die Hauptrolle ein neues Casting ansetzen. Sie wollen keine schlechte Publicity in Zusammenhang mit dem Film.«

Ich schluckte die Info einfach. Normalerweise hätte ich Mathilde mit ihren schlechten Nachrichten und ihrem erstickenden Wohlwollen zum Teufel geschickt, aber diesmal begnügte ich mich damit, den Blick zu senken.

»Und ich weiß nicht, inwieweit ich deine nächsten Filme retten kann. Die Produzenten zögern, ihren Erfolg von einem Typen abhängig zu machen, der hinter Gittern zu landen droht«, stellte meine Agentin klar.

»Tja, hoffen wir, dass sie recht behalten. Dann werde ich die berüchtigte Zelle also bald von innen sehen?«

»Wir haben getan, was wir konnten, um dir das zu ersparen.«

Mein Anwalt nahm ein weiteres Blatt aus der Akte. Er forderte mich mimisch auf, mich wieder hinzusetzen. Ich fügte mich und harrte der Dinge, die da kommen würden, während ich Damiens Blick zu ignorieren versuchte, der auf mir lastete.

»Der Richter ist damit einverstanden, dir eine Lockerung des Vollzugs zu gewähren. Damit entgehst du der Gefängnisstrafe, und vor allem kannst du den Skandal einer etwaigen Inhaftierung vermeiden.«

»Dieser Art von Plan traue ich nicht«, sagte ich.

Er schob mir das Blatt zu, sodass ich die Bedingungen der Übereinkunft lesen konnte.

»Du musst nur unten auf der Seite unterschreiben«, erklärte mein Anwalt, während ich das Juristenkauderwelsch überflog, ohne es zu verstehen.

»Und was bedeutet das im Klartext?«

Ich hob den Kopf und sah zu Claude. Er warf Damien einen Blick zu, und Damien nickte.

»Im Klartext bedeutet es, dass du anstelle der Gefängnisstrafe zwei Monate lang gemeinnützige Arbeiten verrichten wirst«, sagte Damien.

Ich verzog die Lippen zu einem Lächeln. Auch diesmal

blieb mir also das Schlimmste erspart. Gemeinnützige Arbeiten. Okay. Ich würde ein paar Tage schuften, mich dann öffentlich entschuldigen und Strafmilderung erbitten. Alles halb so wild.

Und es würde mich nicht daran hindern, mein Leben auch weiterhin auf die Art zu führen, die mir gefiel. Ich würde meine nächtlichen Gewohnheiten beibehalten und meine Termine wahrnehmen. Schlimmstenfalls musste ich mich regelmäßig auf dem Polizeirevier sehen lassen.

»Selbstverständlich wirst du eine elektronische Fessel tragen«, fuhr mein Anwalt fort.

»Und das heißt?«

»Kein Ausgang zwischen zweiundzwanzig und acht Uhr morgens.«

»Dann saufe ich eben zu Hause.«

»Du wirst nicht zu Hause sein.«

Ich fuhr zu Damien herum und starrte ihn verständnislos an. Irgendetwas stimmte nicht. Diese Sache von wegen gemeinnütziger Arbeit war zu schön, um wahr zu sein. Und vor allem erklärte sie nicht diese kleine improvisierte Gerichtsszene.

»Du wirst dich in der Charente aufhalten«, fügte er hinzu.

Ich stand wieder auf und hielt die rasende Lust, irgendetwas zu zertrümmern, so gut wie möglich im Zaum. Ich stieß den Stuhl mit einer heftigen Bewegung weg und rang um Fassung. Die Falle, in die ich soeben getappt war, hatte ich nicht kommen sehen.

»Ich gehe nicht zurück in die Provinz«, knurrte ich.

»Damien hat eine Lösung für dich gefunden«, sagte Mathilde.

»Ich weiß, dass du nicht zu deinem Vater zurückwillst,

und ich habe eine Freundin, die dringend Hilfe bei der Renovierung ihrer Buchhandlung braucht.«

»Eine Buchhandlung? Willst du mich auf den Arm nehmen? Warum kann ich nicht bei dir wohnen?«

»Der Richter ist der Meinung, dass bei mir das Umfeld zu unsicher ist. Die Weingärten sind nicht eingezäunt, während dein Bewegungsradius in der Buchhandlung eindeutig festgelegt wäre. Sie wollen jeden Fluchtversuch verhindern.«

Mein Atem ging schneller. Innerhalb weniger Sekunden war mein Leben auf den Kopf gestellt worden. Ein regelrechter freier Fall, ohne Fallschirm und mit einer heftigen Landung, die mit Sicherheit Nachwirkungen haben würde. Erneut stand ich von dem Stuhl auf und nahm das Blatt Papier in die Hand, auf dem die Vereinbarung festgehalten war.

»Das ist also eure … Abmachung? Ich muss für zwei Monate alles aufgeben, was ich hier habe, um in eine Stadt voller Hinterwäldler zurückzugehen? Hoffentlich ist wenigstens das Hotel in Ordnung!«

»Die Buchhandlung stellt dir ein Zimmer zur Verfügung.«

»Und wenn ich nicht einverstanden bin?«

»… gehst du ins Gefängnis«, antwortete Claude. »Du hast die Wahl.«

»Ach wirklich? Das ist ja eine großartige Wahl! Ich kann also entweder in den Knast wandern oder in Chateaurenard verschimmeln, in diesem elenden Kaff.«

Ich trat gegen den Stuhl, der metallisch scheppernd ans andere Ende des Raums flog. Auch diesmal zuckte Damien nicht einmal zusammen.

»Offensichtlich wäre es am besten«, sagte er stattdessen, »wenn du dich bereit erklärst, dort unten auch eine Therapie zu machen.«

»Und wenn möglich, werde ich dich besuchen und dir Drehbücher mitbringen.«

»Ach, leck mich doch! Du hast gerade gekündigt.«

Mathildes Gesicht verfinsterte sich, und sie begann ihre Sachen zusammenzupacken. Mit ruckartigen Bewegungen, die verrieten, wie wütend sie war, stopfte sie ihre Unterlagen in die Handtasche. Sie stand auf und steuerte auf die Tür zu.

»Ich weiß wirklich nicht, warum wir uns so verrückt machen, um dir aus der Bredouille zu helfen. Wenn du weiterhin alles um dich herum kaputt machst, willst du wohl tatsächlich in das Loch zurückgehen, aus dem du stammst, um dort bis ans Ende deiner Tage Obst- und Gemüsekisten zu schleppen.«

»Verschwinde«, sagte ich mit eisiger Miene.

»Du kannst mich mal, Maxime. Du ziehst sowieso immer das Schlimmste an.«

Sie verließ den Raum und schlug heftig die Tür zu. Ich unterdrückte ein Lachen, während ich sie innerlich zu ihrem schauspielerischen Talent beglückwünschte. Dann drehte ich mich zu meinen beiden verbliebenen Komplizen um und fragte: »Also, wie sieht Plan B aus?«

»Es gibt keinen Plan B, Maxime. Entweder du gehst nach Chateaurenard zurück und hilfst meiner Freundin, der Buchhändlerin, oder du schiebst sofort ab in den Knast.«

Er stand auf und dehnte seine kräftigen Gliedmaßen. Das Zimmer kam mir auf einmal noch enger vor. Von klein auf hatte Damien in den Weingärten gearbeitet und auf diese Weise breite Schultern und eine imposante Muskulatur ausgebildet. Er war mit Sicherheit der Letzte, den ich zu einer Schlägerei herausfordern würde. Trotz meiner Erfahrung und meiner Statur hätte ich gegen ihn nicht den Hauch einer Chance.

Er baute sich vor mir auf und versperrte mir den Weg.

»Max …«

»Bist du deswegen hergekommen?«, fiel ich ihm ins Wort. »Um diese kleine demütigende Szene zu genießen, in der ich mit eingezogenem Schwanz in die Heimat zurückehren muss?«

»Ich bin gekommen, weil du Hilfe brauchst. Noch kannst du deine Karriere retten.«

»Indem ich dorthin zurückgehe?«

»Indem du Abbitte leistest. In zwei Monaten haben alle vergessen, dass du diesem Typen die Nase gebrochen hast. Du kannst dich in aller Ruhe und vollkommen unbeobachtet ein bisschen erholen.«

»Unbeobachtet?«, wiederholte ich, zwischen Wut und Belustigung schwankend. »Willst du mich auf den Arm nehmen? Was glaubst du, wie lange es dauert, bis das Journalistenpack auftaucht und sich über meinen Abstieg in die Hölle auslässt?«

»Glaubst du, im Gefängnis würden sie dich in Ruhe lassen? Glaubst du etwa, diese gerissenen Typen würden nicht davon profitieren, um Fotos und Interviews an den Meistbietenden zu verkaufen? Greif zu, Max, du bekommst eine neue Chance! Und ehrlich gesagt, glaube ich, dass es die letzte ist.«

Damien deutete auf Claude.

»Mathilde ist schon weg. Willst du noch die letzten Menschen vergraulen, die zu dir halten?«

»Ich werde von allen Seiten umsorgt«, versicherte ich.

»Von wem denn? Wer ist heute Morgen außer uns noch hier?«, entgegnete er wütend. »Mathilde hat ihren Sohn bei einer Freundin gelassen, Claude hat sein Wochenende mit der Familie abgesagt, und ich bin die ganze Nacht durchgefahren, um rechtzeitig hier zu sein. Wir sind für dich da, Max. Aber wir können dir nicht helfen, wenn dir nichts Besseres einfällt, als uns wegzustoßen.«

Ich warf einen Blick auf Claude. Wie üblich war sein Gesichtsausdruck undurchdringlich, die professionelle Maske des Anwalts ließ nicht das geringste Anzeichen von Zorn erkennen.

»Ich habe niemanden gebeten, hierherzukommen.«

»Das stimmt. Und trotzdem sind wir da. Also, was ist dir lieber?«

Beklommene Stille senkte sich auf den Raum. Das Unbehagen, das ich einige Minuten zuvor empfunden hatte, kehrte zurück und wurde stärker. Ich saß in der Falle, und es gab keinen Ausweg.

»Entweder begleite ich dich in deine Wohnung, wir packen deine Sachen, und du beziehst heute Abend dein neues Zimmer mit Blick auf den Stadtpark … Oder du ziehst es allein durch. In dem Fall sagen wir dem Richter Bescheid, um die Abmachung zu widerrufen.«

»Und die Frau, die mich bei sich aufnimmt … Was hat die davon?«

»Sie wird dafür bezahlt«, antwortete Claude. »Und zwar so gut, dass sie erstens nicht in Versuchung gerät, Fotos an Journalisten zu verkaufen, und zweitens ein Auge auf dich haben wird.«

»Na bravo. Eine alte Schachtel wird also Quizsendungen mit mir schauen und mir das Stricken beibringen, während wir zusammen Schnaps trinken. Und hinterher zieht sie los und erzählt ihren Freundinnen davon?«

Damien lächelte kurz, dann schüttelte er den Kopf. »Sie hat eine Geheimhaltungserklärung unterschrieben, aber ich werde ihr einen Tipp geben. Das würde ihr bestimmt großen Spaß machen.«

»Ich will nicht dorthin zurück!«, schnaubte ich in einer letzten Aufwallung von Stolz.

»Darüber hättest du wohl besser gestern Abend nachdenken sollen …«

»Und bei den vielen Eskapaden davor«, beendete Claude den Satz. »Du solltest diese Vereinbarung unterschreiben. Glaub mir, so eine Chance bekommst du kein zweites Mal.«

»Wahrscheinlich sollte ich dir auch noch gratulieren«, sagte ich spöttisch.

»Ist nicht nötig, Maxime. Ein schlichtes ›Danke‹ würde schon reichen.«

Mit einem erschöpften Seufzer näherte ich mich dem Tisch. Ich hasste es, mich derart in die Enge getrieben zu fühlen, und fand es schrecklich, dass man mir meine Entscheidungsfreiheit nahm. Ich legte Wert auf meine Unabhängigkeit und mein derzeitiges Leben. Ich hatte das unangenehme Gefühl, alles zu verlieren, und ich war mir nicht sicher, ob ich es am Ende dieser zwei Monate zurückbekommen würde.

»Ich versichere dir, Max, das ist die beste Lösung. Du lässt Paris einfach hinter dir, führst ein normales Leben und findest zurück zu deinen Wurzeln.«

»Tatsächlich habe ich alles getan, um dem Leben dort zu entkommen«, murmelte ich, während ich kochend vor Wut die rechtliche Vereinbarung unterzeichnete.

»Willst du eine Kopie?«

»Und was soll ich damit? Meinst du, die Lektüre hilft mir beim Einschlafen in einer Stadt, in der nach den Abendnachrichten die Bürgersteige hochgeklappt werden?«

Kopfschüttelnd ließ Claude die Vereinbarung in eine Akte gleiten. Er stand auf und reichte mir zum Abschied die Hand. Ich ignorierte sie, warf ihm nur einen bösen Blick zu.

»Ich halte dich ebenso wenig zurück wie Mathilde, weißt du.«

Er ließ die Hand sinken, und ich glaubte eine Spur von Enttäuschung in seinem Blick zu sehen. Ich schaffte es also nicht einmal, Schuldgefühle in ihm zu wecken. Die Menschen um mich herum zu enttäuschen war so etwas wie eine Gewohnheit für mich geworden. Meine Mutter, meinen Vater … Mathilde und Claude waren nichts weiter als zwei neue Namen auf der länger werdenden Liste, und sie würden bestimmt nicht die letzten sein.

»Ich weiß. Aber ich weiß auch, dass du Menschen um dich herum brauchst, denen du vertrauen kannst. Ich versichere dir, in wenigen Wochen wirst du begreifen, dass wir nur dein Bestes wollten.«

Nun reichte er Damien die Hand und bedankte sich mit warmen Worten bei ihm.

»Rufen Sie mich an, wenn Sie mich brauchen.«

»Mache ich«, versicherte Damien.

Mein Anwalt verließ das Zimmer, und ich blieb mit einem meiner ältesten Freunde zurück.

»Also. Jetzt, wo das offizielle Personal weg ist … könntest du mir bitte mal erklären, was du hier machst?«

»Ich helfe einer Freundin, die ein Geldproblem hat.

Und einem anderen Freund helfe ich ebenfalls, seine Probleme zu lösen ... so einfach ist das.«

»Wer hat dich geschickt?«

»Dein Vater.«

Sofort spannten sich meine Muskeln an, und ich fuhr mir mit einer Hand übers Gesicht. Zu meinem Vater hatte ich seit Jahren keinen Kontakt mehr, und ich hatte nicht vor, daran etwas zu ändern. Nach dem Tod meiner Mutter hatte ich den Rest meiner Familie abgeschrieben.

»Er hat mich gebeten, dir zu helfen. Und da wir Freunde sind und Sarah unbedingt Hilfe braucht, habe ich ihm diese Lösung vorgeschlagen.«

Damien zuckte mit den Schultern und unterdrückte ein Gähnen. Angesichts der frühen Stunde musste er die ganze Nacht durchgefahren sein, um so zeitig in Paris anzukommen. Eigentlich hätte es mich nicht überraschen dürfen, ihn hier zu sehen.

»Fahren wir zu dir, du musst deine Sachen packen.«

»Habe ich nicht mal das Recht auf einen Tag ... Übergangszeit?«

»Mir fehlt die Zeit für deinen Übergangstag. Wir armen Normalsterblichen müssen nämlich jeden Tag arbeiten.«

Er deutete mit dem Kinn auf die Tür. Ich zog meine Jacke an und trat hinaus in die kühle Luft des frühen Morgens in Paris. Die Sonne war gerade aufgegangen, und ich hätte viel für eine Tasse Kaffee gegeben. Stattdessen stieg ich in Damiens Transporter, nachdem ich ein paar vergilbte Lieferscheine und zwei leere Wasserflaschen vom Beifahrersitz geschoben hatte.

»Hatte keine Zeit mehr zum Aufräumen, nimm's mir nicht übel.«

»Ich werd's überleben«, murmelte ich.

Noch immer stand ich unter dem Eindruck dessen, was mich erwartete. Zwei Monate in der tristen, freudlosen Provinz, aus der ich stammte. Zwei Monate. Was für einen Schauspieler ungefähr einem ganzen Leben gleichkam. Und ohne Mathilde an meiner Seite gab es niemanden mehr, der mich rausboxen würde.

»Fährst du? Oder meckerst du dann die ganze Fahrt über?«

»Es muss eine andere Lösung geben«, sagte ich und seufzte.

»Ja. Das Gefängnis.«

»Dorthin zurückzukehren ist schlimmer als Gefängnis.«

»Sarah ist eine wundervolle junge Frau. Ich bin mir sicher, wenn du erst mal dort bist, willst du gar nicht wieder weg! Dafür musst du aber *damit* aufhören.«

Sein Blick war auf meine von der Prügelei noch wunden Hände gerichtet. Ich würde bestimmt nicht zur Ruhe kommen, indem ich zurück in die Provinz ging. Im Gegenteil, mein Bedürfnis, diese Wut, diese Energie abzureagieren, würde stärker werden denn je.

»Verlang nicht zu viel von mir … Du musst da vorne links abbiegen.«

Der Rest der Fahrt verlief schweigend. Nach weniger als zehn Minuten betrat ich meine makellos saubere und aufgeräumte Wohnung. Damien stieß einen anerkennenden Pfiff aus.

»Wenn ich das nächste Mal einen Investor suche, rufe ich dich an. Wenn ich einen Raumausstatter brauche, übrigens auch. Ich wusste gar nicht, dass du auf Kunst stehst.«

»Ich verstehe nichts davon. Die Wohnung war schon bei meinem Einzug so eingerichtet«, erklärte ich und holte einen Koffer aus dem Wandschrank im Flur.

»Du hast hier nichts verändert? Nichts hinzugefügt?«

»Nein, gar nichts.«

Damien steuerte auf den Balkon zu und zog die Vorhänge auf. Das milde Licht des frühen Morgens flutete ins Wohnzimmer. Widerwillig trottete ich in mein Schlafzimmer. Das Kofferpacken bereitete mir mehr Unbehagen als die Nacht in der Zelle oder das Gespräch auf der Polizeiwache am allzu frühen Morgen. Ich suchte noch immer nach einem Ausweg.

Nachlässig warf ich meine Kleidung in den Koffer, dann ging ich ins Bad. Auch dort war alles picobello sauber und aufgeräumt. Ich packte nur das Nötigste ein, überzeugt, auf keinen Fall die nächsten zwei Monate dort unten zu verbringen.

»Sag mal«, rief ich, »kann ich vielleicht noch kurz duschen? Ich fühle mich in diesen dreckigen Klamotten echt mies.«

»Ja, aber beeil dich!«

Ich zog mich aus und stieg in die Duschkabine, ohne abzuwarten, bis der Wasserstrahl heiß war. Die Dusche besänftigte meinen Zorn nicht. Im Gegenteil, die jüngsten Ereignisse liefen wie ein Film vor meinem inneren Auge ab, und ich fragte mich, an welchem Punkt mich das Glück auf einmal verlassen hatte.

»Fertig?«, fragte Damien, als ich zurück ins Wohnzimmer kam.

»Habe ich wenigstens noch das Recht auf einen Kaffee?«

»Natürlich!«

Um ein Haar hätte ich gelächelt. Zum ersten Mal seit zwei Stunden war es mir gelungen, mich durchzusetzen. Ich wollte in die Küche gehen, doch Damien hielt mich mit einer Handbewegung zurück. Er schüttelte den Kopf und tippte auf seine Uhr.

»Unterwegs. Uns bleiben noch fünf Stunden für den Weg in den Süden.«

4

Sarah Nachdem ich den Schaden entdeckt hatte – das überschwemmte Parkett, die durchnässte Wand, die zerstörten Möbel –, kontaktierte ich meinen Versicherungsberater. Da er nicht erreichbar war, musste ich auf seinen Rückruf warten. Zu behaupten, ich sei einer Panikattacke nur knapp entgangen, wäre beschönigend gewesen. Vor Anita hatte ich meine Würde zu wahren gewusst und keine einzige Träne vergossen. Ich hatte nur gemault, auf meinen Unstern geschimpft und die mittelalterlichen Rohrleitungen der Buchhandlung verflucht.

Anita half mir, und am Ende knieten wir auf dem Boden und wischten mit Handtüchern das Wasser auf, das die Bücher zu beschädigen drohte. Immerhin war es mir gelungen, das Regal mit den noch nicht zum Verkauf freigegebenen Büchern zu retten. Sobald meine Freundin gegangen war, schloss ich die Ladentür doppelt ab und brach auf dem winzigen trocken gebliebenen Teil der Couch zusammen.

Beim Anblick der dicken Blasen an der beigen Wand vergaß ich endlich meinen Stolz und fing bitterlich an zu weinen. Ich weinte um die Buchhandlung, um meine Einsamkeit und um mein Leben an diesem Ort. Schließlich ließ ich meinen tränenverschleierten Blick durch den Laden schweifen. Ich besaß zu viele Bücher. Es waren zu viele für diese mittelgroße Stadt, zu viele für all die Menschen, die mich als leicht meschugge betrachteten. Mir war bewusst, dass ich mich irrational verhielt, indem ich so große Partien ankaufte, aber der Drang danach war stärker als ich. Umgeben von Romanen und Geschichten, fühlte ich mich ruhig und geborgen.

Der Wasserschaden hatte mich in die Wirklichkeit zurückgeholt. Meine finanzielle Situation war ohnehin äußerst heikel, denn im Grunde war ich nicht mehr liquide. Ich verdankte mein wirtschaftliches Überleben lediglich meinem Status als Eigentümerin und der Tatsache, dass Baptiste mir meine Mahlzeiten spendierte. Selbst wenn die Versicherung für die Reparaturen aufkam, würde ich mit Sicherheit Geld vorstrecken müssen. Geld, das ich nicht besaß. Ich legte mir die Hände aufs Gesicht und seufzte.

Auf die Verzweiflung folgte Besorgnis. Schon immer hatte ich das Menschenmögliche getan, um die Buchhandlung am Laufen zu halten. Ich vervielfachte die Sonderangebote, führte Aktionen durch und unterstützte die jährliche Theateraufführung. Ich verausgabte mich jeden Sonntag, indem ich das Schaufenster neu dekorierte, und hatte schließlich noch die Kaffeebar und die Leseecke eröffnet, in der Hoffnung, dass die Kunden ein bisschen länger bleiben und mehr Bücher kaufen würden.

Aber es funktionierte nicht. Kaum jemand schlenderte mehr in aller Ruhe durch eine Buchhandlung. Und noch weniger Leute kamen zu mir, um mich um Rat zu fragen. Ich hatte das Lesen immer als eine Leidenschaft betrachtet, die man mit anderen teilen sollte, und genau aus diesem Grund hatte ich den Leseclub gegründet. Nun saß ich auf dem Parkett, das sich durch die Nässe bereits zu wellen begann, und fühlte mich einsamer denn je.

Meine Augen brannten noch vom Weinen, als ich mich endlich wieder aufrichtete. Die Tränen hatten mir zwar ein wenig Erleichterung verschafft, sie hatten aber nicht das Geringste an der Situation geändert. Eine beginnende Migräne legte sich wie eine Schraubzwinge um meinen Schädel, und ich beschloss, mich zusammenzureißen. Ja, es war ein harter Schlag, zweifelsohne, aber irgendwie würde ich damit fertigwerden. Ich würde diesen Ort am Leben erhalten, es würde mir gelingen, die Buchhandlung zu führen und viele Kunden anzulocken.

Ich atmete tief durch und stieg die wenigen Stufen zu meiner Wohnung hinauf. Ein Blick in den Badezimmerspiegel bestätigte meine Befürchtung: Mein Gesicht war verquollen, die Augen blutunterlaufen, und meine Nase war vom vielen Schnäuzen gerötet. Ich wusch mir das Gesicht und kämmte mir die Haare. Nachdem ich mir einen Tee gekocht hatte, ging ich wieder in den Laden. Ich lief an der verwüsteten Leseecke vorbei, ohne sie eines Blickes zu würdigen.

Das war meine Lieblingstechnik. Sobald ein Problem auftauchte oder sich eine potenziell gefährliche Situation ergab, steckte ich den Kopf in den Sand. Ich wich aus. Ich tat so, als wäre alles in Ordnung. Als Kind hatte ich zu denen gehört, die sich beim Versteckspiel die Hand vors Gesicht hielten, weil sie glaubten, dass sie dann niemand sieht. Mir war bewusst, dass mein Verhalten kindisch war, aber es rettete mich vor Grübeleien und davor, in Depressionen zu versinken.

Ich schloss den Laden wieder auf und ließ die Tür weit

offen stehen. Die sommerlich milde Luft vertrieb meine finsteren Gedanken, und ich lächelte sogar wieder.

»Salut!«

Als ich Frédérics Stimme hörte, erstarrte ich. Wie groß war die Wahrscheinlichkeit, dass mein Gesicht abgeschwollen war und nicht mehr wie ein scharlachroter Luftballon aussah?

»Salut«, murmelte ich, während ich überflüssigerweise einen Stuhl umstellte.

Sarah-Vogel-Strauß. Wieder einmal. Mir war es so schon immer schwergefallen, Frédéric offen gegenüberzutreten. Aber jetzt, mit dem verheulten Gesicht und der überschwemmten Leseecke, war ich kurz davor, mich unter einem der Tische zu verkriechen.

»Alles okay?«, fragte er.

»Ich … äh … ja.«

»Anita hat mir erzählt, dass du einen Wasserschaden hast …«

Beinahe erleichtert, mich nicht mehr verstellen zu müssen, drehte ich mich zu ihm um. Mein Lächeln wurde breiter, und meine Stimmung hellte sich auf, als ich den Strauß Wiesenblumen in seiner Hand sah.

»Die helfen zwar nicht beim Aufwischen, aber ich dachte mir, sie können auch nicht schaden.«

»Danke«, murmelte ich und meinte es auch so.

Ich hielt mir die Blumen unter die Nase, endgültig besänftigt von ihrem Duft. Nach wenigen Sekunden fühlte ich mich schon besser.

»Das war doch nicht nötig«, sagte ich und ging in den Laden.

»Anita meinte, dass es ziemlich schlimm sei und du jetzt schließen musst.«

»Na ja, es war eine heftige Überschwemmung. Eigentlich nicht so schlimm, aber jetzt sind ein paar Renovierungsarbeiten fällig. Ich warte, dass der Versicherungsberater kommt und den Schaden beziffert.«

Ich stellte die Blumen in eine Vase, während Frédéric mit großen Schritten durch den vorderen Bereich des Ladens ging. Ich schnitt eine Grimasse, dann wischte ich das Thema mit einer Handbewegung vom Tisch. Wenn ich schon den Vogel Strauß spielte, würde ich meinem Nachbarn bestimmt nicht helfen, das Messer in der Wunde herumzudrehen.

»Es ist nicht so dramatisch, wirklich nicht.«

Frédéric schlängelte sich zwischen den niedrigen Regalen durch. Der Eingang war der Bereich des Ladens, mit dem ich mir die größte Mühe gab. Ich mochte es, wenn es dort einladend wirkte und mir der Anblick sofort ein Lächeln entlockte. Ich hatte alles Mögliche ausprobiert und mich schließlich für die Variante entschieden, die am besten funktionierte.

»›Lass dich überraschen‹?«, fragte Frédéric und zeigte auf das Regal, das vor ihm stand.

»Das ist für alle, die hereinkommen und sagen: ›Ich weiß nicht recht, worauf ich Lust habe.‹ Was du ja auch meistens tust …«

Nach längerem Zögern nahm Frédéric einen der in Geschenkpapier verpackten Bände in die Hand. Jede Woche wählte ich fünf Titel aus – sowohl Novitäten als auch ältere Bücher –, packte sie ein und versah sie mit einer Karte, auf der ein paar Wörter zum Inhalt des jeweiligen Buchs standen. Die Neugier der Kunden und der Überraschungseffekt erledigten den Rest.

»Und wenn die Kunden ein Buch verschenken, haben

sie die perfekte Ausrede, falls es nicht gut ankommt. Sie müssen nur mir und dem Zufall die Schuld geben.«

»Einer Krankenschwester sollte man lieber keinen Medizinthriller schenken …«

»Und einer Nonne keine erotische Literatur«, sagte ich und fing schallend an zu lachen. »Das ist schon vorgekommen«, fuhr ich fort, als ich Frédérics verblüfftes Gesicht sah.

»Wirklich?«

»Ja, sie ist zurückgekommen und hat es gegen ein Reisebuch eingetauscht. Viel … vernünftiger für sie.«

Wir lachten beide, und Frédéric klappte die kleine Karte mit einigen Schlüsselwörtern auf, die an dem Buch angebracht war. Er zog eine Augenbraue hoch und sagte: »Okay. Wenn ›eine unerwartete Begegnung‹, ›der Duft Italiens‹ und ›Familie, echt übel‹ aufeinandertreffen, dann ist das … eine bedrückende Grillparty im Familienkreis, die ein böses Ende nimmt? Oder vielleicht ein Kochbuch mit Rezepten für jede Generation?«

»Es ist *Romeo und Julia*«, antwortete ich lachend.

»Schade. Das Kochbuch wäre nützlicher gewesen, vor allem für unser Mittagessen.«

Ein peinliches Schweigen machte sich breit. Ich begnügte mich damit, zu lächeln und so zu tun, als wäre ich überhaupt nicht angespannt. Mein Herz setzte einen Schlag aus, und ich rieb mir die feuchten Hände. Ich war nervös … nicht wegen des Mittagessens, sondern weil ich einfach nicht mit Männern umgehen konnte. Meistens kicherte ich albern oder gab irgendwelche Dummheiten zum Besten.

Ich wusste nicht, wie man jemanden subtil verführte. Ich wusste *überhaupt nicht*, wie man jemanden verführte.

Punkt. Die leiseste Annäherung vonseiten eines Mannes versetzte mich in Panik. Ich befürchtete, Gesten falsch zu deuten, herumzudrucksen und mich in den Abgrund der Demütigung zu stürzen.

Frédéric deutete mein Schweigen offenbar als einen Anflug von Bedenken, denn er fuhr fort: »Ist es okay für dich, wenn wir zusammen mittagessen?«

»Äh … Ja, natürlich …«

»Ich dachte mir, da du fast jeden Tag allein isst, würde dir ein bisschen Gesellschaft vielleicht Freude machen.«

»Aber ja. Natürlich! Nun, vielleicht etwas Einfaches, hm? Ein Sandwich wäre super!«

Anita hätte mich dafür geohrfeigt, diesen Augenblick so zu ruinieren. Endlich lud mich ein Mann zum Essen ein, und ich schlug ihm Sandwiches vor. Ich hätte mich selbst knebeln, in die Abteilung »Selbstverwirklichung« schicken und nach einem Ratgeber für Beziehungen zwischen Männern und Frauen suchen lassen sollen.

»Ich hatte eigentlich an etwas Besseres gedacht.«

»Einverstanden. Aber bitte mach dir keine Umstände, ich …«

»Sarah, es wäre mir eine große Freude, dich in ein Restaurant auszuführen«, schnitt er mir mit sanfter Stimme das Wort ab. »Ich möchte sehr gern Zeit mit dir verbringen.«

»Tun wir das nicht bereits?«

Schon in dem Augenblick, in dem ich die Worte aussprach, ärgerte ich mich über mich selbst. Am Ende würde Frédéric noch denken, dass ich überhaupt keine Lust auf dieses Mittagessen hatte. Dabei war genau das Gegenteil der Fall. Ich hatte derart große Lust darauf, dass ich eine Heidenangst davor bekam, nervös wurde und in die Defensive geriet. Und das führte unweigerlich dazu, dass ich eine Menge albernes Geschwätz von mir gab.

»Was ich damit sagen wollte, ist … Ich möchte auf etwas … intimere Weise Zeit mit dir verbringen.«

Mir wurde heiß, meine Kehle war wie zugeschnürt. Dieser Mann tat nichts weiter, als mit mir zu reden, und ich stand kurz vor einer Ohnmacht. Ein Essen mit ihm würde mein Todesurteil bedeuten. Erneut machte sich Stille zwischen uns breit. Ich starrte auf die Überraschungsbücher, ohne sie wirklich zu sehen. Erst als ich verstohlen einen Blick auf meinen Nachbarn warf, beruhigte ich mich ein wenig. Er sah aus, als wäre ihm ebenso unbehaglich zumute wie mir, denn er stand mit hängenden Armen da.

»Und das Stück?«, fragte er.

»Das Stück? Äh … Woher weißt du davon?«

»Anita ist eine verdammte Quasselstrippe. Sie wäre imstande, dem Nächstbesten den Code für die Atombombe zu verraten. Sie hat mir erzählt, dass ihr jedes Jahr gegen Ende des Sommers ein Theaterstück aufführt. Habt ihr schon mit den Proben begonnen?«

»Eigentlich nicht. Der Leseclub hat sich noch für keinen der vorgeschlagenen Texte entschieden.«

»Hast du irgendwelche Vorlieben? Eine Rolle, die du gern spielen würdest?«

»Nie im Leben! Mir reicht es, die Ehrenamtlichen zu koordinieren und sie hin und wieder anzuschreien, wie es sich für eine launische Regisseurin gehört.«

»Also eher im Hintergrund?«

»Es ist nicht unbedingt meine Art, so im Scheinwerferlicht zu stehen. Ich bleibe lieber hinter den Kulissen.«

Frédéric musterte mich neugierig. Seine übermütig funkelnden Augen wurden dunkler, und ich hielt den

Atem an, als er mir mit dem Daumen über die Wange strich und mir eine widerspenstige Haarsträhne aus dem Gesicht schob.

»Ehrlich gesagt, finde ich das ziemlich schade.«

Seine Stimme war so weich wie Seide. Es dauerte nur eine halbe Sekunde, aber es kam mir vor, als wäre die Zeit stehen geblieben. Genau wie mein Herz. Ich hatte mich schon oft mit Frédéric unterhalten. Wir redeten über unseren Beruf, über das Wetter, die Kunden, das Leben im Viertel … aber noch nie war unser Kontakt derart vertraulich gewesen.

Erneut wurde mir ganz heiß, während mein Nachbar seinen azurblauen Blick auf mein Gesicht richtete. Mein Herz begann vor Aufregung zu rasen, und ich wich zurück, bereit, mich hinter dem Ladentisch zu verstecken.

»Nimmst du es?«, fragte ich und deutete auf das Buch, das er in den Händen hielt.

Er zögerte, verunsichert von meinem plötzlichen Stimmungsumschwung. Ich setzte ein geschäftsmäßiges Lächeln auf und holte eine Papiertüte unter dem Tresen hervor.

»Ich schenke es dir!«, rief ich, etwas zu begeistert.

Distanz zu ihm herzustellen war mir zu einer vordringlichen Angelegenheit geworden. Ich konnte mit der Situation nicht umgehen. Es war wirklich paradox: Frédéric gefiel mir – und offenbar gefiel ich ihm ebenfalls –, aber die Aussicht auf eine Annäherung machte mir Angst. In Beziehungsdingen war ich ein unbeschriebenes Blatt.

Für mich ähnelte das Ganze in gewisser Weise dem Begriff der Leere. Ich wusste, dass sie existierte, sie faszinierte mich, aber sobald ich ihr zu nahe kam, verunsicherte mich das Schwindelgefühl, und ich führte alle möglichen Ausreden an, um die Flucht ergreifen zu können.

»Ich will es bezahlen, Sarah.«

»Nein, ist nicht nötig, wirklich nicht. Es ist mir eine Freude!«

»Besteht die Chance, dass dieses Stück ausgewählt wird?«

Der jähe Themenwechsel brachte mich vollends aus dem Gleichgewicht. Es dauerte einen Augenblick, bis ich alles wieder sortiert hatte: das Buch, das Stück, Frédéric, die Überschwemmung. Dieser Tag machte mich fertig. Beinahe bedauerte ich, dass ich den Laden noch einmal geöffnet hatte.

»Denn wenn du die Julia spielst, könnte ich versuchen, innerhalb von zwei Tagen die Rolle des Romeo zu lernen«, sagte er in scherzhaftem Ton.

Ich war überzeugt, dass meine Nerven bei dieser emotionalen Achterbahnfahrt versagen würden. Es war mir gelungen, meine Panik zu unterdrücken, aber nun kam sie im Schweinsgalopp zu mir zurück und würde bald den letzten Rest meines Stolzes niedertrampeln. Ich räusperte mich und versuchte das Zittern in meiner Stimme zu unterdrücken.

»Also, wie gesagt, ich halte mich von der Bühne lieber fern. Außerdem stand das Stück auch gar nicht zur Debatte.«

Ich streckte eine Hand aus, gab ihm wortlos zu verstehen, dass er mir das Buch reichen sollte. Wenn ich es in die Tüte steckte und ihm in die Hand drückte, würde er sich ja verabschieden.

»Jedenfalls kann ich es kaum erwarten, die Aufführung zu sehen«, sagte er und gab mir endlich das Buch.

Er näherte sich dem Ladentisch, und ich legte die Tüte darauf. Ich schob die Hände in die Taschen und brachte es fertig, normal zu atmen. Ich fragte mich andeutungsweise, ob ich selbst an meinen irrationalen Reaktionen schuld war … oder er. War es normal, dermaßen verwirrt zu sein? Nicht nur aufgeregt, sondern panisch? Abwechselnd heftiges Herzrasen und unangenehme Hitzeschauer zu bekommen? Ich war so unerfahren, dass ich nicht einmal die Reaktionen meines eigenen Körpers einordnen konnte.

»Wir sehen uns zum Mittagessen?«

»Ja, genau!«, trällerte ich.

Er lächelte mich ein letztes Mal an, dann drehte er sich um und verließ den Laden. Gleich darauf sank ich auf dem Hocker hinter dem Ladentisch in mich zusammen, erschöpft von meinem eigenen Verhalten.

Ich war ein wandelndes Desaster.

Ich stöhnte frustriert, verfluchte meine Fähigkeit, eine Beziehung zu zerstören, bevor sie überhaupt angefangen hatte. Nach einigen Minuten des Wehklagens und der Selbstgeißelung machte ich mich wieder an die Arbeit, indem ich zwei Empfehlungen schrieb und potenzielle nächste Themen für das Schaufenster auflistete.

Gegen Abend kam mein Versicherungsberater – ein großer, hagerer Mann. Beim Anblick seines verkniffenen Gesichtsausdrucks begriff ich sofort, dass er durchaus nicht vorhatte, mir das Leben zu erleichtern. Mit meiner Vogel-Strauß-Politik würde ich bei ihm nichts erreichen. Außerdem erinnerte ich mich genau an seinen letzten Besuch, an seinen nicht vorhandenen Sinn für Diplomatie, sein fehlendes Mitgefühl und die sehr begrenzte Bereitschaft,

Nachsicht zu üben. Mit anderen Worten: Ich hatte keine Chance.

»Also, was gibt's?«, fragte er, während er seine Brillengläser mit der Krawatte putzte.

Ich ging ihm voraus zur Leseecke. Schweigend holte er eine Akte aus seiner Tasche und machte sich ein paar Notizen. Sein khakigrüner Anzug war zu weit, er schien darin förmlich zu ertrinken. Er roch nach Mottenkugeln und kaltem Rauch. Ich musste die Nase rümpfen und konnte es kaum erwarten, ihn wieder loszuwerden.

»Dann erzählen Sie mal«, forderte er mich erneut auf.

»Hinter dieser Wand verlaufen drei Reihen von Rohrleitungen.«

»Die vermutlich aus der Zeit stammen, in der das Haus erbaut wurde?«

Mit herablassendem Blick suchte er den Raum um sich herum ab, und ich bekam auf einmal Lust, mich in einer Ecke zusammenzurollen. Weder für die Buchhandlung noch für meine Wohnung hatte ich mich je zuvor geschämt, aber die Art, wie er den Laden musterte, verriet Geringschätzung, kombiniert mit Unverständnis. Um wieder Selbstvertrauen zu schöpfen, verschränkte ich die Arme vor der Brust.

Er machte seine Arbeit, okay. Darum setzte er alles herab, was ich mir hier aufgebaut hatte, das stand außer Frage.

»In der Tat. Ich nehme an, dass eine der Leitungen geplatzt ist.«

»Und folglich einen Teil Ihres Geschäfts unter Wasser gesetzt hat. Wo ist denn das Leck?«

»Ich habe das Wasser in diesem Bereich abgestellt.«

»Gut.«

Erneut schrieb er eilig ein paar Notizen in die Akte, dann schob er die Möbel, die ich vorgezogen hatte, in einer Ecke zusammen. Ein unangenehmes Schweigen stellte sich ein, während er die Leseecke in Augenschein nahm wie ein Großinquisitor.

»Und das ist schon einmal vorgekommen?«

»Vor zwei Jahren.«

Er runzelte sichtlich verstimmt die Stirn. Sofort begann ich mich zu rechtfertigen: »Damals haben Straßenbauarbeiten das Leck verursacht, die Erschütterung war zu stark. Meine Küche im ersten Stock wurde überschwemmt, aber der Schaden hielt sich in Grenzen.«

»Und seitdem haben Sie keine baulichen Maßnahmen ergriffen, um … Ihr Leitungssystem sicherer zu machen? Man sieht deutlich, dass es sich in einem schlechten Zustand befindet, es müsste komplett saniert werden.«

»Mag sein, aber die Kosten für die Sanierung sind zu hoch. Solch umfangreiche Bauarbeiten kann ich einfach nicht finanzieren.«

»Aber Sie verstehen sicherlich, dass unsere Gesellschaft nicht ständig für die Schäden aufkommen kann, nicht wahr?«

Ich musterte ihn eine Weile und versuchte diese Information zu verarbeiten. Nach zwei Wasserschäden konnte mir die Versicherung tatsächlich die Tür vor der Nase zuschlagen und den Vertrag kündigen. Diese Begutachtung entwickelte sich anders, als ich es mir vorgestellt hatte. Der Berater schien meine Gedanken gelesen zu haben, denn er fuhr fort: »Um Ihren Vertrag zu verlängern, müssen wir uns natürlich vorab noch einmal die Örtlichkeiten ansehen. Wenn die notwendigen Arbeiten nicht durchgeführt wurden …«

Er beendete den Satz nicht, und die Drohung blieb in der Luft hängen wie eine dunkle Wolke über meiner Zukunft. Ich ließ mir nicht anmerken, wie beunruhigt ich war, und betrachtete erneut die Schäden.

»Also, da wären die Wand und der Fußboden. Einige Bücher wurden beschädigt und die Möbel natürlich auch.«

Gewissenhaft notierte er meine Bemerkungen, während ich nervös auf dem Daumennagel herumkaute. Dieser Mann mit dem fragwürdigen Geruch und dem grässlichen Anzug hielt mein Schicksal in Händen.

»Also gut, Mademoiselle Lacoste, ich schlage Ihnen Folgendes vor: Ich werde dem Versicherungsunternehmen empfehlen, die Kosten für die Folgen des Lecks in der Wasserleitung zu übernehmen. Was das Leck selbst betrifft, so werden Sie Bauarbeiten vornehmen müssen.«

»Und wer bezahlt diese Bauarbeiten?«

»Ich empfehle Ihnen, sich bei den dafür zuständigen Institutionen zu informieren. Beim Bürgeramt, bei gemeinnützigen Wohnungsbaugesellschaften … Es gibt zahlreiche Anlaufstellen, die Ihnen bei der Finanzierung der Baumaßnahmen behilflich sein können. Ich selbst werde mich mit der Abteilung für Schadensregulierung beraten. Wir werden sicherlich eine Lösung finden.«

»Aber ich stehe ohnehin kein halbes Jahr mehr durch!«, rief ich aus. »Für Klempnerarbeiten fehlt mir einfach das Geld.«

»Dann sollten Sie sich vielleicht fragen, ob es überhaupt sinnvoll ist, dieses Geschäft weiterzubetreiben.«

Seine Stimme ließ mich zur Salzsäule erstarren. Er klappte das Notizbuch zu, steckte den Füller in die Brusttasche seines Anzugs und verabschiedete sich mit einem Kopfnicken. Ich ballte die Fäuste, schaffte es nur mit Mühe, die Flut von Beleidigungen und Gebrüll zurückzuhalten, die aus meinem Mund drängten. Was nun infrage stand, war nicht mehr meine Zukunft, sondern wie ich diesen Tag überhaupt überstehen sollte.

»Wir werden Ihnen einen Scheck für die Reparaturen schicken. Und was den Rest betrifft, wissen Sie ja, was Sie zu tun haben.«

»Sie finden sicher selbst hinaus«, zischte ich wütend.

Ohne zu zögern, verließ er den Laden, und ich schloss die Tür hinter ihm. Nach zehnminütiger Begutachtung hatte dieser Mensch mit zwei Sätzen alles zerstört, was ich mir aufgebaut hatte: die Buchhandlung, den Leseclub, meine Wohnung, meine Kindheitserinnerungen.

Ich ging in die Leseecke zurück. Natürlich konnte die Buchhandlung während der Bauarbeiten geöffnet bleiben … aber das verschaffte mir nur eine Gnadenfrist. Ohne Versicherung konnte ich nicht weitermachen. Die Bank würde mich zur Rechenschaft ziehen und nicht mehr für meine Liquidität garantieren.

Ich saß in der Klemme und wusste nicht, was ich nun tun sollte.

Ich legte mich auf die Couch und brach wieder in Tränen aus; mit dem durchnässten Bezug, der bereits leicht muffig roch, war das Ding ohnehin erledigt. Nachdem ich eine gute Stunde geschluchzt hatte, richtete ich mich endlich wieder auf. Ich hatte ebenso verrückte wie unrealistische Schlachtpläne entworfen, die von schlichtem Betrug bis zu Prostitution reichten.

Meine Unfähigkeit zu lügen ließ mich den ersten Plan verwerfen.

Die Aussicht, meinen Versicherungsberater als Kunden zu haben, führte dazu, dass ich auch den zweiten aufgab.

Vielleicht sollte ich alles verramschen und hoffen, dass ich genug Gewinn machen würde, um die Reparaturen zu bezahlen und noch einmal von vorn anzufangen. Die Lage war hoffnungslos, aber ich konnte immer noch hocherhobenen Hauptes daraus hervorgehen. Wenn ich schon alles verlor, würde ich wenigstens den richtigen Augenblick wählen, um aufzugeben.

Alles verkaufen. Einschließlich der Buchhandlung. Es würde mir das Herz in tausend Stücke reißen, aber es gab keine andere Lösung mehr. Bücher, Möbel, Regale und Kaffeetassen. Alles. Und danach einen neuen Job suchen und diese Katastrophe vergessen. Das war mein bester Plan. Derjenige, der mich mit nichts zurücklassen, dafür aber meinen Stolz retten würde.

Beruhigt, weil ich eine Entscheidung getroffen hatte, ging ich hinauf in die Wohnung. Ich überprüfte mein Gesicht. Es verriet deutlich, dass ich an diesem Tag zu viel geweint hatte. Ich beschloss, ein schönes Bad zu nehmen und wenn möglich zu vergessen, dass dieses Haus bald nicht mehr mir gehören würde.

Eine Stunde später ging ich zum Abendessen zu Baptiste. Meine Haare waren noch feucht, und ich unterdrückte ein Zittern, als mir die kühle Abendluft über die Wangen strich. Beim Betreten des Restaurants entlockte mir der Duft von gebratenem, mit Kräutern der Provence verfeinertem Fleisch ein Lächeln. Ich brauchte Aufmunterung, und da kam mir ein stärkendes Gericht gerade recht.

»Ich suche mir hinten einen Platz«, sagte ich zu Baptiste und schlängelte mich bereits zwischen den Tischen hindurch.

»Ich bringe dir ein Glas Wein!«

»Nimm lieber die ganze Flasche.«

Das stärkende Gericht würde mir guttun, der Alkohol würde mir helfen, diesen Tag zu vergessen, und schließlich würde ich mittellos und angeschickert in meinem Bett landen. Mit besagter Flasche in der Hand kam Baptiste zu mir an den Tisch. Während er sich dem Zeremoniell des Entkorkens widmete, erklärte er:

»Rouge 2012, ein fantastischer Bordeaux. Heute Abend haben wir *Souris d'agneau confite au romarin*, dazu Kartoffelpüree. Ich kann dir auch einen Salat machen, wenn dir das lieber ist.«

»Lammkeule mit Rosmarin und Püree, perfekt. Die doppelte Portion Kartoffelbrei, bitte!«

Er hielt inne und runzelte die Stirn. Ich war eher eine Anhängerin von grünem Gemüse und Salat; die Gelegenheiten, bei denen ich mir seine berühmten Tagliatelle mit Trüffeln, eine Spezialität seiner Frau, gegönnt hatte, konnte Baptiste wahrscheinlich an den Fingern einer Hand abzählen.

Ich hielt ihm das Glas hin, eine Aufforderung, den begonnenen Handgriff zu Ende zu führen. Ich wollte nicht, dass er mir Fragen stellte oder mich gar umzustimmen versuchte. Nur Stille, Lammkeule, Kartoffelpüree ... und diesen köstlichen Wein, an dem ich nun nippte. Baptiste beobachtete mich schweigend.

»Das gefällt mir nicht! Wenn du ein Problem hast, können wir doch darüber reden.«

»Klar, können wir ... Aber das wird nicht reichen.«

Erneut gruben sich Falten in seine Stirn. Er öffnete den Mund, bereit, mir eine weitere Frage zu stellen, aber weil ein Gast nach ihm rief, kam er nicht dazu. Missmutig murmelte er etwas in seinen Bart und füllte mein Glas auf.

»Wir reden später weiter«, sagte er.

»Ja, aber bring Cognac mit!«

Jetzt wurde er richtig sauer. Baptiste hatte diese wundervolle Neigung, die Seinen – seine Frau, seine Familie, seine Angehörigen – zu beschützen, und er konnte ausgesprochen hartnäckig und streitlustig sein, wenn jemand die Menschen angriff, die er liebte. Vermutlich beunruhigte ihn meine ungewöhnliche Reaktion, und vor seinem geistigen Auge erschienen zahlreiche Szenarien, die sie möglicherweise erklären konnten.

Als er wieder zu mir kam, stellte er schweigend den Teller auf den Tisch. Spätestens beim Dessert würde er mir erneut Fragen stellen.

»Salut.«

Ich hörte auf, mit dem Fleisch herumzuspielen, hob den Kopf und erblickte Damien. Er sah mir stirnrunzelnd ins Gesicht, und ohne meine Aufforderung abzuwarten zog er einen Stuhl vom Nebentisch heran. Mit besorgter Miene nahm er mir gegenüber Platz.

»Als ich dich das letzte Mal in diesem Zustand gesehen habe, war gerade deine Lieblingsserie abgesetzt worden, und einer deiner Lieferanten hatte es gewagt, eine Kiste voller Bücher vor deinem Laden einfach fallen zu lassen.«

Mich schauderte schon beim Gedanken daran. Die Kiste war sofort aufgeplatzt, und die Bücher waren in der Abflussrinne am Straßenrand gelandet. Zwei Drittel der Bestellung waren ruiniert, und ich hatte zwei Tage lang vor mich hin geschimpft und dem Lieferanten die zehn Plagen Ägyptens an den Hals gewünscht.

Schweigend füllte ich ein weiteres Mal mein Weinglas. Ein Lächeln umspielte Damiens Lippen, und mit einer Handbewegung forderte er Baptiste auf, ihm ebenfalls ein Glas zu bringen, damit ich nicht allein trinken musste. Er drehte die Flasche zu sich und nickte anerkennend, als er dem Etikett die Herkunft dieses fantastischen Weins entnahm, der die Macht besaß, jede Erinnerung auszulöschen.

»Kennst du den Winzer?«

»Ein Freund von mir.«

»Der Wein ist hervorragend, gratuliere«, sagte ich und hob mein Glas.

»Er ist mit Liebe gemacht«, sagte Damien lachend. »Nur darum geht es bei der Arbeit im Weinberg.«

»Dann haben wir ja etwas gemeinsam. Im Augenblick jedenfalls.«

Ich setzte das Glas an die Lippen und versuchte es in einem Zug zu leeren. Damien hinderte mich augenblicklich daran, indem er kopfschüttelnd nach meinem Handgelenk griff. Ich protestierte, widersetzte mich aber nicht. Ich hatte keine Kraft mehr. Mein Körper fühlte sich an, als wäre er aus Knetmasse, und mein Verstand war bereits ziemlich benebelt.

»Und er ist dazu da, ihn zu genießen«, fügte er hinzu.

»Aber das mache ich doch«, protestierte ich mit schwerer Zunge. »Ich genieße ihn!«

»Du pfeifst ihn dir rein! Wenn es dir wirklich schlecht geht, solltest du dich mit Cocktails begnügen und diesen Wein für einen besonderen Anlass aufbewahren.«

Er nahm mir das Glas aus den gierigen Händen, dann stützte er die Ellbogen auf den Tisch. Baptiste brachte ihm ein vollständiges Gedeck, und Damien bestellte sich einen Salat. Von nun an konzentrierte ich mich darauf, mit äußerster Sorgfalt das Lammfleisch zu zerlegen. Mein Magen war zum Essen viel zu verkrampft. Immerhin hatte der Wein dafür gesorgt, dass ich diesen katastrophalen Tag vergessen konnte.

»Erzähl mir doch einfach, was passiert ist«, schlug Damien vor. »Du siehst völlig fertig aus.«

»Ich weiß gar nicht, wo ich anfangen soll.«

»Am Anfang, hätte ich beinahe gesagt, aber ich fürchte, das ist nicht sehr originell.«

Ermutigend legte er eine Hand auf meine und tätschelte sie sanft. Durch die Buchhandlung war es mir gelungen, zahlreiche Beziehungen anzuknüpfen. Ich hatte Freunde, Menschen, auf die ich mich verlassen konnte. Die meisten waren alt genug, um meine Eltern zu sein; Damien gehörte zu den wenigen Ausnahmen. Er war knapp drei Jahre älter als ich und bewirtschaftete das Weingut, das er geerbt hatte, auf eine professionelle und beharrliche Art, für die ich ihn bewunderte. Er hatte schlimme Wetterkapriolen und üble Enttäuschungen durch Kunden hinnehmen müssen, aber er hatte standgehalten und nie den Kopf hängen lassen.

Angesichts dessen kam ich mir an diesem Abend ziemlich erbärmlich vor mit den paar Gläsern Wein, die ich hinuntergestürzt hatte, und mit meinem Gebaren einer schwer Depressiven. In seinen Augen war ich vermutlich eine launische verkannte Diva.

»Ich werde die Buchhandlung verkaufen.«

Damit hatte ich gleichzeitig den Beginn und das Ende meiner Geschichte erzählt, und dass ich mit jemandem über meine Situation sprach, ließ sie real und unabänderlich erscheinen und bestätigte mich in meiner Entscheidung. Damien musterte mich verwirrt.

»Ich meinte wirklich, von Anfang an«, sagte er schließlich gefasst.

»Die Versicherung hat mir gedroht, für eventuelle Schäden im Laden nicht mehr aufzukommen. An dem Haus ist einfach alles überaltert.«

»Dann saniere es!«

»Oh, vielen Dank, darauf wäre ich ja nie gekommen«, sagte ich und verzog das Gesicht.

Ich trank einen Schluck Wein, und meine Wut verflog augenblicklich. Damien konnte schließlich nichts dafür.

»Ich habe kein Geld mehr, Damien. Ich bin absolut blank. Nichts. *Nada*. Null. Die Bank ist bereit, mein überzogenes Konto zu ignorieren, aber sie werden mir auf keinen Fall ein Darlehen gewähren. Die Rohre sind leck und müssen komplett erneuert werden, das Dach muss dringend vom Moos befreit werden. Mir fehlt sogar das Geld, um die beiden Glühbirnen auszutauschen, die letzte Woche durchgebrannt sind.«

»Die Leute im Ort werden nicht zulassen, dass du verkaufst.«

»Niemand von den Leuten hier hilft mir«, stellte ich leicht verbittert fest.

»Du bist betrunken und kannst nicht mehr klar denken. Du darfst die Buchhandlung nicht verkaufen, du bist das Herz dieser Stadt. Alle schätzen dich!«

»Es fällt mir verdammt schwer, Damien. Aber wie ich es auch drehe und wende, ich sehe keine andere Lösung. Siehst du etwa eine?«

»Du könntest die notwendigen Arbeiten selbst durchführen.«

»Mit wem denn? Ich bin ganz allein, Damien. Ich kenne mich mit solchen Dingen nicht aus. Ich … Ich kann so was einfach nicht«, sagte ich und unterdrückte ein Schluchzen.

Sein Schweigen bestätigte mir, was ich bereits befürchtet hatte: Es gab keine andere Lösung. Die Erkenntnis brach mir das Herz. Ich schluckte die Tränen hinunter und suchte Zuflucht bei meinem Weinglas. Aus dem Augenwinkel sah ich, wie Damien nach Baptiste rief.

»Bring uns noch eine Flasche«, befahl er.

Wenn ich getrunken hatte, war ich immer total gut drauf und konnte an jedem beliebigen Ort einschlafen. Kaum lag ich in meinem Bett, ließ ich mit einem glücklichen Seufzer den Kopf in das weiche Kissen sinken. Hier konnte mir wenigstens nichts passieren.

Als mich einige Stunden später die Ladenglocke aus dem Schlaf riss, verzog ich das Gesicht und hielt mir mit dem Kopfkissen die Ohren zu. Mir brummte der Schädel, mein Kopf war tonnenschwer. Dieser Mordslärm würde die Migräne, die sich bereits ankündigte, bestimmt noch schlimmer machen. Ich verfluchte die Kinder aus dem Viertel und flüchtete unter die Bettdecke.

Aber die Glocke schrillte erneut. Ein lang gezogener Ton, durchdringend und unerträglich laut. Offenbar hatte eines der Kinder es geschafft, den Mechanismus mit einem Stück Klebeband zu blockieren. In die Bettdecke gehüllt und mit wirrem Haar, wie betäubt von einem höllischen Kater und wegen des fehlenden Schlafs ziemlich genervt, lief ich rasch die Treppe hinunter.

Ich schloss die Tür auf und riss sie dabei fast aus den Angeln. Zu meiner Überraschung sah ich Damien vor mir stehen, außer Atem und mit dunklen Ringen unter den Augen.

»Was ist?«, blaffte ich ihn an.

»Ich habe eine Lösung gefunden«, stieß er atemlos hervor.

»Was für eine Lösung?«

»Wie du deine Buchhandlung behalten kannst. Ich habe das Geld!«

Immer noch nach Luft ringend, beugte er sich vor, um die Hände auf die Knie zu stützen. Ich zog die Bettdecke fester um mich zusammen und ließ rasch den Blick über die Umgebung schweifen. Durchaus möglich, dass es sich um einen Scherz handelte.

»Okay, Damien, schön, aber es ist noch nicht mal hell, ich habe zu viel getrunken und brauche meinen Schlaf«, brummte ich und machte Anstalten, ihm die Tür vor der Nase zuzuschlagen.

Energisch hielt er sie auf und bedachte mich mit einem finsteren Blick, während er sich wieder aufrichtete, und ich wich zurück, um eine unangenehme Begegnung zwischen der Tür und meinem Gesicht zu vermeiden.

»Das hier kann aber nicht warten. Wir müssen *jetzt* darüber reden.«

Entschlossenen Schritts betrat er die Buchhandlung und steuerte auf die Kaffeemaschine zu. Nachdem ich die Tür hinter ihm geschlossen hatte, folgte ich ihm und kletterte, die Augen noch halb geschlossen, auf meinen Kassenhocker. Damien stellte mir eine Tasse dampfenden Kaffee vor die Nase und nahm mir gegenüber Platz.

»Ich habe die Lösung gefunden«, wiederholte er. »Du kannst deine Buchhandlung behalten.«

»Bist du vielleicht dem Teufel begegnet, und ich soll ihm meine Seele verkaufen?«

Ein Lächeln umspielte seine Lippen, als er den Kopf schüttelte. Ich trank einen Schluck Kaffee. Anstatt mich wach zu machen, überdeckte er lediglich das pelzige Gefühl auf meiner Zunge. Ich erschauerte und rieb mir die

Augen, denn ich war alles andere als eine Nachteule, die am liebsten im Dämmerlicht des frühen Morgens über ihre Probleme nachdenkt.

»So ähnlich«, antwortete er und lachte. »Sagt dir der Name Maxime Maréchal etwas?«

»Der Schauspieler?«

»Der Schauspieler.«

Ich war dermaßen überrascht, dass ich mich an meinem Kaffee verschluckte. Ein Hustenanfall schüttelte mich so heftig, dass mir die Tränen in die Augen stiegen. Ich verstand nicht, was Maxime Maréchal mit meinem Laden zu tun haben sollte. Damien wartete gelassen ab, bis ich mich beruhigt hatte, ehe er fortfuhr: »Er hat gerade Probleme mit dem Gesetz.«

»Das ist doch nichts Neues, oder? Ist das nicht der, der einem Journalisten den Schädel eingeschlagen hat?«

»Ja«, sagte Damien und seufzte. »Er ist … Zurzeit befindet er sich in einer Ausnüchterungszelle. Wir überlegen, wie wir ihm eine Haftstrafe ersparen können.«

»Wir?«

»Seine Agentin, sein Anwalt und ich. Maxime und ich sind von Kindesbeinen an befreundet. Er war immer schon impulsiv, aber diesmal steht alles auf dem Spiel. Wenn er ins Gefängnis geht, könnte es das Ende seiner Karriere bedeuten.«

»Und was hat das mit mir zu tun?«

Ich begriff immer noch nicht. Ich schloss die Hände um die heiße Tasse, während Damien mir in die Augen sah, in denen die Besorgnis inzwischen stärker als die Müdigkeit geworden war. Er holte tief Luft, als wollte er sich in einen Pool stürzen, und stieß hervor: »Wir können ihm vorschlagen, gemeinnützige Arbeiten zu verrichten. Damit würde er seine Strafe verbüßen, aber eben nicht im Gefängnis sitzen. Ich dachte … Na ja, ich dachte, er könnte das vielleicht hier tun.«

»Hier? In Chateaurenard?«

»Hier bei dir.«

Innerhalb einer Sekunde war mein Brummschädel wieder klar. Der Nebel, der mein Gehirn daran gehindert hatte, anständig zu funktionieren, war verflogen. Maxime Maréchal. Bei mir zu Hause. Ich dachte an meine Anspielung auf den Teufel – Maxime *war* eine Art Teufel. Der Adrenalinjunkie des Films, ein Weiberheld, labil, impulsiv, gewalttätig. Ich hatte absolut keine Lust, diesen Typen in meiner Buchhandlung zu begrüßen. Ich war verzweifelt, okay, aber völlig übergeschnappt war ich nicht.

»In meinem Laden also. Und was soll er hier machen?«

»Na, helfen soll er dir! Gestern Abend hast du gesagt, du hättest niemanden und bräuchtest jemanden, der dir zur Hand geht. Maxime könnte dir im Laden helfen und ein paar Renovierungsarbeiten übernehmen.«

Ich starrte Damien ungläubig an. Nach allem, was ich am Vortag erlebt hatte, empfand ich diesen Vorschlag als geradezu surrealistisch. Ein Filmstar, der die Renovierung meines Ladens übernahm – das war eine Vorstellung, die direkt auf den ersten Platz der Liste verrückter Pläne wanderte, mit deren Hilfe ich aus dem Schlamassel herausfinden wollte.

»Damien, das ist doch irre! Dieser Typ ist völlig durchgeknallt. Wie soll ich so jemanden in eine bestimmte Richtung lenken? Was soll ich mit ihm anfangen? Und was mache ich, wenn er mir gegenüber handgreiflich wird?«

»Du bekommst Geld dafür. Er wird für seinen Aufenthalt bezahlen und damit deine Sanierung finanzieren.

Wenn er den kleinsten Fehler begeht, wandert er in den Knast. Glaub mir, das will er auf keinen Fall. Seine Karriere bedeutet ihm alles. Du sitzt am längeren Hebel.«

»Machst du Witze? Versteht der Typ wenigstens etwas von Klempnerarbeiten?«

»Das weiß ich, ehrlich gesagt, nicht. Aber wir werden schon klarkommen. Seine bloße Anwesenheit wird die Besucherzahlen in deinem Laden in die Höhe treiben, und das ist es doch schließlich, was zählt.«

»Und die Journalisten? Die Fotografen? Ich lege keinen gesteigerten Wert darauf, permanent unter Beobachtung zu stehen. Und wer soll ihn bei sich aufnehmen?«

Sichtlich verlegen rieb sich Damien den Nacken. Als er mir erneut in die Augen sah, begriff ich, dass die Falle noch viel gemeiner war, als ich gedacht hatte.

»Nein«, antwortete ich in der Sekunde, in der ich begriff.

»Offen gesagt, bleibt uns nichts anderes übrig. Die elektronische Fußfessel schränkt seinen Bewegungsspielraum stark ein. Und da du über ein freies Zimmer verfügst …«

Damien nahm meine Hand in seine und fuhr mit leiserer Stimme fort: »Hör zu, Sarah, Maxime ist ein Freund von mir. Ein alter Freund. Er hat eine Menge Probleme, und wenn er in Paris bleibt, wird es ein böses Ende mit ihm nehmen. Du wiederum brauchst Geld. Glaubst du wirklich, dass wir einfach zusehen, wie du den Laden verkaufst? Glaubst du, das fügt dieser Stadt keinen Schaden zu? Dieses Arrangement nützt euch beiden. Und außerdem ist es nur vorübergehend!«

»Damien, ich weiß nicht …«

»Wir versuchen es, *d'accord?* Und beim geringsten Problem geht er nach Paris zurück und sitzt dort seine Strafe ab.«

Jetzt bereute ich, dass ich beim Abendessen so viel getrunken hatte. Ich war noch zu benebelt, um eine Entscheidung zu treffen. Die Frage, ob ich mit einem Unbekannten zusammenleben wollte, kam in diesem Augenblick einer Aufforderung gleich, mich ins Leere zu stürzen. Andererseits war die Rettung der Buchhandlung ein sehr stichhaltiges Argument.

»Für wie lange?«, fragte ich, immer noch unschlüssig.

»Zwei Monate. Die vergehen schnell! Und ich bin da, um Maximes Energie in die richtige Richtung zu lenken.«

Damien warf einen Blick auf seine Uhr, was mir verriet, wie beklommen ihm zumute war. Ich dachte einen Moment über die Folgen eines solchen Deals nach. Im Gegensatz zu anderen Frauen liebte ich die Einsamkeit. Ich liebte die Stille, und ich liebte es, ohne Angst vor aufdringlichen Blicken im Bademantel herumzulaufen. Aber wenn ich keine Möglichkeit fand, die Renovierung zu finanzieren, würde ich am Ende sogar den Bademantel verkaufen müssen.

»Und was ist mit dem Geld?«

»Die Hälfte schon morgen, den Rest am Ende.«

Über mich gebeugt, fügte er leise hinzu: »Ich spreche von einem Betrag, der groß genug ist, um die Renovierung zu bezahlen und dir außerdem eine Luxusreise auf eine einsame Insel zu gönnen. Sarah, ich bitte dich, sag Ja.«

»Warum willst du diesen widerlichen Typen unbedingt retten?«

Er nahm mir die Kaffeetasse aus den Händen und antwortete: »Er ist nicht widerlich, sondern verloren.«

5

Maxime »Du hältst an?«

»Letzter Rasthof vor Chateaurenard«, erklärte Damien. »Zehn Minuten Strafaufschub für dich.«

Er hielt auf dem Parkplatz des Rasthofs und holte ein Päckchen Zigaretten aus der Tasche.

»Ist mir scheißegal«, murmelte ich. »Und sind wir nicht ohnehin schon spät dran?«

»Nach fünf Stunden Fahrt machst du endlich mal den Mund auf, und warum? Nur um rumzumotzen.«

»Ach, leck mich doch, Damien.«

»Hervorragende Idee. Aber vorher trinke ich noch einen Kaffee, ich habe mir nämlich gerade fast zwölf Stunden Autofahrt und eine schlaflose Nacht um die Ohren geschlagen, um dir den Arsch zu retten.«

»Ich habe dich nicht darum gebeten. Ich bin es gewohnt, mein Leben selbst in die Hand zu nehmen.«

Ich war immer noch wütend auf ihn. Die fünfstündige Fahrt in dem schmutzigen Transporter meines Freundes hatte mir alles in Erinnerung gerufen, wovor ich geflohen war. Ich wollte ein außergewöhnliches Leben führen, anstatt mit schmutzigen Isomatten und dem Geruch von Heu in der Fahrerkabine über eine Landstraße zu kriechen. Ich wollte von den Massen bewundert werden, aber im Moment erwarteten mich nur Demütigungen. Hierher zurückzukehren war das Eingeständnis, dass ich gescheitert war.

»Du siehst ja, wie weit du damit gekommen bist.«

»Gehst du jetzt Kaffee trinken oder nicht?«, schnauzte ich ihn an und tippte mit dem Fuß auf das Armaturenbrett.

»Du kannst dich über mich aufregen, so viel du willst, du bist trotzdem selbst für deine Lage verantwortlich.«

Ich durchbohrte ihn mit dem Blick, dann zog ich am Türgriff und stieg aus. Damien folgte mir, umrundete den Wagen und baute sich vor mir auf. Zum ersten Mal, seit ich mein Elternhaus verlassen hatte, blickte mir jemand mit der festen Absicht in die Augen, mir die Stirn zu bieten.

»Gib's doch endlich zu!«, brüllte er mich an. »Gib zu, dass du allein für diesen Schlamassel verantwortlich bist!«

»Dieses kleine Arschloch hätte mich nicht anzeigen müssen! Er ist an allem schuld!«

Vor Wut schlug ich mit der Faust auf die Kühlerhaube. Das blecherne Geräusch schien über den ganzen Parkplatz zu hallen, und einige Leute drehten sich neugierig nach uns um.

»Du hättest ihn fast umgebracht!«

Genervt stieß ich Damien gegen die Schulter, sodass er zurückwich. Seine Nähe war mir unangenehm, ich hatte das Gefühl, keine Luft mehr zu bekommen. Er fing sich, kam erneut auf mich zu und drückte seinen Oberkörper an meinen. Obwohl ich größer bin als er, wusste ich, dass er mich im Handumdrehen auf die Bretter schicken konnte. Ein Blick von ihm genügte, und ich behielt meine Fäuste bei mir.

»Wenn du dich prügeln willst, dann such dir einen Gegner aus, mit dem du auf Augenhöhe bist«, fauchte er mich an.

»Reiz mich nicht!«

»Du hast Mist gebaut, Maxime!«, sagte mein Freund laut und vernehmlich, während er mir den Zeigefinger in die Brust bohrte. »So einfach ist das! Und je eher du das kapierst, desto besser für dich.«

Ich atmete tief durch und kämpfte eine weitere Welle der Wut nieder. Im Grunde wusste ich, dass Damien recht hatte, aber auf mich wirkte diese Rückkehr in die Vergangenheit wie eine Ohrfeige – eine Ohrfeige, die schmerzhafter war als jeder Fausthieb.

»So, und jetzt trinken wir erst mal einen Kaffee«, sagte er.

»Seit zwei Stunden meckerst du rum, weil Stau ist und du müde bist. Wolltest du nicht so schnell wie möglich in Chateaurenard ankommen?«

»Setz deine Brille auf, und hör auf zu nörgeln. Ich spendiere dir einen Kaffee.«

»Großartig, du bist ja so gut zu mir«, spöttelte ich.

»Mach weiter so, und ich bereue, dass ich dir den Arsch gerettet habe!«

Wir steuerten auf die Cafeteria zu. Um diese Zeit waren bereits zahlreiche Touristen auf dem Weg zu ihrem Ferienort. Ich hatte alles getan, um die Gegend zu verlassen, und verstand nicht, warum andere Leute hierherkamen, um Urlaub zu machen. Außer ein paar Weingütern und Kirchen, die man besichtigen konnte, gab es hier nichts. Es war trist und trostlos, komplett uninteressant.

Damien spendierte mir einen ekelerregenden Kaffee für vierzig Cent. Wir setzten uns an einen hohen, nachlässig abgewischten Tisch, der ein wenig abseitsstand, und ich bemerkte, dass mich einige Leute aufdringlich musterten. Wegen der Schlagzeilen in den Zeitungen war ich trotz Sonnenbrille leicht zu erkennen.

Für mich hatte die Hölle bereits begonnen, als ich in Damiens Wagen gestiegen war. Vor meiner Wohnung standen sich die Fotografen die Beine in den Bauch. Noch während sie mich mit meinem Koffer wegfahren sahen, begannen in den Redaktionen bereits die Vermutungen wie Pilze aus dem Boden zu schießen. In wenigen Tagen würde das ganze Land Bescheid wissen.

»Wenn wir ankommen, müssen wir wegen der Fußfessel einen Abstecher zum Polizeirevier machen. Du darfst das Haus zweimal am Tag für eine Stunde verlassen. Danach gehen wir zur Buchhandlung, wo Sarah uns bereits erwartet.«

»Wie ist sie eigentlich so?«

»Wie meinst du das?«

»Die letzte Buchhändlerin, die ich gesehen habe, war so alt wie meine Mutter und trug eine Bifokalbrille«, antwortete ich.

»Sarah ist so alt wie du und wirklich nett.«

»Ach, echt?«, fragte ich, begeistert, weil die Geschichte endlich interessant zu werden schien.

»Ja, echt. Und ich verbiete dir, sie anzufassen. Sie ist keine von den Frauen, die du in Nachtclubs zu bumsen pflegst.«

»Ich stehe also unter Hausarrest, und Sex ist auch verboten?«

»Soweit es sie betrifft, ja. Sarah ist … sie ist zurückhaltend und hilfsbereit. Es besteht die Gefahr, dass du sie einschüchterst oder ihr sogar Angst machst. Also zieh sie bitte nicht in deine schmutzigen Pläne hinein.«

»Das klingt ja, als wärst du selbst scharf auf sie.«

»Sei nicht albern, sie ist wie eine Schwester für mich. Also, wenn du sie anfasst, bringe ich dich um, das schwöre ich dir. Schlaf, mit wem du willst, aber nicht mit ihr. Sie ist zu empfindsam für dich. Du würdest sie kaputt machen.«

»In Ordnung. Wie du willst.«

»Und was deine Aufgaben betrifft – darüber reden wir mit ihr, wenn wir dort angekommen sind. Sie hatte einen Wasserschaden, und sie hat größere Sanierungsarbeiten geplant. Ich möchte wirklich, dass du ihr hilfst. Sie braucht nämlich Hilfe.«

»Ich dachte, sie nimmt mich auf, weil sie Geld dafür bekommt.«

»Sie hat eingewilligt, um ihre Buchhandlung zu retten und um mir einen Gefallen zu tun. Wann hast du eigentlich das letzte Mal jemandem geholfen?«

Ich nickte nur. Mir blieb sowieso nichts anderes übrig, als dieser Buchhändlerin zur Verfügung zu stehen. Ich würde zwischen dem Laden und meinem Zimmer hin- und herpendeln. Zwei Monate lang. Zwei beschämende Monate. Das musste doch zu schaffen sein.

»Und was würdest du mir im Hinblick auf Mathilde raten?«

»Ach nee!«, sagte Damien belustigt, »Maxime Maréchal hat Gewissensbisse!«

»Halt die Klappe! Sie ist mir auf den Geist gegangen … aber ich will sie nicht feuern.«

»Du hast ja tatsächlich ein schlechtes Gewissen! Hätte ich das gewusst, hätte ich dir schon viel früher in den

Arsch getreten. Mathilde hat Himmel und Hölle in Bewegung gesetzt, um dich zu retten. Dir scheint echt nicht klar zu sein, dass du von lauter Leuten umgeben bist, die dir helfen wollen.«

»Ich bezahle diese Leute dafür. Mathilde und meinen Anwalt. Sogar diese Buchhändlerin. Nur die Kohle hält sie in meiner Nähe, sonst gar nichts.«

Damien seufzte und trank einen Schluck Kaffee. Ich durchschaute die Beziehungen zu meinen Mitmenschen genau. Als ich die Welt des Films betrat, wusste ich bereits, dass dort das Geld regierte. Mein einziger wahrer Freund war Simon – der einzige Mensch in meiner Umgebung, der mehr Geld besaß als ich. In dieser Welt galt mehr als überall sonst, dass man ohne Geld ein Niemand war.

»Schick ihr Blumen, entschuldige dich bei ihr. Irgendwann wird sie sich wieder beruhigen, aber du hast sie verdammt mies behandelt, das muss ich schon sagen. Du hättest es verdient, dass sie dich sitzen lässt. Offenbar musst du erst ganz unten sein, ehe du etwas kapierst.«

Ich grübelte selbst bereits genug über meine Fehler nach, da musste Damien sie mir nicht auch noch unter die Nase reiben. Meiner Agentin gegenüber hatte ich mich wie ein Idiot benommen, also würde ich den Schaden beheben und Überzeugungsarbeit leisten müssen. Ich wollte meinen Beruf nicht aufgeben. Auch wenn ich meine Karriere größtenteils dem Zufall verdankte, würde ich alles tun, um Schauspieler zu bleiben.

»Im Augenblick solltest du dich damit begnügen, deine Strafe genauestens zu befolgen. Damit zeigst du, dass du guten Willens bist.«

»Als hätte ich eine andere Wahl«, knurrte ich.

»Aber du *hattest* die Wahl. Man hat immer eine Wahl«, nahm mich Damien ins Gebet, ehe er seinen Kaffeebecher in einem Zug leerte. »Also, auf geht's!«

Die letzten Kilometer schienen eine Ewigkeit zu dauern. Ich erblickte die vertraute Landschaft der Charente: Weingärten, Bäume, jede Menge Grün und das abgelegene Nest namens Chateaurenard. Damiens Weingut war sehr bekannt und damit eine der wenigen Attraktionen in diesem Winkel der Welt. Im Sommer stieg die Einwohnerzahl des Orts, aber im Winter war es dermaßen ruhig, dass man im November nackt auf die Straße gehen konnte, weil man ohnehin niemandem begegnen würde.

»Hier ist es.«

Damien parkte seinen Wagen in der Nähe eines Blumenladens. Er deutete auf das Gebäude gegenüber: eine Buchhandlung in einem alten, zweistöckigen Haus. Davor einige Tische und Stühle, vor dem Schaufenster stand ein mit Büchern überladenes Regal. Efeu rankte sich oberhalb der Tür an einem der Fenster hinauf. Die Sonne schien warm auf den Bürgersteig, dennoch war niemand zu sehen.

»Das ist ja wie leer gefegt hier«, murmelte ich.

»Die Saison hat gerade erst begonnen.«

Erneut wanderte mein Blick zu der Buchhandlung. Eine junge, brünette Frau in einer zu weiten Jeans und einem schwarzen Tanktop schrieb rasch etwas auf eine schwarze Tafel und stellte sie ins Schaufenster. Ich stieß einen müden Seufzer aus. Zwei Monate. Zwei lange Monate.

»Das ist Sarah! Nimm deine Sachen, wir gehen zur Polizei.«

Eine knappe Stunde später schleppte ich eine elektronische Fußfessel mit mir herum. Die Flics waren nicht gerade freundlich zu mir gewesen, aber unter Damiens Blicken hielt ich mich zurück. Ich riss mich zusammen, um ihnen nicht das spöttische Lächeln und die Verachtung aus dem Gesicht zu prügeln. Die Anweisungen waren eindeutig: Ich durfte die Buchhandlung nur morgens zwischen acht und neun Uhr und abends zwischen neunzehn und zwanzig Uhr verlassen. Jeden Montag musste ich mich auf dem Revier blicken lassen und mich natürlich anständig benehmen, wollte ich nicht nach Paris zurückgeschickt werden und doch noch im Knast landen.

Ich wusste, dass die Bullen hier in der Gegend hofften, dass ich es nicht packte, weil es ein Riesenspaß für sie wäre, mich in die Hauptstadt zurückzubringen und mich noch tiefer zu demütigen.

»Wenn du willst, können wir morgen früh laufen gehen«, schlug Damien vor.

»Die haben sich über mich kaputtgelacht«, knurrte ich.

»Stimmt. Und das kann auch noch eine Weile so bleiben.«

»Ich brauche einen Boxsack.«

»Ich versuche, einen für dich aufzutreiben. Trotzdem gehe ich morgens gern joggen. Das motiviert mich für den Tag.«

»Na schön, von mir aus.«

Ich konnte nur wenig Zeit in Freiheit verbringen, und wenn Damien bei mir war, würde ich mit Sicherheit nicht wieder abstürzen.

»Bist du bereit?«, fragte er, während wir Anstalten machten, die Straße zu überqueren und in den Buchladen zu gehen.

»Bleibt mir eine andere Wahl?«

»Habe ich doch schon gesagt. Man hat immer eine Wahl. Hast du den Scheck dabei?«

»In der Gesäßtasche.«

Die letzten Meter fielen mir am schwersten. Solange ich auf der Straße war, erfüllte mich noch ein Gefühl von Freiheit. Ich sah den Himmel, spürte den Wind und war wie alle anderen auch. Als ich in dem Bücherregal vor dem Schaufenster herumstöberte, hätte man meinen können, ich sei vollkommen freiwillig an diesem Ort.

»Was ist das hier?«, fragte ich Damien.

»Bücher zum Mitnehmen.«

»Für Leute, die nicht genug Geld haben«, fügte eine weibliche Stimme hinzu. »Manche Kunden kaufen mehrere Bücher und lassen eins für mittellose Menschen hier. Sie können sich gerne eins nehmen.«

Ich verzog nur das Gesicht und schüttelte den Kopf. Lesen gehörte nicht gerade zu meinen Lieblingsbeschäftigungen. Ich drehte mich zu der Buchhändlerin um, die ich vom Wagen aus nur flüchtig gesehen hatte. Ihre Jeans war definitiv zu weit, und das Tanktop hatte vorn Löcher. Lockiges, ziemlich wildes Haar rahmte ihr blasses Gesicht ein. Ihre grünen Augen betrachteten mich so forschend, als versuchte sie meine dunkelsten Geheimnisse zu ergründen. Mit etwas Make-up und einem schicken Kleid hätte sie verführerisch gewirkt. Aber hier, inmitten all der Bücher, mit Händen, die grau waren von Staub, und mit vor Anstrengung geröteten Wangen hatte sie nichts Attraktives an sich.

»Sarah, ich möchte dir Maxime vorstellen.«

»Freut mich«, sagte sie und schob die Hände in die Gesäßtaschen ihrer Jeans.

»Maxime, das ist Sarah, die Inhaberin. Ihr gehören der Laden und die Wohnung im Stockwerk darüber. Sie ist eine Institution in diesem Städtchen.«

»Ach, echt?«, murmelte ich.

»Wir haben eine lange Fahrt hinter uns«, erklärte Damien, um meine schlechte Laune zu begründen.

»Das stimmt. Und ich habe absolut keine Lust, hier zu sein«, rief ich meinem Freund ins Gedächtnis. »Wo ist mein Zimmer?«

Verlegenes Schweigen machte sich breit, bis Sarah beschloss, uns voran ins Haus zu gehen und uns alles zu zeigen. Der Geruch nach altem Papier und Druckerfarbe stieg mir in die Nase – verdammt noch mal, davon würde ich Migräne bekommen! Ich entdeckte die Treppe, die offenbar zu ihrer Wohnung führte, aber Damien legte mir eine Hand auf den Arm und hielt mich zurück.

»Was ist?«, schnauzte ich.

»Sarah will dir erst alles zeigen.«

Ich zog eine Braue hoch und hatte keineswegs vor, den höflichen Gast zu spielen. Ich hasste diesen Ort, ich hätte kotzen können bei der Vorstellung, zwei Monate lang dort eingesperrt zu sein. Ich würde doch nicht obendrein noch den vorbildlichen Sträfling spielen.

»Ich hatte eigentlich vor, gleich schlafen zu gehen«, antwortete ich schroff.

»Wir können uns auch alles erst morgen ansehen«, sagte Sarah. »Bis dahin hat sich sicherlich nichts geändert.«

Sie begleitete den Satz mit einem nervösen kleinen Lachen und rieb mit den Händen über ihre Jeans. Hinter ihr entdeckte ich einen Kistenstapel, aus dem ein paar Bücher hervorlugten. Sarah folgte meinem Blick und erklärte:

»Die habe ich letzten Monat bekommen. Sie müssen noch sortiert, ausgezeichnet und ins Regal gestellt werden.«

Ich musterte sie erstaunt. In dieser Buchhandlung schien es Bücher in Hülle und Fülle zu geben, jeder Quadratmeter wurde genutzt, um so viele Romane wie nur möglich unterzubringen. Wo wollte sie noch mehr Bücher lagern?

»Maxime wird dir helfen«, sagte Damien.

Ich seufzte, und er stieß mir heftig den Ellenbogen in die Rippen.

»Dafür bist du hier«, rief er mir in Erinnerung. »Du wirst ihr auch helfen, die Leseecke zu verrücken, damit sie nächste Woche wieder benutzbar ist.«

»Oh! Das hat überhaupt keine Eile, und …«

Ich unterdrückte ein siegessicheres Grinsen. Dieses Mädel war viel zu nett, und ich würde sie innerhalb weniger Tage davon überzeugen, dass es besser war, wenn sie mich einfach gehen ließ. Überhaupt kein Problem.

»Sarah, du brauchst jemanden, der dir hilft«, entgegnete Damien. »Maxime wird die Regale umstellen, wo es nötig ist. Ich will diese Leseecke sobald wie möglich wiedersehen. Er wird dir auch bei den Umbauarbeiten helfen. Und ich glaube, er kann malern.«

»Ich werde es versuchen.«

Ich hatte keine große Lust, mich für diese Frau anzustrengen. Meine Strafe bestand darin, zwei Monate lang hierzubleiben, nicht darin, ihr Sklave zu sein. Außerdem hatte ich Malerarbeiten immer schon gehasst. Es erinnerte mich einfach zu sehr an den Job meines Vaters, an diesen schrecklichen Geruch von Terpentin.

Damien warf mir einen drohenden Blick zu und versuchte ein weiteres Mal mein Image zu retten.

»Maxime wird dir helfen«, sagte er. »Er hat nämlich Angst, dass ich ihm sonst eine Tracht Prügel verpasse.«

Erneut lachte sie nervös, während ihr unsteter Blick nach einem Mauseloch suchte, in dem sie sich verstecken konnte. Sie ließ den Blick durch den Laden schweifen und achtete sorgfältig darauf, dass er nicht auf mir landete. Außer ihren Büchern schien Sarah auch der Dekoration viel Aufmerksamkeit zu schenken: Zitate, Reproduktionen von Gemälden, ein buntes Patchwork von Buchtiteln. Alles drehte sich um Literatur. Ich fragte mich flüchtig, ob sie noch andere Leidenschaften hatte. Ich bezweifelte es.

»Sie dürfen sich natürlich bedienen, so oft Sie wollen.«

»Das mache ich ganz bestimmt«, log ich.

Sarah bedachte mich mit einem halbherzigen Lächeln. Damien hatte recht, dieses Mädel war die personifizierte Schüchternheit. Wenn ich sie eine Sekunde zu lange ansah, senkte sie den Blick. Ich hatte das Gefühl, in ihre Welt aus Büchern und Stille einzudringen und sie völlig aus dem Konzept zu bringen.

»Ich zeige Ihnen die Wohnung.«

Die Treppe war steil, sodass ich den Kopf einziehen musste, um nicht an die Decke zu stoßen. Sarah ging voran, während ich Damien folgte. Unterwegs drehte er sich zu mir um und zischte mit zusammengebissenen Zähnen: »Tu wenigstens so, als wärst du nett! Du bringst sie in Verlegenheit.«

»Ich mache doch gar nichts«, gab ich in demselben Tonfall zurück.

»Bedank dich wenigstens bei ihr. Immerhin rettet sie dir den Arsch!«, rief er mir ins Gedächtnis.

Die Treppe mündete direkt in einen großen Wohnbereich. Der Raum wirkte gemütlich und bestätigte mir, was ich bereits vermutet hatte: Sarah lebte in einer Welt aus Büchern. Stapel von Romanen schmückten die Wände. Ein Regal aus Holz schien sich unter dem Gewicht der Bände sogar zu biegen. Ein schwarzes Stoffsofa und ein Fernseher begrenzten die Wohnecke. Weiter hinten nahm eine weiß lackierte Küche eine ganze Wand ein. Es gab keinen Tisch, dafür aber eine Theke mit zwei Hockern.

»Links ist mein Zimmer, rechts ist Ihres. Ich habe Ihnen frische Laken auf das Bett gelegt. Sie haben auch einen Schrank, und das Badezimmer befindet sich hinter dieser Tür.«

»Und wo ist Ihr Bad?«, fragte ich.

»Das hier ist meins. Wir teilen es uns«, murmelte sie.

Ihre Verlegenheit wurde größer, und sie bekam erneut diesen unsteten Blick. Sie schob die Hände in die Taschen und wippte auf den Fersen vor und zurück.

»Tut mir leid, es ist nicht sehr groß, und Sie sind bestimmt etwas anderes gewohnt, aber …«

»Maxime hat einen ganzen Sommer lang bei mir in der Scheune geschlafen, glaub mir, er hat es schon schlechter gehabt.«

Sarahs Miene hellte sich auf, sie wirkte erleichtert. Ich warf Damien einen vernichtenden Blick zu. Musste er mich unbedingt an diese unangenehme Geschichte erinnern? Die Nächte in seiner Scheune hatten mir nur eines gezeigt: Ich war dafür gemacht, in einem bequemen Bett zu schlafen.

»Was das Kochen betrifft, muss ich zugeben, dass ich ziemlich schlecht darin bin. Also sagen Sie mir einfach, was Sie wollen, ich übernehme dann den Einkauf.«

»Sarah isst ziemlich oft bei Baptiste. Er hat eine Weinstube hier am Platz«, erklärte Damien.

»Ich werde mal bei ihm vorbeischauen … zwischen neunzehn und zwanzig Uhr«, knurrte ich.

Sarah ging in die Küche und warf einen prüfenden Blick in den Kühlschrank. Währenddessen versetzte mir Damien erneut einen heftigen Stoß mit dem Ellbogen, begleitet von einem wütenden Blick.

»Jetzt!«, verlangte er im Flüsterton. »Und gib ihr auch gleich den Scheck.«

Damien zwang mich zu etwas, das ich sehr ungern tat. Ich hasste es, mich überschwänglich zu bedanken, vor allem in der Öffentlichkeit. Das war es, was mir am Filmgeschäft so gut gefiel: Ich bekam Anweisungen, lernte den Text und lieferte ab. Keine Befindlichkeiten, auf die ich Rücksicht nehmen musste, nur mechanische Gefühlsregungen – so etwas fiel mir leicht. Leichter, als ich selbst zu sein.

Ich warf meine Tasche in eine Ecke und räusperte mich.

»Sarah?«

»Ja? Ach, Verzeihung, was möchten Sie essen? Ich könnte noch einkaufen gehen und …«

Ihr Verhalten entlockte mir ein Lächeln, denn ihre Schüchternheit ließ sie komisch wirken. Nach wie vor vermied sie es, mich anzusehen, und verlor sich in nervösem, unverständlichem Geplapper. Bei näherer Betrachtung war Sarah rührend. Ihre Schüchternheit konnte nur nützlich für mich sein.

»Ich wollte mich bei Ihnen bedanken …«

»Oh! Ähm … na ja …«

»… und Ihnen das hier geben«, fuhr ich fort und zog den Scheck aus der Tasche.

Erneut nahmen ihre Wangen die Farbe von Tomaten an, und sie presste verlegen die Lippen zusammen, ehe sie den Scheck annahm. Seltsamerweise kam mir Damiens Warnung wieder in den Sinn: Ich musste die Finger von ihr lassen.

»Da… äh … vielen Dank!«

»Ich würde vorschlagen, wir duzen uns, was halten Sie davon?«, fragte ich. »Wir werden hier zwei Monate zusammenleben, und ich denke, das würde unser Verhältnis … ein bisschen auflockern.«

»Gut, wie Sie … wie du willst«, korrigierte sie sich rasch. »Vielen Dank noch mal für … äh … für den Scheck.«

»Perfekt!«, sagte Damien überflüssigerweise. »Hast du das Geld von der Versicherung schon bekommen?«

»Wird morgen überwiesen«, antwortete Sarah. »Und dann gehe ich los und kaufe alles ein, was für die Renovierung nötig ist.«

»Ruf mich an, ich helfe dir, okay? Aber jetzt muss ich los. Maxime, wir sehen uns morgen früh zum Joggen, ich zähle auf dich.«

»Ich habe nicht vor, auf eine Stunde Freiheit zu verzichten.«

»Okay, ich bin erst mal weg. Bis später!«

Damien schlüpfte aus der Wohnung und ließ mich allein mit Sarah zurück. Ihre Verlegenheit war beinahe mit Händen zu greifen, und ich beschloss, mich in mein Zimmer zurückzuziehen. In den nächsten Wochen würde ich es bestimmt nicht sehr häufig verlassen.

»Ich räume dann mal meine Sachen ein.«

»Einverstanden. Wollen Sie … Willst du, dass wir zusammen zu Abend essen? Das müssen wir natürlich nicht, aber ich dachte, ich könnte uns ein Gericht zum Mitnehmen besorgen und …«

»Wir werden keine Freunde werden, Sarah. Wir werden uns nicht einmal näher kennenlernen.«

Meine Antwort verschlug ihr die Sprache. Am ganzen Leib zitternd, starrte sie mich sekundenlang an. Das war nicht nur Schüchternheit, nein, ich jagte ihr tatsächlich Angst ein. Interessant.

»Ich bin nicht freiwillig hier«, rief ich ihr ins Gedächtnis. »Ich sitze meine Strafe ab und fahre wieder nach Hause, in Ordnung?«

»Aber ...«

»Ich habe alles getan, um aus diesem Kaff herauszukommen, und ich habe, ehrlich gesagt, nicht die geringste Lust, hier zu sein. Also werde ich diese zwei Monate einfach abreißen. Ich schlage vor, du hältst dich von mir fern und stellst mir möglichst keine Fragen, okay?«

Ich griff nach meiner Tasche und warf sie mir über die Schulter, dann schlug ich die Zimmertür hinter mir zu. Der kleine Raum ging auf die Straße hinaus. Ich öffnete das Fenster und fand den Gedanken verlockend, einfach über die Brüstung zu springen. Allerdings war mir klar, dass ich diesmal keine zweite Chance bekommen würde.

Ich stellte die Tasche auf das Bett und packte sie aus. Das Zimmer war so klein, dass ich mich zwischen Bett und Schrank hindurchschlängeln musste. Der Platz reichte kaum, um die Schranktüren ganz zu öffnen. Unter meinen Füßen knarrte das Parkett. Eine Weile war ich mit Einräumen beschäftigt und vermied es, an meine Wut zu denken. Als die Tasche leer war, streckte ich mich auf dem schmalen Bett aus – natürlich ein Einzelbett! – und starrte an die Decke. Die einzigen Ablenkungen in dem Zimmer waren ein altmodischer Radiowecker und ein Stapel Bücher auf einem wackeligen Regal.

Ich entschied mich für Musik. Ich griff nach meinem Handy und sah nach, wer angerufen hatte. Zu meiner Überraschung hatten weder Mathilde noch mein Anwalt versucht, sich nach mir zu erkundigen. Außer Simon war mir niemand geblieben. Ich versuchte ihn zu erreichen, landete aber direkt auf dem Anrufbeantworter.

»Scheiße«, knurrte ich.

Ich fuhr mir mit einer Hand übers Gesicht und atmete tief durch.

»Zwei Monate. Es sind nur zwei Monate.«

6

Sarah Hinter mir lag eine schwierige Nacht. Wegen der emotionalen Achterbahn dieses Wochenendes – Wasserschaden, Versicherungsvertreter, Damien – und der Ankunft von Maxime fiel es mir schwer, in den Schlaf zu finden. Seine Worte und sein eisiger Tonfall hatten mich aufgewühlt. Ich hatte versucht, liebenswürdig und nett zu ihm zu sein, aber am Ende hatte meine Nervosität doch die Oberhand gewonnen.

Während ich mir einen Kaffee kochte, lief vor meinem inneren Auge erneut der Film seiner Ankunft ab, und ich versuchte herauszufinden, in welchem Moment er beschlossen hatte, mich grässlich zu finden. Okay, er war nicht freiwillig hierhergekommen, und ich war gern bereit, zuzugeben, dass Chateaurenard nicht gerade die aufregendste Stadt der Welt war … Aber war es nicht immer noch besser als ein Gefängnis? Er hätte durchaus ein bisschen Dankbarkeit an den Tag legen können. Was für ein Blödmann!

Der Tageszeitung war es zu verdanken, dass meine Wissenslücken sich schlossen: Maxime hatte irgendeinen armen Kerl verprügelt. Wenn er nicht hier sein wollte, hätte er seine Fäuste eben bei sich behalten sollen, anstatt diesen Typen fertigzumachen. Okay, er war wütend. Aber doch wohl nicht auf mich! Mir ging es mit dieser Geschichte genau wie ihm. Ich hatte mich gezwungenermaßen darauf eingelassen und war weiß Gott nicht glücklich mit meinem Los. Die Zweifel, die ich Damien gegenüber zum Ausdruck gebracht hatte, bestätigten sich nun. Maxime war nicht zu bändigen, und ich war der Aufgabe, ihn ruhig zu halten, nicht gewachsen.

Ich kletterte auf den Hocker und trank genüsslich meinen Kaffee, während ich die Lokalzeitung durchblätterte. Manchmal fand ich Kleinanzeigen von Privatpersonen, die alte Möbel oder Bücher loswerden wollten. Das erlaubte mir, die Buchhandlung mit Büchern auszustatten – und an kostenlose Möbel zu kommen. Geld war eine ständige Sorge für mich. Und das war der Grund, warum ich Maxime, so abscheulich er auch sein mochte, nicht einfach hinauswerfen konnte.

Ich würde die freundliche Gastgeberin spielen müssen … auf die Gefahr hin, zwei Monate lang meinen Ärger hinunterzuschlucken.

Das Geräusch einer Tür riss mich aus meinen Gedanken. In Shorts und Fußballtrikot tauchte Maxime aus seinem Zimmer auf. Instinktiv richtete ich den Blick auf seinen Knöchel und die Fußfessel, die daran befestigt war.

»Guten Morgen«, sagte ich und lächelte.

»Ich gehe laufen«, antwortete er mürrisch.

Ich sah nach, wie spät es war. Bis zu seiner morgendlichen Ausgangssperre blieb ihm noch eine Dreiviertelstunde.

»Soll ich dir etwas zu essen stehen lassen?«, fragte ich.

»Kein Hunger.«

»Nicht mal einen Kaffee?«

Diesem ätzenden Typen gegenüber freundlich zu bleiben war eine echte Herausforderung. Ich fragte mich, ob er mich provozieren wollte oder ob er sich immer so verhielt. Am Abend zuvor hatte ich seine geballten Fäuste und die angespannten Schultern genau gesehen; er riss sich zusammen, unterdrückte eine heftige Wut, die jederzeit explodieren konnte.

»Ich habe Nein gesagt.«

Ohne ein weiteres Wort stürmte er die Treppe hinunter. Verärgert warf ich den Rest meiner Brioche in die Kaffeetasse.

Sechzig Tage. Okay, neunundfünfzig, wenn man den Tag zuvor abzog, der hoffentlich genauso zählte wie die restlichen Tage.

Nachdem ich geduscht und die Küche aufgeräumt hatte, ging ich in den Laden hinunter, um mich meinem Alltag zu widmen. Es versprach ein sonniger Tag zu werden, und ich hoffte, dass der Ferienbeginn mir viele Kunden bescheren würde. Ich beschloss, mir die Wartezeit zu verkürzen, indem ich eine neue Auswahl an Büchern nach Farben zusammenstellte – und zwar, um die folgende, regelmäßig wiederkehrende Frage zu beantworten: »Das Buch ist rot/blau/grün, aber ich weiß nicht mehr, wie es heißt.« Da wir uns im Hochsommer befanden, entschied ich mich für Gelb und wählte mehrere Titel aus.

Fünfunddreißig Minuten nach seinem Aufbruch tauchte Maxime wieder auf. Sein Fußballtrikot war schweißgetränkt, sein Gesicht von Erschöpfung gezeichnet. Ich fragte mich flüchtig, ob er wohl in der Nacht geschlafen hatte oder ob er zu sehr damit beschäftigt gewesen war, einen Fluchtplan zu entwerfen, der darin bestand, die Bettlaken miteinander zu verknoten und an der

Fassade hinunterzuklettern. Ohne mich auch nur anzusehen, stieg er die Treppe hinauf, und ich hörte, wie sich der vorsintflutliche Durchlauferhitzer einschaltete.

In dem erbarmungswürdigen Zustand, der typisch für Leute ist, die wieder mit Sport anfangen, um ihr schlechtes Gewissen zu beruhigen, kam nun auch Damien herein.

»Wie heißt denn die glückliche Auserwählte?«, scherzte ich, während er sich erschöpft auf einen Hocker sinken ließ.

»Mein Gewissen«, keuchte er.

Ich unterdrückte ein Lachen, hatte aber, ehrlich gesagt, nur wenig Verständnis für ihn. Ich selbst war keine große Sportlerin. Ich beugte lieber vor, indem ich Gemüse aß, anstatt zu heilen, indem ich Kalorien zu verbrennen versuchte. Als Damien wieder zu Atem gekommen war, reichte ich ihm ein Glas Wasser.

»Ich dachte mir, wenn wir zusammen laufen, kann er ein bisschen überschüssige Energie loswerden.«

»Ich weiß nicht, ob das funktioniert. Er sieht genauso wütend aus wie gleich nach dem Aufstehen.«

»Maxime ist nicht gerade ein Morgenmensch.«

»Ein Abendmensch ist er auch nicht. Er hat sich geweigert, mit mir zu Abend zu essen, und hat mir erklärt, dass wir ganz bestimmt keine Freunde werden.«

»Gib ihm etwas Zeit. Für ihn ist es schwierig.«

»Schwierig? Er findet es *schwierig*, freundlich zu sein?«

»Du wirst es ihm schon beibringen«, sagte Damien und lächelte. »Irgendwann wird er deiner Liebenswürdigkeit nichts mehr entgegenzusetzen haben.«

»Und wenn ich keine Lust habe, liebenswürdig zu sein?«

Damien verschluckte sich fast vor Lachen. Er trank das Glas Wasser in einem Zug aus, während große Schweißtropfen auf den Ladentisch fielen.

»Du hast wohl heute Nacht *Feindseligkeit für Dummies* gelesen und dir vorgenommen, die Ratschläge gleich in die Tat umzusetzen.«

»Du bist so rot wie eine Tomate«, sagte ich angriffslustig und war stolz auf mich.

»Versuch's noch einmal!«

»Du siehst aus wie … wie ein gestrandeter Wal, der auf den Tod wartet.«

»Ganz ehrlich, Sarah? Sogar meiner achtjährigen Tochter fallen bessere Beleidigungen ein. Bleib einfach freundlich, damit kennst du dich viel besser aus.«

Ich bedachte ihn mit einem finsteren Blick – zumindest hoffte ich, dass er finster war – und machte auf dem Absatz kehrt, um die Liste der Bücher durchzusehen, die Kunden online bestellt hatten. Das war der Vorteil antiquarischer Bücher: Für Sammler war ich die reinste Goldmine und konnte es mir erlauben, bestimmte Titel zu hohen Preisen zu verkaufen. Diese wenigen lukrativen Verkäufe erlaubten mir, den Laden am Laufen zu halten.

»Er wird sich schon wieder beruhigen«, wiederholte Damien, immer noch außer Atem.

»Vor oder nach deinem Tod?«

»Na siehst du, geht doch schon viel besser. Wütend gucken kannst du auch gut«, fügte er hinzu, während ich mich umdrehte, um ihm einen mörderischen Blick zuzuwerfen. »Deine wahre Stärke ist Spontaneität, Sarah. Irgendwann wird er sich schon beruhigen.«

»Ja, vielleicht, aber wie soll ich bis dahin mit ihm umgehen? Ich wage ja nicht einmal, ihm Anweisungen zu geben. Vermutlich ist er es gewohnt, dass andere für ihn arbeiten, oder was meinst du?«

»Ich meine, dass diese Filmgeschichte zu nichts Gutem geführt hat. Er braucht ein bisschen … Realität. Gib ihm Arbeit, das ist das beste Mittel, um ihm Kontra zu geben. Du schaffst das schon, Sarah, da bin ich mir sicher.«

Ich plauderte noch eine Weile mit Damien, bis Maximes Schritte auf der Treppe unserem Gespräch ein Ende setzten. Sein Zorn sollte keine neue Nahrung bekommen, indem er feststellte, dass wir hinter seinem Rücken über ihn redeten.

»Wollen wir heute Mittag zusammen essen?«

Damien hatte die Einladung in den Raum gesprochen, sodass ich nicht wusste, ob er Maxime oder mich meinte. Mein Mitbewohner hielt sich im Hintergrund, streifte vermutlich zwischen den Regalen umher.

»Ich muss hierbleiben«, antwortete er mit ausdrucksloser Stimme.

»Äh … Ich habe schon etwas vor«, sagte ich.

»Etwas oder jemanden?«, scherzte Damien.

»Etwas *mit* jemandem«, antwortete ich und musterte ihn aus schmalen Augen.

»Eine Art Rendezvous?«

»Ein Rendezvous, ja«, versetzte ich, leicht beleidigt.

»Aber ein Mittagessen ist kein Rendezvous, es ist höchstens eine Art … Kontaktaufnahme. Max, ich bringe uns eine Kleinigkeit zu essen mit. Und bis dahin vergiss nicht, was ich dir gesagt habe: Bring mir die Leseecke in Ordnung.«

Maxime murmelte etwas Unverständliches, während sich Damien verdrückte und mir zum Abschied winkte. Und schon war ich wieder allein mit ihm, ohne die geringste Ahnung, wie ich mit ihm klarkommen sollte. Ich drehte mich zu ihm, und für einen Moment zog sein Aussehen meine Aufmerksamkeit auf sich. Sein unerfreuliches Temperament nahm ihm jeden Charme. Unter anderen Umständen hätte ich seinen finsteren Blick, seinen gemeißelten Kiefer und die breiten Schultern bewundert. Von seiner schwarzen Jeans und dem Tattoo auf seinem Unterarm, das im Ärmel des T-Shirts verschwand, wäre ich allerdings auch dann nicht begeistert gewesen.

Maxime war ein attraktiver Mann. Nach den geltenden Kriterien war er schön, sah sogar blendend aus. Die Sorte Mann, bei der man schluckt und dann erneut Anlauf nimmt.

Sein Verhalten aber nahm ihm jegliche Anziehungskraft. Ich hätte ihn gern lächeln gesehen und Scherze aus seinem Mund gehört, wusste aber bereits, dass ich mir die Mühe sparen konnte.

»Dann kümmere ich mich also jetzt um die Leseecke?«, fragte er ohne jede Spur von Begeisterung.

»Genau. Vor allem der Bereich, der überschwemmt war, muss freigeräumt und das Sofa an einen anderen Platz gestellt werden.«

»Vors Fenster.«

Das war weder eine Frage noch ein Vorschlag. Maxime hatte soeben entschieden, dass die Leseecke an den Platz meines Regals mit Novitäten wandern würde. Nach kurzer Überlegung wurde mir klar, dass dies tatsächlich eine gute Idee war. In den anderen Ecken der Buchhandlung war es zu dunkel, und außerdem war hier noch Platz. Ein paar kleine Regale oder Tische zu verrücken würde weniger anstrengend sein, als eine ganze Abteilung umzustellen.

»Ist okay«, stimmte ich zu. »Bist du sicher, dass du nichts essen willst?«

»Ist nicht nötig.«

»Wie reizend! Hast du immer so schlechte Laune oder hat es etwas mit mir zu tun?«

»Ich habe doch gesagt, dass wir keine Freunde werden. Mein Leben spielt sich woanders ab.«

Ich dachte flüchtig an Damiens Worte. In gewisser Weise verstand ich, was er hatte sagen wollen: Maxime war verloren. Er gehörte weder hier noch irgendwo anders hin. Das war mit Sicherheit eins der wenigen Dinge, die wir gemeinsam hatten: Als ich mit ungefähr zehn Jahren hier angekommen war, hatte ich erst Zutrauen zu dieser Umgebung fassen müssen. Ich musste lernen zu vertrauen.

Im Lauf des Vormittags mühte sich Maxime damit ab, die Leseecke wiederherzustellen. Nachdem er mehrere Regale und zwei Tische verschoben hatte, gelang es ihm, das Sofa – das eine der beiden, das überlebt hatte – an die Wand unterhalb des Fensters zu rücken. Dann schlug er vor, den niedrigen Tisch hinauszubringen und ihn im Freien trocknen zu lassen; außerdem stellte er die beiden Sessel, die ich wegwerfen musste, auf die Straße, um sie später zur Mülldeponie zu bringen. Schließlich half er mir, die Deko wieder anzubringen, darunter einige Girlanden.

»Danke«, murmelte ich, während er ein Pult zum Ausgang schob.

Ich starrte auf sein Tattoo und fragte mich, ob diese Dornenranke eine Botschaft oder eine Art Warnung sein sollte. Maxime war wütend und konnte unter Umständen gefährlich werden. Vermutlich sollten diese Dornen allzu neugierige Menschen auf dieselbe Art zurückweisen, wie Stacheldraht auf einem Zaun ungebetene Gäste abhält.

»Ich mache über Mittag zu, ich gehe aus«, erklärte ich.

Maxime drehte sich um und kam auf mich zu. Als er so vor mir stand, kam ich mir auf einmal winzig und schutzlos vor. Sein Verhalten ähnelte dem einer Raubkatze, die sich vor nichts fürchtet, und strahlte etwas Gefährliches aus.

Aber vielleicht war es auch Arroganz. Eine Art, mich zu provozieren, um festzustellen, ob er sich mir gegenüber genauso verhalten konnte wie vermutlich allen anderen gegenüber – ein anspruchsvoller Machtmensch.

»Ich nicht«, versetzte er.

Seine eisige Stimme ließ mich erstarren. Ich schob die Hände in die Taschen und versuchte eine zuversichtliche Miene aufzusetzen, obwohl meine Wangen heiß wurden. Ein Raubtier, wiederholte ich im Stillen. Wenn ich ihm eine einzige Schwachstelle offenbarte, würde mich das ins Verderben stürzen.

»Könnten wir uns vielleicht einmal am Tag gesittet unterhalten?«

Ein flüchtiges Lächeln erhellte Maximes Gesicht, vermutlich amüsierte er sich über meine zittrige Stimme. Für ihn war ich leichte Beute. Ich wusste mich nicht zu schützen, während er seine Stacheln direkt auf dem Körper trug.

»Nein«, fauchte er mich an.

Er baute sich so dicht vor mir auf, dass ich erschauerte. Nicht vor Angst, sondern wegen seines finsteren, seelen- und gefühllosen Blicks. Es war, als wäre plötzlich sibirische Kälte in den Laden eingedrungen, um jede Spur von Leben erfrieren zu lassen.

»Nein zum Gespräch allgemein oder nein, nicht heute?«

»Beides. Warum sollte ich mit dir reden wollen?«

»Um das Eis zu brechen.«

Meine Erwiderung brachte mich selbst zum Lächeln. Das Eis brechen, das gerade in die Buchhandlung geweht war, das Eis, das er ausstrahlte. Meine Worte passten perfekt. Maxime musterte mich, seine athletische Gestalt überragte mich um einen Kopf.

»Wir könnten … keine Ahnung … vielleicht über Filme sprechen. Oder über Bücher.«

»Über Bücher? Sehr kreativ«, sagte er ironisch.

»Dann sag mir, was dir gefällt, wir können darüber reden. Beim Abendessen zum Beispiel.«

Ich war erschöpft und am Ende meiner Kräfte. Ich hatte die Nase voll davon, mit jedem neuen Vorschlag vor die Wand zu laufen, war sein ewiges Gemotze leid. Er zog die Augenbrauen hoch, ehe er eine Strähne meines Haars zwischen Daumen und Zeigefinger nahm und sanft daran zupfte.

»Spinnweben«, sagte er leise.

Mit zitternden Beinen stand ich wie angewurzelt da. Ich versuchte einen Ton herauszubringen, aber es kam keiner. Ich war wie erstarrt, völlig verblüfft, dass dieser mürrische Mann zu einer zärtlichen Geste imstande war. Für kurze Zeit war der kalte Lufthauch verschwunden, und mein Puls jagte hoch wie in der Geisterbahn auf dem Rummelplatz. Diesmal war es tatsächlich Angst gewesen, was ich empfunden hatte, davon war ich überzeugt.

Er trat ein paar Schritte zurück und bedeutete mir mit einem Kopfschütteln, dass unser Gespräch zu Ende war.

»Da kommt dein Date.«

Sofort drehte ich mich um, blickte aus dem Fenster und sah Frédéric, der auf die Buchhandlung zusteuerte. Ich blickte an mir hinunter: eine fleckige alte Jeans und ein Wollpulli, der so locker saß, dass er als kurzes Kleid hätte durchgehen können. Wegen Maximes Ankunft hatte ich die Sache mit dem gemeinsamen Mittagessen ganz vergessen. Ich befand mich in einem erbarmungswürdigen Zustand, war schlecht frisiert – ach was, überhaupt nicht frisiert! –, kaum geschminkt, und ich starrte vor Schmutz.

»Sag ihm, er soll warten, ich gehe mich umziehen!«, rief ich und rannte so schnell ich konnte die Treppe hinauf.

Zehn Minuten später sah ich wieder halbwegs menschlich aus. Die Haare hatte ich hochgesteckt, eine dünne Schicht Make-up aufgelegt, und mit einem leichten Blümchenkleid war ich angemessen gekleidet. Ich stieg die Stufen wieder hinunter, wobei ich mit meinen hochhackigen Sandaletten zu kämpfen hatte und mir bei jeder Stufe die Knöchel zu brechen drohte. Frédéric wartete im Eingang auf mich, er hielt eine Rose in der Hand.

Ich nahm sie dankend entgegen, nervös bei der Aussicht auf das gemeinsame Mittagessen. Mein letztes Rendezvous hatte ich im Jahr zuvor gehabt. Zu behaupten, dass es schlecht ausgegangen war, wäre eine Beschönigung gewesen. Hinter uns stapelte Maxime geräuschvoll Bücher aufeinander.

»Habt ihr euch unterhalten?«, fragte ich und strahlte über das ganze Gesicht.

»Ich habe mich vorgestellt«, antwortete Frédéric.

»Ähm … Das ist Maxime.«

Die beiden Männer wechselten einen Blick, und an der Art, wie sich Frédérics Miene aufhellte, sah ich, dass er ihn erkannt hatte. Er deutete mit dem Zeigefinger auf Maxime, während sein Blick zwischen ihm und mir hin- und herwanderte.

»Das ist doch nicht …«

»Doch, genau der«, fiel ich ihm ins Wort.

»Und was …«

»Eine Vereinbarung. Er wird einige Zeit hier bei mir verbringen.«

»Wie lange denn?«

»Den Sommer über.«

»Und wo schläft er?«

»Ich habe ein freies Zimmer. Er ist gestern angekommen.«

Ich fühlte mich, als würde ich einem Verhör unterzogen, ohne zu wissen, was mir zur Last gelegt wurde. Doch in den Augen meines Nachbarn waren Unverständnis und Zweifel deutlich zu lesen. Ich warf Maxime, der in die Lektüre eines Klappentextes vertieft war, einen Blick zu.

»Er ist ein Freund von Damien. Er … er wird mir helfen. Bei der Renovierung des Ladens.«

»Du hättest auch mich fragen können … Oder Damien hätte ihn bei sich zu Hause unterbringen können.«

»Hier ist es besser, wir sind mitten in der Stadt. Also, auf geht's.«

Ich musste das Gespräch abwürgen, denn die Abfolge von Fragen drohte den wahren Grund von Maximes Anwesenheit zu enthüllen. Offiziell hinderte mich nichts daran, zu verraten, dass er eine Gefängnisstrafe verbüßte. Aber ich wollte ihn schützen; ich wusste, wie lästig die neugierigen Blicke der Menschen in einer Kleinstadt werden konnten. Die Scham, die Erniedrigung, das Geflüster, der Tratsch … All das deprimierte einen nur noch mehr.

»In zwei Stunden bin ich wieder da. Machst du bitte die Tür hinter mir zu?«

Maxime begnügte sich mit einem Nicken, während sein finsterer Blick mich durchbohrte. Er besaß nicht einmal den Anstand, meinen Abschiedsgruß zu erwidern, sondern schloss nach meinem Abgang nur wortlos die Tür. Auf dem Weg zu dem Restaurant lief uns Damien über den Weg, und ich sagte ihm, dass Maxime im Laden war.

Baptiste wies uns einen Tisch im Freien zu und reichte uns zwei Speisekarten. Ich schenkte seinem verschwörerischen Lächeln und dem demonstrativen Augenzwinkern keine Beachtung. Stattdessen versteckte ich mich hinter der Karte und tat so, als ginge ich nicht vor Anspannung beinahe durch die Decke. Ich las mir jedes Gericht zehnmal durch, während ich überlegte, wie ich das Gespräch in Gang bringen sollte. Auf keinen Fall würde ich ihm etwas über das letzte Buch erzählen, das ich gelesen hatte, das war mir denn doch zu abgedroschen.

Die politische Lage? Tödlich.

Das Wetter? Zu naheliegend auf dieser sonnigen Außenterrasse.

Urlaub? Ich wusste, dass er vor dem nächsten Winter keinen nehmen würde.

Meine Renovierungsarbeiten? Ein bisschen zu selbstbezogen.

Mein letztes Kochexperiment? Das ließ sich in einem Wort zusammenfassen: katastrophal.

Mein zeitlich begrenztes Zusammenleben mit Grünpflanzen? Am Ende fand er noch heraus, dass sich sämtliche Pflanzen, die ich kaufte, irgendwann das Leben nahmen. Einschließlich der Kakteen.

»Und deine Hochzeit?«, fragte ich schließlich.

»Meine Hochzeit?«

Sofort wurden meine Wangen heiß, und ich verfluchte mich innerlich heftig für meine Ungeschicklichkeit im Umgang mit Männern. In Sachen Verführung war ich ein hoffnungsloser Fall.

»*Die* Hochzeit«, korrigierte ich mich. »Die Hochzeit, um die du dich kümmern musstest.«

»Ach so, ja. Die war ein Erfolg.«

Er erklärte mir, wie er die Kirche mit einer Kombination aus weißen und blassrosa Blumen geschmückt hatte. Er sprach voller Leidenschaft davon und unterbrach seinen Bericht nur ein einziges Mal, um bei Baptiste seine Bestellung aufzugeben. Während des Essens beschränkte sich mein Gesprächsbeitrag darauf, Fragen zu stellen und nervös zu lachen. Ich bewunderte die Ungezwungenheit, mit der Frédéric erzählen konnte. Er legte Leidenschaft und all seine Energie in die Worte.

Meine Leidenschaft galt von jeher den Büchern. Ich las mit Inbrunst, es war eine Art Heißhunger, unbezähmbar. Ich tat alles, um meinem Leben zu entfliehen, und Romane hatten mir sehr früh erlaubt, genau das zu tun. Doch wenn ich für ein Buch eintreten wollte, das ich liebte, fehlten mir die Worte. Ich konnte Empfehlungen verfassen, ich konnte Bücher vorschlagen … aber wenn ich jemandem gegenüberstand, der meinen Standpunkt nicht teilte, kam ich mir machtlos und dumm vor.

Mehrmals ertappte ich Frédéric dabei, wie er den Blick für kaum mehr als eine halbe Sekunde auf meine Lippen richtete – eine Zeitspanne, die ausreichte, um mich in Panik zu versetzen.

»Unser gemeinsames Mittagessen war sehr schön«, sagte er auf dem Rückweg zum Laden.

Unsere Hände berührten sich flüchtig, während wir langsam nebeneinander hergingen. Wortlos verflocht Frédéric seine Finger mit meinen. Wir hielten nicht direkt Händchen, aber die leichte Berührung ließ meinen Atem schneller gehen. Ich räusperte mich in der Hoffnung, meine Befangenheit damit zu vertreiben. Ich fürchtete mich bereits vor dem Augenblick, in dem Frédéric sich über mich beugen und mich küssen würde. Vielleicht würde ich ja ohnmächtig auf dem Boden landen.

»Was hältst du von einem Dinner? Nächste Woche?«

»Oh … Du … Ich dachte …«

Mein Nachbar verzog den Mund zu einem Lächeln. Seine Finger schlossen sich fester um meine, und er kam mir so nah, dass mir sein holziger Duft in die Nase stieg. Ich hielt die Luft an und bereitete mich mit halb geschlossenen Augen darauf vor, dass sein Mund den meinen berührte.

Aber Frédéric schien sich ausgesprochen gern zu unterhalten.

»Ich kann es auch kaum noch erwarten«, flüsterte er mir ins Ohr.

Mein Atem setzte wieder ein, und mein Herz begab sich an seine Ursprungsposition zurück, nachdem es mir in die Magengrube gerutscht war. Ich wünschte mir diesen Kuss so sehr, dass ich zu atmen aufgehört und im Stillen gebetet hatte, er möge endlich kommen.

Als ich die Augen aufschlug, stellte ich fest, dass Frédéric einen Schritt zurückgetreten war und die Aussicht auf einen Kuss mit sich genommen hatte.

»Ich würde dich gern früher wiedersehen«, sagte er, »aber meine Mutter kommt für ein paar Tage zu mir nach Hause. Ich will sie nicht allein lassen.«

»Oh, natürlich, verstehe!«

Ich hätte ihn vielleicht überreden können, hätte ich nicht gleich darauf gekichert wie eine alberne Gans und wäre meine Stimme nicht so schrill geworden, als hätte ich mir an meinem Sofatisch den Fuß gestoßen.

»Familie geht vor«, fügte ich hinzu.

»Ich könnte sie dir vorstellen.«

Erneut rutschte mir ein Kichern heraus. Die Scham, die darauf folgte, sorgte dafür, dass ich mich am liebsten lebendig begraben lassen wollte. Ich löste meine Hand aus seiner und versuchte das Gespräch auf ein weniger heikles Thema zu lenken.

»Ich muss jetzt aufmachen … äh … den Laden. Ich muss den Laden aufmachen.«

»Oh. Verstehe. Wir sehen uns dann zum Abendessen, abgemacht?«

»Ja, klar, super! Nächste Woche, richtig?«

Ich war bereits dabei, mich rückwärts von ihm zu entfernen, die Hände auf dem Rücken verschränkt, schwankend zwischen Demütigung und Frustration. Ich wollte mich nur noch in der Buchhandlung verstecken und mich in den Kissen der Leseecke ausweinen.

»Passt es dir am Mittwoch? Ich hole dich ab.«

»Ja, super.«

»Picknick am Strand?«

»Ja, prima.«

Ich winkte ihm zum Abschied und klopfte wütend an die Ladentür.

Aus dem Augenwinkel sah ich, dass Frédéric mich immer noch beobachtete. Seine Mutter hatte ihm offenbar beigebracht, dass man erst fortging, wenn die Dame sicher ins Haus gelangt war. Allerdings fragte ich mich, was mir um vierzehn Uhr mitten in Chateaurenard zustoßen sollte.

Endlich öffnete Damien mir mit einem leichten Lächeln die Tür.

»Aus dem Weg, ich brauche dringend eine Schaufel, um mir mein eigenes Grab zu schaufeln!«

Ich schob ihn beiseite und stürmte in den Laden. Maxime kam die Treppe herunter und hob fragend eine Augenbraue.

»Ich hatte meine Schlüssel nicht dabei«, erklärte ich den beiden.

»Die Tür war offen«, versetzte Damien.

Mit einem frustrierten Stöhnen ließ ich mich in einen Sessel sinken. Ich nahm ein Kissen und vergrub das Gesicht darin. Bestürzung und Demütigung kämpften in mir um die Oberhand. Ich war eine solche Niete, dermaßen unfähig, wenn es um Männer ging, dass es fast schon pathologisch war.

»Ihr beiden wart richtig niedlich«, spottete Maxime.

»Klar, schließlich warst du ja dabei«, sagte ich und legte das Kissen beiseite.

»Die Möglichkeiten zur Freizeitgestaltung sind in diesem Kaff ziemlich beschränkt«, erklärte er schulterzuckend.

»Ich muss dann mal los. Maxime, denk dran, was ich dir gesagt habe, okay? Sarah, sehr hübsches Kleid«, fügte er hinzu.

In derselben Sekunde verließ er die Buchhandlung und ließ mich mit Maxime und meiner Verzweiflung allein.

»Wie erbärmlich war ich?«, flüsterte ich.

»Erbärmlich genug, um uns zum Lachen zu bringen«,

antwortete Maxime, während er eine Reihe von Büchern aus einem Regal nahm.

»War es ein spöttisches Lachen?«

»Ja, ziemlich.«

Wie bereits am Vormittag vertiefte er sich in die Lektüre eines Klappentextes. Ich beobachtete ihn eine Weile, fasziniert von der Konzentration, die sich in seinen Gesichtszügen zeigte. Zum ersten Mal seit seiner Ankunft trug Maxime weder Wut noch schlechte Laune zur Schau. Er hob den Kopf, sah mich an und legte gleich darauf das Buch weg, um das Regalbrett anzuheben und umzudrehen.

»Lies ruhig weiter«, ermunterte ich ihn.

»Damien hat gesagt, ich soll alle Böden dieses Regals umdrehen und sauber machen, in Ordnung?«

»Du fragst mich nach meiner Meinung?«

»In der Tat.«

»Ohne zu meckern?«

»Damien will, dass ich mir Mühe mit dir gebe. Und das mache ich. Also, was ist mit diesem Regal?«

Ich war sprachlos. Zum ersten Mal wechselten wir mehr als zwei Sätze miteinander, ohne aufeinander loszugehen. Diese Erkenntnis ließ mich beinahe die blamable Szene mit Frédéric vergessen. Im Geist machte ich mir eine Notiz, Damien anzurufen und mich bei ihm zu bedanken.

»Äh … ja. Unter der Kasse sind Putzlappen, wenn du einen brauchst.«

Ich erhob mich aus dem Sessel und beschloss, diese Veränderung mit einer netten Geste zu quittieren.

»Möchtest du einen Kaffee?«

Eine Zeit lang musterte er mich von Kopf bis Fuß. Hätte

ich ihm vorgeschlagen, zum Planeten Pluto zu fliegen, hätte er mich nicht misstrauischer ansehen können. Ich schenkte ihm ein Lächeln, ähnlich dem, das ein Dompteur angesichts einer Raubkatze aufsetzt. Er sollte begreifen, dass er mir vertrauen konnte.

»Ich werde für den Leseclub heute Abend etwas backen. Irgendwelche Präferenzen?«

Er zuckte mit den Schultern, und nachdem er zwei Putztücher unter der Kasse hervorgeholt hatte, kümmerte er sich wieder um das Regal, das er sich vorgenommen hatte. Ich seufzte, ehe ich seine Reaktion innerlich relativierte – immerhin hatte er mich nicht abblitzen lassen.

Die folgenden Tage liefen nach demselben Schema ab. Maxime arbeitete schweigsam und ohne aufzumucken in der Buchhandlung. Innerhalb einer Woche reparierte er meine wackligen Regale und drehte alle wurmstichigen Böden um. Er verausgabte sich beim morgendlichen Lauf mit Damien, und abends saß er mir beim Essen gegenüber, ohne etwas zu sagen. Ich wiederum verfiel in den gewohnten Rhythmus meiner Aktivitäten, und zwar, indem ich die Clubsitzungen in Proben für das Theaterstück verwandelte.

»Okay, Anita, du bist Madame Pluche, Camilles Gouvernante. Und du, Baptiste, bist dann Maître Blazius.«

Die Verteilung der Rollen war das Einfachste bei der Vorbereitung des Stücks. Élise, eigentlich Studentin in Paris, vervollständigte den Club während der Sommermonate. Ihre Eltern lebten im Städtchen, und bei der Gelegenheit half sie mir auch im Laden.

»Élise, du bist Camille. Und Damien ist dann Perdican.«

»Ich liebe es, schüchterne Liebhaber zu spielen«, sagte Letzterer lächelnd, ehe er einen Windbeutel verschlang.

»Perdican ist ein Idiot«, sagte Élise.

»Und Camille ist eine Frömmlerin, die sich hinter der Religion versteckt, um sich dem Leben und der Liebe nicht stellen zu müssen«, versetzte Damien.

»Sehr schön, ihr steckt bereits in euren Figuren. Baptiste, übst du bitte die erste Szene mit Anita ein?«

»Können wir nicht die Rollen tauschen?«, nörgelte meine Freundin. »Maître Blazius entspricht viel mehr meinem Temperament. Er wirkt … lebendiger. Und ich würde schrecklich gern einen Mann spielen!«

»Kommt gar nicht infrage, dass ich ein verklemmtes, verbittertes Weib spiele. Ich bleibe Blazius, und sie ist Pluche«, wetterte Baptiste.

Auf einmal kam das gesamte Ensemble in Schwung und begann, über die Vorzüge und Schwächen der Figuren zu debattieren. Solche Augenblicke waren es, die mich zum Lächeln brachten und mir bestätigten, dass ich die richtige Wahl getroffen hatte. Dass die Schauspieler so viel Herzblut und Energie in das Projekt steckten, bewies mir, dass es richtig war, mein Leben auch weiterhin in diesem Ort zu verbringen. Allein wegen dieser Menschen, wegen ihres Lachens und ihrer kleinen Sticheleien war ich glücklich, hier zu sein.

»Guten Abend«, sagte eine Stimme hinter mir.

Ich drehte mich auf dem Stuhl um und erblickte Maxime. Die Clubmitglieder verstummten schlagartig. Bekleidet mit einer dunklen Jeans und einem Ghostbusters-Sweatshirt, musterte Maxime nacheinander jeden Einzelnen.

»Ich … Ich glaube, hier kennt dich bereits jeder. Bis auf Élise. Élise, das ist Maxime.«

Sie stand aus ihrem Sessel auf und reichte ihm die Hand, um ihn zu begrüßen. Maxime begnügte sich mit einem Nicken, abweisend wie immer, wenn ein menschliches Wesen Anstalten machte, sich ihm zu nähern. Damit hatte ich mich inzwischen abgefunden. Morgens grüßten wir uns höflich, aber distanziert. Abends gingen wir uns in der Küche möglichst aus dem Weg und verzogen uns in unsere Zimmer, sobald wir mit dem Essen fertig waren.

Wir beschränkten den Kontakt. Ich sagte ihm, was er zu tun hatte, und er führte den Auftrag aus. Glücklicherweise fauchte er mich nicht mehr an und behielt seine schlechte Laune für sich. Indem Damien jeden Morgen mit ihm laufen ging, half er ihm definitiv, seine Wut zu kanalisieren.

Élise warf mir einen Seitenblick zu, der so viel besagte wie: »Das ist Maxime Maréchal, verdammt!« Ich kannte diesen Blick sehr gut, in der Buchhandlung war ich bei jedem Kunden damit konfrontiert. Niemand wagte, Fragen zu stellen, aber die verblüfften Gesichter sprachen Bände. Obwohl ich und die Menschen, die mir nahestanden, nicht darüber sprachen, hatte ich bemerkt, dass die Kundenzahl der Buchhandlung sich erhöht hatte. Ich hätte das dem Zulauf durch die Sommertouristen zuschreiben können, aber an der Art, wie die Leute zwischen den Regalen herumschnüffelten, erkannte ich, dass sie der Attraktion der Gegend, zu der Maxime geworden war, über den Weg zu laufen hofften.

»Willst du dich zu uns gesellen?«, fragte ich.

»Du könntest uns bei dem Stück helfen«, schlug Damien vor. »Mit deinem Talent und deiner Erfahrung gelingt uns vielleicht eine geniale Vorstellung.«

»Dein Name könnte auch auf dem Plakat stehen«, fuhr Anita fort. »Als Regisseur zum Beispiel … Auf jeden Fall wäre das eine super Werbung für uns.«

»Nein«, fiel ich ihr ins Wort. »Das brauchen wir nicht. Der Saal ist ohnehin jedes Jahr voll.«

»Stimmt«, sagte Anita. »Trotzdem schade!«

»Ich wollte … Eigentlich wollte ich nur das Ladegerät von meinem Handy holen«, erklärte Maxime schließlich.

»Okay. Wir sind sowieso fertig. Wir sehen uns übermorgen, um die ersten Szenen zu wiederholen, ja?«

Die Truppe erhob sich in dem Moment, in dem sich Maxime in Richtung Ladentisch verzog. Ich öffnete die Tür der Buchhandlung und verabschiedete mich nacheinander von jedem Darsteller des nächsten Theaterstücks. Élise, die freudestrahlend als Letzte an mir vorbeikam, nutzte den Augenblick.

»Ich will alles wissen«, flüsterte sie.

»Da gibt es nichts zu erzählen. Er hilft mir, und ich gebe ihm ein Dach über dem Kopf. Das ist alles.«

»Er wohnt bei dir? Das heißt … er schläft hier?«

»Im zweiten Zimmer«, erläuterte ich leicht genervt.

Sie verließ den Laden, redete aber weiterhin auf mich ein. Élise war wahnsinnig neugierig und hatte eindeutig eine Neigung zu gehässigem Klatsch. Dass ich das Objekt ihrer nächsten Tratschereien sein würde, gefiel mir nicht besonders.

»Ist dir klar, dass du mit einem der sexyesten Typen des Landes unter einem Dach lebst?«

»Wenn er nicht gerade rummotzt, gibt er kaum zwei

Sätze von sich. Er ist nicht auf der Suche nach Freunden. Und ich …«

»Um Himmels willen, Sarah! Nimm die Nase aus den Büchern, und sieh dir diesen Typen an! Er ist der Hammer!«

Entnervt verdrehte ich die Augen. Natürlich war mir längst aufgefallen, dass Maxime ein durchaus angenehmer Anblick war. Sein Schweigen beruhigte mich, obwohl die Art, wie er mich beobachtete, manchmal sehr verwirrend war. Aber sein Aussehen interessierte mich nicht im Geringsten. Ich hätte mich gern mit ihm unterhalten, ein richtiges Gespräch mit ihm geführt. Ich konnte nicht glauben, dass er ohne jeden Grund dermaßen schweigsam war. Es musste eine Erklärung für seinen Zorn geben … und ich hätte alles getan, um ihn zu entschärfen. Häufig fragte ich mich, wie Maxime wohl aussah, wenn er vergnügt oder entspannt war.

Ich beschloss, den Ball ins Aus zu kicken, und suchte nach einem Weg, die Geschichte, die in Élises Geist bereits Gestalt annahm, ins Leere laufen zu lassen.

»Außerdem gibt es da jemanden, mit dem ich ausgehe«, verkündete ich.

»Stimmt«, sagte sie. »Anita hat es mir erzählt. Schönen Abend noch, Sarah. Wir sehen uns morgen?«

»Aber gern!«

Die Geschichte zwischen Maxime und mir, die sie sich zusammenfantasiert hatte, schien bereits zu einer vagen Erinnerung zu verblassen. Ich war erleichtert, denn ich hatte keine Lust, zum Hauptgesprächsthema des Orts zu werden. Und vor allem sollte Maxime auf keinen Fall hören, wie über solche Dinge geredet wurde, denn er würde vermutlich glauben, dass ich dahintersteckte. Ehrlich gesagt, war unser Verhältnis ohnehin nicht besonders entspannt, und ich wollte nicht, dass der Rest an guter Stimmung zwischen uns auch noch zerstört wurde.

Hinter Élise schloss ich die Tür ab und räumte die Leseecke auf. Dann löschte ich die Lichter und ging hinauf in meine Wohnung in der Hoffnung, dort Maxime zu begegnen und ein ehrliches Gespräch mit ihm anzufangen. So konnte ich nicht weiterleben mit einem Mann, den ich überhaupt nicht kannte. Uns standen noch etliche gemeinsame Wochen bevor, wir mussten also irgendwie vorankommen.

Als ich das Wohnzimmer betrat, war es dort leider schon dunkel. Ich schaltete das Licht in der Küche ein und schrieb Maxime einen Zettel. Am nächsten Morgen musste ich früh aufbrechen, um Bücherkisten abzuholen, die eine Freundin von Anita loswerden wollte.

Meine Nachricht war kurz:

Bin morgen nicht da. Sehen wir uns später?

7

Maxime Erst nachdem Sarah ihre Zimmertür geschlossen hatte, stand ich vom Bett auf. In Boxershorts öffnete ich vorsichtig die Tür und ging in die Küche. Nachdem ich sämtliche Schränke in der Wohnung inspiziert hatte, kam ich zu dem Schluss, dass Sarah tatsächlich keine einzige Flasche Alkohol besaß – nicht mal Desinfektionsmittel im Arzneimittelschrank im Badezimmer.

Ich hatte mit allem Möglichen gerechnet, was meinen Aufenthalt hier betraf: in erster Linie mit Demütigungen, aber auch mit Langeweile, Zeitverschwendung und damit, vergessen zu werden. Tatsächlich war ich ja hergekommen, um in Vergessenheit zu geraten … und diese Mission hatte ich mehr als erfüllt: Weder Mathilde noch mein Anwalt meldeten sich bei mir. Aber am meisten bedrückte mich das Schweigen von Simon. Die Erkenntnis, dass unsere Freundschaft genauso künstlich gewesen war wie alles andere in der Medienwelt, tat weh.

Ich öffnete den Kühlschrank, und in Ermangelung von Alkohol oder Zigaretten entschied ich mich für einen Fruchtsaft. Ich schob die wenigen Bücher beiseite, die auf der Arbeitsfläche lagen, und stapelte sie in einer Ecke. Dann presste ich zwei Orangen aus und ließ mich auf einem Küchenhocker nieder. Seit ich hier angekommen war, schlief ich nachts nur wenige Stunden. Ich machte mir so große Sorgen um meine Zukunft, dass ich nicht in den Schlaf fand. Die Einsamkeit, die mich eigentlich nur zum Nachdenken bringen sollte, fing an, mich zu belasten.

Schlimmer noch, ich reagierte inzwischen beinahe allergisch auf Menschen. Einfach in Sarahs Leseclub zu platzen war keine gute Idee gewesen. Auf einmal stand ich all ihren Freunden gegenüber. Da war vor allem diese junge Frau, die mich mit ihren Blicken verschlang. Jung. Lächelnd. Naiv. In Paris hätte sie mir definitiv gefallen.

Hier, inmitten der Bücher, war es ihr hingegen kaum gelungen, meine Aufmerksamkeit erregen. An diesem Ort konnte ich ohnehin nicht so leben wie in Paris. Damien und Sarah hielten mein Schicksal in Händen, und ein einziger Fehltritt würde das Ende meiner Bewährung bedeuten.

»Ich dachte, du schläfst«, sagte Sarah und rieb sich die Augen.

Sie stand im Wohnzimmer und schaltete das Licht ein, sodass die komplette Zweizimmerwohnung hell erleuchtet war. Ich starrte ihr auf die nackten Beine, die nur notdürftig von einem langen T-Shirt bedeckt wurden, auf dem das Imprint eines Bücherstapels zu sehen war. Die Haare fielen ihr über die Schultern, und dicke schwarze Socken vervollständigten ihr Outfit für die Nacht.

Eins musste ich dieser Frau lassen: Sie war absolut unschuldig. In einem früheren Leben war sie vermutlich mal Nonne gewesen. Schüchtern und unbeholfen, vertiefte sie sich ständig in ihre Bücher, als enthielten die den Sinn des Lebens.

Als sie an diesem Abend vor mir stand und ein Gähnen

unterdrückte, fand ich ihr verschlafenes Gesicht rührend. Sie schob die Haare zurück und entblößte eine nackte Schulter.

Ja, sie war rührend und irgendwie auch ein bisschen sexy. Dass sie es nicht darauf anlegte und sich ihrer Wirkung überhaupt nicht bewusst war, machte sie noch … anziehender.

»Ich schlafe nur wenig«, erklärte ich.

Ihr Blick wanderte über meinen nackten Oberkörper, und beinahe wäre sie über den zweiten Hocker gestolpert. Behutsam nahm sie darauf Platz, und endlich begegneten sich unsere Blicke.

»Du bist ein höflicher Mensch«, sagte ich.

»Normalerweise würde ich das als Kompliment betrachten. Aber wenn du es sagst, bin ich mir da nicht so sicher.«

»Warum das denn?«

»Weil du anders reagierst als wir Normalsterblichen. Warum findest du, dass ich höflich bin?«

»Weil du keine Fragen stellst. Obwohl ich genau sehen kann, wie dein Gehirn auf Hochtouren läuft.«

Ein kleines Lächeln verirrte sich auf ihre Lippen, verschwand aber sofort wieder. *Extrem* höflich, dachte ich. Sie machte sich nicht einmal die Mühe, es abzustreiten. Aber an der Art, wie sie die Hände rang und nervös auf dem Hintern hin und her rutschte, erkannte ich, dass es ihr schwerfiel, nicht weiter nachzufragen.

»Also ja, es ist ein Kompliment«, fügte ich hinzu, um sie zu beruhigen.

Sie lief knallrot an, und ich schüttelte den Kopf. Offenbar war ich zufällig auf die schüchternste Frau im ganzen Land gestoßen. Frauen verhielten sich mir gegenüber meistens draufgängerisch, nur wenige spielten das schüchterne Mauerblümchen. Sarah hingegen war tatsächlich schüchtern; sie gehörte zu den Frauen, die rot wurden, wenn man sie ansprach, und die den Blick senkten, weil sie sich davor fürchteten, der Welt die Stirn zu bieten.

»Und was ist deine Ausrede?«, fragte ich.

»Wofür?«

»Ich brauche nicht viel Schlaf. Was ist deine Ausrede dafür, dass du hier sitzt, anstatt unter der Bettdecke zu liegen?«

»Na ja, ich wohne hier, weißt du. Ich brauche keine Entschuldigung, wenn ich mitten in der Nacht die Küche benutze.«

»Okay. Gut. Du hast mich also gehört und geglaubt, dass ich Stoff strecke? Oder hast du gedacht, ich will abhauen?«

»Nein. Und … nein«, antwortete sie nach kurzem Zögern. »Wenn du abhauen wolltest, wärst du längst weg.«

»Also, was ist es dann? Hat dir meine Motzerei gefehlt?«

Irritiert runzelte sie die Stirn, dann atmete sie durch und vertiefte sich für einen Moment in die Betrachtung des Tattoos auf meinem Arm. Die Dornenranke wand sich von oben nach unten um meinen Arm herum, ziellos und ohne jede Bedeutung. Es gab viele Frauen, die sie sich angesehen hatten. Aber keine hatte sie auf die Art betrachtet, wie Sarah es tat. Sie wirkte weder fasziniert noch neugierig. Ihr Blick folgte nur aufmerksam der Kurve, die das Motiv beschrieb. Erneut hatte ich den Eindruck, dass sie ein Geheimnis durchdringen wollte, dass ich ein Tresor war, nach dessen Zugangscode sie suchte.

Zum ersten Mal in meinem Leben störte mich der Blick einer Frau so sehr, dass ich sie abzulenken versuchte.

»Einen Orangensaft?«, fragte ich.

»Gern«, sagte sie und fügte nach kurzem Schweigen hinzu: »Es steht dir gut.«

Ich unterdrückte ein Lachen. Mir hatte noch nie jemand gesagt, dass mir das Tattoo »gut stand«. Meistens bekam ich Komplimente für das Motiv oder die ästhetische Wirkung.

»Und ich glaube nicht, dass du motzig bist. Ich kann deine ... deine Haltung verstehen. Ich würde mich auch nicht gern in eine Welt katapultieren lassen, die ganz anders ist als meine.«

»Du meinst eine Welt ohne Bücher?«

Sie legte sich eine Hand auf die Herzgegend und setzte eine schockierte Miene auf. Lachend presste ich die erste Orange aus. Sarah war so leicht zu beeindrucken, es war einfach hinreißend. Sie hatte absolut nichts Blasiertes an sich. Mit ihrer frischen Art war es ihr gelungen, mich ein wenig von meinem Groll abzulenken.

»Was du da gerade angedeutet hast, wäre unerträglich für mich«, sagte sie leise.

»Ich versichere dir, dass es möglich ist.«

»Aber nicht für mich. Ich bin an diesem Ort aufgewachsen, umgeben von Büchern. Meine Großmutter hat mir all das vererbt, und es ist so ziemlich alles, was ich habe.«

»Deine Großmutter?«

Ich reichte ihr ein Glas Saft und wartete, dass sie mir mehr erzählen würde. Meine Vergangenheit war immer eine Art Ansporn für mich gewesen, denn ich wollte nicht so leben wie meine Eltern. Ich wollte mehr, ich wollte raus aus diesem Dreckloch und die beiden so schnell wie möglich vergessen. Es fiel mir schwer, zu verstehen, warum Sarah dermaßen an diesem Ort hing.

»Sie hat mich großgezogen«, erklärte sie. »Meine Eltern waren dazu nicht in der Lage. Mein Vater ist gegangen, als ich vier Jahre alt war. Meine Mutter ist zwischen zu Hause und dem Gefängnis hin- und hergependelt. Als ich sie das letzte Mal sah, hat sie mir versprochen, mir Bonbons mitzubringen. Das ist jetzt … etwas mehr als zwanzig Jahre her.«

Ich musterte sie schweigend und war noch verwirrter als zuvor.

»Du reagierst anders als Normalsterbliche«, wiederholte ich ihre eigenen Worte.

Sie schenkte mir ein Lächeln, ehe sie sich hinter ihrem Saftglas versteckte. Sarah war ein Rätsel für mich. Trotz ihrer Geschichte strahlte sie keinerlei Wut aus und schien auch keine Lust zu haben, diesen Ort zu verlassen.

»Eigentlich müsstest du stinksauer sein«, sagte ich schließlich.

»Eine Zeit lang war ich das auch. Aber das war Zeitverschwendung«, sagte sie lächelnd. »Ich wollte viel lieber …«

»… lesen?«

»Die Bücher haben das Schlimmste verhindert. Lesen hat mich beruhigt. Und meine Großmutter war eine wunderbare Frau. Ich habe eine Menge Freunde, mir gehört dieser Laden, und ich bin gesund. Ich habe gelernt zu schätzen, was ich habe. Bis auf die Rohrleitungen hier natürlich«, scherzte sie.

Ohne die entblößte Schulter, das verlegene Lächeln und die nackten Beine hätte ich Sarah in die Kategorie »Heilige« stecken können. Aber eine echte Heilige hätte mir nicht so sehr gefallen. Sarah hatte in ihrem Leben noch nichts gesehen, sie war nie gereist und hatte nicht erlebt, was Menschen in ihrem Alter normalerweise erleben.

Der Gedanke machte mir zu schaffen. Ich hätte ihr ein traumhaftes Leben bieten können, eine Luxuswohnung, irre teure Kleider. Alles. Einschließlich ihrer verdammten Wasserleitungen. Wirklich alles. Sogar Unmengen von Büchern.

Aber ich hätte nicht einmal sagen können, ob sie sich all das überhaupt wünschte.

»Keine Wünsche? Keine bescheuerte Liste nach dem Motto ›Wenn ich im Lotto gewinne, dann …‹?«, fragte ich schließlich.

»Doch, natürlich.«

Sie blickte an die Decke und spielte noch immer an dem Buch herum, das sie in Händen hielt. Im Stillen fragte ich mich, wovon eine Frau wie Sarah wohl träumte. Endlich kam ich auf das Naheliegende.

»Lass mich raten … Noch mehr Bücher?«

Ihr Lächeln wurde breiter, und in ihrem Blick blitzte so etwas wie Schuldbewusstsein auf. Ich brach in Gelächter aus, woraufhin sie noch tiefer errötete. Sie trank ihr Glas aus und legte das Buch auf einen der unzähligen Stapel.

»Das ist beinahe *zu* einfach«, sagte ich.

»Tja, vielleicht. Tut mir leid, dass ich keine geheimnisvolle Frau bin.«

»Du bist durchaus geheimnisvoll. Aber bei manchen Themen finde ich dich ein bisschen zu berechenbar.«

Erneut umspielte ein Lächeln ihre Lippen. Sie richtete den Blick auf mich, auf dieselbe entwaffnende Art, mit der sie mein Tattoo betrachtet hatte. Sie stieg von ihrem Hocker und ging an mir vorbei, um ihr Glas in die Spüle zu stellen.

»Ist mir egal, ob ich berechenbar bin. Mein Ziel habe ich jedenfalls erreicht: Ich wollte dich lachen hören.«

Sie riskierte ein zufriedenes Lächeln, als ich ihre Bemerkung kommentarlos hinnahm. Sie machte sich auf den Weg in ihr Zimmer, und sofort fiel mein Blick auf ihre Schenkel. Ehe sie die Schwelle überschritt, zog sie sich die dicken Socken aus und rollte sie zu einer Kugel zusammen.

»Hast du meine Nachricht gefunden?«

Ich nickte, hob den Zettel auf und wedelte damit herum, um meine Behauptung zu untermauern.

»Am späten Vormittag bin ich wieder zurück. Kannst du bitte den Laden aufmachen?«

»Na klar!«

»Gute Nacht, Maxime.«

»Gute Nacht, Sarah.«

Sie schloss die Tür hinter sich und ließ mich allein in der Küche zurück. Nachdem ich die Gläser gespült hatte, ging ich in mein Zimmer.

Ich kämpfte zwei Stunden lang, bis ich endlich in unruhigen Schlaf versank.

Als ich aufwachte, war Sarah bereits weg. Sie hatte einen weiteren Zettel mit Arbeitsanweisungen geschrieben. Während ich mir einen starken Kaffee machte, warf ich zerstreut einen Blick darauf. Ich überprüfte die Uhrzeit und blickte aus dem Fenster, um zu sehen, ob Damien schon da war, denn bei unserem täglichen Lauf bekam ich den Kopf frei.

Da ich weder von meinem Anwalt noch von Mathilde

oder Simon etwas hörte, sorgte vor allem Damien dafür, dass ich auf Kurs blieb.

Ich hob die Tasse an die Lippen und betrachtete dabei die Bücher, die sich in Sarahs Küche angesammelt hatten. Ich verstand noch immer nicht, was sie an diesen Schmökern dermaßen faszinierte. Seit über einer Woche verbrachte ich meine Tage damit, die Dinger aus den Regalen zu ziehen und sie anschließend wieder hineinzustellen. Die Arbeit war zwar überflüssig, hatte aber den Vorteil, dass sie mich vom Grübeln abhielt.

Ich dachte kurz an unser Gespräch in der Nacht zuvor. In einer Hinsicht hatte sie recht: Seit Monaten hatte ich nicht mehr spontan gelacht. Ich war es gewohnt, Anweisungen zu geben, auf Befehl zu lachen und Leuten die Hand zu schütteln, deren Namen ich in der nächsten Sekunde bereits vergessen hatte. Die Anzahl meiner Beziehungen war sehr begrenzt, und außerdem waren sie gekünstelt und unterlagen einem Verhaltenskodex. Ich musste höflich und glatt sein, durfte mir keine Launen erlauben. Etwas, das mir in Paris nicht gelang. Meine wenigen Beziehungen in Chateaurenard hingegen waren echt. Ich musste keine Rolle spielen, kein Image aufrechterhalten, mir keine Namen merken. Ich konnte wütend sein, ohne dass sich jemand darum scherte.

Dennoch war mir bewusst, dass mein unbeherrschtes Verhalten mich überhaupt erst hierher gebracht hatte. Mir war klar, dass ich mich entschuldigen musste, zumindest bei Mathilde. Ich hatte die Schuld bei ihr gesucht, obwohl sie für mein Verhalten nicht verantwortlich war. Im Gegenteil, den größten Teil ihrer Zeit verbrachte sie damit, die Wogen zu glätten und dafür zu sorgen, dass sich die

Branche nicht von mir abwandte. Ich musste diese Sache unbedingt in Ordnung bringen.

Ich trank meinen Kaffee aus und vergewisserte mich, dass meine morgendliche Stunde in Freiheit bereits begonnen hatte. Ich ging hinunter in die Buchhandlung und schloss auf. Damien stand bereits davor und erwartete mich mit der Wasserflasche in der Hand.

»Bist du so weit?«, fragte er.

»Klar, auf geht's!«

Nach einem Lauf von fünfundvierzig Minuten kehrten wir zu Sarahs Laden zurück. Da keine Tische und Regale vor der Tür standen, ging ich davon aus, dass sie noch nicht von ihrem morgendlichen Ausflug zurück war. Stattdessen lag ein großer, an mich adressierter Umschlag auf der Fußmatte.

»Lieferung per Kurier«, las Damien und hob das dicke Päckchen hoch. »Ganz schön schwer!«, fügte er hinzu.

Ich öffnete die Ladentür und goss mir ein Glas kühles Wasser ein.

»Von wem ist das?«, fragte ich.

»Von Claude, deinem Anwalt. Soll ich es aufmachen?«

»Ja, mach ruhig. Das sind bestimmt irgendwelche dämlichen Werbeverträge.«

Bei der Vorstellung verzog ich das Gesicht. Ich schauspielerte gern, aber ich hasste die Begleiterscheinungen dieses Berufs. Ich musste Verträge unterschreiben, in denen ich mich verpflichtete, diese oder jene Marke regelmäßig zu tragen und mich gelegentlich bei Partys des betreffenden Unternehmens blicken zu lassen. Champagner, Mädels, Petits Fours. Anfangs hatte ich das angenehm gefunden. Aber nach und nach wurde mein Überdruss stärker als die vertraglichen Verpflichtungen.

Verpflichtungen, die Mathilde und Claude trotz allem zu retten versuchten.

Damien legte den wuchtigen Umschlag auf den Ladentisch und grinste mich verschwörerisch an.

»Das ist ein Drehbuch. Ich nehme an, Mathilde hat deine Drohung wörtlich genommen und dafür gesorgt, dass alles, was dich betrifft, in Zukunft über Claude läuft.«

Ich nahm das Drehbuch aus dem Umschlag, blätterte es durch und versuchte mich an meine letzten Gespräche mit Mathilde zu erinnern. Hatte sie mir von einem speziellen Projekt erzählt? Mir fiel nichts ein.

»Du hast genug Zeit, um es zu lesen«, sagte Damien.

»Ich glaube, ich warte lieber ab. Von hier aus kann ich sowieso nichts machen. Und ich glaube nicht, dass die Leute in Paris auf mich warten.«

»Wie bitte? Sag mal, Maxime, in welcher Welt lebst du eigentlich? Glaubst du wirklich, dass sich niemand für dich interessiert?«

»Ich habe meine Agentin gefeuert. Mein Anwalt haut demnächst garantiert in den Sack. Und mein einziger Freund – oder vielmehr der Typ, den ich für meinen Freund gehalten habe – hat sich seit meiner Ankunft hier kein einziges Mal gemeldet. Ich sag's doch: Da oben wartet niemand auf mich.«

Damien schüttelte den Kopf, lachte und ließ sich in den Sessel in der Leseecke fallen. »Wie lange bist du jetzt hier?«, fragte er. »Zehn Tage?«

»Ja, warum?«

»Zehn Tage, und in dieser Zeit haben dich vermutlich schon eine Menge Leute gesehen und erkannt.«

»Ja«, sagte ich verärgert. »Nicht, dass mir das gefällt, ich hätte lieber einen Job gehabt, bei dem ich weniger eingesperrt bin. Auf dem Weingut zum Beispiel. Dort müsste ich mit niemandem reden und auch nicht befürchten, dass meine Fresse auf der Titelseite der Zeitung landet.«

»Genau das meine ich: Bislang ist nichts durchgesickert. Keine Zeile über dich, kein Foto. Und weißt du auch, warum?«

»Ach, wer verirrt sich schon in dieses Kaff?«

»Leute, die Geld und einen Exklusivbericht wollen! Glaubst du wirklich, dass keine Journalisten hier waren? Da irrst du dich! Sie waren alle hier! Sie haben Sarah und die Buchhandlung fotografiert. Sie haben mit Sicherheit auch Fotos davon gemacht, wie du die Regale entstaubst. Aber nichts davon wurde veröffentlicht. Gar nichts!«

Verständnislos runzelte ich die Stirn. Darüber hatte ich mir überhaupt noch keine Gedanken gemacht. Schließlich war ich gegen meinen Willen hier, und es war mir scheißegal, ob man mich entdeckte oder nicht. Ich war es gewohnt, dass alles Mögliche über mich erzählt wurde, es war nichts Neues für mich, das Zirkusäffchen zu sein. Die Presse war mit Sicherheit informiert, aber welches Interesse konnten sie daran haben, einem außer Kontrolle geratenen Schauspieler mit Tendenz zum Hochstapeln bei der Arbeit in einer Buchhandlung zuzusehen?

»Es ist nichts an die Öffentlichkeit gedrungen, weil Mathilde und Claude seit deiner Verhaftung wie die Irren gearbeitet haben. Alles ist aufeinander abgestimmt und unter Kontrolle. Wenn eine Zeitung etwas über dich bringt, riskiert sie einen spektakulären Prozess. Und Mathilde und Claude tun diese Dinge, um deine Karriere zu retten.«

Jetzt kam ich mir vor wie ein Idiot. Und zwar wie ein ziemlich undankbarer. Damien richtete sich im Sessel auf, während ich rasch überlegte, was ich tun sollte.

»Du solltest es wirklich lesen«, schnaubte er und tippte mit dem Zeigefinger auf das Drehbuch. »Alle verlassen sich darauf, dass du im September wieder mit dem Drehen anfängst. Mach die Augen auf, Maxime. Du hast keinen Grund, wütend auf uns zu sein.«

»Mathilde und Claude?«

»Ja, genau die. Diese ganze Geschichte hier … Meine Güte, Maxime, das ist doch ein Klacks! Du bleibst zwei Monate hier, und danach kehrst du in dein gewohntes Leben zurück und orientierst dich neu.«

Ich lächelte ihn an und zog mein Trikot hoch, um mir das Gesicht abzuwischen. Wenn ich Damien zuhörte, musste ich sofort an seinen Vater denken. Die beiden hatten dieselben Werte, dieselbe Willenskraft, dieselbe Art, völlig undiplomatisch mit den Leuten zu reden. Ich wusste seine Offenheit zu schätzen.

»Wie hat dein Vater immer gesagt? Das Glas ist halb voll, stimmt's?«

»Ja, stimmt«, sagte er. »Ruf Mathilde an, ich versichere dir, sie wird wieder mit dir arbeiten.«

Rasch wog ich das Für und Wider ab. Ich hatte keine Ahnung, was ich zu ihr sagen sollte. Theoretisch wusste ich, wie man sich entschuldigte und angemessen zerknirscht wirkte, aber praktisch sah die Sache anders aus. Mathilde und ich hatten eine berufliche Beziehung zueinander – verstärkt durch ein festes freundschaftliches Band. Ich kannte ihren Sohn, sie hatte den Zweitschlüssel zu meiner Wohnung. Sie kannte mich in- und auswendig.

»Also keine Journalisten?«, fragte ich noch einmal.

»Nein. Weder Journalisten noch Fotografen. Den Social Media wirst du wahrscheinlich nicht entkommen, aber das ist das kleinere Übel. Sag deinem Kumpel Simon, er soll für einen neuen Skandal sorgen, dann ist deiner sofort vergessen.«

»Sehr witzig! Simon ist nicht der Typ für Skandale.«

»Ruf Mathilde an und lies dieses Drehbuch, um dich wieder einzuarbeiten. Wie läuft's mit Sarah?«

»Ich bin ganz brav«, sagte ich ironisch.

Damien brach in Gelächter aus und machte Anstalten, zur Tür zu gehen.

»Nun sag schon, wie läuft's?«, wiederholte er schließlich.

Erneut kam mir in den Sinn, wie Sarah am Abend zuvor ausgesehen hatte, unschuldig und attraktiv zugleich. Ich war immer noch sauer, dass ich hier sein musste, aber ihre Anwesenheit machte diese Übung weniger ermüdend. Ich hoffte auf ein weiteres nächtliches Gespräch mit ihr. Trotz ihrer forschenden Blicke und ihrer unerklärlichen Leidenschaft für Bücher schätzte ich sie. Sie wirkte wie aus der Zeit gefallen, man könnte glauben, dass sie dem Ende des neunzehnten Jahrhunderts entsprungen war: sanft, freundlich und stets lächelnd. Sie verhielt sich, als gäbe es keine Bosheit auf der Welt. Mit ihr zusammenzuleben war entwaffnend.

»Es ist … neu«, sagte ich endlich. »Sarah bringt mich durcheinander, sie verwirrt mich.«

»Ist wohl nicht so einfach, jemanden anzubrüllen, der immer nur lächelt.«

»Ich lebe im Land der Langeweile. Sie sieht nicht mal fern, auch keine Filme. Ich glaube, außer ihren Büchern hat sie überhaupt kein Leben. Ah doch, da ist dieser Typ … Frédéric, richtig?«

»Richtig.«

»Ich kann ihn nicht riechen«, sagte ich naserümpfend.

»Kennst du ihn denn?«, fragte Damien erstaunt.

»Nein. Ist nur so ein Gefühl. Ich finde ihn … irgendwie zu höflich.«

Damien starrte mich verständnislos an. Ich schaltete die Kaffeemaschine ein und öffnete die Dose mit den Kaffeebohnen. Ich schüttelte den Kopf. Eigentlich hatte ich keinen Grund, Frédéric zu misstrauen, aber ich hatte ihn mit Sarah gesehen, und etwas an seiner allzu glatten Art störte mich.

»Er lädt Sarah zum Mittagessen ein, hält Händchen mit ihr … und dann küsst er sie nicht? Das ist doch seltsam!«

»Maxime, nicht jeder stürzt sich gleich bei der erstbesten Gelegenheit auf eine Frau. Er ist höflich und zivilisiert. Nimm dir ein Beispiel daran. Da wir gerade von Zivilisation reden …«

Damien schob eine Hand in die Tasche seiner Jogginghose und holte ein zusammengefaltetes Stück Papier heraus. Er legte es auf den Ladentisch und forderte mich mit einem Nicken auf, es zu öffnen.

»Was ist das?«

»Lies, dann weißt du's.«

»Ich habe beide Hände voll«, protestierte ich, während ich den Kaffee in die Maschine schüttete. »Jetzt sag schon, was das ist, verdammt!«

»Eine Ausgangserlaubnis.«

Die Kaffeedose fiel auf den Boden, und die Bohnen verteilten sich überall. Weil ich nicht jammern und mich selbst bemitleiden wollte, fluchte ich über meine Ungeschicklichkeit und drehte mich zu Damien um, der aber nur abwehrend die Hände hob.

»Wer Dreck macht, muss auch sauber machen«, sagte er lachend.

»Kehre ich nach Paris zurück?«

Ich war wie vor den Kopf geschlagen. Zehn Tage. Zehn höllisch einsame Tage an diesem Ort, und schon wurde meine Strafe aufgehoben? Mechanisch rechnete ich die Stunden zusammen. Wenn ich jetzt aufbrach, konnte ich zum Abendessen in Paris sein und danach in den Club gehen. Ich nahm mein Leben an der Stelle wieder auf, an der ich es verlassen hatte. Mein Grinsen wurde breiter, aber gleich darauf landete ich hart auf dem Boden der Tatsachen.

»Für einen Abend«, erklärte Damien.

»Für einen Abend? Aber was soll ich *hier* denn mit einem freien Abend anfangen?«

»An diesem Wochenende findet das Dorffest statt, ich dachte mir, du würdest vielleicht gern daran teilnehmen.«

»*Wie bitte?* Und was soll ich deiner Meinung nach da tun? Lambada tanzen und mit dem Arsch wackeln vielleicht? Oder miese Bowle trinken? Soll ich Bekanntschaft mit den Bauern der Gegend machen, damit ich zurück zu meinen Wurzeln finde? Verdammt noch mal, Damien, ich will hier nicht sein! Ich will einfach nur … egal, alles, aber bitte nicht hier sein!«

Damiens Gesicht wurde finster. Er biss die Zähne zusammen, seine Schultern spannten sich an. Er starrte auf das Stück Papier, das immer noch zusammengefaltet auf dem Ladentisch lag.

»Es war ein Bauer aus der Gegend, der dir den Arsch gerettet hat«, fauchte er. »Mag sein, dass du dich dafür schämst, aber ja, hier sind deine Wurzeln. Ich dachte, du hättest vielleicht Lust, dich ein bisschen zu amüsieren. Ach, mach doch, was du willst!«

»Damien …«

Er trat über die Schwelle, drehte sich aber mit verschlossener Miene und funkelnden Augen ein letztes Mal zu mir um.

»Du gehst uns auf die Nerven, Maxime. Paris? Wer hat dich angerufen, seitdem du hier bist, hä? Wer geht mit dir laufen? Wer passt auf dich auf?«

Seine Wut war mit Händen zu greifen. Wie so oft hatte ich geredet, ohne nachzudenken, und jetzt war ich mit dem letzten Menschen aneinandergeraten, der noch zu mir hielt. Ich ging einen Schritt auf ihn zu in der Hoffnung, die Wogen zu glätten. Ich war zu weit gegangen. Mal wieder.

»Damien, es ist nicht …«

»Verpiss dich, Maxime.«

Mit schnellen Schritten überquerte er die Straße. Die Fußfessel hinderte mich daran, die Buchhandlung zu verlassen, darum konnte ich ihm nicht folgen. Frustriert rammte ich meine Faust in einen Stapel Bücher. Sie verteilten sich über den Fußboden, und ich widerstand dem Drang, sie mittels wütender Fußtritte auf die Straße zu befördern. Ich kehrte hinter den Ladentisch zurück und behob den Schaden. Anstatt mir einen Kaffee zu machen, begann ich die Bücher aufzuräumen und machte die Tür zur Buchhandlung wieder zu. Vor der Ladenöffnung blieben mir noch zehn Minuten, um zu duschen.

Wie Sarah mir aufgetragen hatte, öffnete ich den Laden an ihrer Stelle. Ich trug die Tische und Stühle hinaus und stellte zwei Verkaufsstände mit Büchern auf. Sarah hatte einen Tisch mit gelben Bänden bestückt, und auf einigen waren kleine Empfehlungskarten befestigt. Auf dem zweiten Ständer entdeckte ich antiquarische Bücher. Manche Umschläge waren eingerissen, die Seiten vom Durchblättern ein wenig aufgebläht. Ich ahnte, dass Sarah es nicht über sich gebracht hatte, sie wegzuwerfen.

Im Laden versuchte ich die vom Wasser beschädigte Tapete abzulösen. Es dauerte eine gute Stunde, jeden Quadratmillimeter Papier abzuziehen, dann warf ich alles draußen in die Mülltonne. Der Florist stand auf der Schwelle seines Ladens und winkte mir zu. Ich sparte mir die Mühe, seine Geste zu erwidern. Der Typ gefiel mir nicht. Schon der Gedanke, dass Sarah ihn mochte oder dass er womöglich mit ihr geschlafen hatte, bereitete mir Unbehagen.

Sarah war lieb und naiv. Und er … er war viel zu glatt, um ehrlich zu sein. Ich befürchtete, dass er sie nur benutzte und sie traurig machen würde. Sarah war nicht in der Lage, eine Enttäuschung zu verkraften, sie war viel zu begeisterungsfähig und naiv, um sich mit so etwas auseinanderzusetzen.

Zurück im Laden, zog ich die Fußleiste von der beschädigten Wand ab und begutachtete den Zustand des Mauerwerks.

»Es ist schlimmer, als ich gedacht habe«, erklang Sarahs Stimme hinter mir.

»Die Wand muss komplett neu verputzt werden. Dann wird sie abgeschliffen, und schließlich bekommt sie eine neue Tapete oder einen Anstrich.«

»Das heißt?«

»Das heißt ungefähr zwei Wochen Arbeit«, erklärte ich, während sie näher kam und sich neben mich stellte.

Als ich ihr ins Gesicht sah, musste ich laut lachen. Ihre Haare waren staubbedeckt, und eine Familie von Spinnen schien ein kilometerlanges Netz in ihnen gesponnen zu haben. Irgendwie waren einige schwarze Spuren auf ihren Wangen gelandet. Sie musterte mich von der Seite und lächelte.

»Keller oder Dachboden?«, fragte ich.

»Beides natürlich. Ich glaube, diese Räume hat seit dem letzten Jahrhundert niemand mehr betreten.«

»Und, hast du einen guten Fang gemacht?«

»Hervorragend sogar, ungefähr zehn Kisten. Morgen hole ich alles ab, Damien spielt den Spediteur.«

»Verstehe. Also noch mehr Bücher.«

»Davon kann man nie genug haben. Aber würdest du mich bitte beruhigen und mir sagen, dass du all diese Arbeiten übernehmen kannst?«, fragte sie und deutete auf die baufällige Wand vor uns. »Das Schleifen und Verputzen und ...«

»Ja, kann ich.«

Mit einem erleichterten Seufzer schob sie sich eine Haarsträhne aus dem Gesicht, wobei sie eine weitere schwarze Spur auf ihrer Wange hinterließ. Ich unterdrückte ein Lachen und versuchte übergangslos, die Spur mit dem Daumen abzuwischen. Sie deutete eine ausweichende Bewegung an, stieß mich aber nicht weg. Ich begegnete ihrem überraschten Blick und lächelte sie verständnisinnig an. Obwohl ich so wütend war, hatte ich nichts gegen Sarah. Sie saß hier mit mir fest, weil sie ihre Buchhandlung retten wollte, und sie hatte auf keinen Fall verdient, dass ich ihren Plan scheitern ließ.

»Ich dachte, wir wollten keine Freunde sein«, flüsterte sie.

»Sind wir denn Freunde, weil ich das hier tue?«

Ich versuchte mich auf die Spur zu konzentrieren, die

ich ihr aus dem Gesicht wischen wollte. Unglücklicherweise vergrößerte ich den Schaden nur und verschmierte den klebrigen Staub bis zu ihrem Halsansatz.

»Die Gefahr besteht, ja.«

Ich hielt einen Moment inne, dann fuhr ich mit meiner Tätigkeit fort.

»Ich lebe gern gefährlich«, sagte ich lächelnd.

Sie lachte leise in sich hinein, und ich spürte, wie ihre Wangen unter meinen Fingern heiß wurden – die Schüchternheit hatte sie im Schweinsgalopp wieder eingeholt. Sobald die Sprache auf ein intimes Thema kam, zog sie sich in sich selbst zurück.

»Drei Minuten, ohne rot zu werden, das ist ein neuer Rekord«, neckte ich sie, während sich die Röte noch vertiefte.

»Dein gefährliches Leben hat dich hierher geführt«, rief sie mir ins Gedächtnis.

»Und ich bin bereit, wie einst Romeo lieblich Buße zu tun.«

Ein strahlendes Lächeln teilte ihr Gesicht in zwei Hälften. Zum ersten Mal sah ich Sarahs Gesicht auf diese Weise leuchten. Sie biss sich auf die Unterlippe und schüttelte den Kopf.

»Ein Mann, der aus Büchern zitiert, kann eigentlich nicht gefährlich sein.«

Ich ließ die Hand sinken, und Sarah musterte mich. Noch immer hatte sie diesen rätselhaften, tiefgründigen Blick. Sie richtete ihn auf meinen Arm und folgte der Linie meines Tattoos. Ein Schauer überlief mich, ich rührte mich nicht vom Fleck.

»Ich gehe mich umziehen«, sagte sie auf einmal.

Das Kribbeln, das meinen Körper überlief, verschwand.

Sarah steuerte auf die Treppe zu und ließ mich allein im Laden zurück.

Noch nie zuvor hatte ich mich so sehr wie ein verdammter Hochstapler gefühlt.

8

Sarah »Anita, du spielst die Szene noch einmal, aber geh bitte näher zu Élise.«

An Anitas Übermut war ich gewöhnt, im Grunde nahm sie nichts wirklich ernst. An diesem Abend probten wir das Stück von Alfred de Musset, und am Ende der ersten Szene des zweiten Akts zeigte sich meine Freundin besonders zerstreut. Darum betrat ich die Bühne, um Anita klarzumachen, was ich von ihr erwartete. Ich betete Élise ihren Text vor und ließ sie die Szene wiederholen, während Anita nickte und hinter den Kulissen verschwand, bereit für den Auftritt.

»Du bist ihre Vertraute, das heißt, du kannst dir eine gewisse Nähe zu ihr leisten, verstehst du? Also, noch mal. Wenn Damien abgeht, betrittst du die Bühne. Élise, du sprichst ihn an, und bitte, geht beide gleichzeitig zu dem Ausgang gegenüber, sonst funktioniert es nicht.«

Ich eilte die wenigen Stufen von der Bühne hinunter und sah zu, wie sie die kurze Szene wiederholten. Neben mir probte Damien die darauffolgende Szene mit einer Freundin seines Bruders, die die Rosette spielen würde. Nach etwas mehr als einer Stunde Probe spürte ich, wie sich eine gewisse Müdigkeit breitmachte.

Élise und Anita spielten perfekt, und an ihren Seufzern hinterher erkannte ich, dass sie erleichtert waren. Während Damien sich die zweite Szene des Akts vornahm, hörte ich, wie die Saaltür ins Schloss fiel. Kurz darauf erschien Maxime. Mit einem Kopfnicken begrüßte er das Ensemble, dann ließ er sich hinten im Saal nieder. Ich blickte auf die Uhr: Maxime nutzte seine freie Stunde, um sich außerhalb der Buchhandlung aufzuhalten.

Ich nahm die Arbeit wieder auf, indem ich Damien in der Szene anleitete, in der er Rosette verführen sollte. Obwohl ich sehr konzentriert war, spürte ich Maximes Blick in meinem Nacken. Die Erinnerung an unseren Wortwechsel am späten Vormittag ließ mir keine Ruhe. Beim Reden hatte ich den Eindruck gehabt, dass sein Zorn nachgelassen hatte, dass er beinahe sanft klang. Aber sein Tattoo erinnerte mich daran, dass er stets auf Abstand blieb … und mein Instinkt versuchte mir in Endlosschleife einzuhämmern, dass ich lieber dasselbe tun sollte. Die Warnung war deutlich: Wer sich Maxime näherte, riskierte verletzt zu werden.

Dennoch hatte ich es rührend gefunden, ihn Shakespeare zitieren zu hören. Die Augenblicke, in denen er zerbrechlich wirkte, hatten Seltenheitswert. Vermutlich war es besser so, denn es verhinderte, dass ich mich zu sehr an ihn band. In wenigen Wochen würde er sein Leben in Paris wiederaufnehmen und das Zwischenspiel in der Provinz bald vergessen.

Nachdem er sich eine Dreiviertelstunde mit ein und demselben Monolog abgemüht hatte, warf Damien das Handtuch und leitete damit das Ende der Probe ein. Ich gab Anweisungen für den folgenden Termin am übernächsten Tag, und das Ensemble zerstreute sich.

Als ich mich zu Maxime umdrehte, war er bereits verschwunden; er hielt seine Sperrstunde auf die Minute genau ein.

»Ich hoffe, er hat sich inzwischen beruhigt«, brummte Damien neben mir, während er die Stühle aufeinanderstapelte, um sie wegzubringen.

»Maxime? Warum, gibt's ein Problem?«

»Es ist mir gelungen, eine Ausgangserlaubnis fürs Wochenende zu ergattern ... Aber Monsieur ist der Ansicht, dass wir nur Bauernlümmel sind, und er ist natürlich was Besseres!«

Ich schnitt eine Grimasse. Ich wusste, wie schroff Maxime einen mit wenigen Sätzen abfertigen konnte. Und Damien war nachtragend, es konnten Wochen vergehen, ehe er bereit war, etwas auf sich beruhen zu lassen. Er schob den Stapel Stühle in eine Ecke und zog sich den Mantel über. Dass er von Maxime genervt war, konnte ich verstehen.

»Du hast es selbst gesagt: Er ist verloren.«

»Ich habe ihn zum Teufel geschickt!«

»Das hat er bestimmt verdient. Aber ... Vielleicht solltest du ihm gegenüber ein bisschen mehr Verständnis zeigen. So stur ist er eigentlich gar nicht.«

Damien musterte mich eingehend, dann kam er einen Schritt auf mich zu.

»Ich dachte, du gehst mit Frédéric aus?«

»Tue ich auch. Also, mehr oder weniger ... Damit hat es jedenfalls nichts zu tun.«

»Hoffentlich. Maxime ist nämlich das Letzte, was du gebrauchen kannst. Er ist labil und gewalttätig und ... offen gesagt, vögelt er alles, was nicht bei drei auf den Bäumen ist.«

Ich fand sein Urteil ein wenig vorschnell und vor allem falsch. Zugegeben, Maxime hatte eine gewisse Neigung zur Gewalt, aber was ihn antrieb, war seine Wut. Wenn ihn nicht gerade der Zorn im Griff hatte, war es sehr angenehm, sich mit ihm zu unterhalten.

»Sarah, verlieb dich bloß nicht in ihn«, warnte Damien mich.

»Nein, nein. Es ist nur … Na ja, ich habe noch nie jemanden gesehen, der so wütend ist. War er immer schon so?«

»Soweit ich mich erinnere, ja. Hör zu, Sarah, ich kenne dich. Versuch nicht, ihn in Ordnung zu bringen, okay? In einem Monat verschwindet er von hier, und du siehst ihn nie wieder. Gib dich damit zufrieden, ihn bei dir wohnen zu lassen.«

Seine Ratschläge klangen wie Befehle. Da ich vage gehofft hatte, dass Damien mich über das Mysterium namens Maxime aufklären würde, war ich ein wenig enttäuscht. Es musste doch eine Erklärung für sein Verhalten geben. Niemand landete auf diesem Planeten und spürte grundlos den Drang, seinen Mitmenschen wehzutun. Die Art, wie Maxime Menschen zurückwies, ihnen zu verstehen gab, dass sie nicht auf Augenhöhe mit ihm waren, deutete darauf hin, dass er etwas zu verbergen hatte.

»Ist okay. Ich … ich versuche nur, ihn zu verstehen.«

»Ja, schon klar. Er hatte eine kaputte Kindheit, einen Vater, der ihn geschlagen hat, eine abwesende Mutter. Also nicht gerade das, was ein fröhliches Aufwachsen ermöglicht. So ist es eben, Sarah.«

»Das erklärt vieles.«

»Ich glaube, in Sachen unfähige Eltern hast du dein eigenes Päckchen zu tragen. Trotzdem bist du nicht bereit, beim geringsten Anlass auf deine Mitmenschen loszugehen.«

»Du hast ja recht!«

Ich gab auf. Damien war zu wütend, um mir zuzuhören, geschweige denn, mir zu helfen. Ich hoffte, dass mir ein weiteres Gespräch mit Maxime mehr Klarheit verschaffen würde.

»Ich muss los, bin schon spät dran. Die Kosten für den Babysitter ruinieren mich noch.«

»Kommst du übermorgen? Wir müssen unbedingt die Szene mit Perdican und Rosette wiederholen.«

»Ich bringe Adèle einfach mit«, sagte er und gab mir einen Kuss auf die Wange. »Sie kann Bilder ausmalen, solange sie auf mich wartet.«

»Klar, kein Problem.«

Damien lief eilig zum Ausgang und holte die Autoschlüssel bereits aus der Tasche, ehe er zur Tür hinaus war. Ich brauchte fast eine Stunde, um den Saal aufzuräumen, den Arbeitstisch an die Wand zu schieben und die Plastikbecher wegzuwerfen. Ich packte die Wasserflaschen und die Thermoskanne Kaffee wieder ein, löschte das Licht und schloss die Tür des Gemeindesaals hinter mir ab. Auf dem Weg zum Laden warf ich einen Blick auf die Uhr.

Maxime würde notgedrungen in der Wohnung sein, aber ich hatte keine Zeit, mich mit ihm zu unterhalten. Ich musste mich für ein weiteres Date mit Frédéric zurechtmachen. Ein Date, das hoffentlich … zu einem Ergebnis führen würde.

Nachdem ich die Thermoskanne auf dem Ladentisch abgestellt hatte, stieg ich die Treppe zur Wohnung hinauf. Maxime war im Wohnzimmer. Im Halbdunkel saß er da und sah fern.

»Salut!«

Er drehte den Kopf zu mir und deutete ein Nicken an. Dank der Halogenlampe erkannte ich, dass er verstohlen lächelte. Dieses Detail genügte mir, um mich seines Gemütszustands zu vergewissern: Er war kooperationsbereit. Auf dem Couchtisch stand ein Glas Wasser, und ohne zu wissen warum, starrte ich auf seine nackten Füße. Es war unglaublich. Aus dieser Perspektive wirkte Maxime geradezu normal, weit entfernt von seiner Schauspielerkarriere und dem zügellosen Leben in Paris.

Der Tisch war für uns beide gedeckt, und bei dem Anblick überkam mich ein leichtes Schuldgefühl. Ich hatte Maxime nichts von meiner abendlichen Verabredung erzählt, aber ich musste in weniger als einer Viertelstunde ausgehbereit sein. Es hätte nicht viel gefehlt, und ich hätte abgesagt, um mich mit ihm zu unterhalten.

»Ich gehe essen«, sagte ich leise.

»Macht nichts«, antwortete er, ohne mit der Wimper zu zucken. »Dann ist der Tisch eben schon für morgen früh gedeckt.«

»Tut mir leid, dass ich dir nicht Bescheid gesagt habe. Und ich … äh … ich muss mich noch fertig machen. Frédéric wartet bestimmt schon auf mich und …«

»Du gehst mit dem Blumenhändler essen?«

Er stand vom Sofa auf, das Lächeln war verschwunden. Ich streifte die Sandalen ab und ging zum Kühlschrank, um mir etwas zu trinken zu holen.

»Ja, zum zweiten Mal schon. Vermutlich ein gutes Zeichen, oder?«

»Schon möglich. Ich bin kein Fan solcher Normen.«

»Hast du noch nie eine Frau zum Abendessen eingeladen?«, fragte ich erstaunt.

»Nein. Ich habe kein Interesse daran, ihnen beim Essen zuzusehen.«

»Und was ist mit miteinander reden?«

»Das interessiert mich noch weniger. Es ist ziemlich unwahrscheinlich, dass sie etwas zu sagen haben, das meine Aufmerksamkeit verdient.«

»Dann sollte ich mich wohl geschmeichelt fühlen, weil wir uns so fabelhaft unterhalten?«, fragte ich spöttisch.

Die Wendung, die dieses Gespräch nahm, gefiel mir nicht. Ich hatte das Gefühl, ihn wegen seines Verhaltens zurechtzuweisen, dabei sollte es mich völlig kaltlassen. Damiens Worte kamen mir wieder in den Sinn. Ich durfte Maxime keine zu große Bedeutung beimessen. Ich konnte mich ihm gegenüber kameradschaftlich verhalten, aber mir fehlte die Zeit, einen netten Kerl aus ihm zu machen. Außerdem war ich mir nicht sicher, ob ich das überhaupt wollte. Ich schätzte Maxime wegen seiner Ecken und Kanten, wegen der Brüche in seinem Charakter und wegen seines Temperaments.

Ich hatte keinen Grund, mich ihm gegenüber spröde zu zeigen, und ich hatte auch nicht zu beurteilen, was er tat. Bedeutungslos, all das musste völlig bedeutungslos bleiben.

»Mit dir ist das anders. Mit dir ist alles anders.«

»Und warum?«

»Ich rede gern mit dir. Weil du mir zuhörst«, antwortete er schulterzuckend.

Obwohl er spürbar verlegen war, breitete sich erneut ein zurückhaltendes Lächeln auf seinem Gesicht aus. Von einer Sekunde zur nächsten wirkte die Luft in der Küche weniger stickig. Ich spürte, wie ich bis in die Haarwurzeln errötete, während mein Herz anfing zu galoppieren. Maxime musterte mich aufmerksam und so vorsichtig, als rechnete er mit einem Schlag.

Ich entschied mich für einen radikalen Themenwechsel.

»Hat dir die Probe gefallen?«

»Sehr. Damien sollte ... schuldbewusster auftreten, findest du nicht?«

»Schuldbewusster? Kennst du das Stück?«

Maxime war immer für eine Überraschung gut. Erst Shakespeare, dann Musset ... Irgendwann würde er unter meinem Fenster stehen und etwas von Rostand vortragen. Bei der Vorstellung musste ich lächeln, und ich fing an, ein wenig zu träumen. Viele Frauen träumten von romantischen Abendessen, von sündhaft teurem Schmuck oder ritterlichem Verhalten. Um *mich* zu verführen, reichte hingegen die Aussicht auf ein paar Bücher.

»Einigermaßen. Perdican müsste ... *gequälter* wirken bei der Vorstellung, dass er Rosette benutzt, um sich an Cam...« Er verstummte, als er mich lächeln sah. Ich blickte in mein Glas, aber es war bereits zu spät. Maxime setzte seine verärgerte Miene auf und ballte die Fäuste. Jeder Versuch, mit ihm zu reden, war wie ein Tanz auf einem straff gespannten Seil ohne Netz.

»Ich wusste nicht, dass du das Stück kennst. Ich finde das sehr ... rührend. Aber ich glaube, du hast recht, Perdican tut sich mit seinem Verhalten selbst weh. Am Ende der Szene müsste er ein bisschen verzweifelter sein.«

Maxime schien erleichtert und nickte zustimmend, ließ das Thema jedoch fallen.

»Du solltest dich jetzt besser fertig machen, sonst kommst du noch zu spät«, sagte er, während ich noch an Cyrano und Roxane dachte.

»Äh … ja. Und es macht dir auch bestimmt nichts aus?«

»Du bist hier zu Hause, du kannst tun und lassen, was du willst.«

Verblüfft zuckte ich die Schultern. Allmählich fing ich an zu begreifen, wie Maxime funktionierte. Dass er sich so neutral verhielt, an der Grenze zum Wohlwollen, war ungewöhnlich. Außerdem hatte er nicht auf die Ankündigung reagiert, dass ich essen gehen würde, sondern erst, als ich Frédéric erwähnt hatte.

»Das sieht dir gar nicht ähnlich«, sagte ich schließlich. »Keine Bemerkung? Keine Stichelei?«

»Wie ich bereits sagte …«

»Nein. Ist es die Tatsache, dass ich mit *ihm* ausgehe, die dich stört?« Ich verschränkte die Arme vor der Brust, bereit zum Kampf. Ich wollte eine Erklärung, und um die zu bekommen, war ich zu allem bereit. Oder … Machte er sich etwa über mich lustig? Er amüsierte sich über meine notorische Unfähigkeit im Umgang mit Männern. Mittags hatte er mich bereits ausgelacht, weil ich rot geworden war; wahrscheinlich fand er es erheiternd, dass ich zu stottern begann und die Flucht ergriff, sobald ein Mann mich küssen wollte.

»Ich hätte nicht gedacht, dass du Wert auf meine Meinung legst.«

»Was ich offensichtlich tue.«

»Hör zu, Sarah, mach einfach, was du willst. Geh essen und amüsier dich. Dieser Abend scheint dir etwas zu bedeuten, und ich … ich bin hier eingesperrt. Also los, schmeiß dich in Schale.«

Er warf einen Blick auf die Uhr und runzelte die Stirn. Als ich dasselbe tat, stellte ich fest, dass die verbliebene Viertelstunde gerade mit Lichtgeschwindigkeit vergangen war. Eine Antwort auf meine Frage hatte ich immer noch nicht, aber nun blieb mir keine Zeit mehr.

»Wir reden später darüber«, sagte ich entschlossen.

»Na logisch.«

Ich stürmte in mein Zimmer und befreite mich von meiner Jeans und dem alten Pullover. Stattdessen zog ich einen weiten Rock aus blauem Baumwollstoff und eine ärmellose weiße Bluse an. Nachdem ich mein Outfit im Spiegel überprüft hatte, verließ ich das Zimmer, um ins Bad zu schlüpfen. Dort bürstete ich mir energisch die Haare und schminkte mich.

Dieser Abend sollte der eigentliche Beginn meiner Beziehung mit Frédéric werden. Wir hatten schon öfter miteinander gegessen, hatten Händchen gehalten – Finger gehalten, um genau zu sein –, und darum hoffte ich an diesem Abend auf einen Kuss. Der hoffentlich der erste in einer langen Reihe von Küssen sein würde. Noch ein Spritzer Parfüm, und dann lächelte ich mein Spiegelbild zufrieden an.

Auf dem Weg zurück ins Wohnzimmer rückte ich meine Ohrstecker zurecht. Maxime saß noch immer in dem Sessel, den Blick auf den Bildschirm geheftet. Um mein Gewissen zu beruhigen, stellte ich mich vor ihm auf.

»Wie sehe ich aus?«, fragte ich und ließ die Arme herunterhängen.

»Wie ein Mädchen aus den Fünfzigerjahren?«

Entsetzt blickte ich an mir herab. Ich wollte begehrenswert aussehen, ich wollte, dass die Männer mich mit funkelnden Augen betrachteten, während sie sich fragten, welches Parfüm ich trug, und ich wollte, dass am Ende ein Mann seine Nase an meinem Hals vergrub.

»Wirklich? Aber ich habe diesen Rock schon oft getragen und immer Komplimente dafür bekommen.«

»Daran zweifle ich nicht. Von Männern über siebzig ganz bestimmt.«

»Auch von Frauen!«, sagte ich empört.

»Weil sie keine Konkurrenz zu fürchten haben.«

»Na schön, dann muss ich in Sachen Sexyness eben nachlegen. Glaubst du, mein langes, blaues Kleid wäre besser?«

»Das Kleid, das wie ein verwaschener Vorhang aussieht? Nein, lass lieber das da an. Ist immer noch besser.«

»Na super«, knurrte ich. »Danke, dass du mir so kurz vor dem Date das Ego stärkst.«

Wütend stapfte ich aus dem Wohnzimmer und schlüpfte in meine Sandalen. Verunsichert öffnete ich den obersten Knopf meiner Bluse. Ich hatte mir funkelndes Verlangen erhofft und kaum Interesse bekommen. Was Maxime betraf, fuhr ich immer noch auf Sicht. Als ich ihn nach seiner Meinung fragte, hatte ich vage gehofft, dass er mir einen Hinweis geben würde, wie ich mit ihm umgehen musste, dass ich endlich herausfinden würde, ob ich in der Lage war, Männern im Allgemeinen und ihm im Besonderen zu gefallen.

Vergeblich. Maxime blieb ein Buch mit sieben Siegeln für mich.

Ich nahm meine Strickjacke vom Garderobenhaken, und entnervt, wie ich war, kämpfte ich mehrere Sekunden lang mit den Ärmeln.

Plötzlich fiel mir die Jacke aus der Hand, und als ich mich um die eigene Achse drehte, um sie aufzuheben, stand Maxime vor mir. Aus der Nähe erkannte ich unter dem schwarzen Stoff des T-Shirts das Relief seiner angespannten Brustmuskeln. Er hielt meine Strickjacke in der Hand und hatte erneut dieses Lächeln im Gesicht, bei dem er den rechten Mundwinkel hochzog. Seine dunklen Augen betrachteten mich forschend.

»Was ist das denn?«, fragte ich und strich mit dem Finger über die Narbe, die sich durch seine Augenbraue zog.

»Der Rest einer unangenehmen Erinnerung.«

Meine Finger streiften seine Kinnlinie, ehe ich die Hand wieder sinken ließ. Seine unerfreulichen Bemerkungen hatte ich bereits vergessen. Ich war zwischen der Tür und seinem Körper eingeklemmt und hatte nicht die geringste Lust, mich zu bewegen. Maxime machte mir keine Angst. Er faszinierte mich. Jeder neue Hinweis auf sein Leben rief weitere Fragen in mir wach.

»Wann kommst du zurück?«

Ich rang nach Luft und räusperte mich, um wieder Fuß in der Realität zu fassen. Bereits die Art, wie er mich anblickte, brachte mich aus der Fassung. Innerhalb einer Sekunde war ich komplett verunsichert. Was, ehrlich gesagt, nichts Neues für mich war, wenn es um Männer ging. Aber normalerweise jagte mir so etwas panische Angst ein, und am Ende nahm ich die Beine in die Hand und machte, dass ich wegkam. Maxime hingegen vertraute ich, sein sanftes Lächeln und seine breitschultrige Gestalt beruhigten mich.

»Ich schätze, in zwei Stunden«, antwortete ich mit heiserer Stimme.

»Okay. Ich rühre mich bis dahin nicht von der Stelle.«

»Maxime Maréchal belieben zu scherzen. Ich denke, ich sollte den einen oder anderen Nachrichtensender informieren«, spottete ich.

»Dreh dich um, ich helfe dir.«

Gehorsam tat ich, wie mir geheißen. Maxime half mir, die Arme in die Ärmel gleiten zu lassen, und zog mir die

Strickjacke auf die Schultern. Mein Atem fand zu seinem normalen Rhythmus zurück, und ich tat, als nähme ich seinen kraftvollen Duft nicht wahr. Vor allem aber überspielte ich, dass ich mich dermaßen daran berauschte, dass ich keinen zusammenhängenden Gedanken mehr fassen konnte.

»Du bist sehr hübsch«, sagte er schließlich.

»Du versuchst nur, es wiedergutzumachen«, erwiderte ich, während ich mich zu ihm umdrehte.

Mit zitternden Händen, den Blick auf Maxime geheftet, knöpfte ich mir die Strickjacke zu. Sein dunkler Blick hypnotisierte mich. Er hellte sich nur selten auf, aber wenn ich einen Funken Freude oder einen Schimmer von Ehrlichkeit in seinen Augen sah, empfand ich es jedes Mal als Geschenk.

»Kann schon sein. Aber du würdest sogar in einem Müllsack wunderschön aussehen.«

Wir standen noch immer nah beieinander, so nah, dass unser Atem sich vermischte. Ich wartete darauf, dass Maxime beiseitetreten würde, aber er blieb stehen und blickte mir forschend ins Gesicht. Ohne nachzudenken berührte ich sein Handgelenk und ließ den Zeigefinger über sein Tattoo wandern. Ich strich über seinen Unterarm, beschrieb eine Arabeske um den Ellbogen herum, landete auf seinem Bizeps.

»Hör lieber auf«, sagte Maxime mit rauer Stimme.

Der Muskel zuckte unter meiner Berührung, und ich unterdrückte das triumphierende Lächeln nicht, das sich auf meinem Gesicht ausbreiten wollte. »Eine Spur des Lebens …«, flüsterte ich.

Ich löste den Blick von seinem Tattoo und richtete ihn auf sein Gesicht. Seine Augen waren geschlossen, so, als kämpfte er um seine Selbstbeherrschung. Ich bewegte die Finger an seinem Arm hinunter, strich sanft über das Dornenmotiv, bis ich wieder sein Handgelenk erreichte. Ich war beinahe enttäuscht, dass ich nicht weitermachen konnte. Nachdem ich nun entdeckt hatte, wie seine Haut sich anfühlte, wollte ich mehr davon.

»Bitte, Sarah, geh einen Schritt zurück.«

Es klang wie eine Warnung. Wie üblich, alles, was Maxime sagte, diente stets dazu, mich auf Distanz zu halten. An diesem Abend wollte ich ihm beweisen, dass er das mit mir nicht machen konnte. Ich hatte keine Angst vor ihm.

»Keine Gefahr«, sagte ich schließlich.

»Sarah, du solltest zu deiner Verabredung aufbrechen, ehe ich dich daran hindere.«

»Ich lebe gern gefährlich.«

Sein glückliches Lächeln spiegelte meinen eigenen Gesichtsausdruck wider, und er öffnete die beiden oberen Knöpfe meiner Strickjacke.

»So sieht es weniger streng aus«, erklärte er. »Mach dir einen schönen Abend!«

Brüsk wandte er sich ab und ging zurück ins Wohnzimmer. Die Hitze, die mich überkommen hatte, verzog sich ebenso wie der Nebel, der sich um meinen Verstand gelegt hatte. Sobald Maxime nicht mehr vor mir stand, funktionierte ich wieder völlig normal.

»Äh … danke! Du dir auch.«

Nach kurzem Zögern, hin- und hergerissen zwischen der Lust zu bleiben und der Verpflichtung zu gehen, stürmte ich die Treppe hinunter.

Mit einem Strauß Pfingstrosen in der Hand stand Frédéric vor der Tür. Ich bedankte mich mit warmen Worten.

»Die sind von einer Geburtstagsfeier übrig geblieben«, erklärte er. Er hatte mir schon oft Blumen geschenkt, und jedes Mal – oder fast jedes Mal – hatte es sich um Restbestände gehandelt. Normalerweise störte mich das nicht weiter, aber an diesem Abend hätte ich mir gewünscht, dass die Blumen nur für mich bestimmt wären. Er führte mich in Baptistes Restaurant.

»Du siehst aus, als wärst du mit den Gedanken woanders«, sagte er, als ich mit der Gabel in meinem Essen herumstocherte.

»Ich bin ein bisschen müde.«

Seit wir an dem Tisch Platz genommen hatten, bereitete es mir große Mühe, mich auf das Gespräch zu konzentrieren. Frédéric hielt es am Laufen. Er reihte Anekdoten aneinander, während ich innerlich immer wieder abschweifte und mit den Gedanken bei Maxime und seinem Tattoo war.

Ich dachte daran, wie sich seine Haut unter meinen Fingern angefühlt hatte, an die Wärme seines Körpers, an die Art, wie er reagiert, wie sich dieser verdammte Muskel zusammengezogen hatte. Endlich hatte ich einen Spalt in Maximes Panzer entdeckt: So gefährlich, wie ich dachte, war er gar nicht.

»Ist es wegen Maxime?«

Der Vorname meines »Mitbewohners« riss mich aus meinen Gedanken. Ich spürte, wie ich rot wurde, und senkte den Blick sofort auf mein Glas Weißwein.

»Ich meine … er ist schon ein bisschen seltsam, oder?«

»Nein«, entgegnete ich. »Es ist nur … Er verbüßt hier eine Strafe, da kann man nicht erwarten, dass er froh ist, hier zu sein.«

»Weißt du, Sarah, ich mache mir Sorgen um dich. Ich

weiß nicht, ob du ihm wirklich vertrauen kannst. Irgendwie ist er mir nicht geheuer.«

»Er hilft mir, das ist schon mal sehr gut. Erzähl mir lieber von deiner Mutter. Ist alles gut gegangen?«

Sofort setzte Frédéric zu einem endlosen Bericht über den Besuch seiner Mutter an. Die alte Dame war offenbar sehr fordernd und erzählte lauter unsinniges Zeug. Zerstreut aß ich auf und quittierte Frédérics Worte in regelmäßigen Abständen mit einem Nicken. Maxime und seine heisere Stimme geisterten mir noch immer durch den Kopf. Vielleicht hätte ich lieber zu Hause bleiben sollen.

Nach dem Essen begleitete mich Frédéric wie gewohnt bis vor die Ladentür. Diesmal zögerte er nicht, sondern griff sofort nach meiner Hand. Seine war warm und ein bisschen feucht. Ich hielt die Blumen in der anderen Hand, und wir überquerten händchenhaltend den Platz, bis wir vor dem Buchladen ankamen. Mechanisch hob ich den Blick zum ersten Stock. Im Wohnzimmer brannte noch Licht, und ich ertappte mich dabei, dass ich erleichtert lächelte. Ich würde mein Gespräch mit Maxime also gleich fortsetzen können.

»Es war wirklich ein sehr schöner Abend«, flüsterte Frédéric.

»Finde ich auch.«

Obwohl ich mit den Gedanken woanders war und dreimal auf die Uhr gesehen habe.

Wir standen vor der Ladentür im Licht eines Strahlers und der Lichterkette, die in den Efeu rings um das Fenster geschlungen war.

»Weißt du, ich mag dich wirklich sehr.«

»Ich dich auch.«

Sein Blick fiel auf meinen Mund, und mein Herz begann erneut zu rasen. Im Gegensatz zu unserem ersten gemeinsamen Abend fürchtete ich mich diesmal vor dem Kuss. Ich hatte nicht mehr darauf gewartet, und noch weniger hatte ich ihn mir erhofft. Den ganzen Abend lang hatte ich kein einziges Mal daran gedacht, und es wäre mir lieber gewesen, nicht in diese Situation zu geraten, ausgerechnet jetzt, wo Maxime sich oben in meiner Wohnung aufhielt.

Dennoch drückte Frédéric seinen Mund auf meinen und küsste mich. Er tat es zögerlich und ungeschickt. Ich war völlig überrascht, und er schien unsicher zu sein, ob es eine gute Idee war, mich zu küssen. Es war ungefähr so, wie wenn man zum ersten Mal ein exotisches Gericht probiert und sich fragt, ob man es vertragen wird.

Ja, genau so fühlte es sich an. Frédérics Lippen auf meinen waren eisig, eine Empfindung, bei der man das Gesicht verziehen möchte. Der Kuss blieb unschuldig und behutsam; er war Lichtjahre von allem entfernt, was sich eine junge Frau von einem ersten Kuss erhoffen kann.

Er würde sich weder als unvergesslich noch als legendär erweisen. Es war einfach nur ein Kuss wie viele andere, ohne jede Leidenschaft.

Eine echte Enttäuschung.

»Wir sehen uns morgen«, sagte er. »Wollen wir zusammen mittagessen?«

»Äh ... nein. Ich ... Ich habe morgen ziemlich viel zu tun. Und ich muss mit der Renovierung vorankommen. Sagen wir lieber ... am Wochenende. Beim Dorffest?«

»Sehr gut. Ich biete dort auf jeden Fall Blumen an.«

»Super!«

Ich versuchte, begeistert zu klingen, zweifelte aber an meiner schauspielerischen Leistung. Als ich meine Hand aus seiner löste, raubte mir Frédéric einen weiteren Kuss, der genauso ein Flopp war wie der erste. Zum Abschied schenkte ich ihm ein Lächeln, ehe ich endlich erleichtert in der Buchhandlung verschwand.

Meine Güte, was war nur mit mir los?

Wochenlang hatte ich mich Fantasien über den Blumenhändler von nebenan hingegeben. Und nun hatte ich ein Rendezvous mit ihm, er küsste mich, und ich hätte am liebsten die Flucht ergriffen. Ich konnte nicht einmal meiner Unerfahrenheit und Schüchternheit die Schuld dafür geben; es fühlte sich eher wie ein starker Drang an. Ich wollte unbedingt weg.

»Und? Wie war das Abendessen?«

Ich entledigte mich der Blumen, indem ich sie auf die Küchentheke legte. Die beiden Gedecke waren weggeräumt, und Maxime saß, mit dem Handy in der Hand, auf einem der Hocker.

»Das Essen war nett, und die Fortsetzung ... Hm, die war seltsam, sehr seltsam sogar!«

Ich setzte mich neben ihn und linste auf das Display seines Handys.

»Ich habe versucht, Simon zu erreichen, aber er meldet sich nicht ... Erzähl, was war so seltsam?«

Sein aufrichtiges Interesse ließ mich stutzig werden. Ich starrte ihn an, und endlich begriff ich, was passiert war. *Er* war es. *Er* war schuld an diesem Desaster. Nachdem er mir zu verstehen gegeben hatte, dass er Frédéric nicht mochte, hatte er diese Sache mit der Strickjacke inszeniert, um Zweifel in mir zu wecken. Und ich Idiotin hatte den Köder geschluckt. Ich kam mir unglaublich bescheuert vor.

»Es ist deine Schuld«, sagte ich endlich.

»Meine Schuld? Warum denn das?«

»Du hast Zweifel gesät. Mit Frédéric lief es super, bis du beschlossen hast, dieses gequälte Schweigen zu beenden. Alles war gut. Den Trick mit der Strickjacke … hast du den schon oft angewendet? Oder ist das etwas, das du in einem Film gesehen hast?«

»Sarah, ich kann dir nicht folgen. Was ist passiert, und inwiefern bin ich schuld daran?«

»Du hast mich … verstört. Mit diesem Gespräch und mit dem, was da vorn passiert ist«, sagte ich und zeigte auf die Wand, vor der er mich in die Enge getrieben hatte. »Ich habe das Date versaut. Ich habe kein freundliches Wort, keinen vernünftigen Satz herausgebracht.«

»Ich bin mir sicher, du übertreibst.«

»Und als er mich geküsst hat, war da … nichts«, gestand ich beschämt. »Nicht die Spur eines schönen Gefühls.«

Leise lachend schüttelte Maxime den Kopf. Er legte sein Handy auf die Theke und musterte mich durchdringend. Seine amüsierte Miene verriet, wie sehr er sich freute, mir den Abend verdorben zu haben. Im Grunde konnte ich es ihm nicht verdenken. Vielmehr verübelte ich mir selbst, dass ich mich so leicht beeinflussen ließ, obwohl ich es gewohnt war, allein zu leben, selbst Entscheidungen zu treffen und die Buchhandlung zu führen, so gut ich konnte. Maxime hatte es geschafft. Er hatte mich schwach werden lassen.

»Nichts?«

»Nichts.«

»Dann bist du also wegen eines missglückten Kusses sauer auf mich?«

»Das war nicht einfach ein missglückter Kuss. Es war der erste. Der, auf den es ankommt, der, der den Beziehungsstatus auf Facebook ändert, der Kuss, über den man aufgeregt spricht, der alles durcheinanderbringt, Herz, Körper und Seele, der Kuss, der dich erröten und stammeln lässt, der Kuss, nach dem du schwebst und der dich dein restliches Leben vergessen lässt. Der Kuss, der dich glücklich machen soll«, fügte ich atemlos hinzu und rang frustriert die Hände.

»Ein Kuss wie im Roman?«

Ich hob den Kopf und sah ihn an. Das boshafte Schimmern in seinem Blick war nicht zu übersehen, dieser kleine Funke, der ihn noch schöner machte. Neben ihm wirkte ich vermutlich absolut fade.

Maxime rutschte vom Hocker und baute sich vor mir auf. Er kam mir genauso nah wie bei unserem Gespräch vor dem Abendessen. Mir wurde heiß, die Luft um mich herum war plötzlich dünn. Im Schein der kleinen Lampe in meinem Wohnzimmer sah Maxime fantastisch aus, sein Kiefer schien aus Stein gemeißelt.

»Wie im Roman, hab ich recht?«

Ich nickte und bereute, dass ich auf einem Hocker saß, auf dem ich das Gleichgewicht zu verlieren drohte. Sobald sich Maxime mir näherte, schien mein ganzer Körper zu vibrieren.

»Also gut. Da du glaubst, dass ich dir diesen Kuss gestohlen habe, werde ich dir einen neuen geben.«

»Äh … was?«

9

Maxime Sarahs Augen waren so rund wie Untertassen. Atemlos und mit offenem Mund saß sie auf ihrem Hocker, umklammerte den Rand und wirkte noch verletzlicher als sonst. Zwei Stunden lang hatte ich auf sie gewartet in der Hoffnung, sie würde bald wiederkommen. Als ich die beiden miteinander reden hörte, spähte ich unauffällig aus dem Fenster, und eine Welle der Erleichterung überlief mich, weil ich feststellte, dass dieser Kuss viel zu kurz und zu leidenschaftslos war, um etwas zu bedeuten.

»Ich habe … äh … ich glaube, ich habe mich verhört«, stammelte sie.

Ihre Wangen liefen tiefrot an, was mir verriet, dass sie mich genau verstanden hatte. Ich richtete den Blick auf ihre Lippen und hörte, dass ihr Atem schneller ging.

»Ich gebe ihn dir«, wiederholte ich.

»Was denn?«

»Den Kuss. Den Kuss, den du nicht bekommen hast. Von dem du träumst. Betrachte es als … Lernprozess oder als Weitergabe von Erfahrungen.«

»Du willst mir zeigen, wie ich küssen muss …? Nein, auf keinen Fall, so geht das nicht!«

Hektisch glitt sie von dem Hocker und wollte die Flucht ins Wohnzimmer antreten. Sie zog sich rasch die Strickjacke aus und rang kurz mit den Ärmeln, ehe sie das Kleidungsstück aufs Sofa warf. Dann ging sie eine Weile mit großen Schritten im Zimmer auf und ab, die Hände in die Haare verkeilt.

»Sarah …«

»Nein. Hör mir zu. Ich schlage vor, du gehst jetzt in dein Zimmer, ich gehe in meins, und wir tun so, als hätte es diesen katastrophalen Abend nie gegeben.«

Sie wagte nicht, mir in die Augen zu sehen, und heftete den Blick auf den Boden.

Erst jetzt wurde mir klar, dass ich zu grob gewesen war. Sarah hatte den Großteil ihres Lebens lesend verbracht, umgeben von zuvorkommenden Männern, echten Romantikern und von leidenschaftlichen Liebesgeschichten.

Sie hatte in einer Welt gelebt, in der es immer ein Happy End gab und sich nie ein Vorbestrafter in ihr Leben einmischte.

Natürlich war ich alles andere als der ideale Mann. Ich war nicht so glatt wie Frédéric und auch nicht leicht zu durchschauen. Ich trug meine Wut und meine wechselnden Stimmungen mit mir herum. Ich grübelte über meinen Zorn und meine Frustration. Ich war ein ständiger Gewittersturm, sie eine spiegelglatte See.

Aber in ihrer Gegenwart veränderte ich mich. Bei Sarah war ich viel friedlicher. Vielleicht, weil sie nichts von mir erwartete, weder ein Lächeln noch eine glatte Fassade oder kriecherisches Verhalten. Sarah betrachtete mich wie niemand anders sonst, sie erforschte die Tiefen meiner Seele auf der Suche nach meinen finstersten Geheimnissen. Eines Tages würde ich ihr vermutlich das eine oder andere verraten.

Als sie mir endlich ins Gesicht sah, wirkte sie immer noch unsicher, schien zu zögern angesichts ihres enttäuschenden Dates und meines allzu schroff vorgebrachten Angebots.

Zum Zeichen der Kapitulation hob ich beide Hände, sorgte aber gleichzeitig dafür, dass sich der Abstand zwischen uns verringerte.

Ich wollte sie küssen. Nur ein einziges Mal. Um zu sehen, wie es ist, eine Frau ohne jeden Hintergedanken zu küssen, nur um zu überprüfen, ob ihre Lippen tatsächlich so weich waren, wie sie aussahen, und um die Stimme meines Gewissens zum Schweigen zu bringen, die brüllte, dass Sarah zu gut für mich war, um die mit Eifersucht versetzte Wut loszuwerden, die ich empfand.

Aber vor allem wollte ich sie küssen, weil ich Lust dazu hatte. Wahnsinnig große Lust. So groß, dass ich die Konsequenzen vergaß. Sarah verdiente diesen Kuss. Sie verdiente es, ihn von mir zu bekommen.

Ihre Brust hob und senkte sich so heftig, als wäre sie gerade einen Marathon gelaufen. Sie wich zurück und stolperte über die Lampe, die flackernd auf ihrem Fuß landete.

»Mist!«, schimpfte sie und hielt die Lampe fest.

Wir standen einander gegenüber, meine Frustration traf auf ihre übergroße Schüchternheit. Bei unseren letzten Auseinandersetzungen hatte sie die Ruhe bewahrt, aber diesmal hörte ich sie hektisch atmen, und in ihrem Blick flammte so etwas wie Unsicherheit auf.

»Das mit dem Date tut mir leid«, flüsterte ich.

»Sag es noch einmal, ohne zu grinsen, dann glaube ich dir vielleicht.«

Mein Grinsen wurde noch breiter, und sie schien sich ein wenig zu entspannen. Das war es, was Sarah brauchte: Zeit. Sie war nicht impulsiv. Sie dachte nach, kalkulierte alles Mögliche ein, analysierte die Dinge.

»Ich möchte gern, dass du mir mehr darüber erzählst«, sagte sie und deutete auf mein Tattoo. »Es fasziniert mich.«

»Von Brombeerranken hält man sich besser fern«, erklärte ich. »Die Stacheln machen Angst, und das Ganze nimmt eine unentwirrbare Form an.«

»Es ist also eine Warnung für die anderen?«

Wie schon vor ihrem Date berührte sie mein Handgelenk an der Stelle, an der das Motiv begann. Als ich ihre kühlen Finger spürte, überlief mich ein Schauer. Entschlossen folgte sie dem Verlauf der Tinte unter meiner Haut. Ich schloss die Augen. Bei dieser unschuldigen Berührung wurde mir heiß, sie verschaffte mir völlig neue Empfindungen. Zum ersten Mal seit Jahren liebkoste mich eine Frau ohne ein anderes Ziel als das, mich kennenzulernen.

»Halt dich lieber von mir fern«, flüsterte ich endlich.

Sie überhörte die Warnung, so konzentriert folgte sie dem Motiv. Die schüchtern errötende Sarah hatte ihren Platz einer wagemutigen und begehrenswerten Frau überlassen.

»Bis wohin geht es?«

»Bis zum Oberkörper.«

Ihr Blick ruhte auf meinem T-Shirt, als hoffte sie, durch den Stoff hindurchsehen zu können. Nach zwei Sekunden Bedenkzeit beschloss ich, es auszuziehen. Ich warf das Shirt auf den Boden und ließ Sarah den Rest meines Tattoos erkunden. Der Dornenzweig ging in eine weitere

Ranke über, der ihrerseits mit einer dritten verschlungen war. Danach entfalteten sich die Zweige, breiteten sich über meine Brust aus und liefen schließlich zur gegenüberliegenden Seite hin aus.

Schweigend folgte Sarah dem Verlauf jeder einzelnen Dornenranke. Dann fragte sie:

»Warum ein Brombeerstrauch?«

»Weil die überall wachsen. Und sie halten stand, sie fordern den Menschen heraus«, fügte ich lächelnd hinzu.

»Du bist auch eine Herausforderung. Du betrachtest die Welt von oben herab und hoffst, dass niemand an dich heranreicht.«

Ich spürte ihren heißen Atem auf meiner Brust. Brennendes, heftiges Verlangen erfasste mich. Sarah tat nichts von dem, was die anderen Frauen taten, und was ich in diesem Augenblick empfand, war von unerhörter Intensität. Es war stärker als ich. Ihr Zeigefinger auf meiner Haut reichte aus, um mich in die Enge zu treiben. Die Vorstellung, dass ihr ganzer Körper den meinen liebkoste, wirkte auf mich so durchschlagend wie eine harte Droge.

Sarah war etwas gelungen, woran die meisten Menschen gescheitert waren … oder worauf sie verzichtet hatten. Sie ließ sich Zeit, sie sprach mit mir, sie ließ *mir* Zeit. Allen Warnungen zum Trotz war sie am Ball geblieben, und genau das machte sie so anziehend für mich: ihre Selbstlosigkeit.

Ich ließ die Arme hängen und widerstand dem Drang, sie zu berühren. Ich wollte sie berühren. Mehr als alles andere. Ich wünschte es mir mehr als meine Freiheit, aber Damiens Worte gingen mir nicht aus dem Kopf.

Sie verdiente einen Mann wie Frédéric und keinen wütenden, kaputten Typen, wie ich einer war.

»Geh weg, Sarah«, stieß ich mit zusammengebissenen Zähnen hervor.

Sie wich einen Schritt zurück, ohne den Blick von mir abzuwenden. Das bisschen Abstand bewirkte überhaupt nichts. Im Gegenteil, vor Frust bekam ich Magenschmerzen. Ich war vielen Frauen begegnet, hatte manche von ihnen um den Verstand gevögelt, andere hatte ich liebkost und es genossen, aber Sarah hatte mit diesen Frauen nichts gemeinsam. Sie strahlte Ruhe und Wohlwollen aus.

»Funktioniert es?«, fragte sie auf einmal.

»Was denn?«

»Oder kommen manche Menschen trotzdem an dich ran?«

»Ich halte sie zu ihrem eigenen Besten auf Distanz. Meistens vermassele ich meine Beziehungen. Ich zerstöre alles, Sarah. Das ist es, was ich am besten kann.«

»Ich bin mir sicher, du übertreibst.«

»Ich habe keinen Kontakt mehr zu meinem Vater, meine Agentin habe ich gefeuert, der Typ, den ich als meinen Freund betrachtet habe, ruft mich nicht mal mehr an. Ich habe es sogar fertiggebracht, mich mit Damien zu streiten. Ich zerstöre alles, Sarah. Wirklich alles.«

»Okay«, sagte sie lächelnd.

»Okay? Mehr fällt dir dazu nicht ein?«

»Ich lebe gern gefährlich.«

Wie um es zu beweisen, kam sie erneut einen Schritt auf mich zu. Ich spürte, dass mein Herz kurz vorm Implodieren stand, in meinem Kopf überschlugen sich die Gedanken. Ich musste sie vor mir selbst beschützen … aber sie zog mich magisch an. Niemand außer Sarah hatte jemals eine derartige Macht über mich gehabt.

Sie legte mir die Hand auf die Herzgegend, und es verschlug mir den Atem.

Ich blickte auf sie hinab. Sanft, attraktiv, unsicher, schüchtern. Die Macht, die sie innerhalb solch kurzer Zeit über mich gewonnen hatte, machte mir beinahe Angst. Als unsere Blicke sich trafen, wusste ich, dass ich verloren war. Dieser Abend würde alles zwischen uns verändern.

Langsam beugte ich mich zu ihr hinab, ließ ihr genügend Zeit, die Flucht zu ergreifen, obwohl mir schon der Gedanke daran wehtat.

Sarah verzog keine Miene. Sie hielt den Atem an, und ihre Hand auf meiner Brust machte keinerlei Anstalten, mich wegzustoßen.

Träge streiften meine Lippen ihren Mund. Sie schmeckte nach Zucker, vermutlich lag es an ihrem Dessert. Ihre Hand glitt an meinem nackten Oberkörper hinab, bis sie die Finger in meinen Gürtel hakte. Sie reckte sich auf die Zehenspitzen und presste ihre halb geöffneten Lippen auf meine. Ich fing Feuer, Hitze breitete sich in mir aus, und gegen meinen Willen gab ich schließlich nach.

Ich nahm ihr Gesicht in beide Hände und zog sie an mich. Ein leises Stöhnen entschlüpfte ihrem Mund, was meine Erregung noch größer werden ließ, und als Sarahs Hand mich im Schritt berührte, atmete ich hörbar ein. Ich löste mich von ihren Lippen, zeichnete mit dem Mund ihre Kinnlinie nach, küsste die Stelle hinter ihrem Ohr und dann erneut ihren Mund – heftig. Ich drückte sie an die Wand, nahm sie zwischen meinen Armen gefangen. Ihre Brust hob und senkte sich in schnellem Rhythmus an meinem Oberkörper. Mit der freien Hand umfing ich ihren unteren Rücken, und sie schmiegte sich an mich.

Ihre Zunge drang in meinen Mund, und der Kuss

wurde leidenschaftlich, unbeherrschter. Ich spürte Sarahs Hände überall. Auf dem Oberkörper, im Nacken, auf dem Gesicht … sie erkundete das neue Gebiet mit Begeisterung. In regelmäßigen Abständen fuhr sie mir mit den Fingern über die Brust, und ich spürte ihr Lächeln an meinem Mund, als sie das Hämmern meines Herzens fühlte.

Unglücklicherweise war Sarah noch viel zu angezogen. Ich wollte ihre Kurven unter meinen Händen spüren, die Hitze ihrer Haut auf meiner, aber für eine Frau wie sie wäre das viel zu schnell gegangen. Also berührte ich mit den Lippen, was sich mir darbot – ihren Hals, den Ansatz ihrer Schultern –, und unter meinen Händen ließ Sarah sich gehen. Leise stöhnend legte sie den Kopf in den Nacken, und ich hätte vermutlich mit ihr machen können, was ich wollte.

Sie hatte meine Warnungen in den Wind geschlagen.

Sie war das Risiko eingegangen. Und das erschütterte mich.

Außer Atem löste ich mich schließlich von ihr. Sie rang nach Luft, den Mund halb geöffnet, die Lippen leicht geschwollen. Schon jetzt vermisste ich den Duft ihrer Haut. Ihre Augen schimmerten auf eine Art, wie ich es noch nie gesehen hatte; es war eine Mischung aus Furcht und brennendem Verlangen.

Ich wusste nicht, was mich geritten hatte, konnte nicht einmal sagen, wie es so weit mit uns gekommen war. Was ich allerdings sehr wohl wusste, war, dass dies keine gute Idee war. Sarah und ich gehörten getrennten Welten an, wir waren grundverschieden, und ich wollte auf keinen Fall, dass sie als weiterer Kollateralschaden meiner unbezähmbaren Wut endete.

»Du hast recht«, sagte ich schließlich, noch immer außer Atem. »Wir tun einfach so, als hätte es diesen Abend nie gegeben.«

Ihre Augen weiteten sich, während sich ihr Gesicht verzerrte. Abrupt erlosch ihr Blick, ihr Körper war gespannt wie ein Bogen. Es passierte genau das, was ich befürchtet hatte: Ich tat ihr weh.

»Aber …«

»Ich war dir einen Kuss schuldig. Du wolltest doch wissen, wie die Wirkung ist, oder? Jetzt kannst du es beliebig wiederholen.«

»Das war also alles?«

Ein trauriges Lachen entfuhr ihr. Sie strich sich mit dem Daumen über die Lippen, als wollte sie die Spuren dessen entfernen, was wir gerade getan hatten. Allein für diese Geste hätte ich meine Seele verkauft – ihren Mund zu liebkosen und zu wissen, dass sie mir gehörte.

Erneut trat ich einen Schritt zurück, ging auf Distanz. Was kaum etwas daran änderte, dass das Zimmer von einer nahezu unerträglichen sexuellen Spannung erfüllt war. Normalerweise wäre ich zur Tür hinausgegangen und mitten in der Nacht durch die Straßen gegeistert, um ihre verletzte Miene zu vergessen. Ich hätte ein paar Gläser geleert und mir irgendeinen armen Kerl gesucht, mit dem ich mich prügeln konnte. Auf diese Art hätte ich Dampf abgelassen. Wenigstens für ein paar Stunden hätte ich mein restliches Leben vergessen.

Aber ich saß hier mit ihr fest, in ihren eigenen vier Wänden. Hätte ich mich davongemacht, hätte ich die Situation nur verschlimmert.

»Du wolltest mir … nur zeigen, wie es geht?«

»Es war nur ein Kuss, Sarah. Du solltest nicht so …«

»Ich fühle mich gedemütigt.«

»Du wolltest einen Kuss. Einen perfekten Kuss, wie er in deinen verdammten Büchern steht. Jetzt hast du ihn!«, stieß ich ärgerlich hervor.

»In meinen *verdammten Büchern?*«

»Das ist es doch, wovon du träumst, oder etwa nicht? Ein romantisches Date, ein perfekter Mann, Blumen, Bücher, ein Abendessen, und das alles vor dem Hintergrund eines schnulzigen Songs, den du in Endlosschleife hörst.«

»Nee, lieber ein Hit aus den Sechzigern.«

Jetzt brach sie wirklich in Gelächter aus. Sie klang ernüchtert. Ich griff nach meinem T-Shirt und zog es mir wieder über. Ich tat so, als spürte ich Sarahs vernichtenden Blick nicht. Zorn erkannte ich auf mehrere Kilometer Entfernung, und ihr winziges Wohnzimmer war förmlich verstrahlt von einer Wut, die mich umhauen würde, wenn ich mich nicht bald in Sicherheit brachte. Und Sarah hatte ihr letztes Wort noch nicht gesprochen. »Da wir gerade bei großen Enthüllungen sind: Sei versichert, Maxime, dieser Kuss war alles andere als perfekt.«

Mir blieb keine Zeit, ihr in die Augen zu sehen, denn sie schloss bereits die Zimmertür hinter sich. Für eine gefühlte Ewigkeit blieb ich mitten im Wohnzimmer stehen. Irgendwie erreichte ich mein eigenes Zimmer und trat mit dem Fuß so heftig gegen das Kopfende des Betts, dass die Nachttischlampe aus Steingut in Dutzende Scherben zersprang.

Während ich geduldig jede einzelne aufsammelte, konnte ich nichts anderes denken, als dass ich wieder einmal in meiner Lieblingsdisziplin geglänzt hatte: der Zerstörung.

Die darauffolgende Nacht war furchtbar. Mehr Zeit als mit Schlafen verbrachte ich damit, den Riss zu reparieren, der sich über die Wand zog. Im Geist durchlebte ich den Kuss immer wieder. Ich hatte gelogen, und zwar hoch zehntausend, indem ich so tat, als wäre dieser Kuss nur eine Vorführung gewesen. Himmel, was für ein Schwachsinn!

Beim Aufwachen hatte ich immer noch wahnsinnige Lust, mich mit jemandem zu prügeln. Ich musste diese Wut abreagieren, die mir durch die Adern strömte wie zähflüssige Lava. Sie hatte sich überall in mir festgesetzt, war in den letzten Winkel meiner Seele geströmt und fraß mich innerlich auf. Dass ich meine Strafe hier absaß, hatte wenigstens den Vorteil, dass ich mir über meine Situation klarwerden konnte.

Also beschloss ich, meine Probleme zu lösen. Ich blickte auf die Uhr und griff nach meinem Handy. Ich versuchte Simon zu erreichen, und war sehr überrascht, als er tatsächlich dranging.

»Verdammt noch mal, ich dachte schon, du bist tot!«, begrüßte ich ihn.

»Eigentlich bin ich nur beschäftigt. Und, wie läuft der Vollzug?«

Im Hintergrund waren die Geräusche des Pariser Lebens zu hören, von wütend hupenden Autofahrern bis zu Rufen auf einem Schulhof. Ich hörte Simon an seiner Zigarette ziehen und den Rauch etwas später wieder ausatmen. Bereits jetzt beneidete ich ihn um seine Freiheit und die Anonymität seines Lebens. Hier in der Provinz begab ich mich fast nie in die Öffentlichkeit.

»Gut. Sarah ist … nett.«

Nett. Das war das letzte Wort, mit dem sie zutreffend beschrieben wäre. Sarah war begehrenswert, freundlich, wohlwollend. Auch nett. Aber das charakterisierte sie nicht. Sie war viel besser als das. Besser als alles, was ich bisher erlebt hatte, besser, als mich zu prügeln.

Und besser als ich, so viel stand fest.

»Ach, echt? Nett? Ich hätte nicht gedacht, dass du das Wort überhaupt kennst. Pass auf, ich habe nicht viel Zeit, ich muss für einen Film vorsprechen.«

»Oh, wow …«

Aus dem Augenwinkel schielte ich auf das Drehbuch, das Claude mir hatte zukommen lassen. Ich hatte es noch nicht gelesen. Inzwischen war ich so weit von dieser Welt entfernt, dass es mir schwerfiel, mir einzureden, ich gehörte noch dazu.

»Claude hat mir erzählt, dass er es dir geschickt hatte«, sagte Simon. »Du weißt schon, das von Philippon.«

»Oh. Welche Rolle denn?«

»Dieselbe wie du. Hauptrolle.«

Ich überhörte seinen anmaßenden Tonfall. Normalerweise hätte ich jetzt den arroganten Typen gespielt. Ich konnte es nicht leiden, wenn jemand es auf meine Rollen abgesehen hatte, und noch weniger mochte ich es, wenn man sie mir vor der Nase wegschnappte. Simon wusste das genau. Er provozierte mich, so, wie ich ihn manchmal provozierte, und rief mir auf subtile Weise in Erinnerung, dass ich weit von Paris und damit vom Filmgeschäft entfernt war. Er wunderte sich über mein Schweigen. »Keine Reaktion?«

»Leck mich doch«, sagte ich und lachte.

»Ah, ich hatte schon Angst! Einen Moment lang habe ich befürchtet, du würdest mich beglückwünschen.«

»Nutz meine Abwesenheit ruhig aus. Wenn ich wieder da bin, mach ich dich fertig.«

Nun war er es, der lachte, aber er verstummte rasch wieder. Außer bei Dreharbeiten und Partys sprach ich nur wenig mit Simon. Unsere Gespräche drehten sich ums Geschäft und um die Mädels, mit denen wir uns trafen. Wir waren Freunde, aber unsere Freundschaft war oberflächlich.

»Ich wollte mich nur mal nach dir erkundigen«, sagte ich schließlich.

»Mathilde hat mir von dem Arrangement erzählt, das sie für dich rausgeschlagen haben. Nicht übel, oder?«

»Jedenfalls nichts, was die Presse breittreten kann. Ich komme mit einem blauen Auge davon, mal wieder.«

»Stimmt.«

Erneut herrschte Schweigen, nur unterbrochen von gelegentlichem Hupen. Dieses Gespräch würde nirgendwohin führen, das wusste ich nun.

»Du hast echt Glück«, sagte Simon schließlich. »Irgendjemand holt dich immer aus dem Schlamassel.«

Wachgerüttelt von seiner Bemerkung, straffte ich die Schultern. Simon war viel zu anständig, um sich Scherereien einzuhandeln. Er war so glatt wie das Federkleid einer Ente; ein freundlicher, höflicher junger Mann, dessen einziger Kontakt mit der Polizei vermutlich in einem Knöllchen wegen Falschparkens bestand. Die Besorgnis in seiner Stimme passte nicht zu ihm.

»Bist du in Schwierigkeiten?«, fragte ich.

»Nein, ich habe nur laut gedacht. Hast du vor, für die Rolle vorzusprechen?«

»Keine Ahnung. Vorher will ich das Drehbuch lesen. Mal sehen.«

»Wie lange musst du da unten noch klarkommen?«

»Fünf Wochen.«

»*D'accord.* Hör mal, ich stehe unten vorm Haus, ich muss jetzt Schluss machen.«

Ich kam nicht mehr dazu, ihm zu antworten, er hatte bereits aufgelegt. Danach dachte ich noch eine Weile über das kurze Telefonat nach. Irgendetwas war mir entgangen. An Simons hektischer Art, an seinen kleinen Bemerkungen merkte ich, dass es ihm nicht gut ging. Doch so weit ich zurückdenken konnte, war er immer das absolute Gegenteil von mir gewesen. Während ich es schaffte, mich in die übelsten Probleme zu verstricken, blieb er stets auf dem rechten Weg.

Ich beschloss aufzustehen und unter die Dusche zu gehen, aber die schlechten Vorahnungen bezüglich Simon legten sich trotzdem nicht. Ich versuchte sie zu verscheuchen, um mich auf Sarah und den vor mir liegenden Tag zu konzentrieren. Den Tag danach. Den Tag nach unserem Kuss. Ich musste mich an meine Leitlinie halten: auf Abstand bleiben und ihr klarmachen, dass sie nichts gewinnen würde, wenn sie mit einem Mann wie mir zusammen wäre … außer einem Haufen Probleme und einer kompromittierenden Vergangenheit.

Der Kaffeeduft, der das Wohnzimmer erfüllte, verriet mir, dass Sarah schon längst auf den Beinen war. Trotzdem goss ich ihr eine Tasse ein. Es war eine Art Friedenspfeife, die mir zeigen würde, ob sie mir meine Lüge abgekauft hatte oder nicht und ob sie verstanden hatte.

Mit beiden Tassen in der Hand stieg ich vorsichtig die Stufen hinunter. Sarahs Lachen hallte durch die Buchhandlung. Gut. Wenn jemand bei ihr war, würde sie es bestimmt nicht wagen, mich abblitzen zu lassen. Das machte mir die Sache leichter.

»Guten Morgen«, sagte ich und stellte ihr die Tasse hin.

Sie musterte mich erstaunt, dann zeigte sie mit ihrem Stift auf Anita. Offensichtlich hatte sie keine Lust, mit mir zu reden.

»Anita erzählt mir gerade von den Vorbereitungen für heute Abend.«

»Heute Abend?«

»Das Dorffest. Eine Band, ein Festzelt und reichlich Cidre. Wir hoffen, du kommst auch.«

»Damien hat zwar eine Ausgangserlaubnis für mich besorgt, aber ... Solche Veranstaltungen sind nicht so mein Ding.«

Ich versuchte, Sarahs Blick zu begegnen, aber sie schaute geistesabwesend auf einen Stapel Bücher. Auf einem Blatt Papier notierte sie gewissenhaft die Titel. Mit anderen Worten: Sie ignorierte mich.

»Das ist ein Fehler, wir haben nämlich immer viel Spaß dabei. Es würde dir guttun, auszugehen und ein paar Leute zu treffen. Du musst dir keine zusätzliche Strafe auferlegen, indem du dich in die Wohnung zurückziehst«, fuhr Anita fort.

»Ich überleg's mir noch«, sagte ich ausweichend.

Anita starrte mich an, und verlegenes Schweigen machte sich in dem Raum breit. Vielleicht ahnte sie, dass zwischen Sarah und mir etwas vorgefallen war. Ich begnügte mich mit einem gezwungenen Lächeln und hoffte, dass sie endlich verschwinden würde. Was ich spürte, als ich neben Sarah stand, gefiel mir nicht. Ihr Körper war angespannt, und sie hatte sich das Haar zu einem viel zu strengen Pferdeschwanz zurückgebunden. Sie sah aus, als wäre sie stinksauer.

»Sehen wir uns bei der Probe?«, fragte Anita.

»Ja. Und lern deinen Text«, antwortete Sarah seufzend.

»Ich hoffe, dass es heute Abend schnell geht. In einem Monat müssen wir so weit sein!«

Anita verdrehte die Augen und schnitt eine ärgerliche Grimasse, aber Sarah würdigte sie keines Blickes mehr. Ich unterdrückte ein Lächeln. Anita besaß ein sehr optimistisches, begeisterungsfähiges Naturell, und mich überraschte nicht, dass Sarah und sie befreundet waren. Abgesehen von einigen Jahren Altersunterschied, ähnelten sie sich sehr.

»Ich weiß, was du machst«, motzte Sarah.

Erneut lächelten Anita und ich uns verschwörerisch zu.

»Liebe Camille, nun ist alles für unseren Aufbruch bereit; der Baron hat Rechenschaft abgelegt, und mein Esel ist gesattelt«, trug Anita hochtrabend vor.

Sarah und ich korrigierten sie unisono: *»Mein Esel ist gepackt!«*

Sarah lächelte mich erfreut an, während Anitas Blick zwischen uns hin- und herwanderte. Sie nickte anerkennend, ehe sie sich endgültig von uns verabschiedete.

»Bis heute Abend! Maxime, ich verlasse mich auf dich.«

Anita verschwand und ließ mich mit Sarah allein. Die schob den Bücherstapel von sich und holte kleine, blaue Pappkärtchen aus einer Schublade. Ihre Kaffeetasse hatte sie nicht einmal angerührt, was mich hinsichtlich der Fortsetzung unseres Gesprächs nicht gerade optimistisch stimmte.

»Hast du das Stück schon mal gespielt?«, fragte sie.

»Wie bitte?«

Endlich sah sie mir ins Gesicht. Das amüsierte Funkeln, das Anita ausgelöst hatte, war bereits aus ihrem Blick verschwunden. Sie musterte mich so kalt, dass ich an das Verhalten meiner Lehrer in der Mittelstufe denken musste.

Die hatten sich damit begnügt, mir eine Strafpredigt zu halten und mich mit der Bemerkung, dass ich nichts taugte, nach Hause zu schicken. Mein Vater war es, der mir schließlich kräftig in den Arsch trat, weil er hoffte, dass sich mein Verhalten dadurch ändern würde.

»Das Stück von Musset. ›Der gepackte Esel‹«, erklärte sie. »Hast du das vielleicht in der Schule durchgenommen?«

»Oh. Nein. Ich habe nur ein gutes Gedächtnis. Die Probe neulich, weißt du noch? Du hast sie diese Szene mehrmals wiederholen lassen. Ich kenne die Repliken.«

Sarah nickte, ein Lächeln umspielte ihre Lippen.

»Ich weiß sogar, was du für ein Gesicht machst, wenn du sauer bist«, fuhr ich fort. »Du ziehst einen Flunsch. Und du rollst ein Blatt Papier zwischen den Fingern hin und her, anstatt Anita oder Baptiste zu erwürgen.«

Erneutes Lächeln, breiter diesmal. Allein für dieses Lächeln hätte ich mit bloßen Händen einen Floristen umbringen können.

»Das überrascht dich, gib's zu!«

»Maxime, was dich betrifft, überrascht mich kaum noch etwas«, sagte sie lachend und trank einen Schluck Kaffee.

Ich kratzte mich im Nacken, weil ich nicht recht wusste, wie ich das Thema ansprechen sollte. Es war mir gelungen, das Eis zu brechen, jetzt musste ich über den Abend reden, den wir zusammen verbracht hatten.

»Sarah, was gestern Abend betrifft, möchte ich …«

»Mach dir keine Sorgen, es ist alles in Ordnung.«

Ich schob mich hinter sie und atmete den Duft ihres üblichen fruchtigen Parfüms ein. Sarah trug einen Pullover, der ihre Schultern und ihren Nacken frei ließ. Ich hatte große Lust, ihn mit den Lippen zu berühren und ihre süße

Haut zu kosten. Ich wollte ihren rasenden Puls an meinem Mund fühlen. Als ich mit dem Oberkörper flüchtig ihren Rücken berührte, richtete Sarah sich auf. Ihr Körper verspannte sich, und sie hielt die Luft an.

»Ich glaube, ich muss mich bei dir entschuldigen«, flüsterte ich.

»Entschuldigung angenommen«, antwortete sie hastig.

»Ich habe gesagt, dass ich es glaube, nicht, dass ich es tue.«

Sie drehte sich zu mir um und blickte mir verträumt in die Augen. Ich unterdrückte den Drang, ihr eine Haarsträhne aus dem Gesicht zu streichen, drückte ihr nur die Lippen auf die Stirn und küsste sie sanft. Als ich mich von ihr löste, hatte sie die Augen geschlossen, und ihr Mund war halb geöffnet, als wartete sie darauf, weiteratmen zu können.

»Es tut mir leid, dass ich … dass ich bin, was ich bin«, sagte ich. »Dass ich Dinge zerstöre, dass ich mich mies verhalte und ein armer Bauernsohn bin. Es tut mir leid, dass ich nicht der Mann bin, für den du mich hältst. Ehrlich.«

»Maxime, das ist …«

»Aber dieser Kuss tut mir nicht leid. Ich bereue es niemals, wenn ich etwas … Angenehmes erlebt habe«, erklärte ich.

»Verstehe.«

»Vor allem mit dir.«

Ihre Wangen liefen tiefrot an, und ich ertappte mich dabei, dass ich lächelte. Dieses Erröten war das Zeichen, dass wir zu unserem normalen Leben – dem erzwungenen Zusammenwohnen – zurückgekehrt waren. Ich trat einen Schritt zurück und unterdrückte die angenehme – *sehr* angenehme – Vorstellung, sie noch einmal zu küssen.

Sarah drehte sich um und widmete sich erneut ihrer Arbeit.

»Was machst du da?«

»Das sind Bücher für die Abteilung ›Lass dich überraschen‹. Du könntest mir übrigens helfen. Ich muss die Etiketten erstellen, sie am Bast befestigen, und wenn sie in Packpapier eingeschlagen sind, muss der Bast darumgewickelt werden. Wie bei einem Geschenk, siehst du?«

Sie zeigte mir ein eingepacktes Buch, während ich einen weiteren Schluck Kaffee trank. Ihr Schreibtisch war die reinste Baustelle, auf der Bücher, Klebestreifen, Scheren und zahllose Post-its verstreut waren.

»Oder du packst sie einfach ein, und ich mache den Rest«, schlug sie kompromisshalber vor.

»Ich weiß nicht, ob ich das so elegant hinbekomme wie du.«

»Ist doch egal! Was zählt, ist nur das Buch.«

»Wenn das so ist, warum packst du sie dann ein?«

Sie musterte mich ungläubig, so, als hätte ich gefragt, ob Feuer tatsächlich brennt. Offensichtlich erklärte sich in Sarahs Welt, sobald es um Bücher ging, alles von selbst.

»Tut mir leid, dass ich dich das frage«, fügte ich leicht beunruhigt hinzu.

Sarah fing lauthals an zu lachen, und das verunsicherte mich noch mehr. Verständnislos starrte ich sie an.

»Ich bin es nicht gewohnt, dass du dich entschuldigst. Und ich frage ich mich, offen gesagt, ob ich mich daran gewöhnen *möchte*. Bitte, Maxime … bleib um Himmels willen du selbst!«

»Also, die Bücher«, fiel ich ihr ins Wort, um das Gespräch auf ein weniger heikles Thema als meine Persönlichkeit zu lenken.

»Die meisten Leute kommen herein, greifen nach irgendeinem Buch, drehen es um, lesen den Klappentext und legen es wieder zurück. Indem ich die Bücher einpacke und sie mit einigen Schlüsselwörtern beschreibe, gebe ich ihnen eine Chance.«

»Den Kunden?«

»Nein, den Büchern. Die Kunden kommen herein und verlassen sich auf ein Cover und ein paar Zeilen. Das ist nicht gerecht. Eigentlich stelle ich nur eine Art Gleichgewicht her. Und erstaunlicherweise ziehen viele Leute das Geheimnis vor. Es amüsiert sie, es wird zu einer Art Sucht. Sie packen die Gelegenheit beim Schopf und … Was ist?«

Sie verstummte, als sie sah, dass ich breit grinste.

»Ich mag es, wenn du so lebendig bist«, erklärte ich.

»Merk dir einfach, dass es mir nicht gefällt, wenn man ein Buch anhand seines Covers beurteilt. Das ist alles.«

»Okay.«

»Manche Bücher wirken unerreichbar. Man muss ihnen eine Chance geben.«

Ihr Blick wanderte zu meinem Tattoo, dann sah sie mir erneut ins Gesicht. Mein Lächeln erlosch, und ein heißer Schauer überlief mich. In Sarahs Augen war ich normal, und das erregte mich mehr als alles andere. Sie betrachtete mich, wie niemand sonst es tat, mit all meinen Verletzungen. Sie betrachtete mich, ohne meine Geheimnisse zu kennen, aber mit der Überzeugung, dass ich kein schlechter Kerl war.

Langsam wanderte ihr Blick zu meinem Mund, und die Erinnerung an den Kuss vom Vorabend stieg in mir auf. Erneut knisterte die Luft vor Begierde, unsere Körper spannten sich an; ich wollte spüren, wie ihre Beine meine Taille umschlangen. Wenn ich sie ein weiteres Mal küsste, würde mein schwacher Widerstand in tausend Stücke zerspringen. Ich würde sie nehmen, dort auf dem Ladentisch, unter den Augen aller würde ich mich sofort in ihr verlieren.

»Für Männer gilt übrigens dasselbe«, sagte sie.

Während sie damit fortfuhr, Bücher einzupacken, fügte sie kaum hörbar flüsternd hinzu: »Vor allem für dich.«

Obwohl ich mich ihr gegenüber wochenlang abscheulich benommen und sie am Abend zuvor rundheraus zurückgewiesen hatte, vertraute Sarah mir noch immer. Ich wusste nicht, ob es Loyalität oder Dummheit war. Nie zuvor hatte sich jemand mir gegenüber so verhalten. In aller Regel enttäuschte ich die Leute, die mir nahestanden. Das fiel mir leichter, als eine echte Beziehung aufrechtzuerhalten.

Bei Sarah war das offensichtlich anders. Mit einem Blick und einem Erröten hätte diese Frau die Umlaufbahn des Planeten verändern können. Nach vier Wochen und einem einzigen Kuss hatte sie in meinem Universum ein riesiges Durcheinander angerichtet.

Aber zum Antworten blieb mir keine Zeit mehr.

Auf der Schwelle zur Buchhandlung stand Frédéric und hielt einen riesigen Blumenstrauß in der Hand wie einen Schutzschild. Ich unterdrückte ein höhnisches Grinsen – der Typ hatte immer noch nichts kapiert.

»Ich … du bist gestern Abend so schnell verschwunden, ich wollte mich nur vergewissern, dass es dir gut geht«, sagte er, während er den Laden betrat.

»Mir geht es sehr gut«, antwortete Sarah.

»Ah, super … Ich habe mich gefragt … na ja, ich wollte wissen, ob ich dich heute Abend vielleicht zu dem Fest begleiten darf.«

Sarahs Blick wanderte von dem Floristen zu mir und wieder zurück. Sie stützte sich mit beiden Händen auf den Schreibtisch und zögerte einige Sekunden, ehe sie antwortete.

Ich fühlte mich schrecklich machtlos. Ich hatte kein Recht auf Sarah. Trotzdem drehte ich fast durch bei der Vorstellung, dass dieser Typ sie berührte. Ich ballte die Fäuste, bis es wehtat, aber das war immer noch besser, als diesem Kerl in die Visage zu hauen.

Vorerst jedenfalls.

»Ähm … ich weiß nicht«, sagte sie endlich, nachdem sie mir einen kurzen Blick zugeworfen hatte.

»Ich könnte dich begleiten«, wiederholte er.

Eine Welle der Wut überrollte mich. Ich trat einen Schritt zurück und versuchte mich auf etwas anderes zu konzentrieren. Normalerweise hätte ich reagiert, ich hätte diesen armseligen Typen infrage gestellt, indem ich ihn nach allen Regeln der Kunst in Verlegenheit brachte. Aber mit Sarah als Zeugin hielt ich mich zurück. Ihn anzugreifen war die sicherste Methode, ihren Zorn auf mich zu ziehen und die Rolle des Idioten vom Dienst zu spielen.

»Und ich bringe dich auch wieder nach Hause«, versprach er.

Erneut wich ich zurück, zog mich in die Dunkelheit zwischen den Regalen des Ladens zurück. Sarahs Antwort traf mich wie ein Peitschenhieb.

»Aber gern!«

10

Sarah Als ich noch klein war, hatte ich meiner Großmutter versprechen müssen, immer die Wahrheit zu sagen. Feierlich hatte ich mir eine Hand auf die Herzgegend gelegt und mit voller Überzeugung geschworen, dass ich niemals lügen würde. Weder aus Bequemlichkeit noch indem ich etwas verschwieg. Niemals. Ich hatte schnell begriffen, dass meine Großmutter durch die ständigen Lügen meiner Mutter traumatisiert war. Und ich hielt mein Versprechen. Keine Lügen, keine Betrügereien, keinerlei Kompromisse hinsichtlich der Wahrheit.

Bis zu dem Abend zuvor, den ich mit Maxime verbracht hatte.

In dem Augenblick, in dem mir die Lüge über die Lippen gekommen war, bereute ich sie auch schon. Lügen verschlimmerten die Lage nur. Das hatte jedenfalls meine Großmutter immer gesagt. Aber dass Maxime so mühelos auf Distanz gehen und mir zu verstehen geben konnte, er habe mich nur geküsst, um mir zu zeigen, wie es ging, hatte mich in meinem Stolz gekränkt. Also ja, ich hatte gelogen. Ich hatte behauptet, der Kuss sei nicht perfekt gewesen.

Dabei war er in jeder Hinsicht perfekt. Von seinen Lippen, die meine liebkosten, bis zu seiner Hand, die besitzergreifend an meinem Rücken hinabgewandert war … Dieser Kuss war alles, was ich mir je erträumt hatte. Er machte mich glücklich. Er trug mich hinweg, hoch und weit, bis ich jedes Zeitgefühl verlor. Seinen Herzschlag zu spüren, mich an ihn zu klammern, als hinge mein Leben davon ab, seinen Dreitagebart über meine Haut reiben zu fühlen, den Hauch Parfüm an seinem Hals zu riechen, sein gieriges Stöhnen zu hören. All das hatte ich zutiefst genossen. Beim Gedanken an diesen Kuss errötete ich noch immer.

Als ich am Morgen nach einer schlechten Nacht erwachte, fuhr ich mir mit dem Daumen über die Lippen. Ich spürte ihn noch auf meinem Mund wie eine Wunde, die dabei ist zu vernarben. Im Geist hatte ich die Szene erneut durchlebt, ein ums andere Mal, ohne zu verstehen, warum ein Mann, der sich überhaupt nichts aus mir machte, solche Gefühle in mir hervorrufen konnte.

Vor dem Spiegel bürstete ich mir mechanisch die Haare und dachte über Maximes Verhalten nach. Alles an ihm schrie mir förmlich zu, auf Distanz zu bleiben. Ich war gewarnt, ja, sogar angewiesen worden, mich von ihm fernzuhalten. Anita hatte mir geraten, mich zu schützen, Damien hatte mich gewarnt, mich nicht an ihn zu binden. Aber meine Beziehung zu Maxime hatte nichts Vernünftiges an sich. Nach dem schwierigen Beginn, seinen kalten, schlagfertigen Antworten und der Wut, die ihn ständig die Fäuste ballen ließ, hatten wir es geschafft, miteinander zu reden. Aber die Gespräche mit ihm ließen das Geheimnis noch unergründlicher wirken. Eine harmlose Frage zog Dutzende weitere Fragen nach sich, und jeder Ansatz zu einer Antwort rief neue Fragen hervor.

Die Neugier hatte der Faszination Platz gemacht. Ich wollte mehr über ihn erfahren. Immer mehr. Maxime gab nur wenig von sich preis, aber wenn er es tat, entdeckte ich den Menschen, der sich hinter den Dornen seines Tattoos verschanzt hatte.

Ich versuchte ihn aus meinen Gedanken zu verjagen und ging im Zimmer auf und ab. Reflexartig hatte ich zugestimmt, den Abend mit Frédéric zu verbringen. Ich musste zugeben, dass ich durchaus nachtragend war. Und wenn man verletzt ist, tut man alles Mögliche, um den anderen seinerseits zu verletzen. Dass Maximes siegessicheres Grinsen in sich zusammenfiel, als ich Frédérics Angebot annahm, hatte die Risse in meinem Ego gekittet. Nun konnte er sich nicht mehr einbilden, er sei derjenige, der das Sagen hatte. Er wollte Distanz? Bitte sehr, ich servierte sie ihm auf einem silbernen Tablett.

Genau wie Maxime konnte auch ich mich widersprüchlich verhalten. Genau wie er konnte ich eine nichtssagende Miene aufsetzen und so tun, als hätte es diesen Kuss nie gegeben. Dass ich seine Entschuldigung annahm, hieß nicht, dass ich vergessen hatte, was passiert war. Jede Sekunde dieses Kusses hatte sich in meine Haut gebrannt. Aber Maxime hatte sich klar ausgedrückt: Mehr wollte er nicht.

Also lebte ich einfach weiter, als wäre nichts gewesen, genau wie er.

Und weiterzuleben bedeutete in meinem Fall, dass ich Frédéric eine zweite Chance gab. Vermutlich trug ich selbst meinen Teil der Verantwortung an unserem Kuss, der so … gewagt gewesen war. Ich hoffte, dass das Dorffest der wahre Beginn unserer Beziehung sein würde. Ich war überzeugt, dass wir uns einige Jahre später lachend über unser Missgeschick unterhalten würden. Dennoch gingen mir immer noch Maximes Bemerkungen durch den Kopf, und ich beschloss, meine Schüchternheit zu bekämpfen und für diesen Abend ein moderneres Outfit zu wählen. Ich entschied mich für ein schwarzes Vintagekleid, das meinen Rücken frei ließ. Das Dekolleté war brav, aber der ausgestellte Rock reichte mir nur bis zur Hälfte der Oberschenkel. Ich fragte mich, ob dieser Aufzug zu gewagt war, ob ich nicht von einem Extrem ins andere verfiel.

Nach zehnminütigem Zögern verließ ich endlich mein Zimmer, wobei ich mir meine Strickjacke überzog. Maxime war in der Küche und trug seine übliche Kleidung für die Nacht, ein altes Stones-T-Shirt und eine ausgeleierte Jogginghose. Als er mich sah, stieß er einen anerkennenden Pfiff aus, der mich bis zu den Haarwurzeln erröten ließ.

»Deinem Vorschlag mit dem Müllsack bin ich doch lieber nicht gefolgt.«

»Der hätte immerhin den Vorteil gehabt, dich vollständig zu bedecken.«

Ich drehte mich um die eigene Achse, zog mir die Jacke wieder aus und ließ ihn in aller Ruhe bewundern, was ihm am Abend zuvor entgangen war. Mein Ego hatte noch immer das Bedürfnis, sich zu rächen.

»Ich nehme an, du kommst heute Abend nicht?«

»Nein.«

»Weil wir alle Hinterwäldler sind?«

Er schwieg kurz, ehe er nach einem Apfel griff und hineinbiss. Er musterte mich; vermutlich hoffte er, dass ich ihm noch eine Frage stellen würde.

»Ist Damien immer noch sauer auf mich?«, fragte er schließlich.

»Ein bisschen. Ich glaube, er musste sich ziemlich abrackern, um die Ausgangserlaubnis für dich zu bekommen. Du könntest dich wenigstens bei ihm bedanken.«

»Ich habe ihn nicht darum gebeten«, knurrte Maxime.

»Tja, das ist das Problem mit Freunden. Manchmal tun sie Dinge, mit denen du nicht rechnest, einfach nur, weil sie dir eine Freude machen wollen. Schrecklich, nicht wahr?«

Ich bedachte ihn mit einem spöttischen Lächeln. Ein weiteres Mal war Maxime nicht aufgefallen, dass sich jemand um ihn sorgte. Er erschuf seine Einsamkeit selbst und benutzte sie wie eine Rüstung gegen jede Annäherung. Ihn einzuladen wäre zwecklos gewesen, er hätte abgelehnt, schon aus Prinzip.

»Du bist keine Hinterwäldlerin«, sagte er in versöhnlicherem Ton. »Und du bist sehr hübsch!«

»Danke. Glaubst du … also, da Frédéric mich eingeladen hat … glaubst du, dass es ihm gefallen wird?«

Die Schüchternheit kehrte im Schweinsgalopp zu mir zurück. Ich hatte dieses Outfit meinem Nachbarn zuliebe gewählt, ich wollte ihm gefallen. Nach zwei abenteuerlichen Fehlversuchen sollte dieser Abend ein unvergesslicher werden. Maxime musterte mich eingehend von Kopf bis Fuß. Ein Schauer überlief mich, und mein Magen vollführte vor Aufregung kleine Sprünge. Ich schenkte der Hitze, die mich zu überrollen drohte, keine Beachtung und knöpfte nervös meine Jacke zu.

»Und? Glaubst du, es gefällt ihm?«

»Ich halte es für geboten, dich davon in Kenntnis zu setzen, dass ich diesen Kerl verprügeln werde«, sagte er mit eisiger Stimme.

»Wenn es ihm nicht gefällt?«

»Wenn es ihm nicht gefällt?! Es wird ihm gefallen. Er müsste blind oder komplett bescheuert sein, um sich nicht zu dir hingezogen zu fühlen.«

Maxime strich mir mit den Fingerkuppen über die Wange, und sofort pumpte mein Herz wie verrückt, machte sich bereit, einen Marathon zu laufen, dessen Ziel direkt vor mir lag. Wie schaffte er es nur, eine derartige Macht über meinen Körper auszuüben? Wir waren uns weniger nah als am Abend zuvor, und doch schienen meine Empfindungen sich verzehnfacht zu haben.

»Ich gehöre zur zweiten Kategorie«, fügte er hinzu und ließ die Hand wieder sinken.

»Komm doch einfach mit.«

Meine Stimme war so leise, dass sie geradezu flehend klang, und vielleicht tat ich ja genau das – ich flehte ihn an. Ich wollte Zeit mit ihm verbringen, mit ihm reden und den Grund für die Narbe auf seiner Braue erfahren. Mir war bewusst, dass ich mich Frédéric gegenüber nicht ganz fair verhielt. Ich hatte mich auf ein Date mit ihm eingelassen und bat Maxime einfach hinzu – noch dazu lud ich ihn aus den falschen Motiven heraus ein.

Offenbar wurde mir das gerade zur Gewohnheit, denn Frédérics Einladung hatte ich aus einem noch falscheren Motiv angenommen.

»Nenn mir einen guten Grund«, sagte er.

Seine Stimme klang warm und weich, beinahe tröstlich. Ich hätte gern geglaubt, dass ich ein hinreichender Grund war, aber die Erinnerung an den Vorabend war noch frisch. Ein Kuss und dann ein eisiger Windhauch, der überall eingedrungen war. Außerdem hatte ich mir fest vorgenommen, das Heft in der Hand zu behalten und ihm zu beweisen, dass ich über die Geschichte mit dem Kuss längst hinweg war.

»Wir werden uns gut amüsieren«, sagte ich. »Trinken, eine Kleinigkeit essen, mit ein paar Leuten reden. Und lachen!«

»Also nichts wirklich Neues.«

»Warum machst du das?«

»Was?«

»Warum tust du so, als könnte ich dich vielleicht überreden? Du hast doch sowieso beschlossen, auf keinen Fall hinzugehen.«

Maxime verzog das Gesicht, dann nickte er. Er holte einen Rest Hühnerfleisch aus dem Kühlschrank und fing an, sich ein Sandwich zuzubereiten. Ich sah ihm dabei zu und hoffte, dass er das Gespräch wiederaufnehmen würde. Ich unterdrückte die Verbitterung, die mich auf einmal überkam. Maximes Verhalten konnte innerhalb von Sekunden einfach kippen, und ich war wütend auf mich selbst, weil ich eine Sekunde lang geglaubt hatte, ich sei ein hinreichender und … offensichtlicher Grund für ihn.

Dieses Sandwich interessierte ihn definitiv mehr als ich.

»Ich gehe hin. Ich werde zum Tanz erwartet!«

Er blickte mich an und hob das Sandwich an den Mund, womit er komplettes Desinteresse signalisierte. Ich griff nach meiner Handtasche und ging in die Buchhandlung hinunter. Dort erwartete mich Frédéric bereits mit einem strahlenden Lächeln, das ich mit dem Rest Überzeugung erwiderte, der mir noch geblieben war. Ich hoffte, dass ich meine Enttäuschung überspielen konnte, zweifelte aber daran.

»Alles in Ordnung?«, fragte mein Verehrer.

»Ja, klar. Wollen wir los?«

Er reichte mir den Arm, und ich hakte mich bei ihm unter, konnte mir aber einen Blick zu den Fenstern der Wohnung hinauf nicht verkneifen. Aus einem Grund, den ich nicht verstand, kam es mir weitaus verlockender vor, den Abend mit Maxime zu verbringen und Hühnchensandwiches mit ihm zu essen.

Die Stadtverwaltung setzte offenbar auf Größe. Ein riesiges Zelt, ähnlich einer Zirkuskuppel, war neben dem Rathaus aufgebaut worden. Man hatte Lichterketten aufgehängt, die den Platz in ein schönes Licht tauchten. Für Musik sorgte eine örtliche Band, während man an einer Theke am anderen Ende des Zelts Wein und Pommes frites in Pappschalen kaufen konnte. Wegen der Sommerferien hatte sich die Dorfbevölkerung verdoppelt, was die dichte Menschenmenge erklärte, die auf der Tanzfläche herumwuselte.

»Willst du tanzen?«

Ich nickte. Frédéric zog mich in die Menge hinein, und wir tanzten zu mehreren wilden Rocksongs. Die Musik war laut genug, um mich meine seelische Verfassung vergessen zu lassen. Nachdem Frédéric mich eine Stunde lang durch die Gegend gewirbelt hatte, zog er mich zögerlich an sich. Der Takt der Musik wurde langsamer, und die kühlen Hände meines Tanzpartners glitten unter meine Strickjacke und berührten meine Haut. Ein wohliger Schauer überlief mich, aber es war nichts im Vergleich zu dem, was ich bei Maxime empfunden hatte.

Der Tanz dauerte eine Ewigkeit. Eine Ewigkeit, in der mich Frédérics Duft einhüllte, seine Finger über meine

Haut wanderten, sein Atem mich am Hals kitzelte … Eine Ewigkeit, in der meine Gedanken weit weg von der Tanzfläche und weit weg von ihm waren.

»Wie wär's mit einer Pause?«, fragte ich.

Zuvorkommend wie immer, stimmte Frédéric sofort zu. Ich fragte mich, ob er gelegentlich auch Nein sagte oder eine weniger angenehme Seite von sich zeigte. So sehr ich die Unkompliziertheit unserer Beziehung auch schätzte – er versuchte mich zu verführen, und ich ließ ihn gewähren –, hätte ich in diesem Augenblick doch eine kleine Auseinandersetzung erwartet – nur um zu sehen, ob er genauso standhaft wie Maxime war.

»Ich habe da hinten ein paar Freunde von mir gesehen, kommst du mit?«, fragte er.

»Äh … nein. Baptiste ist da, ich möchte mich gern mit ihm unterhalten.«

Er ließ mir die Lüge anstandslos durchgehen. Erneut zeigte sich Frédéric kompromissbereit und begnügte sich mit einem Nicken. Er drückte mir einen zärtlichen Kuss auf die Wange und schlängelte sich durch die Menge, während ich allein in der Nähe der Theke zurückblieb. Trotz der Leute in Feierlaune um mich herum, trotz des Gelächters und der wilden Tanzerei war ich alles andere als fröhlich. Ich fühlte mich schlecht, ja, geradezu zerrissen. Eigentlich hätte es mich glücklich machen müssen, hier zu sein, zu feiern, mich mit dem Mann zu amüsieren, für den ich mich seit Monaten interessierte. Stattdessen war ich verärgert, ja, sogar ein bisschen wütend.

Schon wieder hatte mir Maxime den Abend verdorben.

»Salut!«

Anitas Stimme riss mich aus meinen grimmigen Gedanken. Ich setzte ein künstliches breites Grinsen auf.

»Was für ein hübsches Soziopathenlächeln«, sagte sie.

»Tut mir leid. Ich bin wohl ein bisschen müde. Bist du allein hier?«

»Allein? Meine Güte, kennst du mich denn immer noch nicht?«

Immerhin schaffte Anita es, mir ein echtes Lächeln zu entlocken. Sie hob ihr Weinglas und stieß mit mir an.

»Auf die Männer«, sagte sie und lachte glucksend.

»Auf die erfundenen.«

»Aber nein! Nichts ist besser als eine erfreuliche Realität mit Muskeln, Schwung und Testosteron!«

Ich zog eine Braue hoch – offen gesagt, war ich nicht überzeugt. Das Thema Männer ließ sich für mich in einem Wort zusammenfassen: *Problem.* Im Grunde in zwei Wörtern, *Migräne* gehörte auch dazu. Ich trank einen Schluck und ließ den Blick über die Menge schweifen. Inzwischen fürchtete ich mich vor dem Augenblick, in dem Frédéric zurückkommen würde und ich erneut die Rolle des Mädchens spielen musste, das begeistert war, hier zu sein.

Genauer gesagt, die Rolle des Mädchens, das begeistert war, *mit ihm* hier zu sein.

»Vielleicht hätte ich für heute Abend lieber absagen sollen«, gab ich zu.

»Dem Blumenhändler? Der, wegen dem du immer rot wirst und von dem du in deinem Laden mit offenen Augen träumst?«

»Ich weiß nicht. Es ist … Warum ist es nur immer so kompliziert? Ich verstehe ihn nicht. Manchmal ist er hinreißend, dann plötzlich eiskalt, dann wieder macht er mir Komplimente.«

Ein Lächeln umspielte Anitas Mund. Ich betrachtete die Situation aus allen möglichen Blickwinkeln, aber ich sah einfach keine Lösung. Ich fragte mich sogar, ob es überhaupt eine gab.

»Was amüsiert dich so?«

»Du. Die ganze Situation. Sie erinnert mich an eine Beziehung, die ich mal mit einem Mann hatte. Er hat mich verrückt gemacht. Wir haben uns die ganze Zeit gestritten. Eines Tages hat er mich geküsst, und ich habe ihn geohrfeigt. Und dann habe ich ihn zurückgeküsst …«

»War das dein erster Ehemann?«

»Ich habe ihn nicht geheiratet«, sagte sie. »Aber ich bereue nichts, wir haben ausgelebt, was wir ausleben mussten.«

Ich betrachtete ihr Gesicht, in dem ein Anflug von Wehmut lag. Bislang hatte ich Anita immer als einen begeisterungsfähigen Menschen mit sonnigem Gemüt betrachtet. Sie konnte über alles Mögliche lachen, einschließlich sich selbst, und sie ging immer großzügig mit ihrer Zeit um. Mit dieser Geschichte überraschte sie mich.

»Es ist während meiner ersten Ehe passiert«, fügte sie lachend hinzu. »Ich habe einen Mann geheiratet, den ich mir zurechtgeträumt hatte. Geliebt habe ich einen anderen.«

»In meinem Fall ist es ein bisschen komplizierter«, flüsterte ich. »Frédéric ist freundlich und lieb. Und angenehm …«

»Und mit Sicherheit furchtbar langweilig. Du lebst in deinen Büchern, Sarah. Vielleicht solltest du mal über den Seitenrand hinausblicken!«

Mit einem Kopfnicken deutete sie auf die Menschenmenge, und ich entdeckte Maxime, der in Begleitung von Damien zwischen den Leuten umherschlenderte. Unsere Blicke trafen sich, und er bedachte mich mit einem verschwörerischen Lächeln. Sein bloßer Anblick verschlug mir den Atem. In seiner zerrissenen Jeans und dem schwarzen Hemd zog er die Blicke aller Frauen auf sich. Ein Anflug von Eifersucht schnürte mir die Kehle zu, verschwand aber, sobald er mir erneut in die Augen sah.

»Ich lasse euch allein, ich gehe tanzen«, sagte Anita.

Ich nickte nur, fasziniert von der Art, wie sich die Menge vor Maxime teilte, als gehörte ihm der ganze Planet. Sein selbstsicheres, nahezu arrogantes Auftreten ließ ihn strahlen, und dieses Bild stand im Gegensatz zu dem verschlossenen Maxime, den ich aus der Buchhandlung kannte.

»Du bist ja doch gekommen«, sagte ich erstaunt.

»Ich habe Anita begleitet.«

Überrascht runzelte ich die Stirn. Ich hatte nicht gewusst, dass Maxime und Anita eine besondere Beziehung zueinander hatten. Damien war ebenso überrascht wie ich, und sein verständnisloser Blick wanderte von Maxime zu mir. Schließlich drückte er mir einen Kuss auf die Wange.

»Du bist sehr hübsch«, sagte er.

»Danke.«

Ich tat so, als spürte ich Maximes durchdringenden Blick überhaupt nicht. Damiens Worte beeindruckten mich nicht weiter, im Gegensatz zu den Augen meines Mitbewohners, die auf mich gerichtet waren und mich beinahe umhauten.

»Ich weiß nicht, was du mit diesem Mann gemacht hast, jedenfalls hatte er tausend Gründe, doch noch hierherzukommen.«

»Du hattest recht«, sagte Maxime. »Ich konnte mir die Gelegenheit nicht entgehen lassen, frische Luft zu schnappen.«

»Ich dachte, das wäre nicht dein Ding?«, fragte ich. »Trinken, lachen, reden …«

»Tanzen«, fiel er mir ins Wort.

Seine Stimme war heiser, und sein Blick wanderte zu meinen Beinen. Sofort wurde ich rot und vergaß beinahe, dass auch Damien da war. Bei der Erinnerung daran, wie ich mich an Maxime geschmiegt hatte, stand ich augenblicklich in Flammen. Ich hatte seinen muskulösen, heißen Körper an meinem gespürt, und ich war zu allem bereit, um diese Erfahrung zu wiederholen und sie andauern zu lassen.

»Willst du tanzen?«

Es war eher eine allgemeine Frage als eine konkrete Aufforderung, aber Maxime nickte und deutete auf die Tanzfläche. Er nahm mich bei der Hand und zog mich an sich, sodass meine Brust an seinen muskulösen Oberkörper gepresst war, und mein Herz begann zu rasen.

»Ich dachte, ich sollte auf Abstand bleiben«, flüsterte ich.

»Das tust du ja. Sagen wir, es fällt mir selbst schwer, die Distanz zu wahren.«

Seine Hand lang brav auf meiner Jacke, und ich bereute inzwischen, dass ich sie angezogen hatte. Die Menschenmenge war ein wenig von uns abgerückt und ließ uns in unserer Blase der Vertraulichkeit allein. Ich versuchte noch, sein Geständnis zu deuten, da wechselte er urplötzlich das Thema.

»Wo ist denn dein Verehrer?«

»Der begrüßt ein paar Freunde. Wie war dein Sandwich?«

»Nicht schlecht.«

Gleich würden wir uns übers Wetter oder über die

Klangqualität der Lautsprecher unterhalten. Ich beschloss, das Gespräch erneut auf das Thema zu lenken, das mich am brennendsten interessierte – auf ihn.

»Also, hast du dich bei Damien entschuldigt?«

»Ich habe ihm eine Menge zu verdanken. Diesen Abend, meine Freiheit, diesen Tanz. Dich«, fügte er leiser hinzu. »Das ist genug, um ihm dankbar zu sein.«

Endlich zog er mich an sich und schmiegte seine kratzige Wange an meine. Sofort wallte in meinem Körper ein Feuer auf, und ich schloss die Augen, eingehüllt in süße Wärme. Die Musik hörte ich kaum, aber Maxime behielt den Rhythmus bei, pendelte ruhig und anmutig hin und her.

»Du bist ein sehr guter Tänzer«, sagte ich.

»Habe ich mal in einem alten Film gesehen. Ich lerne viel aus Filmen.«

»Was denn zum Beispiel?«

»Zum Beispiel, wie man Karotten klein schneidet. Wie man jemanden mit einer Flasche bewusstlos schlägt oder mit dem Auto Schlangenlinien fährt. Wie man küsst.«

»Das habe ich gemerkt.«

»Aber ich spiele nicht immer. Jedenfalls nicht mit dir.«

»Und warum?«

»Weil du mir etwas bedeutest. Und weil ich bei meinem letzten Film gelernt habe, wie ich ganz unauffällig verschwinden kann.«

Verständnislos löste ich mich von ihm. Für eine Sekunde glaubte ich, er wolle die Flucht ergreifen und den Abend in Freiheit nutzen, um nach Paris zurückzufahren. Diese Aussicht erschreckte mich, ich legte keinen Wert darauf, die Komplizin eines flüchtigen Verbrechers zu sein.

»Du musst noch ein paar Arbeiten zu Ende bringen«,

sagte ich und hoffte, ihn damit auf den Boden der Tatsachen zurückzuholen.

»Ich rede nicht von mir. Dein Nachbar steht nur zwanzig Meter von uns entfernt. Was willst du jetzt tun?«

»Wie meinst du das: ›Was willst du tun‹?«

Auf einen Fingerzeig von Maxime hin drehte ich mich um und entdeckte Frédéric, der den Blick auf mich geheftet hatte, während er vorgab, sich mit einem anderen Mann zu unterhalten. Mein Nachbar lächelte, aber ich sah, dass das Lächeln seine Augen nicht erreichte. Maxime zog mich an sich und näherte seinen Mund meinem Ohr.

»Hör zu, entweder belassen wir es dabei, und du gehst mit dem netten Kerl nach Hause. Oder du beschließt, mit dem Bösewicht hier auszureißen.«

Ich trat einen Schritt zurück und sah ihm in die Augen. Maxime blinzelte nicht und wirkte auf dramatische Weise ernst.

»So würdest du es also auf den Punkt bringen? Er ist der Gute und du der Böse?«

»Ich glaube schon.«

»Das heißt, ich soll mich zwischen ihm und dir entscheiden?«

»Nicht ganz. Du musst dich zwischen einem Typen, mit dem du einen angenehmen, aber langweiligen Abend verbringen kannst, und einem anderen entscheiden, der dir einen unvergesslichen Abend bereiten wird.«

»Okay, ich habe also die Wahl zwischen einem netten und einem eingebildeten Kerl?«

Wir lächelten uns an, aber Maxime schluckte den Köder nicht. Im Gegenteil, er spielte den Ball mühelos zurück. Ich linste über seine Schulter. Frédéric stand noch immer da und wartete mit verschränkten Armen darauf, dass unser Tanz zu Ende ging.

»Ich dachte mir schon, dass dir das nicht klar ist. Aber dieser Blumenmensch ist ein unglaublicher Angeber. Er ist viel zu glatt, und das macht ihn … verdächtig.«

»Du willst ihn wohl richtig fertigmachen«, sagte ich lachend.

»Er hat es verdient. Und wenn ich ehrlich bin: *Dich* verdient er nicht. Dieser Typ kennt dich überhaupt nicht, Sarah, er kennt dich nicht so, wie ich dich kenne.«

Bei seiner ernsten, nahezu besorgten Miene verging mir das Lachen. Meine Witzeleien hatten zu einer unerwarteten Wendung geführt. In meinen Augen war Frédéric ein angenehmer, höflicher und zuvorkommender Mensch. Wenn ich schon diese Sorte Mann nicht verdient hatte, worauf musste ich mich dann gefasst machen? Ich versuchte den Tanz zu beenden, aber Maxime hielt mich fest im Arm.

»Ich glaube, du irrst dich«, flüsterte ich, ohne selbst daran zu glauben.

»Nein. Ich weiß es. Und du weißt es auch. Ich sehe es in deinen Augen.«

Ich schwieg und überlegte, wie ich mich diesem Gespräch entziehen könnte. Obwohl ich mir im Hinblick auf meine Beziehung mit Frédéric viele Fragen stellte, wollte ich nicht mit Maxime darüber reden.

»Ach, wirklich?«, fragte ich mit leicht ironischem Unterton.

Maxime nickte und schmiegte seine Wange an meine. Ich spürte seinen Atem an meinem Hals, und mein Herz setzte einen Schlag aus.

»Ja, ich sehe es«, flüsterte er. »Von mir wirst du keine

Blumen bekommen, sondern eher *Die schwarze Dahlie* oder *Die Kameliendame.* Ich liebe nämlich dieses erregte Funkeln in deinen Augen, sobald du ein Buch siehst.«

Sein kurzer Bart kratzte mich, aber das war unwichtig. Maxime nahm wieder seine ursprüngliche Position ein und sah mir ins Gesicht. Ich hatte nicht einmal mehr die Kraft zu erröten. Meine Energie sammelte sich in meinen zittrigen Beinen, die taten, was sie konnten, damit ich nicht einfach auf den Boden sank.

»Du hast die Wahl«, wiederholte er.

Die Musik verstummte, und Maxime ließ meine Hände los. Sofort vermisste ich die Hitze seines Körpers. Zwischen uns entstand eisige Distanz, und die Luft schien sich um weitere Grade abzukühlen, als Frédéric sich zu mir gesellte und mir besitzergreifend einen Arm um die Taille schlang.

»Alles in Ordnung?«, fragte er.

»Äh … ja.«

Meine Stimme war nur ein Hauch. Maxime verschwand in der Menschenmenge und ließ mich allein mit den Gedanken zurück, die sich in meinem Kopf überschlugen. Ich fand es schrecklich, dass er mich mit einem einzigen Satz aus der Fassung bringen konnte. Im Umgang mit ihm lösten sich all meine Gewissheiten auf.

»Willst du tanzen?«, fragte Frédéric.

»Erst ich!«, erklang Anitas melodische Stimme.

Ich hätte ihr ein Denkmal setzen und sie auf Knien ehren und preisen mögen. Anita zwinkerte mir verschwörerisch zu und nahm Frédéric bei der Hand, ohne auf seine Zustimmung zu warten. Ich konnte gerade noch seine verärgerte Miene sehen, als sie ihn mit sich fortzog, weg von mir, und mir damit die Möglichkeit verschaffte, aus meiner gefährlichen Apnoe aufzutauchen. Ich reckte mich auf die Zehenspitzen und hielt nach Maxime Ausschau. Sollte ich sofort und allein zurück zu meiner Wohnung gehen oder lieber versuchen, meinem Mitbewohner eine Erklärung zu entlocken?

Letztlich verzichtete ich darauf, denn ich konnte in diesem Augenblick sowieso nicht klar denken. Ich verließ das Festzelt, und sobald ich an der frischen Luft war, atmete ich tief durch. Die Musik und die Gespräche drangen gedämpft an mein Ohr, aber ich konnte besser atmen. Mir war nicht mehr schwindelig, und ich fühlte mich weniger beklommen.

»Hast du Hunger?«

Ich fuhr herum und sah Maxime auf einer Bank sitzen. Er hielt mir seine Pommes-frites-Schale hin. Während ich im Widerstreit mit meinen Gefühlen lag, wirkte Maxime total ruhig und gelassen. Mit einem Kopfschütteln lehnte ich die Pommes frites ab und verschränkte die Arme vor der Brust.

»Warum machst du das?«, fragte ich leicht verärgert.

»Warum mache ich *was?*«

»Von mir verlangen, dass ich auf Abstand bleibe, dann die große Tanznummer abziehen und meinen Freund heruntermachen. Warum tust du so was?«

»Ich mache ihn nicht runter. Ich stelle nur fest. Die Frage ist doch eher: Warum misst du allem, was ich sage, so viel Bedeutung bei?«

Er erhob sich von der Bank und baute sich vor mir auf, wobei er weiter seine Pommes frites kaute. Erneut aus der Fassung gebracht, wich ich zurück. Zumindest in diesem Punkt hatte er recht: Was Maxime mir erzählte, nahm ich viel zu ernst.

»Ich gehe nach Hause«, sagte ich kurz angebunden.

»Und verzichtest auf die Party, die du mir als das gesellschaftliche Event des Jahres verkaufen wolltest?«

»Maxime, wenn du unbedingt kämpfen willst, schlage ich vor, dass du diesen Baum mit den Fäusten bearbeitest und aufhörst, die Schuld bei mir zu suchen.«

Ich trat bereits den Rückzug an, entfernte mich von ihm und dem Fest. Ich nahm mir vor, Frédéric eine Nachricht zu schicken und vorzugeben, ich hätte plötzlich schreckliche Migräne bekommen. Ich schwankte zwischen Wut und Gereiztheit. Maxime hatte mir schon wieder den Abend verdorben. Das war es, was mich ärgerte. Dass ich das zuließ, ging mir wirklich auf die Nerven.

Zu meiner Überraschung holte Maxime mich ein, fasste mich am Arm und zwang mich, ihm ins Gesicht zu sehen. Er warf die Pommes in einen Mülleimer und wischte sich die fettigen Hände an einer Serviette ab.

»Ich tue das für dich«, sagte er.

»Nein, du tust es für dich selbst. Um dich damit zu brüsten, dass du alles um dich herum zerstörst, das ist doch dein Markenzeichen, nicht wahr?«

»Ja, allerdings«, gab er zu.

»Das heißt, du hast beschlossen, alles kaputt zu machen, was mir am Herzen liegt, nur um deine Theorie zu bestätigen? Dir ist egal, dass ich Frédéric sehr mag? Dass er vielleicht meine einzige Chance ist, in dieser Stadt glücklich zu werden? Falls du es noch nicht bemerkt hast: Ich werde hier mit solchen Gelegenheiten nicht gerade überhäuft.«

Die Wut brannte in mir und ließ mich komplett die Fassung verlieren. Maxime würde nur wenige Wochen bleiben, dennoch war er dabei, mein Leben in ein Chaos zu verwandeln.

»Weil das alles Idioten sind«, verteidigte er sich. »Es ist dermaßen einfach …«

»Einfach?!«

»… sich verführen zu lassen«, brachte er den Satz atemlos zu Ende.

Er fuhr sich mit einer Hand durchs Haar und wich meinem Blick aus. Ich versuchte ihn zu verstehen, aber Maxime war ein Puzzle, dessen Teile sich nur mühsam ineinanderfügten.

»Diese Wirkung hast du auf mich«, fuhr er mit leiserer Stimme fort. »Es macht mich wütend, dich mit ihm zu sehen.«

»Du … du bist eifersüchtig?«

Er wirkte fassungslos, als er zu mir aufblickte. Ich konnte ein Lächeln nicht unterdrücken, so komisch war diese Situation. Maxime Maréchal, ein erstklassiger Schauspieler, war eifersüchtig. Und ich hatte ihn verführt. Ich wusste nicht, welche Tatsache ich hinreißender fand.

»Und warum soll ich dann auf Distanz bleiben?«

»Ich hab's vermasselt«, gab er zu und wirkte bereits entspannter. »Ich habe in meinem Leben schon vieles vermasselt, weißt du. Aber dadurch bin ich hier gelandet, also ist es wohl nicht weiter dramatisch.«

»Heißt das, du bist nur zu diesem Fest gekommen, um mich zu … kontrollieren? Ich werde Anita fragen, wie sie es geschafft hat, dich umzustimmen, vielleicht bringt mich das zu neuen Erkenntnissen.«

»Es liegt nicht an Anita, es liegt an dir. Du hast gesagt, dass du tanzen gehst, und ich habe mich gefragt, wie es wohl wäre, mit dir zu tanzen.«

»War es gut?«

»Es war besser als gut. Viel besser. Und auf jeden Fall besser, als einen Baum zu verprügeln.«

Er lächelte, und eine sanfte Wärme stieg mir in die Wangen. Meine Wut war verraucht und durch ein Gefühl von Wohlbehagen und Zufriedenheit ersetzt worden. Auf diese Art konnte ich mit Maxime nur so selten reden, dass ich jede Sekunde genoss. Mein hektisch schlagendes Herz reichte mir als Beweis für etwas, das ich bereits befürchtet hatte: Maxime gefiel mir besser, als gut für mich war.

Um die Stimmung aufzulockern, räusperte ich mich und fragte: »Willst du noch einmal mit mir tanzen?«

»Willst du denn ins Zelt zurückgehen?«, fragte er erstaunt. »Ich dachte, du willst nach Hause, ein Buch lesen.«

»Ich bezweifle, dass ein Buch verlockender ist als ein Tanz mit dir.«

Maxime kam näher und nahm meine Hand. Sein Körper war viel entspannter, sein Lächeln breiter. Sogar seine Augen, die normalerweise so finster blickten, schienen eine hellere Farbe angenommen zu haben. Zum ersten Mal, seit wir uns kannten, wirkte Maxime glücklich.

Die Vorstellung, dass ich der Grund dafür war, ließ mein Herz so heftig pochen, dass ich glaubte, es würde mir aus der Brust springen.

Begleitet von der Musik in der Ferne, tanzten wir mitten auf der Straße, eng aneinandergeschmiegt, friedlich und ohne einen Gedanken an unsere Wut oder Zweifel zu verschwenden.

»Immer noch genauso gut?«, fragte ich ihn, als ich spürte, wie seine Hand auf meinen unteren Rücken glitt.

»Noch besser.«

Das Vibrieren seiner warmen Stimme an meinem Hals ließ mich erschauern. Seine Hand schlüpfte unter meine

Strickjacke und wagte sich auf meinen nackten Rücken vor.

»Viel besser«, flüsterte er.

Erneut überlief mich ein Schauer, raste mir über das Rückgrat und weiter bis zu den Zehen. Noch nie hatte ich einen Tanz so sehr genossen. Mit geschlossenen Augen ließ ich mich von Maxime hin und her wiegen. Ich unterdrückte den Anflug von Schuldgefühl, als ich flüchtig an Frédéric dachte – meinen offiziellen Begleiter –, während ich mit einem anderen Mann tanzte. Was ich bei Frédéric empfand, hatte absolut nichts mit dem zu tun, was Maxime in mir auslöste. Es war, als vergliche man ein neues mit einem antiquarischen Buch. Ersteres war schön, glatt, perfekt und roch nach frischer Druckfarbe, während Letzteres, beschädigt und mit Eselsohren versehen, einen ausgeprägteren Geruch und angegilbte Seiten aufwies. Beide erzählten vielleicht dieselbe Geschichte, aber das antiquarische Buch erzählte darüber hinaus von verborgenen Dingen, die mich faszinierten und zum Träumen brachten.

Genau das war Maxime. Ein schönes gebrauchtes Buch, mit abgewetztem Rücken und geheimen Geschichten, die ihm auf den Leib geschrieben standen.

»Du hast es geschafft«, gab ich schließlich zu.

»Was habe ich geschafft?«

»Du hast den Abend unvergesslich gemacht.«

Ein strahlendes Lächeln erhellte sein Gesicht, und ich ließ mich von der Freude überwältigen, die die letzten Spuren von Schuldgefühl verwischte. Ohne mir dessen bewusst zu sein, hatte ich eine radikale Entscheidung getroffen. Ich würde meine Beziehung mit Frédéric beenden. Nicht wegen Maxime. Sondern um meiner selbst willen, weil ich das empfinden wollte, was ich in diesem Augenblick empfand, weil ich mich in den Armen eines Mannes völlig vergessen, mein Herz ohrenbetäubend laut schlagen hören wollte.

Maxime drückte mir eine Hand auf den Rücken, sodass ich ihm noch näher kam.

»Bleibt mir nur noch, dir zuzusehen, wie du mit dem Auto Schlangenlinien fährst, einen Typen mit einer Flasche bewusstlos schlägst und eine Karotte klein schneidest«, scherzte ich.

»Stimmt. Fangen wir doch mit dem Einfachsten an.«

»Und das wäre?«

»Eine Karotte schneiden. Lass uns morgen Abend zusammen essen.«

11

Maxime Ich kannte die Strecke auswendig. Damien wartete jeden Morgen vor der Buchhandlung auf mich und zog sich dabei die Schnürsenkel nach. Wir liefen am Platz entlang, vorbei an Baptistes Restaurant und die Straße hinauf, die zu den Weingärten führte. An der ersten Kreuzung liefen wir nach rechts, das kurze Gefälle hinunter, das in einen gewundenen Pfad überging. Wir liefen durch Damiens Weingärten, dann durch die seiner Nachbarn und kamen in einem Wald heraus.

Seit meinem achtzehnten Lebensjahr lief ich täglich, manchmal sogar zweimal am Tag. Das Laufen war die perfekte Ausrede, um von meinen Eltern wegzukommen und mich frei bewegen zu können. Ich rannte, bis ich das Gefühl hatte, dass meine Lunge explodierte, bis mir die Beine nicht mehr gehorchten. Als ich nach Paris ging, musste ich mir ein Laufband zulegen. Die Wirkung war nicht dieselbe. Meine Beine bewegten sich, aber die Landschaft – die Wände meiner Wohnung – war mir nicht genug.

Hier sah die Sache noch einmal anders aus. Damien begleitete mich, und meine Zeit war begrenzt. Freiheit unter Zwang. Gleich in der ersten Woche hatte ich Damien gefragt, ob es seine Aufgabe sei, mich zu überwachen. Völlig außer Atem hatte er sich damit begnügen müssen, etwas Unverständliches zu knurren und mir den Mittelfinger zu zeigen. Ich hatte also recht gehabt und grinste nur zufrieden.

»Das heißt, ich bin gefährlich?«, hatte ich gefragt.

Damien war stehen geblieben. Er war absolut unsportlich, und die ersten Meter waren immer ziemlich qualvoll für ihn. Um wieder zu Atem zu kommen, hatte er die Hände auf die Knie gestützt und mich mit gerötetem, verschwitztem Gesicht von unten herauf angesehen.

»Du bist nicht gefährlich, du bist unberechenbar.«

»Das nehme ich als Kompliment. Nichts ist nerviger als berechenbare Typen.«

»Aha, die Liga der berechenbaren Kerle geht dir also auf die Nerven«, hatte er geantwortet.

»Mann, hast du eine Scheißlaune.«

»Meine Ex-Frau macht mich wahnsinnig, meine Tochter spielt ständig die Draufgängerin auf Bäumen, und ich muss jeden Morgen mit dir laufen gehen.«

»Niemand hat von dir verlangt, dass du mich retten sollst.«

»Ich bin eben berechenbar und außerdem noch masochistisch. Keine Ursache, Blödmann.«

»Ich hab dich doch nur was gefragt!«, verteidigte ich mich. »Du bist es doch, der immer sagt, dass man die Wahl hat. Warum rettest du mir den Hintern, wenn dir das dermaßen schwerfällt?«

»Weil man mir beigebracht hat, niemanden einfach in der Scheiße sitzen zu lassen, Maxime. Weder dich noch Sarah.«

Er stützte sich an einen Baum und wischte sich das Gesicht mit seinem Fußballtrikot ab. Seine Atmung hatte sich wieder beruhigt.

»Das Mädel ist seltsam, oder?«, fragte ich, während ich meine Schultermuskeln dehnte. »Die Bücher, der Laden …«

»Lass die Finger von ihr!«

»Oh, keine Angst«, erwiderte ich hämisch. »Sie ist absolut nicht mein Typ.«

»Wahrscheinlich sitzt ihr die Jeans am Hintern nicht eng genug. Oder sind dir ihre Brüste zu klein? Aber vielleicht ist es ja auch die Größe ihres Gehirns, die dir Angst macht.«

Dann dehnte er seine Wade, eine Hand an den Baum gestützt, und verzog vor Schmerz das Gesicht. Sarah war nicht mein Typ. Viel zu vernünftig, viel zu ernst, viel zu … gut für einen Kerl wie mich.

»Egal, sie interessiert sich sowieso nicht für dich, nie im Leben. Wollen wir weiter?«

Daraufhin waren wir wieder in Laufschritt gefallen und hatten denselben steilen Weg erklommen wie an diesem Tag. Jetzt lief Damien allerdings voraus. Sein Schritt war inzwischen wesentlich schneller als bei meiner Ankunft. In knapp fünf Wochen hatte er etwas an Gewicht verloren und dafür an Muskulatur und Wendigkeit gewonnen. Die Steigung, auf der er beim ersten Mal so sehr gelitten hatte, schien inzwischen ein reines Vergnügen für ihn zu sein.

»Soll ich sofort *Eye of the Tiger* singen oder lieber noch ein bisschen warten?«, spottete ich.

»In zwei Monaten laufe ich beim Marathon du Médoc mit.«

Ich brachte es nicht über mich, ihm zu sagen, dass seine

Leistung nur deshalb so bemerkenswert wirkte, weil meine eigene mittelmäßig war. Seit dem Start vor der Buchhandlung mühte ich mich ab, kam auf diesem Weg, den ich bis in den letzten Winkel kannte, sogar ins Stolpern.

Am Scheitelpunkt holte ich Damien ein und bewunderte den Ausblick auf die Weingärten und die Landschaft um uns herum. Trotz der elektronischen Fußfessel fühlte ich mich hier oben unglaublich frei. Ich atmete tief durch und blickte auf meine Uhr.

»Was ist los?«, fragte er.

»Nichts.«

»Du guckst ständig auf die Uhr. Und du bist hinter mir gelaufen.«

»Du hast eben einen hübschen Arsch.«

»Freut mich, dass er dir gefällt. Und jetzt sag mir, was los ist.«

»Du bist nerviger als ein Weib, weißt du das?«

Er kam näher und blickte mir ins Gesicht auf der Suche nach einem Zeichen, das meinen Gemütszustand verraten würde.

»Ja, weiß ich. Willst du, dass wir uns anschreien, ist es das? Sag's einfach, das macht es einfacher.«

Er stieß mir den Zeigefinger in die Brust, und seine Augen wurden schmal. Obwohl wir uns jahrelang nicht gesehen hatten, durchschaute Damien mich immer noch mühelos. Ich war nicht der Typ, der viele Worte machte. Ich grübelte im Stillen, dachte nach. Aber ich redete nicht, spuckte meine finsteren Gedanken niemals aus.

»Ich merke doch, dass du mir etwas verheimlichst. Und wenn das stimmt, handelt es sich garantiert um etwas, das mir nicht gefällt.«

»Hör auf mit dem Theater, und spar dir deine Energie für den Rückweg!«

Erneut starrte Damien mich an, aber auf einmal hellte seine Miene sich auf. »Geht es um Sarah?«

»Komm, laufen wir zurück, ehe du mich noch für vogelfrei erklärst«, antwortete ich und versuchte mich an ihm vorbeizuschieben.

»Glaub mir, wenn es um Sarah geht, trete ich dir in den Arsch. Dann rennst du so schnell, dass du ratzfatz wieder zu Hause bist!«

Er packte mich am Arm und sah mir drohend ins Gesicht. Ich wusste, dass Damien von Natur aus dazu neigte, die Menschen, die er liebte, zu beschützen. Tatsächlich war ich selbst ein Beweis dafür, und außerdem kümmerte er sich um seine Tochter und fungierte als wenig kompromissbereiter großer Bruder für Sarah.

»Um es kurz zu machen: Ja, es geht um Sarah. Und nein, ich werde nicht mit dir darüber reden.«

»Warum?«

»Darum! Und weil ich weiß, dass du mich ausgiebig zur Schnecke machen würdest.«

»In welcher Beziehung stehst du zu Sarah?«

»Ich darf bei ihr wohnen«, sagte ich ironisch.

»Spiel hier nicht den Vollidioten, Maxime. Ich weiß, dass du einer bist, du musst es mir nicht mehr beweisen.«

»Ich spiele nicht den Idioten. Im Gegenteil, ich möchte alles richtig machen. Sarah weiß nichts über mich. Sie kennt meine Vergangenheit nicht, und eins kannst du mir glauben: Mir ist völlig klar, dass sie etwas Besseres als mich verdient hat.«

»Aber …?«

»… aber ich schaffe es nicht, mich von ihr fernzuhalten.

Sie … sie ist ganz anders, als ich dachte. Und ich bin bestimmt nicht der Typ Mann, von dem sie träumt. Ich bin bei ihr eingesperrt, ich trage eine verdammte elektronische Fußfessel, und ich habe keine Ahnung, ob ich je wieder arbeiten werde. Also ja!«, rief ich. »Ich weiß, dass ich nicht der ideale Mann für sie bin.«

»Gut. Wenn du dir dessen bewusst bist, kann ich mir die Predigt sparen und muss dir auch nicht drohen, dich mit bloßen Händen zu kastrieren, falls du ihr wehtust!«

Ich unterdrückte ein nervöses Lachen. So viel Lärm um nichts! Ich wusste bereits, dass ich alles zu zerstören drohte. Daran war ich gewöhnt. Erst kürzlich hatte ich erkannt, dass ich mit akribischer Sorgfalt ein Leben zerstört hatte, von dem viele Menschen träumten. Geld, Ruhm, Filme, Preise, wilde Partys … Alles, ich hatte alles gehabt, ohne je zufrieden zu sein.

Und jetzt Sarah. Die Frau, die mitten in meinem ruinierten Leben gelandet war und mir mehr als einmal bewiesen hatte, dass sie sich nicht vor mir fürchtete. Meine Warnungen hatten nichts genützt. Wenn ich sie küsste, fühlte ich mich, als balancierte ich am Rand eines Abgrunds – es war beängstigend und berauschend zugleich.

Und verdammt, allein die Vorstellung, ihre Lippen auf meinen zu spüren, machte mich verrückt. So verrückt, dass ich zu einem Dorffest ging, so verrückt, dass ich Anita um Hilfe bat, so verrückt, dass ich mitten auf der Straße mit Sarah tanzte. In einer Hinsicht hatte Damien recht: Ich war unberechenbar … vor allem, wenn es um sie ging.

»Wir essen heute Abend zusammen«, sagte ich endlich.

Damien erstickte fast an seinem hämischen Lachen,

und ich wartete geduldig, bis er sich wieder gefangen hatte.

»Dann kann ich ja beruhigt sein«, sagte er spöttisch. »Vor deinen Kochkünsten hätte sogar ein Zombie Angst.«

»Ich wollte dich eigentlich um Hilfe bitten.«

»Ich bin der Typ, der dem Zombie endgültig den Rest gibt. Ich koche nur für meine Tochter, und das Zeug kommt aus diesen tollen Dingern, die man Konservendosen nennt. Solltest du auch mal probieren«, sagte er und schlug mir auf die Schulter, »schmeckt ganz annehmbar.«

Ich seufzte und beschloss, den Lauf fortzusetzen. Damien brauchte ein paar Sekunden, ehe er reagierte und mir folgte. Ich verlängerte den Schritt und hoffte, dass er das Tempo nicht über die gesamte Strecke durchhalten würde. Aber zu meiner Überraschung verfiel Damien in meinen Rhythmus und arbeitete sich zu mir vor.

»Warum gehst du nicht bei Baptiste mit ihr essen?«

»Weil ich abends nur eine Stunde rausdarf.« *Und weil da diese Sache mit den Karotten ist, die geschnitten werden müssen,* dachte ich und lächelte.

»Du versuchst ihr zu imponieren, stimmt's?«

Meine Antwort bestand in einem finsteren Blick. Inzwischen bereute ich, dass ich mit Damien über Sarah gesprochen hatte. Bei den Proben zu dem Theaterstück, kurz vor meinem Abendessen mit ihr, würde er meine Pläne garantiert durchkreuzen. Er war imstande, alles zu vermasseln, ehe ich auch nur einen Finger gerührt hatte.

Trotz meines hohen Tempos schaffte Damien es, mich am Arm zu fassen und zum Anhalten zu bringen.

»Was ist?«, fragte ich verärgert.

»Ich habe dich nicht hierher geholt, damit du ihr Leben zerstörst.«

»Das weiß ich.«

Ich hütete mich, ihm irgendetwas zu versprechen. Seitdem Sarah in mein Leben getreten war, hatten sich alle Gewissheiten in Luft aufgelöst, und es fiel mir schwer, meine eigenen Reaktionen vorherzusehen. Ich fuhr mir mit der Hand über die schweißbedeckte Stirn und vermied es, meinem Freund in die Augen zu sehen.

»Ich habe dich nur herkommen lassen, um dir den Knast zu ersparen und damit du dir überlegen kannst, was du tun musst, was du *für dich selbst* tun musst. Ich habe deine Filme gesehen, Maxime, und ich weiß, dass du dafür gemacht bist.«

»Natürlich. Darum habe ich ja auch meine Agentin gefeuert!«

»Ich kann nicht leugnen, dass Sarah eine tolle Frau ist. Das weiß ich, ich sehe es jeden Tag. Sie hat diese Offenherzigkeit, diese Naivität, das ist einfach großartig. Aber sie lebt hier, und du ... Du gehörst nicht mehr in diese Stadt.«

»Willst du mir damit sagen, dass ich mich zwischen ihr und meiner Karriere entscheiden muss?«

»Ich will dir damit sagen, dass du behutsam vorgehen musst, Stück für Stück. Und du solltest Mathilde anrufen.«

»Ich habe sie entlassen«, rief ich ihm erneut ins Gedächtnis.

»Ich weiß. Versuch's doch mal mit einer Entschuldigung. Und versprich ihr ein paar Sachen.«

»Ich bin nicht der Typ, der Versprechungen macht, das ist nämlich die beste Methode, um alles zu versauen.«

»Dann finde eine Lösung, eine echte Lösung, damit du dein Leben wiederaufnehmen kannst. Wie viel Zeit hast du noch? Zwei Wochen? Drei? Du kannst nicht ewig hierbleiben, du musst zurück nach Paris und ...«

Damiens Stimme verklang. Ich wusste, warum er auf meine Arbeit zu sprechen kam. Er hoffte, mich dadurch von Sarah abzulenken und mich mit dem Leben in Paris zu locken, mit der wahnsinnigen Energie dieser Stadt und mit meinem Traumberuf. Nur war meine Welt durch Sarah und ihren verunsichernden Blick mehr als nur ins Schwanken geraten.

»Es geht mir vor allem um sie.«

Damien stieß einen Seufzer aus, und er ließ die Schultern hängen. Ihm war bewusst, dass es ihm nicht gelungen war, mich von meinem Vorhaben abzubringen. Sein Blick schweifte über die Landschaft ringsum, ehe er erneut das Wort ergriff: »Ruf Anita an, sie kann kochen.«

Ich dankte ihm mit einem Kopfnicken, und wir setzten unseren Lauf fort. Wir kamen zu spät, sodass ich die letzten zweihundert Meter im Sprint zurücklegen musste. Immerhin ließ meine Lage mir genug Zeit, über die Dinge nachzudenken, die Damien gesagt hatte. Ich wusste, dass er recht hatte, und ich wusste auch, dass ich etwas unternehmen musste, um meine Karriere zu retten.

Bei der Ankunft in der Buchhandlung rannte ich in vollem Tempo die Treppen hinauf. Sarah war in der Küche, wo sie genüsslich ihren Morgenkaffee trank.

»Ich bin spät dran!«, rief ich, während ich mir bereits das schweißnasse T-Shirt auszog.

»Nicht mal eine Minute«, sagte sie, nachdem sie auf die Uhr gesehen hatte.

Ihr Blick liebkoste meinen Körper, und ich nahm mir vor, ihn bis zum Abend festzuhalten. Sarah schien die Macht zu haben, mich zu töten und gleich darauf wieder zum Leben zu erwecken. Sie musste mich nur berühren, damit alles wieder in Ordnung kam.

»Gut geschlafen?«, fragte sie, nachdem sie leise geseufzt hatte.

»Na ja … ich glaube, die Pommes vom späten Abend liegen mir noch im Magen. Aber vielleicht ist es ja auch Angst …«

»Bei der Vorstellung, kochen zu müssen?«

Ein verschmitztes Lächeln ließ ihr schönes Gesicht leuchten. Ihre Augen funkelten vor Übermut, und ich wusste, sie wartete nur darauf, dass ich einen Fehler machte. Diese kleine Komödie belustigte mich. Sarah tat so, als wüsste sie nicht, was passieren würde, und ich spielte mit. Tatsächlich war uns beiden bewusst, dass unsere Beziehung am nächsten Tag um diese Uhrzeit eine andere sein würde.

Auf die eine oder andere Weise würde sich an diesem Abend alles ändern.

»Offenbar eilt mir mein Ruf voraus«, sagte ich lachend.

»Nicht nur im Hinblick aufs Kochen«, fuhr Sarah fort, ehe sie den Kaffeebecher an den Mund setzte.

Sie forderte mich heraus. Das war neu. Sie, die so still, so schüchtern, so zurückhaltend war, erlaubte sich nun kleine Sticheleien. Ich würde niemals zugeben, dass ich es liebte; ich liebte es, wie sie aus ihrem Schneckenhaus kam und sich offenbarte. Als ich mich ihr näherte, trübte sich ihr Blick, so, als fiele ihr neues Selbstvertrauen wieder in sich zusammen.

»Darüber reden wir heute Abend noch mal«, sagte ich. »Jetzt muss ich eine Wand streichen, und meine Chefin ist total pedantisch.«

Obwohl ihr Gesicht hinter dem Becher verborgen war, sah ich ihr strahlendes Lächeln. Die Haare fielen ihr ins Gesicht und verbargen ihr Erröten. Ich nahm mir fest vor, dieses Thema während des Abendessens anzusprechen. Sie zum Erröten zu bringen war ein Zeitvertreib, dessen ich nie überdrüssig wurde. Ich steuerte auf das Badezimmer zu, drehte mich vor der Tür aber zu ihr um.

Sarahs Blick ruhte auf mir, sie musterte eingehend meinen Rücken. Es dauerte einige Sekunden, ehe sie in die Realität zurückfand; vergeblich versuchte sie, ihre Anwandlung von Voyeurismus hinter ihrem Kaffeebecher zu verbergen. Mir war klar, worauf sie den Blick geheftet hatte: Ein Tattoo schmückte mein rechtes Schulterblatt.

»Ich wusste nicht, dass du noch mehr davon hast«, flüsterte sie.

»Du hast mich nie danach gefragt.«

»Und? Hast du noch weitere?«

»Nein.«

»Was bedeuten diese Zahlen und Buchstaben? In Chemie war ich immer total schlecht«, sagte sie verlegen.

»Ich erzähle es dir heute Abend. Ach übrigens, ist heute keine Probe?«

»Doch, mindestens zwei Stunden. Außerdem hat Anita mir gerade eine Nachricht geschickt. Sie ist krank und liegt im Bett. Wir müssen ohne sie zurechtkommen.«

»Okay. Ich hole dich ab.«

»Oh, der Saal ist nur hundert Meter von hier entfernt, ich komme also gut alleine zurecht.«

»Ich habe dich zum Abendessen eingeladen, also hole ich dich auch ab. Man kann nie wissen, ob dir unterwegs nicht eine zwielichtige Gestalt begegnet.«

»So eine wie Frédéric?«

»Schon möglich.«

Mit meinem aufgerollten T-Shirt wischte ich eine Schweißperle weg, die an meinem Oberkörper hinunterlief. Ich hatte mich nicht getraut, das Thema direkt anzusprechen, aber nach dem Abend zuvor und vor allem wegen dem, der vor uns lag, hoffte ich, dass Sarah die Sache mit Frédéric bald klären würde. Es war besser für ihn, wenn er sich von der Buchhandlung fernhielt, sonst würde ich ihm irgendwann eine verpassen, selbst wenn es keinen Grund dafür gab.

»Ich habe die Sache beendet«, gestand sie zaghaft.

»Und ich werde nicht so tun, als täte mir das leid«, antwortete ich lächelnd.

»Du musst eine Wand streichen, Maxime.«

Rasch trank sie ihren Kaffee aus und stieg von dem Hocker. Dann räumte sie den Tisch ab und winkte mir kurz zu, ehe sie die Tür öffnete. Ich folgte ihr mit dem Blick, während sie die Stufen zur Buchhandlung hinuntereilte, und hoffte, dass dieser Tag sich nicht ewig hinziehen würde.

Sobald Sarah den Laden in Richtung Theatersaal verlassen hatte, kreuzte Anita auf. Sie hatte sich die Mühe gemacht, ein paar Sachen einzukaufen, und bereits einiges vorbereitet, deswegen brachte meine erste Frage sie aus dem Konzept.

»Gibt's keine Karotten?«

Sie hielt inne. Nach einigen Sekunden des Schweigens legte sie ihr Messer ab.

»Das hier ist eine Kartoffeltarte. Ich glaube nicht, dass da Karotten drin sind, nein.«

»Können wir welche hinzufügen?«

»Hast du ihr erzählt, dass du etwas mit Karotten machst?«

»Ja, so ungefähr. Na, ist nicht schlimm, geht auch ohne«, sagte ich schulterzuckend.

»Weißt du was? Sarah macht sich absolut nichts aus Karotten. Sie macht sich nicht mal was aus diesem Abendessen. Wie ich sie kenne, wird sie sich nachher an Baptiste abarbeiten, damit er mal drei Sätze herausbringt, ohne zu stottern.«

Und genauso war es.

Als ich den Saal erreichte, ließ ich mich unauffällig in der letzten Reihe nieder. Auf der Bühne versuchte Sarah, Élise klarzumachen, wo sie sich hinstellen musste. Damien setzte zu einem endlosen Monolog an, während sich Baptiste mit seinem Kostüm herumschlug. Endlich begegneten sich unsere Blicke, und die Spannung im Raum ließ mit einem Mal nach. Ich sah mir die letzte halbe Stunde der Probe an und korrigierte Damien im Stillen bei jedem vergessenen oder falsch ausgesprochenen Wort. Élise kam auf der Bühne endlich in Bewegung und nutzte ihren Platz bestmöglich aus.

Es versetzte mir einen Stich, als mir klar wurde, dass ich das Stück vielleicht nicht sehen würde. Dazu würde ich bei der Gendarmerie eine Genehmigung beantragen müssen, und ich war nicht der Typ, der mit geschraubten, offiziell klingenden Schreiben um Vergünstigungen bat.

Auf die Minute pünktlich verkündete Sarah das Ende der Probe. Ich konnte mir ein Grinsen nicht verkneifen und musterte sie mit hochgezogenen Augenbrauen. Ihre Begeisterung und die übertriebene Pünktlichkeit verrieten, wie nervös sie war. Offen gesagt, stand ich genauso unter Strom wie sie. Trotzdem nahm sie sich die Zeit, den Saal aufzuräumen, legte die Requisiten in eine Ecke und stellte die Stühle in eine andere.

Ich stand neben der Tür und wartete so geduldig, wie ich konnte.

»Bist du bereit?«, fragte sie.

»Klar«, antwortete ich, ohne zu wissen, worum es ging.

Sie schloss die Tür des Theaters hinter uns, und wir machten uns auf den Weg zur Buchhandlung.

»Das war eine anstrengende Probe«, sagte sie und seufzte. »Von Élise, die ihren Platz nicht findet, bis zu Damien, der sich keine vier Zeilen merken kann.«

»Ist das jedes Jahr so?«

»Mehr oder weniger. Élise kann ihren Text, sie hat ihn im Studium durchgeackert. Sie muss nur noch lernen, sich auf der gesamten Bühne zu bewegen.«

»Das ist der Vorteil beim Film, man kann die Aufnahme so oft wiederholen, wie man will.«

»Nicht übel. Eines Tages würde ich mir das gern mal ansehen … Dreharbeiten, meine ich. Du musst Damien unbedingt erklären, wie man einen Text richtig lernt! Du kennst doch bestimmt irgendwelche Tricks oder …«

»Nein, ich habe einfach ein hervorragendes Gedächtnis.«

Wir erreichten die Buchhandlung, und ich öffnete die Tür, um Sarah vor mir eintreten zu lassen. Sie stieg die Stufen hinauf, und nachdem sie die Wohnungstür geöffnet hatte, blieb sie wie angewurzelt stehen.

»Gibt's ein Problem?«, fragte ich.

»Äh … nein. Also … ähm … ich hatte eigentlich mit … mit etwas anderem gerechnet«, stammelte sie.

Ich warf einen Blick in die Wohnung und verstand noch immer nicht, wovon Sarah sprach. Das Wohnzimmer war in demselben Zustand wie am Morgen, und die Küche war gewissenhaft geputzt und aufgeräumt worden.

»Hast du den Tisch nicht gedeckt?«

Plötzlich verstand ich. Um Sarah zu verführen, hatte

ich mit ihr getanzt. Ich hatte ihr einige persönliche Dinge anvertraut, und es war mir sogar gelungen, Frédéric zur Seite zu drängen. Aber in ihrer Welt galt es einen weiteren Feind zu bekämpfen: alles, was sie ständig in Büchern las. Und in ihren Büchern holte man für ein Abendessen dieser Art vermutlich das Porzellan aus dem Schrank und stellte eine Rose und ein paar Kerzen auf den Tisch.

»Die Bücher arbeiten gegen mich.«

»Maxime, das ist …«

»Zwing mich nicht, zu Frédéric zu gehen und Blumen zu kaufen, das könnte ich nämlich als Aufforderung verstehen, ihm eine reinzuhauen!«

Sie unterdrückte ein Lachen und hob entschuldigend die Hände. Ich stellte Teller auf den Tisch und bat sie, sich zu setzen. Das Gericht, das ich mit Anitas Hilfe zubereitet hatte, stellte ich zwischen uns und nahm ebenfalls Platz.

»Keine Karotten«, verkündete ich.

Sarah lächelte mich an, während ich ihr das Essen servierte. Meine Nervosität hatte sich inzwischen verzogen und dem Lampenfieber Platz gemacht. Den ganzen Tag lang hatte ich im Geist verschiedene Szenarien für dieses Abendessen durchgespielt. Mein Gespräch mit Damien hatte Spuren hinterlassen. Ich lebte hier in einer künstlichen Blase und würde mich bald wieder mit der Realität auseinandersetzen müssen. Es kam mir beinahe unfair vor, eine Beziehung mit Sarah einzugehen. Ich konnte ihr nichts versprechen. Im Tausch gegen ein dickes Bündel Banknoten war ich ohne Vorankündigung einfach in ihr Leben geplatzt.

Vielleicht musste die Sache hier enden.

»Also, was hat das Tattoo zu bedeuten?«, fragte sie voller Eifer.

Sie schluckte einen Bissen hinunter. Ein leises Stöhnen entfuhr ihr, und sie legte die Gabel ab und klatschte in die Hände. »Es ist köstlich!«

»Die chemische Formel für Adrenalin«, antwortete ich und stocherte in meinem Essen herum.

»Ich hätte es wissen müssen. ›Adrenalin und Dornen‹, du wärst ein toller Buchtitel!«

»Ist das dein Hobby? Buchtitel für Menschen erfinden?«

»Kommt schon mal vor.«

»Ist die Buchhandlung auf diese Art zu ihrem Namen gekommen? ›Von Büchern und Liebe leben‹?«

»Wir sollten alle von Büchern und Liebe leben. Du bist der Einzige, dem Adrenalin und Dornen lieber sind.«

»Ich dachte, das gefällt dir.«

Die Erinnerung daran, wie ihr Zeigefinger über mein Tattoo fuhr, war noch frisch. Ich hatte ihren faszinierten Blick und die verzehrende Neugier darin gesehen. Zum ersten Mal seit Monaten hatte mich Adrenalin durchströmt, ohne das Bedürfnis nach einer Prügelei in mir zu wecken.

»Ja, es gefällt mir ziemlich gut. Aber … Du bist wie ein Buch in mehreren Bänden«, fügte sie mit einem Lächeln hinzu und blickte scheu zu mir auf. Eine Welle heißen Verlangens überlief mich. Gab es eine Regel für solche Dinge? So in der Art: Bevor du sie küsst, musst du warten, bis sie den Teller leer gegessen hat?

Rasch lenkte sie das Gespräch wieder auf meine Filmkarriere, indem sie mich fragte, wie ich das neue Drehbuch fand.

»Hast du es nicht gelesen?«, fragte sie erstaunt.

»Ich will erst die Sache mit Mathilde regeln. Damien findet, dass ich mich bei ihr entschuldigen muss.«

»Ich fürchte, da hat er recht, ja.«

Ich stieß einen tiefen Seufzer aus und hätte mir angesichts meiner Lage beinahe die Haare gerauft. Nie zuvor hatte ich mich in aller Form bei jemandem entschuldigt. Bei niemandem. Ich begnügte mich damit, mir zu nehmen, was ich wollte, und die Leute einfach stehen zu lassen, ohne mein Verhalten je zu bereuen. Aber diesmal stand zu viel auf dem Spiel: nicht nur meine Karriere, sondern mein ganzes Leben.

»Ich helfe dir«, sagte sie.

»Willst du mich wirklich loswerden?«

»Na ja, vor diesem Essen hätte ich die Frage bejaht. Aber allmählich kommen mir da ernsthafte Zweifel.«

»Ich … Ich habe ein Geschenk für dich. Um dir zu danken.«

Ich ging in mein Zimmer und holte den Bilderrahmen, den ich in dem kleinen Supermarkt nebenan gekauft hatte. Ich fürchtete mich ein wenig vor Sarahs Reaktion. Entweder würde sie mich vergöttern – oder sie brachte mich um.

»Maxime, das war doch nicht nötig«, sagte sie, als sie mich wieder im Wohnzimmer auftauchen sah.

»Es ist … eine Art Andenken.«

»Hast du etwa Angst, dass ich dich vergesse?«

Sie setzte eine ungläubige Miene auf, lachte aber nicht. Wofür ich ihr dankbar war. Ich wusste es zu schätzen, dass Sarah in meiner Gegenwart ernst blieb, dass sie mich nicht mit schrillem, unechtem Gelächter quälte. Damit gab sie mir das Gefühl, etwas wert zu sein.

»Im Allgemeinen erinnert man sich aus unguten Gründen an mich«, bemerkte ich.

»Im Allgemeinen begnügen sich die Leute mit dem äußeren Anschein. Du bist nicht die Sorte Mann, die man so schnell vergisst.«

Ich reichte ihr das Geschenk, und sie biss sich vor Nervosität auf die Lippe. Vorsichtig entfernte sie das Papier, und ein gerührtes Lächeln zeichnete sich auf ihrem Gesicht ab. Sie würde mich also offenbar nicht in der Luft zerreißen.

»Es ist Perdicans letzter Monolog.«

»Das sehe ich.«

Sie strich mit den Fingerkuppen über das Glas des Rahmens, während sie Alfred de Mussets Text über unehrliche Männer und hinterlistige Frauen ein weiteres Mal las. Ich näherte mich ihr und deutete auf den Rahmen.

»Ich dachte mir, das hilft Damien vielleicht beim Lernen«, scherzte ich. »Und vielleicht sähe es ja unten im Laden auch ganz hübsch aus?«

Nicht mal bei meinem ersten Vorsprechen war ich dermaßen nervös gewesen. Ich hatte gestammelt, ja. Aber ich hatte mit Sicherheit weniger Angst gehabt. Aus einem Grund, den ich nicht verstand, war mir Sarahs Meinung ungeheuer wichtig.

»Es ist perfekt«, sagte sie endlich.

»Tatsächlich? Gefällt es dir? Weil … na ja, ich musste die Seite herausreißen und habe schon befürchtet …«

»Sagen wir, die Aufmerksamkeit ist in diesem Fall wichtiger als das zerstörte Buch«, versicherte sie, wobei sie mir tief in die Augen sah.

In diesem Moment wurde mir klar, dass sich meine Beziehung zu Sarah niemals auf eine kurzfristige vertragliche Bindung beschränken würde, dass sie zwangsläufig etwas anderes sein würde.

Langsam schloss ich die Lücke zwischen uns. Sarah verzog keine Miene, ihre Hände hielten den Rahmen umklammert. Ich küsste sie flüchtig auf die Wange und gab ihr eine letzte Chance, die Flucht zu ergreifen. Aber sie rührte sich nicht vom Fleck. Sie saß auf ihrem Hocker und wartete auf den berühmten ersten Kuss.

Also gab ich ihn ihr.

Und ich tat mein Bestes, um ihn perfekt zu machen.

12

Sarah Es gab zahlreiche Dinge im Zusammenleben mit Maxime, die ich nie vergessen würde: die ersten Tage, in denen er so aggressiv gewesen war, seine Fähigkeit, mich mit einem kurzen Satz erröten zu lassen, unser nächtlicher Tanz mitten auf der Straße, die Art, wie seine Augen zu leuchten begannen, wenn er lachte. All diese Erinnerungen würden in einem Winkel meines Gedächtnisses weiterleben, das ich doppelt abgeschlossen hatte wie einen Tresor mit einem wertvollen Schatz darin.

Seine Küsse hingegen hatten sich wie Narben der Freude auf meinem Körper eingebrannt, auf meinen Lippen und der zarten Haut an meinem Hals. Ich würde sie nur leicht berühren müssen, um erneut in das Gefühl einzutauchen, das ich genau in diesem Moment empfand: intensive, unkontrollierbare Hitze.

Maxime legte eine Hand auf meine Wange und zog mich an sich. Seine Lippen bewegten sich sanft an meinen. Er ließ sich Zeit, neckte und reizte mich ausgiebig. Schließlich löste er sich von meinem Mund und küsste mich auf den Hals, indem er sanft die Haut einsog. Ich legte den Kopf schief und gab ein lustvolles Stöhnen von mir, woraufhin er erneut meinen Mund in Besitz nahm und mit der Zunge in mich eindrang. Ich fuhr ihm mit den Fingern durchs Haar und drängte mich verzweifelt an ihn. Ich wollte ihn fühlen, ihn berühren.

Während ich noch immer auf dem Hocker saß, schob sich Maxime zwischen meine Schenkel und drückte seine Erektion an meinen Schoß. Seine Hände schlossen sich um meine Hüften, und er zog mich heftig an sich. Überrascht schrie ich auf, aber sein Mund erstickte den Laut. Ich saß auf dem Rand des Hockers, der hin und her schwankte, und krallte die Finger vorn in sein T-Shirt, um mich an ihm festzuhalten.

Er lächelte an meinem Mund, und seine warmen Hände schlüpften unter meine Bluse und liebkosten sanft meinen Rücken.

»Das hier werde ich dir ausziehen müssen«, warnte er mich.

Mit einem Anflug von Panik löste ich mich von ihm.

»Hier? Du willst … äh … wir könnten doch …«

»Nein, hier. Die Chance, dass wir es ins Zimmer schaffen, ist sowieso gering.«

Seine Lippen verzogen sich zu einem lasziven Lächeln voller sinnlicher Versprechen. Seine Hände strichen an der Außenseite meiner Schenkel hinab, ehe sie quälend langsam zu meinem Schritt hinaufglitten. Ich biss mir so fest auf die Lippen, dass es schmerzte, während er die Finger um mein Geschlecht herum tanzen ließ. Ich begann mich vor Verlangen auf dem Hocker zu winden, was er erneut mit einem Lächeln quittierte.

Maxime beugte sich vor und öffnete vorsichtig den oberen Knopf meiner Bluse. Er küsste mich auf den Bauch, machte sich am nächsten Knopf zu schaffen, küsste mich ein weiteres Mal. Dann wandte er sich dem Knopf darunter zu, ließ den Atem über meine Haut streichen, ohne der Tatsache Beachtung zu schenken, dass ich vor Erregung bereits zitterte. Als er auf der Höhe meiner Brust angekommen war, drückte er die Lippen auf den Stoff meines BHs, dann zwischen meine Brüste. Endlich gab der letzte Knopf nach, und er schob mir die Bluse über die Schultern. Erschauernd bedeckte ich mich sofort mit beiden Armen.

»Steh auf.«

Seine Stimme war ein bisschen heiser, sie klang teuflisch sexy. Immer noch eingeschüchtert, aber brennend vor ungekanntem Verlangen, gehorchte ich. Maxime wusste genau, was er tat, indem er sich so viel Zeit ließ; er wollte mein Zutrauen gewinnen, und ich wusste seine Rücksichtnahme zu schätzen. Er hatte sofort begriffen, dass meine Erfahrungen begrenzt waren. Begrenzt auf ein Bett, auf mein Zimmer und beruhigendes Halbdunkel. Hier jedoch stand ich im Licht, war halb nackt und ihm vollständig ausgeliefert.

Er nahm mein Gesicht in beide Hände und übersäte meine Wangen und meinen Mund mit Küssen. Dann legte er seine Stirn an meine und sah mir mit dunklem, verlangendem Blick in die Augen.

»Möchtest du, dass wir in dein Zimmer gehen?«

Entschlossen, nicht vor ihm zu kneifen, schüttelte ich den Kopf. Ich wollte diese Erfahrung durchleben, mich von den letzten Barrieren befreien, die mich von ihm trennten. Um ihm zu zeigen, dass ich es mir nicht anders überlegen würde, öffnete ich die Arme und fasste den Saum seines T-Shirts an. Maxime lächelte mich ermunternd an, und ich zog ihm das Shirt aus.

Seit er die Buchhandlung das erste Mal betreten hatte,

war ich von seinem Tattoo fasziniert. Die Dornenranke. Um jeden, der sich ihm möglicherweise nähern würde, zurückzuweisen, ihn vor der Gefahr zu warnen und auf Distanz zu halten. Ohne nachzudenken, nahm ich mein Ritual wieder auf und folgte dem Bild aus Tinte mit der Kuppe meines Zeigefingers. Sein Atem ging schneller, als müsste er den Drang unterdrücken, mich wegzustoßen. Ich blickte zu ihm auf. Sein Gesicht war angespannt, sein Kiefer sah aus wie gemeißelt, aber in seinem Blick brannte ein Feuer wie nie zuvor. An seiner Schulter angekommen, küsste ich ihn sanft zuerst dort, dann auf den Oberkörper. Ich spürte, wie sein Herz unter meinen Lippen schneller schlug.

»Was machst du nur mit mir?«, stieß er hervor.

»Soll ich aufhören?«, fragte ich beunruhigt.

»Nein, auf keinen Fall. Niemals!«

Während meine Hände auf seiner Brust lagen, küsste ich ihn aufs Kinn, ehe ich mich auf die Zehenspitzen reckte, um erneut seine Lippen zu kosten. Er war noch immer sehr sanft und vorsichtig, aber inzwischen war mir klar, dass er sich bewusst zurückhielt, so, als befürchte er, ich könnte sonst zerbrechen.

»Dreh dich um«, befahl er mit atemloser Stimme.

Ich fügte mich und schenkte meinem Magen, der sich vor Aufregung zusammenzog, keine Beachtung. Maxime schob mir die Haare über eine Schulter zurück und liebkoste mit den Lippen meinen Hals. Er ließ den Zeigefinger zu den Häkchen meines BHs gleiten. Er öffnete sie und schob mir die Träger über die Arme hinunter, bis mir das Stück Stoff vor die Füße fiel.

Er strich mir über den nackten Rücken, auf dem er nun keinem Hindernis mehr begegnete, und fuhr mit der

Hand an meiner Seite entlang, wobei er sorgfältig darauf achtete, meine Brust nicht zu berühren. Ich keuchte, versuchte vergeblich, gegen die Hitze anzukämpfen, die ununterbrochen in Wellen über mich hinwegrollte. Es war eine süße und dennoch unerträgliche Qual. Ich rieb die Schenkel aneinander, versuchte den quälenden Schmerz meiner Lust zu lindern.

»Du bist wahnsinnig schön.«

Ich war beinahe froh, dass ich mit dem Rücken zu ihm stand, so peinlich war mir mein Erröten. Meine Beine zitterten, und ich beruhigte mich ein wenig, als ich spürte, dass Maxime sich an mich drückte. Sein muskulöser Oberkörper schmiegte sich perfekt an meinen Rücken, und sein gieriger Mund traf erneut auf die zarte Haut meines Halses.

»Ich werde jeden Zentimeter deiner Haut kosten«, flüsterte er mir ins Ohr.

Mit der Zunge zeichnete er die Linie meines Halses nach, ehe er der Wölbung meiner Schultern folgte. Erneut umfingen seine Hände meine Taille, um gleich darauf langsam zu meiner Brust hinaufzuwandern. Als er meine empfindsamen Brustspitzen streifte, unterdrückte ich einen Lustschrei. Ich wölbte den Rücken, hoffte inständig, er würde mich erneut berühren, und zwar richtig. Meine Brüste fühlten sich schwer und gespannt an, ich wollte Maximes raue Hände auf ihnen spüren. Ich gab jede Zurückhaltung auf und presste meinen Hintern an sein aufgerichtetes Geschlecht. Maxime knurrte, biss mich sanft in die Schulter, und seine Hände setzten ihren Streifzug über meinen Körper fort, liebkosten meinen entblößten Hals. Mit dem Zeigefinger strich er über meinen Mund, und ich umspielte ihn mit der Zungenspitze.

»Mach so weiter, Sarah, und ich komme in meine Jeans wie ein Teenager!«

»Wäre das schlimm?«

»Eigentlich möchte ich lieber in dich eindringen.«

Elektrisiert ließ ich zu, dass meine Hände sich auf seine Oberschenkel und hinauf zu seinem Schritt verirrten. Sein Geschlecht wölbte sich begierig unter dem Stoff der Hose. Ich liebkoste ihn für einige Sekunden, ehe Maxime erneut die Führung übernahm. Er schob meine neugierigen Hände fort und drang erneut mit dem Zeigefinger in meinen Mund ein. Nie zuvor war ich so erregt gewesen, ich war regelrecht euphorisch, ein Gefühl, das durch das Adrenalin verstärkt wurde. Es ließ mich sogar meine Hemmungen vergessen.

Genüsslich leckte ich an seinem Finger und empfand seine kleinen, zufriedenen Seufzer wie eine Belohnung.

»Ich kann es kaum erwarten, endlich in dir zu sein«, knurrte er, während er sein erregtes Glied an meinen Po drückte.

Er zog den Finger aus meinem Mund, wogegen ich der Form halber protestierte, mich aber rasch durch den Weg ablenken ließ, den sein Zeigefinger nun einschlug. Indem er immer kleiner werdende Kreise um meine harten Brustwarzen beschrieb, erreichte er endlich sein Ziel und rollte sie zwischen Daumen und Zeigefinger hin und her.

Zum ersten Mal entlud sich intensive Lust in meinem Körper. Maxime küsste mich zärtlich auf die Schulter, um mich zu besänftigen, ehe er ein weiteres Mal zum Angriff überging. Erneut beschrieb er Arabesken auf meiner Brust, wartete, bis mein Atem schnell genug ging, um die Spitzen zu liebkosen. Ich stöhnte vor Verlangen, aber Maxime war gnadenlos. Er amüsierte sich über meine Erregung, bearbeitete meine vor Lust schon beinahe schmerzenden Nippel, um mich dann keuchend und unbefriedigt zurückzulassen. Endlich ließ er von meinen Brüsten ab. Seine rechte Hand glitt über meinen Bauch, und er öffnete den Knopf meiner Jeans, ehe er den Reißverschluss aufzog.

»Ich helfe dir, das hier auszuziehen, okay?«

Unfähig, ein Wort herauszubringen, nickte ich nur. Ich war zu erregt, zu sehr am Ende meiner Kräfte, um etwas zu sagen. Die Jeans fiel mir um die Fußgelenke, gefolgt von meinem Slip. Hinter mir spürte ich, wie Maximes Finger auf meinen Beinen trommelten. Er nahm seine anfängliche Position wieder ein: Sein muskulöser, starker Oberkörper schmiegte sich an meinen Rücken, während sein rechter Arm meine Taille umfing.

»Bist du erregt?«

»Ja.«

»Zeig es mir …«

Seine Finger wanderten rasch zu meiner Vulva hinunter, und gleich darauf bedeckte seine Hand meine nasse Öffnung. Der kurze, sanfte Druck entlockte mir einen Schrei der Erleichterung. Maxime liebkoste mein Geschlecht, während er an meinem Hals stöhnte. Mein ganzer Körper vibrierte, und all mein Blut strömte zu der Stelle zwischen meinen Beinen. Sein Mittelfinger glitt zwischen meine Lippen, und nach einer flüchtigen Liebkosung drang er in mich ein.

Erneut entfuhr mir ein Schrei, vor Überraschung und Verblüffung. Ich klammerte mich an der Theke fest und fegte dabei mein Glas auf den Boden. Sein Mittelfinger bewegte sich sanft hin und her, bald darauf begleitet von seinem Zeigefinger.

»Maxime«, murmelte ich, kurz vor der Implosion.

»Lass dich einfach gehen! Ich will, dass du es beim nächsten Mal selbst tust, vor meinen Augen!«

Er ließ mir keine Zeit zu antworten und verstärkte die rhythmischen Bewegungen, drang energisch in mich ein und zog sich wieder zurück. Mein Körper spannte sich immer stärker an, versuchte den Orgasmus so lange wie möglich zurückzuhalten, aber Maxime gönnte mir keine Atempause. Er verlangte mehr, immer mehr. Er liebte es, zu kämpfen, und er tat es gnadenlos, wollte mich endlich über den Rand stoßen.

Ich wölbte den Rücken ein wenig stärker, als ein angenehmes Kribbeln durch meinen Körper lief wie tausend Funken, die aus einem Freudenfeuer sprühten. Ich schloss die Augen und vergaß mich in seinen Armen. Es war dort, ganz nah, und ich wusste, dass ich völlig versengt daraus hervorgehen würde.

»Ich habe meine Meinung geändert. Das nächste Mal wirst du meinen Mund dort spüren.«

Er bekräftigte sein Versprechen, indem er Druck auf meine Klitoris ausübte, und damit stieß er mich in den Abgrund. Eine letzte heiße Welle schlug über mir zusammen, und innerhalb einer Sekunde stürzte alles aus mir heraus, was ich bislang zurückgehalten hatte. Der Orgasmus ließ mich am ganzen Körper erbeben, so heftig, dass ich beinahe auf den Boden gesunken wäre. Nur Maximes Arm sorgte dafür, dass ich stehen blieb.

»Das war das erste Kapitel«, flüsterte er an meinem Hals.

Ich war so erschöpft, dass es mir schwerfiel, die Augen zu öffnen. Maxime nahm mich bei der Hand und zog mich in sein Zimmer.

»Hast du alles, was wir brauchen?«, fragte er.

»Äh … ja«, erwiderte ich verunsichert.

»Vorausschauend wie immer, allmählich gefällt mir das.«

Er öffnete die Tür zu meinem Schlafzimmer und schloss sie hinter uns wieder. Dann schaltete er die Nachttischlampe ein. Plötzlich war ich mir meiner Nacktheit überdeutlich bewusst, und ich schlang die Arme um mich selbst. Maxime schnalzte missbilligend mit der Zunge, während er langsam auf mich zukam.

»Deine Hände brauchst du für andere Dinge«, sagte er mit ernster Stimme.

Augenblicklich wurde ich rot, denn ich hatte seine Ankündigung noch im Kopf. Ich hatte mich noch nie selbst berührt oder gar liebkost. Es vor ihm zu tun war peinlich und gleichzeitig sehr erregend. Offenbar hatte Maxime erkannt, woran ich dachte, denn er kam noch näher und strich mir mit dem Handrücken über die Wange.

»Ich liebe das«, sagte er. »Wie du errötest. Du kannst absolut nichts verheimlichen.«

»Ich persönlich finde das ja eher blamabel. Ich laufe rot an wie eine Achtjährige.«

»Um auf deine Hände zurückzukommen: Ich hatte eigentlich gedacht, du würdest mich ausziehen.«

Das beruhigte mich kein bisschen. Ich hatte noch nie einem Mann die Klamotten ausziehen müssen. Aber andererseits war ich auch noch nie von einem Mann ausgezogen worden. Für gewöhnlich – wenn ich das so nennen kann, weil man meine Beziehungen an einer Hand abzählen konnte – für gewöhnlich gingen wir in mein Zimmer, jeder zog sich selbst aus, und wir landeten unter der Bettdecke. Meistens schaltete ich nicht einmal das Licht ein.

Sex hatte ich immer als eine Art Mittel zum Zweck betrachtet.

Mit Maxime veränderte sich mein Blickwinkel. Was ich für ihn empfand, war intensiv und unkontrollierbar. Der Sex war anders, löste heftige, nahezu gewalttätige Gefühle in mir aus. Und er war gut. Wahnsinnig gut, der absolute Kick.

»Ich bin mir sicher, dass du das schaffst«, ermunterte er mich.

Meine noch immer zitternden Hände näherten sich seiner Gürtelschnalle. Sie streiften seinen muskulösen Bauch, und ich spürte, wie er leicht zusammenzuckte.

»Es kommt nur selten vor, dass mich jemand auszieht«, sagte er.

»Oh. Dann ist das also ein Privileg?«

»Eher ein revolutionärer Akt.«

Ich knöpfte ihm die Jeans auf und zog sie über seine Oberschenkel hinunter, bis sie auf dem Boden landete, und er stieg aus den Hosenbeinen und kickte die Jeans beiseite. Ich atmete tief durch, ehe ich nach seiner Boxershorts griff. Er stieß sie weg wie zuvor die Hose, und während er auf mich zukam, verkündete er: »Kapitel zwei.«

Obwohl ich seine Erregung unter der Jeans bereits erahnt hatte, beängstigte mich der Anblick seines vor mir … *wegen mir* aufragenden Geschlechts. Ich ging rückwärts auf das Bett zu, bis ich mit den Beinen an den Rand stieß. Maxime spähte zu meinem Nachttisch hinüber, offenbar auf der Suche nach Kondomen.

»In der Schublade«, flüsterte ich.

Er nickte und überbrückte die ohnehin geringe Distanz zwischen uns. Ich setzte mich auf die Matratze, stützte mich auf den Unterarmen ab und rutschte rückwärts auf das Bett. Als ich mich ausgestreckt hatte, lächelte Maxime mich an und legte sich auf mich. Sein Körper schmiegte sich warm an meinen, während ich die Schenkel spreizte.

Erneut landete sein Mund auf meinem, und er küsste mich lange und zärtlich. Noch einmal schob ich ihm die Finger ins Haar, ehe ich sie zu seinen Schultern wandern ließ, um sein zweites Tattoo zu liebkosen. Er stöhnte an meinem Mund, bewegte seine Lippen dann aber zu meinem Hals. Die Hände ließ er auf meinen Hüften liegen. Er nagelte mich ans Bett, machte mich zur Gefangenen seines Körpers.

Meine Brüste waren noch so empfindlich von seinen Berührungen, dass mir ein lustvoller Schrei entfuhr, als sein Mund sich um meine Brustspitze schloss. Trotz des ersten Orgasmus war die nervöse und sexuelle Anspannung, die meinen Körper durchströmt hatte, noch immer da, bereit, bei der geringsten Berührung zu explodieren und mich in Stücke zu reißen.

Maxime bedeckte meine Brust mit Küssen, dann bahnten sich seine Lippen einen brennenden Weg hinunter zu meinem Bauchnabel. Er streifte mein Geschlecht, ohne darauf zu achten, dass ich mich unter ihm wand, zu erregt, um mich zu beherrschen. Sehr langsam beschrieb er denselben Weg zurück, schlich sich an wie ein Raubtier, das seine Beute fasziniert anstarrt, ehe es sie erlegt. Sein Blick war so dunkel, dass ich seine Pupillen nicht mehr sehen konnte. Ich sah nur einen dunklen Brunnen voller Hunger und Begierde, der mein Herz zum Rasen brachte.

Sein hartes, seidiges Glied drückte sich an meinen Bauch, und für wenige, zu wenige Sekunden war er mutig genug, mein Geschlecht mit seinem zu liebkosen. Ich stieß einen erstickten Fluch aus und vergrub die eine Gesichtshälfte im Kissen, hin- und hergerissen zwischen Lust und Tabu.

»Also, wie gesagt … Kapitel zwei«, verkündete er und streckte eine Hand nach dem Nachttisch aus.

»Kapitel eins ist schon mal gelungen.«

»Das ist meine stärkste Waffe: der erste Eindruck. Aber danach ändert sich alles.«

Ich berührte mit einer Hand seine Wange, damit er sich nicht von mir abwandte. Ich hasste das Bild, das Maxime von sich selbst hatte. Sicher, da waren seine Wut, die Exzesse, die Streitsucht, die er stets mit sich herumtrug. Aber ich wusste nun, dass es noch etwas anderes gab, einen Riss, ein Geheimnis, das die Dornenranke, die seinen Arm und sein Herz umspannte, nur notdürftig verbergen konnte.

»Du hast recht. Wenn man dich ein bisschen kennt, ist es anders. Besser. Ich bin mir sicher, dass Kapitel zwei noch besser wird als Kapitel eins.«

»Meinst du den Sex oder mich?«

»Beides. Zusammen.«

Ich spreizte die Schenkel ein wenig, um ihm klarzumachen, dass ich bereit war. Maxime küsste mich auf den Mund, nahm ein Kondom und streifte es über. Erneut liebkoste er mein nasses Geschlecht mit seinem, dann blickte er mir tief in die Augen, während er eine Hand an meinem Körper hinabgleiten und mich vor Lust erschauern ließ. Schließlich legte er mir die andere Hand in die Kniekehle und hob mein Bein an, damit ich es um seine Taille schlang.

Sein Mund berührte meinen Hals genau an der Stelle, an der mein Puls heftig pochte. Ich schloss die Augen, war bereits atemlos, als ich spürte, wie sein Glied in mich eindrang. Ich stöhnte auf, empfand eine Mischung aus Erleichterung und Lust. Ich schloss die Schenkel um meinen Liebhaber und gab mich seinem langsamen Rhythmus und meinen Empfindungen hin.

Bei jedem Stoß wölbte ich mich ihm entgegen. Meine Hüften stießen gegen seine, ganz natürlich, ohne Scham und ohne Hemmungen. Viel zu rasch spürte ich, wie die ersten heißen Wellen und Zuckungen der Lust mich überkamen. Maxime beschleunigte den Rhythmus, seine Hand umschloss meinen unteren Rücken, und er drückte mich fest an sich, verband unsere Becken auf perfekte Weise miteinander.

»Noch mal?«, fragte er.

Sein zufriedenes Lächeln sprach für sich. Es machte ihm riesigen Spaß, mich zu quälen, mich bis kurz vor den Punkt der Explosion zu treiben, um dann langsamer zu werden und die Erlösung hinauszuzögern. Ich nickte, war zu allem bereit, um das Verlangen, das sich in meinem unteren Rücken eingenistet hatte, explodieren zu lassen.

Und gleich darauf wurde sein Rhythmus unerträglich, entlockte mir lautes Stöhnen und Schreie der Lust. Maxime hatte die volle Kontrolle über meinen Körper übernommen. Er milderte seine herrischen Stöße mit Liebkosungen und leidenschaftlichen Küssen, während ich seine muskulösen Arme umklammerte und er seine Stirn an meine presste. Unser heißer Atem vermischte sich, sein Keuchen verschmolz mit meinem. Plötzlich spannte mein Körper sich an und begann vor Lust zu zittern. Obwohl ich die Augen geschlossen hatte und einen lustvollen Schrei unterdrückte, sah ich eindeutig Funken, während mir zugleich Flammen über die Haut zu lecken schienen. Langsam ebbte die Woge der Lust ab, und ich sank erschöpft auf das Bett zurück. Maxime schob mir die Haare aus der Stirn und kam seinerseits mit einem langen, befriedigten Knurren.

Minutenlang ruhte sein muskulöser Körper auf mir. Wir rangen beide nach Atem. Irgendwann zog er sich aus mir zurück und rollte sich auf die andere Seite des Betts. Mit einer raschen Bewegung entledigte er sich des Kondoms und zog das Laken über unsere ineinander verschlungenen Körper.

»Ich hatte ganz vergessen, dass du eine Bücherfresserin bist. Zwei Kapitel in so kurzer Zeit!«, scherzte er.

»Ich wollte unbedingt wissen, wie die Geschichte weitergeht. Der Anfang war sehr vielversprechend.«

Er nahm mich in die Arme und ließ zu, dass ich den Kopf auf seine Brust legte. Mit der Fingerkuppe zeichnete ich erneut sein Tattoo nach und glaubte beinahe, die verschlungenen Dornenranken voneinander lösen zu können. Vieles an Maxime machte mich neugierig. Aber immer fehlte mir ein Puzzleteil, ein Detail, das mir helfen würde, seine übergroße Reizbarkeit zu verstehen.

Ich hatte die Hoffnung nicht aufgegeben, das Teilchen eines Tages zu finden, und ich würde diesen intimen Moment nutzen, um dem Geheimnis weiter auf die Spur zu kommen.

»Was passiert eigentlich im dritten Kapitel?«, fragte ich neugierig.

»Da wird improvisiert. Auf dem Gebiet war ich immer schon gut.«

»Weißt du, ich meine es ernst. Wegen Mathilde und weil ich dir helfen will.« Ich blickte zu ihm auf. Seine Hand, die meinen Rücken liebkoste, hielt mitten in der Bewegung inne. Seine Gesichtszüge verhärteten sich, und er wich meinem Blick aus, so gut es ging. Vergeblich, denn nach einer Weile legte ich ihm eine Hand an die Wange und zwang ihn, mir in die Augen zu sehen.

»Was verbirgst du vor mir?«

»Nichts«, fauchte er. »Hör zu, Sarah, ich stehe nicht auf Bettgeflüster. Also, wenn es dir nichts ausmacht, gehe ich jetzt zurück in mein Zimmer.«

»Wie bitte?«

Ich hatte mich noch nicht aufgesetzt, da trug er bereits wieder seine Boxershorts und sammelte seine Sachen zusammen. Ich schlang mir die Bettdecke um die Brust und setzte mich im Bett auf. Diese Reaktion allein bewies mir, dass ich recht hatte.

»Gibt es etwas in Sachen Mathilde, das ich wissen sollte?«

»Nein. Hör zu, ich muss ...«

»Nein, ich habe genug davon, dass du ständig wegläufst. Ich weiß, dass du mir etwas verheimlichst.«

»Ich bin ein Vorbestrafter, der seine Strafe bei dir verbüßt«, rief er mir in Erinnerung. »Es gibt kein Geheimnis, nur eine ziemlich beschissene Situation.«

Seine Stimme klang schneidend, ich nahm sogar einen wütenden Unterton wahr. Ohne es zu wissen, war ich zu einem auslösenden Moment geworden. Er verließ mein Zimmer, und ich trottete hinter ihm her, ließ meine Bettdecke und meinen Stolz zurück.

»Du wolltest also nur mit mir schlafen? Ist es das?«

»Sarah, nein. Es ist ... Hör zu, ich löse meine Probleme allein, vor allem, wenn sie Mathilde betreffen.«

»Wenn sie Mathilde betreffen? Wie viele Anrufe hast du erhalten, seit du hier bist? Wie viele Briefe? Wie viele E-Mails? Du löst überhaupt nichts, du lässt einfach zu, dass es immer schlimmer wird.«

»Na und? Glaubst du, du könntest daran etwas ändern?«

»Ich biete dir meine Hilfe an. Du könntest … sie anrufen. Oder Blumen schicken. Oder du schreibst ihr. Das ist nicht so direkt, das kommt besser.«

»Nein«, sagte er und schnaubte verächtlich.

»Nein *was?*«

»Ich werde ihr nicht schreiben. Ich werde ihr auch keine Blumen schicken oder sonst etwas von dem tun, was du vorschlägst«, sagte er nach kurzem Zögern. »Lass mich damit in Ruhe. In zwei Wochen bin ich hier sowieso verschwunden!«

Er durchquerte das Wohnzimmer, während ich entgeistert auf der Schwelle zu meinem Schlafzimmer stand. Wie ich es mir in den letzten Tagen angewöhnt hatte, sah ich vor meinem geistigen Auge erneut die schönen Momente, die ich mit ihm erlebt hatte. Der Tanz, der Kuss, unsere Gespräche in der Buchhandlung, die Renovierung, die Proben, sogar die Art, wie er Shakespeare zitieren konnte, ohne sich dessen bewusst zu sein.

Mein Blick fiel auf die kleine Küche und den Stapel Bücher, die ich für das Regal mit dem Motto »Lass dich überraschen« einpacken musste.

»Bis morgen, Sarah.«

»Ich … Ich lasse dir eine Notiz wegen der Bücher da.«

Ich war von Maxime enttäuscht, und aus einem Grund, den ich nicht verstand, rückte die Arbeit an diesem Abend für mich erneut an die erste Stelle. Ich hatte mir angewöhnt, ihm Zettel zu hinterlassen, um ihm zu sagen, was er tun sollte – Bücher einpacken, wieder einräumen, sie sortieren oder auszeichnen –, obwohl diese Methode eigentlich nie von Erfolg gekrönt war. Maxime versäumte es jedes Mal, die Aufgaben rechtzeitig zu erledigen, und entschuldigte sich, ehe er sich daranmachte, alles so schnell wie möglich nachzuholen.

Seine Taschenspielertricks. Sein Gedächtnis. Seine panische Miene vor den Bücherregalen. Das Drehbuch, dem er keine Beachtung schenkte.

Ich hatte das fehlende Teilchen zu dem Puzzle namens Maxime gefunden – endlich.

»Du kannst nicht lesen«, sagte ich, immer noch schockiert.

Er erstarrte und wandte mir weiterhin den Rücken zu. Das war es. Er las nicht. Nie. Er schrieb keine Textnachrichten, er rief an. Er las meine Anweisungen und fragte mich dann danach. Er las seine Texte nicht. Zweimaliges Anhören reichte ihm, um sich alles zu merken.

Er drehte den Kopf gerade so weit, dass ich sein Profil sehen konnte; seine Fäuste waren geballt.

»Stimmt das? Du …«

»Ich kann nicht besonders gut lesen«, antwortete er verdrossen. »Und ich bin zu langsam.«

Es war keine Wut, es war Scham. Eine mächtige Scham, die ihn vermutlich oft zu überwältigen drohte. Damit ihn niemand auslachte, spielte er den Angeber. Er schlug zu, damit sein Geheimnis nicht herauskam. Er schlug zu, weil ihm die Worte fehlten.

»Aber …«

»Mathilde nimmt mir die Textzeilen auf, und ich höre sie mir an, bis ich sie fehlerfrei beherrsche.«

»Weiß sie Bescheid?«

»Von Anfang an. Ohne ihre Hilfe hätte ich das erste Mal Vorsprechen nicht geschafft. Sie hat es immer schon gewusst.«

Ich ging einen Schritt auf ihn zu, gleichzeitig bekümmert und bestürzt, weil er ein ganzes Verteidigungssystem errichtet hatte, um sich zu schützen. Die Dornenhecke war tatsächlich eine unüberwindliche Festungsmauer. Sie schirmte ihn ab und hielt Eindringlinge fern.

»Warum hast du mir nichts davon gesagt?«

Endlich drehte er sich zu mir um, sein Gesicht war wutverzerrt. Wenn er mir Angst machen wollte, so war ihm das gelungen. Aber diese Genugtuung gönnte ich ihm nicht. Meine Gefühle für ihn hatten sich nicht verändert. Er war und blieb der Mann, der mich mit seiner Schlagfertigkeit und seinem finsteren Aussehen verführt hatte.

»Es gibt etwas, das schlimmer ist als Verachtung«, sagte er nach kurzem Schweigen. »Und das ist Mitleid.«

Er schnitt eine Grimasse, und ich versuchte, so gleichmütig wie möglich zu wirken. Nicht lesen zu können war für mich gleichbedeutend mit der Hölle auf Erden, es hätte mir alles genommen, was mein Leben lebenswert machte.

»Es tut mir tatsächlich leid für dich«, gab ich zu. »Kann ich … Ich würde dir gern helfen. Vielleicht können wir zusammen die Grundlagen wiederholen und …«

»Das macht Anita«, schnitt er mir das Wort ab.

»Anita?«

»Sie kommt her, um mir beim Lesen und Schreiben zu helfen. Eines Tages hat sie mich nach einem Buchtitel gefragt, und ich war nicht in der Lage, ihn für sie herauszusuchen. So hat sie es erfahren.«

Erneut verzerrte Ekel sein schönes Gesicht. In diesem Augenblick verstand ich, dass sich seine Wut ebenso gegen sich selbst wie gegen andere richtete. Er hasste sich und sorgte mit seinem Verhalten dafür, dass ihn auch die anderen hassten.

Erneut ging ich einen Schritt auf ihn zu. Er stand so dicht vor mir, dass ich ihn berühren konnte.

»Gute Nacht, Sarah.«

»Maxime …«

»Ich habe dir gesagt, dass du besser auf Abstand bleiben sollst.«

»Nur falls du es noch nicht bemerkt haben solltest: Ich bin ein großes Mädchen.«

»Ich habe es bemerkt. Aber du hast ganz offensichtlich etwas Besseres verdient als einen Schauspieler, dessen Karriere sich im Niedergang befindet und der kaum in der Lage ist, einen Einkaufszettel zu schreiben.«

»Deine Karriere ist mir scheißegal. Und Einkaufszettel schreibe ich auch nicht. Ich bin froh, dass du mir deine Geschichte anvertraut hast, und ich kann dir versichern, dass sich dadurch für mich nicht das Geringste ändert.«

»Unsinn, das ändert alles! Was willst du mit einem Typen wie mir anfangen?«

Ich presste mich an ihn und versuchte, verführerisch zu wirken, obwohl ich bezweifelte, dass mir das gelingen würde. Dazu war ich weder sinnlich noch überzeugend genug. Wie ich dort stand, eingewickelt in meine Bettdecke und mit zerzaustem Haar, sah ich vermutlich wie ein Mädchen nach einer zu kurzen Nacht aus und nicht wie eine Frau, die ihren Liebhaber verführen wollte.

Ein kleines Lächeln spielte um Maximes Mundwinkel. Entweder war es mir doch gelungen, oder ich war einfach nur lächerlich. Ich beschloss, mein Glück weiterhin zu versuchen.

»Wir könnten das dritte Kapitel miteinander durchgehen, was meinst du?«

Sein Lächeln verwandelte sich in ein leises Lachen, und er berührte meine Wange mit den Fingerkuppen.

»Für mich ändert das gar nichts«, sagte ich im Brustton der Überzeugung. Ich legte eine Hand auf das Tattoo, das die Schläge seines Herzens bedeckte. Ich fuhr fort: »Nichts! Und vor allem das hier nicht. Mir gefällt die Frau, die ich bin, wenn ich mit dir zusammen bin, mir gefällt, dass du mich … neue Dinge empfinden lässt. Und der Rest ist mir egal. Ich gehe jetzt in mein Zimmer, und du kannst machen, was du willst.«

Ich zog die Bettdecke höher über meine Brust und machte mich auf den Weg in mein Schlafzimmer. Noch ehe ich die Schwelle überschreiten konnte, spürte ich, wie Maxime mir einen Arm um die Taille schlang und mich an sich drückte.

»Kapitel drei«, flüsterte er mir ins Ohr.

Er stieß die Bettdecke weg, warf seine Klamotten in eine Ecke und bedeutete mir, mich auf das Bett zu legen. Einen Augenblick später lag er auf mir. Irgendwo, vergraben unter seiner Kleidung, vibrierte Maximes Handy. Obwohl er protestierte, ermunterte ich ihn, noch einmal aufzustehen – ein Anruf zu so später Stunde konnte nichts Gutes bedeuten.

»Es ist Mathilde«, sagte er nach einem kurzen Blick auf das Display. »Das kann warten.«

13

Maxime Vor diesem Abend hatte ich noch nie einen Fuß in Sarahs Zimmer gesetzt. Sie schlief noch, nackt und auf dem Bauch liegend, die Hände unter das Kissen geschoben und den Schmollmund zu diesem anbetungswürdigen Flunsch verzogen. In meinem Leben, vor allem in meinem Leben als Schauspieler, hatte ich mich häufig mit einer Frau im Bett wiedergefunden.

Für mich war das weder etwas Neues, noch war es ein Kunststück.

Doch mit Sarah verhielten sich die Dinge anders. Einerseits befanden wir uns, zugedeckt mit einer geblümten Bettdecke, auf ihrem Territorium. Andererseits wollte ich auf keinen Fall, dass sie sich bald wieder aus dem Staub machte. Im Gegenteil, ich fand es faszinierend, zu beobachten, wie sich ihr Brustkorb bei jedem Atemzug hob und wieder senkte.

Sarah hatte diese unerklärliche Macht über mich: Sie beruhigte mich, als kämen die entfesselten Elemente meines Lebens – meine Karriere, mein Ärger mit dem Gesetz, meine dunklen Geheimnisse und meine Wut – für einen Moment zur Ruhe und gönnten mir eine Atempause.

Eine Atempause. Genau das war es, was ich hier gefunden hatte. Ich war ausgestiegen aus dem ewigen Wettrennen um Dreharbeiten, Ruhm und Interviews. Ich versuchte mich nicht mehr in Szene zu setzen oder meine Gefühle zu verbergen. Ich hatte endlich verstanden, dass mein Universum nicht von Feinden bevölkert war und dass es außer Simon oder Mathilde weitere Menschen gab, auf die ich mich verlassen konnte.

Hier bei Sarah und inmitten der Bücher hatte ich vor allem begriffen, dass ich nicht mehr so tun konnte als ob. Anita hatte gemerkt, dass ich praktisch unfähig war, einen einzigen Satz zu lesen, ohne bei jedem Wort ins Stocken zu geraten. Schlimmer noch, manchmal las ich Wörter, ohne ihren Sinn zu erfassen. Und sie hatte mir geholfen. Einfach so, ohne mich nach meiner Meinung zu fragen oder eine Gegenleistung zu verlangen. Sobald sich die Gelegenheit bot, etwa während Sarah sich um die Proben für das Stück kümmerte, kam Anita zu mir, um mir zu helfen. Ich nutzte die Abwesenheit meiner Vermieterin – ob sie nun auf den Trödel ging oder zum Abendessen bei Baptiste war –, um Unterricht zu nehmen.

Die Demütigung der ersten Lektionen hatte sich in eine Art Befriedigung verwandelt. Ich war nicht perfekt, konnte inzwischen aber eine Liste von Wörtern ohne allzu viele Fehler schreiben.

Sobald die ersten Sonnenstrahlen hinter den Fensterläden zu erahnen waren, sah ich mich gründlich in Sarahs Zimmer um. Überall, in jeder Ecke, waren Bücher zu einsturzgefährdeten Stapeln aufgetürmt. Die wenigen Regale an der Wand waren derart überfüllt, dass die Bretter sich unter dem Gewicht der Bücher bogen. Die Tapete war ein wenig verblasst, und Sarah hatte die Fensternische so eingerichtet, dass sie gemütlich darin sitzen konnte.

»Woran denkst du?«, erklang ihre verschlafene Stimme neben mir.

Sie schob sich die zerzausten Haare aus dem Gesicht, legte den Kopf auf meine Brust und heftete den Blick auf mein Tattoo. Ein leises Lächeln umspielte ihre Lippen, und ich ertappte mich dabei, dass ich den Arm um sie schlang und mit den Fingern ihren Rücken liebkoste.

»Daran, dass du neue Regale brauchst. Oder weniger Bücher.«

»Ich entscheide mich für Ersteres. Mir wäre es lieber, du hättest daran gedacht, mir das Frühstück ans Bett zu bringen.«

»Nur damit das klar ist: Ich werde niemals fähig sein, die Bücher zu lesen, die du liest. Auch nicht die aus den Sechzigerjahren.«

Ihre Finger irrten über das Tattoo auf meiner Hand, wanderten an meinem Arm empor, kitzelten mich an der Schulter und begaben sich schließlich in meine Herzgegend. Schweigend legte sie mir die Hand auf den Oberkörper. Ich wusste, dass sie meinen Herzschlag spürte. In ihrer Gegenwart begann es immer zu rasen.

»Warum solltest du dazu nicht in der Lage sein?«, fragte sie.

»Ich bin ein böser Junge, schon vergessen?«

»Du hast mit mir auf der Straße getanzt, das war ziemlich romantisch.«

»Spürst du meinen Fuß?«, fragte ich.

»Was?«

»Ob du meinen Fuß spürst.«

Ich stieß mit meinem Fuß sanft gegen ihren, und sie tat genau das, womit ich gerechnet hatte. Ihr Fuß berührte meinen und streifte meine Fessel, ehe er an meiner Wade emporwanderte. Sarah lächelte mich an, schien nahezu stolz auf diese sinnliche Liebkosung zu sein.

»Lass ihn wieder hinunterwandern«, forderte ich sie auf.

»Okay.«

Sofort begann sie den Fuß in die entgegengesetzte Richtung zu bewegen. Schließlich landete er auf der elektronischen Fußfessel, und ich nutzte den Moment der Unaufmerksamkeit, um sie an den Handgelenken zu packen und sie mit dem Rücken auf die Matratze zu drücken. Sie schrie überrascht auf, brach aber gleich darauf in Gelächter aus. Ich legte mich auf sie, drückte meinen Unterleib an ihren.

»Ich habe eine elektronische Fessel am Fußgelenk. Ist das nicht die Definition eines Bösewichts?«

Ich gab ihr einen etwas unsanften Kuss auf die Lippen, der ihr den Atem raubte. Als ich mich von ihr löste, leckte sich Sarah die Lippen, als genösse sie die letzten Krümel eines köstlichen Desserts. Sofort richtete mein Schwanz sich auf, bereit, diese interessante morgendliche Unterhaltung fortzusetzen.

»Frauen stehen auf böse Jungs«, sagte sie. »Vor allem, wenn sie tanzen können.«

Ich begab mich wieder in meine ursprüngliche Position, und Sarah tat es mir nach. Ich war mir nicht sicher, ob es mir gefiel, dass sie ein derart positives Bild von mir hatte. Mir war klar, dass mein Aufenthalt bei ihr nützlich für sie war, aber ebenso klar war mir, dass er nicht ewig dauern würde. Eines Tages würde ich in mein Leben – so normal wie möglich – zurückkehren und meinen alten Dämonen ins Gesicht sehen müssen.

Zwei Monate mit ihr, dazu möglicherweise ein paar

Nächte … das reichte nicht aus, um mich zu ändern. Irgendwie würde ich unsere Beziehung schließlich beenden müssen.

»Ich habe dieses Tattoo lange für eine Warnung gehalten«, flüsterte sie. »Ein Ding, das sagt: ›Komm mir nicht zu nah.‹«

»Schon möglich.«

»Und dann habe ich gedacht, dass du dich schützen willst und die Leute zurückweist, weil du lieber alleine bist.«

»Sarah …«

»Aber das stimmt nicht. Es ist Tinte. Wie in den Büchern. Es erzählt deine Geschichte, es ist wie … eine Art Karte, die einem den Weg weist.«

»Ich glaube, du hast eine etwas zu romantische Vorstellung davon. Als ich fünfzehn war, habe ich mich mit einem Typen geschlagen, dabei habe ich diese Narbe an der Braue abbekommen, es war eine Glasscherbe. Mit achtzehn hielt ich es für clever, das Auto meines Vaters zu klauen und damit gegen einen Baum zu fahren.«

»Der angeschlagene Zahn?«

»Ja. Mit zwanzig habe ich ohne jeden Anlass einen Typen dermaßen zusammengeschlagen, dass ich mir den Daumen gebrochen habe. Ich bin kein unbeschriebenes Blatt, Sarah. Ich bin nicht mehr wert als die Tinte auf meinem Körper.«

»Das gefällt mir«, sagte sie lächelnd. »Die Tinte ist das Wesentliche bei einem Buch. Ohne Druckerschwärze wären es nur leere Blätter ohne jede Geschichte.«

Sie drückte mir einen Kuss auf die Herzgegend, dann auf die Lippen. Insgeheim war ich anderer Meinung als sie, aber mir fehlte die Kraft, mit ihr zu diskutieren. Ich hob leicht den Kopf und sah auf dem Radiowecker nach der Uhrzeit. Ich hatte mein Zeitfenster der Freiheit verpasst. Hoffentlich nahm Damien mir das nicht übel.

Als Sarahs Handy neben ihr klingelte, verzog sie das Gesicht und erklärte rasch, sie müsse den Anruf annehmen.

»Ich habe eine Anzeige aufgegeben, weil ich wieder Bücher ankaufen will. Vermutlich geht es darum.«

Sie nahm ihren Bademantel vom Stuhl und verließ das Bett, während sie bereits telefonierte. Ich nutzte die Gelegenheit, um mich meinerseits aus dem Bett zu quälen, mir die Boxershorts anzuziehen und nach meinem Handy zu greifen. Mathildes abendlicher Anruf kam mir in den Sinn, aber der Akku hatte den Geist aufgegeben. Aus dem Augenwinkel sah ich, wie Sarah am Telefon lebhaft gestikulierte. Wahrscheinlich hatte sie gerade erfolgreich über einen Auftrag verhandelt, dessen Umfang dem Bestand der Nationalbibliothek entsprach.

Mit einer Geste signalisierte ich ihr, dass ich in mein Zimmer gehen würde. Ich zog mir ein T-Shirt über und schloss mein Handy an das Ladegerät an. Von hier aus konnte ich Sarah immer noch reden und lachen hören, was mir bestätigte, dass sie ihr Geschäft in die richtige Bahn gelenkt hatte und das Gespräch sich vermutlich in die Länge ziehen würde. Ich schlüpfte ins Badezimmer und stellte mich unter die Dusche in der Hoffnung, endlich ganz wach zu werden. Der Gedanke an die Nacht mit Sarah half mir nicht gerade dabei, mich aus meiner trägen Schläfrigkeit zu befreien. Im Gegenteil, die Erinnerung daran, wie ihr Körper sich lasziv an meinem gerieben hatte, an ihr Keuchen und Stöhnen und ihr vor Lust leuchtendes Gesicht zog mich viel eher in die Richtung weiterer … Kapitel.

Mir blieb genug Zeit, aus der Dusche zu steigen, Kaffee zu kochen und mich anzuziehen, bevor Sarah erneut auftauchte. An ihrem Lächeln erkannte ich, dass ihre Verhandlungen von Erfolg gekrönt waren.

»Gute Neuigkeiten?«

»Ausgezeichnete sogar. Ein Dachboden voller Bücher. Na ja, sie sind wahrscheinlich nicht alle in einem guten Zustand, aber ich kann auf jeden Fall die Bestände im Laden aufstocken.«

»Dir ist aber schon bewusst, dass der Bestand ohnehin verdammt gut ist, oder?«

Sarah legte den Kopf schief und lächelte mich vielsagend an. Ja, sie wusste es. Aber davon ließ sie sich nicht aufhalten. Im Stillen fragte ich mich, ob es überhaupt etwas gab, das sie aufhalten konnte. Damien hatte mir von ihrer chaotischen Kindheit und den Schwierigkeiten mit der Buchhandlung erzählt, sie hatte mein drückendes Geheimnis entdeckt. Nun saß sie dort, ein strahlendes Lächeln im Gesicht, mit zerzaustem Haar, begehrenswert in einer zu weiten Jeans und einem abgetragenen T-Shirt.

»Bücher kann man nie genug haben«, antwortete ich an ihrer Stelle.

»Genau, es ist nie genug. Oh, du hast Kaffee gekocht!«, rief sie begeistert und stürmte bereits zur Kaffeemaschine.

»Ich schließe den Laden auf und stelle die Tische vor die Tür.«

Sarah hatte den Kaffeebecher bereits an die Lippen gesetzt. Ich öffnete die Tür zur Treppe, bereit, hinunterzulaufen, änderte aber plötzlich meine Meinung und beschloss zu überprüfen, ob sie tatsächlich zu allem bereit war.

»Wollen wir heute Abend zusammen essen?«

»Ich … äh …«

»Ich werde Baptiste bitten, uns etwas zu bringen«, beruhigte ich sie.

»Wahrscheinlich komme ich erst ziemlich spät von der Probe zurück. Heute Abend kümmern wir uns um die Kostüme, und ich möchte nicht, dass …«

»Ich warte. Anita will heute mit mir an meiner Grammatik arbeiten.«

Es war eine echte Erleichterung, dieses Geheimnis nicht mehr mit mir herumtragen zu müssen, dieses Gewicht los zu sein, das ich jahrelang mit mir herumgeschleppt hatte wie meine Wut. Sarah hatte mich auch diesmal wieder verblüfft. Sie hatte mich weder mitleidig angeschaut noch eine betrübte Miene aufgesetzt. Sie hatte es hingenommen und beschlossen, dass sich dadurch nichts ändern würde.

Für sie vielleicht nicht.

Für mich sehr wohl.

»Sag ihr, dass sie auch ihr Kostüm anprobieren muss und dass ihre Theorie von wegen ›Mir steht alles‹ am Tag der Aufführung unpassend ist.«

»Ich werde es ihr ausrichten.«

Ich ging auf Sarah zu, und sie sah mich mit einer Mischung aus Besorgnis und Überraschung an. Erneut versteckte sie sich hinter ihrem Kaffeebecher, aber ich schaffte es, ihr das Ding aus den Händen zu nehmen. Ich stellte den Becher auf die Arbeitsfläche und umfasste ihre Hüften. Ihr Körper spannte sich an, und sie umklammerte das Möbelstück, das hinter ihr stand. Mit den Lippen streifte ich ihren Hals, zeichnete die Linie ihres Kinns nach, bis ich schließlich auf ihrem Mund landete.

»Zählen wir immer noch Kapitel?«

Sie schüttelte den Kopf. Ihre Augen waren halb geschlossen, ihr Atem ging stoßweise. Es war berauschend, eine so starke Wirkung auf sie zu haben.

»Wir zählen jetzt Bände«, sagte sie leise.

»Okay. Band zwei also, die Rückkehr.«

Sie biss sich auf die Unterlippe; das Lachen blieb ihr in der Kehle stecken. Ich nutzte den Moment, um meinen Mund auf ihren zu drücken und ihr einen Kuss zu stehlen. Inzwischen war ich regelrecht süchtig danach, Sarah zu küssen. Mir war bereits vertraut, wie sie einige Sekunden lang zögerte, und dann kam der unglaubliche Moment, in dem sie sich fallen ließ, ehe sie erneut die Kontrolle übernahm und die Arme um meinen Nacken schlang.

Ich küsste sie eine Weile und versuchte vergeblich, die nötige Motivation zum Aufschließen der Buchhandlung zu finden. Jetzt bereute ich, dass ich Sarah den Anruf hatte annehmen lassen. Wir hätten besser im Bett bleiben sollen. Ich blickte ihr tief in die Augen und löste mich schließlich von ihr. »Ich gehe nur schnell duschen, dann bin ich wieder bei dir.«

»In Ordnung.«

Sie schmiegte sich kurz an mich und ging zurück in ihr Zimmer. Ich griff nach meinem Handy und beschloss, endlich runterzugehen und den Laden zu öffnen. Ich hatte gerade die Tür aufgeschlossen und begonnen, Tische und Stühle nach draußen zu stellen, als ich fühlte, wie mein Handy in meiner Jeanstasche vibrierte.

In der Nacht hatte Mathilde mich mehrmals vergeblich zu erreichen versucht. Auch Damien hatte mich an diesem Morgen mit Sicherheit angerufen, um mich daran zu erinnern, dass wir zum Laufen verabredet waren. Sollte er doch laufen gehen – ich hatte seit Monaten nicht mehr so gut geschlafen. Und das, obwohl ich keinen Tropfen Alkohol getrunken hatte.

Ich schob mehrere Buchständer hinaus, und nachdem ich mir die Wettervorhersage angehört hatte, legte ich auch auf den Tischen einige Bücher aus. Genau in diesem Moment kam der Blumenhändler aus seinem Laden. Er bedachte mich mit einem gezwungenen Lächeln, und ich unterdrückte den nahezu unwiderstehlichen Drang, ihm den Mittelfinger zu zeigen.

»Schönes Wetter heute, was?«, fragte er und kam näher, ein paar Blumen in der Hand.

»Ja, echt super.«

»Ist … äh … ist Sarah schon aufgestanden?«

»Sie duscht gerade.«

Frédéric musterte mich von Kopf bis Fuß, als könnte er auf diese Art herausfinden, ob Sarah und ich die Nacht miteinander verbracht hatten. Ich hatte eine Wahnsinnslust, es ihm auf die Nase zu binden, damit ihm endlich sein blendendes, viel zu glattes Lächeln verging. Ich streckte die Hand nach den Blumen aus und sagte: »Wenn du willst, gebe ich sie ihr.«

»Oh. Ich … Ich wollte eigentlich mit ihr reden. Wegen gestern Abend, sie ist … Na ja, sie war ziemlich schnell weg.«

Verlegen kratzte er sich am Kopf. Ich war nicht verlegen. Absolut nicht. Mir war dieser Typ scheißegal. Er hatte Sarah nicht verdient. Nicht, dass *ich* sie verdient hätte, aber ich hätte mich lieber überfahren lassen, als diesen Idioten an ihrer Seite zu sehen.

»Ich habe sie nach Hause gebracht«, sagte ich.

»Oh. Gut. Bleiben Sie noch lange hier?«

»Hier oder bei ihr?«

»Das ist doch dasselbe«, antwortete er verärgert.

Ich begnügte mich damit, ihn anzugrinsen, das berühmte arrogante Raubtierlächeln, das ich eigentlich Journalisten und Frauen vorbehielt. Für eine Sekunde fand ich es geradezu beruhigend: In diesem Punkt hatte mich der Umgang mit Sarah nicht verändert. Ich konnte mich immer noch wie ein mieser Kerl benehmen, wenn ich Gelegenheit dazu bekam. Einziger Unterschied: Vorläufig hatte ich noch nicht das Bedürfnis, ihm jeden Zahn einzeln zu ziehen.

»Das ist keine Antwort auf meine Frage«, setzte er unsicher ein weiteres Mal an.

»Was meine Anwesenheit hier betrifft: Es sind noch knapp zwei Wochen.«

Seine Hände krampften sich um die Blumen, während er den Blick auf den Eingang der Buchhandlung richtete. Offensichtlich wartete er, dass Sarah auftauchen und retten würde, was zu retten war.

»Wenn du willst, passe ich auf die Blumen auf. Es kann noch dauern, bis sie runterkommt.«

Sein Unbehagen wuchs sichtlich, und schließlich reichte er mir den Strauß violetter und weißer Blumen, den er in der Hand hielt. Er schwankte zwischen Demütigung und Wut. Ich legte die Blumen auf einem der Tische ab, während Frédéric den Rückzug in Richtung seines Ladens antrat.

»Schönen Tag noch!«, rief ich ihm spöttisch nach.

Ich war gerade dabei, die letzten Stühle richtig hinzustellen, da begann mein Handy erneut zu vibrieren. Mathildes Gesicht tauchte auf dem Display auf, und während ich mich in die Sonne setzte, beschloss ich, den Anruf anzunehmen.

»Hallo!«

»Meine Güte, gehst du denn nie ans Telefon!«, rief sie verärgert.

»Ich habe geschlafen.«

»Entschuldige«, fuhr sie leiser fort. »Ich … Es gibt da etwas, worüber ich mit dir reden muss.«

»Und das war so dringend?«

»Äh … ja.«

An ihrem Tonfall erkannte ich, dass es tatsächlich um etwas Ernstes ging. Dass Mathilde mich anschnauzte, war ich gewohnt – vor allem, wenn ich ihre Anrufe ignorierte. Aber diesmal war es anders. Ihre Stimme verriet, dass sie besorgt war und irgendwie unter Druck stand, etwas, das ich überhaupt nicht von ihr kannte.

Ich setzte mich auf einen Stuhl und starrte auf den Ladeneingang, weil ich Sarah dort zu sehen hoffte.

»Hör zu, wenn es um das Drehbuch geht, ich hatte noch keine Zeit, es zu …«

»Nein, Maxime. Es geht um etwas anderes. Und dass du es nicht sofort lesen würdest, habe ich mir ohnehin schon gedacht. Es ist nicht …«

»Sarah weiß Bescheid.«

»Sarah, die Buchhändlerin? Sie weiß es? Aber wie …? Verdammt noch mal, warum hast du es ihr erzählt?«

»Sie hat es erraten. Sie wird nicht darüber sprechen, Mathilde, da bin ich mir sicher. So ist sie nicht. Sie ist … Sie ist etwas Besonderes.«

Am anderen Ende der Leitung hörte ich Mathilde seufzen. Etwas kam in Bewegung, Papiere wurden verschoben, ich hörte, wie auf einer Tastatur herumgehämmert wurde. Vor meinem inneren Auge sah ich Mathilde in ihrer Büroecke sitzen, zwischen Akten und Zeichnungen ihres kleinen Sohns. Mir war inzwischen klar, dass ich ihr gegenüber ungerecht gewesen war. Ungerecht und undankbar. Sie hatte mir immer geholfen, und ich hatte nichts Besseres zu tun, als sie zurückzustoßen.

Wie alle anderen auch.

»Klingt, als hätte dir der Aufenthalt gutgetan«, sagte sie mit erstickter Stimme.

»Ja. Du hattest tatsächlich recht.«

Darauf folgte kurzes Schweigen, und endlich erschien Sarah auf der Schwelle der Buchhandlung. Ihre Haare waren noch feucht, und sie hatte sich das Handy zwischen Ohr und Schulter geklemmt und betrachtete mich mit besorgter Miene.

»Maxime, ich … ich habe dich wegen Simon angerufen.«

Plötzlich beunruhigt, richtete ich mich auf. Seit seinem letzten Anruf hatte ich nichts mehr von ihm gehört. Der Wind wurde stärker, und Sarah kam auf mich zu, blass und besorgt. In dem Augenblick, in dem sie meine Schulter drückte, begriff ich, dass dieses Gespräch nichts mit meiner Karriere oder meinem Leben zu tun hatte. In dem Nebel, der mich umgab, nahm ich Mathildes Stimme kaum noch wahr.

Und trotzdem wusste ich, dass diese wenigen Worte – die letzten, bevor mein Handy auf den Boden fiel – mich noch monatelang verfolgen würden.

»Man hat ihn gestern Abend tot aufgefunden. Er hat seinem Leben ein Ende gesetzt.«

Sarahs Hand drückte meine Schulter ein bisschen stärker, aber nicht stark genug, um mich auf dem Stuhl zu halten. Ich sprang auf und spürte, wie heftiger Zorn in mir hochstieg. Entfesselt durch den Schmerz, den ich empfand, implodierte er in meinem Körper, und innerhalb einer Sekunde wurde alles unerträglich. Alles.

Die Sonne, der Wind, die Tische, der Blumenstrauß, die Bücher, mein Leben, Sarah. Alles. Das ganze Universum schien sich nun gegen mich zu richten, als wollte es mich für alles bestrafen, was ich in meinem Leben getan hatte.

»Maxime«, sprach Sarah mich an.

»Lass mich!«

»Maxime, wir werden eine Lösung finden. Wir können eine Ausgangserlaubnis beantragen, damit du nach Paris fahren kannst und …«

»Lass mich!«, brüllte ich. »Lass mich in Ruhe! Sei still!«

Sie machte Anstalten, nach meiner Hand zu greifen, um mich festzuhalten und meine Gefühle zu kanalisieren, aber ich stieß sie erneut zurück. Ich brauchte sie nicht. Ich saß hier fest, und Simon … Simon war nicht mehr da. Schlimmer noch: Ich hatte es nicht kommen sehen. So besessen war ich von meinem eigenen Leben, so beherrscht von meinem Zorn, so wütend auf die ganze Menschheit, dass ich seine Not nicht gespürt hatte.

»Bitte, Maxime, bleib hier«, redete mir Sarah gut zu, während ich wie ein Löwe im Käfig mit großen Schritten auf dem Platz hin und her ging, bereit, mich auf die nächstbeste Beute zu stürzen.

»Verdammt noch mal, lass mich in Ruhe!«

Sie trat einige Schritte zurück und musterte mich mit einer Mischung aus Furcht und Unverständnis. Sarah hatte mich noch nie in diesem Zustand gesehen; zum ersten Mal erlebte sie einen dieser Augenblicke mit, in denen meine unbeherrschbare Wut stärker war als alles andere.

Innerlich hörte ich mein Gespräch mit Mathilde in Dauerschleife. Die fehlgeschlagenen Anrufe, ihre Stimme, die heiser vor Aufregung gewesen war, ihre ungewohnte Nervosität. Und dann Simons Tod. Der ideale Schwiegersohn, der Goldjunge, hochgejubelt von den Regisseuren, der Typ, der die Frauen zum Träumen brachte und so gute Manieren hatte, dass er ihnen sogar die Tür aufhielt.

Der Typ, der mich am letzten Weihnachtsfest zu seinen Eltern eingeladen hatte, weil er die Vorstellung unerträglich fand, dass jemand an Weihnachten allein war.

Ich hatte es nicht kommen sehen. *Das* war unerträglich, nicht der quälende Schmerz wegen des Verlusts oder das beängstigende Gefühl, am Rand eines Abgrunds zu stehen. Nein. Das Schrecklichste war dieses erstickende Gefühl von Schuld, die schrille Stimme in mir, die ständig wiederholte, dass es meine Schuld war, dass ich seine Freundschaft nicht verdient hatte, dass es mich hätte treffen müssen.

Denn ich hätte mindestens hundert Mal sterben müssen bei all den Abenden mit zu viel Alkohol und meiner krankhaften Neigung, alles zu zerstören. Zerstörung. Das war der Sinn meines Daseins; sehenden Auges zerstörte ich mein Leben und das der anderen, und zwar gründlich. Mathilde, meine Karriere, Simon.

Und Sarah würde ebenfalls auf diese Art enden, auch sie.

»Ist alles in Ordnung?«

Alarmiert von meinem Geschrei und meinem unberechenbaren Verhalten, war Frédéric aus dem Laden gekommen, die Rosenschere noch in der Hand. Sein Blick wanderte von Sarah zu mir, dann wieder zurück zu Sarah.

»Alles okay«, versicherte sie ihm, um ihn zu beruhigen, aber ihre Tränen straften ihre Worte Lügen. Ich hätte gern die Kraft besessen, sie zu trösten, aber ich war zu kaputt und zu wütend, um eine aufmunternde Geste auch nur anzudeuten.

»Danach sieht es aber nicht aus. Willst du kurz zu mir in den Laden kommen?«, fragte er.

Er musterte mich argwöhnisch, offenbar fürchtete er sich vor meiner Reaktion. Aber ich runzelte nur die Stirn und ballte die Fäuste in den Hosentaschen. Mit etwas Glück würde Frédéric kein Kollateralschaden werden. Ich ging auf ihn zu, weil ich ihm sagen wollte, dass er uns in Ruhe lassen und sich wieder in seine Blumenecke verdrücken sollte.

»Es geht ihr gut«, stieß ich mit zusammengebissenen Zähnen hervor.

»Es geht ihr *nicht* gut«, versetzte er vollkommen unbeeindruckt.

Provozierend baute er sich so nah vor mir auf, dass unsere Körper sich beinahe berührten. Normalerweise hätte ich ihn am Kragen gepackt und gegen die nächste Mauer gedrückt, aber mir war bewusst, dass ich auf Bewährung war und Frédéric keinerlei Skrupel haben würde, mich endgültig fertigzumachen.

»Geh nach Hause«, knurrte ich.

»Und wenn nicht? Wenn du ihr wehgetan hast …«

»Er hat nichts getan«, mischte sich Sarah ein.

Sie schob eine Hand zwischen uns, bevor sie zwischen uns trat, um uns zu trennen. Sie stand vor mir und legte mir eine Hand auf die Brust, forderte mich wortlos auf, ein Stück zurückzutreten.

Obwohl ich immer noch wütend auf ihn war, folgte ich ihrer Aufforderung.

»Mieses, arrogantes Arschloch!«, zischte er.

Mit einer heftigen Armbewegung schob ich Sarah aus

dem Weg und packte Frédérics T-Shirt mit der Faust. Er schlug um sich und berührte den Boden nur noch mit den Zehenspitzen, als ich ihn hochhob. Hinter mir hörte ich Sarah schreien; sie flehte mich an, aufzuhören. Aber es war zu spät.

Frédéric wehrte sich heftig, aber vergebens, denn ich war viel stärker als er. Die Rosenschere fiel ihm aus der Hand, als ich ihn zwischen die Eimer voller Blumensträuße schleuderte, die er gerade auf den Platz gestellt hatte. Durchnässt und beleidigt landete er auf dem Pflaster.

»Vielleicht hätte ich lieber ›unreifer Brutalo‹ sagen sollen!«, fauchte er.

Bevor er wieder zu Atem kam, landete meine Faust in seinem Mundwinkel. Vor Entsetzen blieb ihm die Luft weg, und ich schlug ein zweites Mal zu, um ihn endgültig fertigzumachen. Ein Rinnsal Blut lief ihm aus dem Mund und über das Kinn. Ich machte einen Schritt zurück und trat gegen einen der Eimer, der ins Schaufenster flog.

Ein kleines Einschlagloch war zu sehen, von dem aus sich ein Riss bis zur gegenüberliegenden Ecke zog. Frédéric wischte sich mit der Hand über die Lippe und bedachte mich mit einem bösen Blick. Außer Atem streckte ich die Hand aus, um ihm auf die Beine zu helfen.

Zu meiner Linken hörte ich Schritte, und als ich mich umblickte, sah ich Damien, der auf mich zugelaufen kam.

»Verdammt noch mal, hör auf! Du jagst ihr eine Mordsangst ein!«

Ich drehte mich zu Sarah um, die so blass geworden war, dass sie fast durchsichtig wirkte, und auf den Platz starrte, ohne ihn wirklich zu sehen. Wie angewurzelt stand ich da, erschöpft von meiner Wut und meinem jüngsten Exzess. Jetzt, nachdem ich ein bisschen Dampf abgelassen hatte, wurde mir klar, was ich getan hatte.

»Tut mir leid, Alter!«, rief ich Frédéric zu. »Ich werde für den Schaden bezahlen!«

»Du bist der reinste Amokläufer, du gehörst eingesperrt!«, schrie er mit hysterischer Stimme zurück.

»Da ist was dran«, sagte Damien trocken.

»Ich will nicht, dass er sich ihr nähert«, fauchte ich.

Erneut spähte ich zu Sarah. Sie war aufgestanden und ging langsam zur Buchhandlung zurück. Zur Wiedergutmachung würde es garantiert nicht ausreichen, dass ich sie mit Entschuldigungen überschüttete. Blieb mir nur zu hoffen, dass sie auch diesmal wieder ihr übliches Verständnis an den Tag legen würde.

Was ich allerdings bezweifelte. Meine Reaktion war zu heftig gewesen, und ich hatte sogar ihr versehentlich einen Schlag versetzt.

»Sie packt ihre Sachen.«

»Und schmeißt mich vermutlich raus, oder?«

»Nein, sie begleitet dich. Ich war gerade bei der Gendarmerie. Ich habe seit gestern Abend mit ihnen wegen deiner Ausgangserlaubnis verhandelt«, erklärte Damien und zog sie aus der Tasche seiner Jeans.

Er warf einen flüchtigen Blick auf den Blumenladen, dessen Vorplatz ich gerade verwüstet hatte. Indem ich handelte, ohne nachzudenken, würde ich mich immer tiefer in Probleme verstricken, das war mir inzwischen klar.

»Ich helfe ihm beim Aufräumen und sorge dafür, dass er dich nicht anzeigt«, sagte Damien.

»Danke«, murmelte ich.

»Du hast zwei Tage Zeit. Danach bleibt dir noch … wie lange? Eine Woche?«

»Acht Tage«, antwortete ich.

»Hör auf, dich wie ein Arschloch zu benehmen! Ich finde es super, dass du hier bist, aber ich habe nicht vor, dir jedes Mal den Arsch zu retten, wenn du Mist baust.«

»Ich weiß. Und was mache ich wegen Sarah? Ich war … ich war mies zu ihr.«

Damien drückte mir die Ausgangserlaubnis energisch an die Brust. Er bedachte mich mit einem Lächeln und fuhr fort: »Darum kümmern wir uns später, immer eins nach dem anderen. Lass den Sturm erst mal vorüberziehen. Hier hast du meine Autoschlüssel.«

»Dein Auto?« Ich verzog das Gesicht.

Damien besaß nur seinen schmutzigen, altersschwachen Lieferwagen. Es würde eine Ewigkeit dauern, damit nach Paris zu fahren. Eine Ewigkeit, die umso länger dauern würde, als Sarah die große Schweigende spielte, um mich … genau, für meinen Amoklauf zu bestrafen.

»Entweder damit oder gar nicht!«

Er drückte mir die Schlüssel in die Hand, und mir blieb keine Zeit zum Nachdenken. Ich dankte ihm mit einem Kopfnicken, ehe ich mich auf den Rückweg zur Buchhandlung machte. Ich hörte, wie Damien Frédéric seine Hilfe anbot, der das Angebot mit einem Brummen akzeptierte. Ich dachte flüchtig an die Worte meines Freundes. In einer Hinsicht hatte er recht: Er würde nicht immer da sein, um mich zu retten.

Ich musste lernen, mich zu beherrschen.

Mehr noch, ich musste lernen, mich zu entschuldigen.

Als ich den Buchladen betrat, standen zwei Koffer neben der Tür. Sarah schrieb mit Filzstift einen Zettel, der angab, dass sie abwesend und die Buchhandlung folglich geschlossen war.

»Niemand zwingt dich, das zu tun.«

»Was, *das?*«

»Deinen Laden schließen, deine Terminplanung auf den Kopf stellen, Maximes Auto ertragen … mich begleiten.«

»Ich tue das nicht aus Pflichtgefühl.«

Ich blickte prüfend in ihr schönes Gesicht, entdeckte aber keinerlei Feindseligkeit darin. Sie lächelte zwar nicht, aber ihr freundlicher Blick beruhigte mich. In den Ruinen meines Lebens war Sarah ein echter Hoffnungsschimmer. Sie blieb standhaft, wenn alle anderen aufgegeben hatten.

»So macht man das, wenn man jemanden liebt«, fuhr sie fort. »Unterstützen, helfen und die Hand halten, wenn der andere es braucht.«

Sarah brachte den Zettel an der Tür an und ging an mir vorbei. Ich packte sie am Handgelenk und zog sie an mich. Ich musste ihren warmen Körper an meinem spüren, um zu wissen, dass ich nicht allein war. Nach kurzem Zögern ließ sie mich gewähren und schlang mir ihrerseits die Arme um die Taille, während sie den Kopf an meine Brust schmiegte.

»Danke«, flüsterte ich.

»Wollen wir los? Wir haben nicht viel Zeit.«

Sie nahm ihren Koffer und überließ es mir, den Laden hinter uns abzuschließen. Während ich ihr hinterherblickte, musste ich an das denken, was sie gerade zu mir gesagt hatte.

Ja, unsere Zeit war begrenzt.

Und ja, ich liebte sie.

14

Sarah Die Autofahrt dauerte Stunden. Maxime hatte Damien und sein Auto, das ihm viel zu langsam war, Hunderte Male verflucht. Er hatte sogar geschworen, ihm so bald wie möglich ein neues zu schenken.

Maxime sprach nur wenig, und ich ermunterte ihn auch nicht dazu. Seine Wut war noch immer deutlich zu spüren, und auf so engem Raum wollte ich keinen weiteren Anfall provozieren. Die Art, wie er Frédéric einfach hochgehoben hatte, fand ich furchterregend. Nun verstand ich, was er gemeint hatte, als er sagte, er könne innerhalb von Sekunden alles in seiner Umgebung zerstören.

Völlig aufgelöst hatte Damien mich angerufen und mir erzählt, was vorgefallen war.

»Simon hat sich umgebracht«, war er herausgeplatzt. »In seinem Zimmer. Mathilde muss Maxime benachrichtigen, aber ich warne dich, es kann sein, dass er es schlecht aufnimmt.«

Also hatte ich mir die erstbesten Klamotten übergestreift und war mit noch nassen Haaren die Treppe hinuntergestürmt. Aber ich kam zu spät, und meine Anwesenheit allein genügte nicht. Ohnmächtig hatte ich zusehen müssen, wie er explodierte. Innerhalb von Sekunden war das besagte Puzzle wieder zerstört und in weitere krumme Teile zerlegt worden, die an der richtigen Stelle eingefügt werden mussten.

Für mich war es selbstverständlich, dass ich ihn begleiten würde. Kaum hatte mich Damien informiert, war mir klar, dass es darauf hinauslaufen würde, denn ich konnte mir nicht vorstellen, Maxime allein an diesen Ort fahren zu lassen, an dem er seinen alten Dämonen schutzlos ausgeliefert sein würde. Ihn zu beschützen war zu einer Art Automatismus geworden.

Er hatte mir sein Geheimnis anvertraut, also musste ich ihn unterstützen.

Auch wenn es sich nur um wenige Tage handelte, wollte ich mich vergewissern, dass es ihm gut ging.

Auch wenn es sich nur um wenige Tage handelte, wollte ich Zeit mit ihm verbringen.

Was die Situation insgesamt betraf, machte ich mir nichts vor. Abseits seines Berufs war Maxime ein zuvorkommender und faszinierender Mensch. Wie er selbst gesagt hatte, ähnelte er den Helden meiner Bücher nicht im Geringsten. Er war besser als sie. Empfindsamer, distanzierter, beschädigter, hitziger. Und komplizierter.

Als wir an einer Ampel standen, sah ich ihm ins Gesicht. Sogar wenn er wütend oder traurig war, verlor Maxime nichts von seiner Anziehungskraft. Die markante Linie seines Kiefers, sein finsterer Blick, die rätselhafte kleine Narbe auf der Braue. Ich wusste nicht, ob ich glücklich oder erschüttert sein sollte, weil ich mich in einen Mann verliebt hatte, der mich in einer Woche verlassen würde, ohne mit der Wimper zu zucken.

»Wir sind da«, verkündete er und riss mich aus meinen Gedanken.

Ich ließ den Blick über die von Gebäuden im Haussmann'schen Stil gesäumten Straßen schweifen. Maxime wohnte in einer privaten Sackgasse, die in den Parc Monceau mündete; eine Blase der Stille inmitten der lebhaften Stadt.

Bei der Ankunft in Paris hatte mich die hektische Betriebsamkeit überrascht, die dort herrschte. Auf den Straßen wimmelte es von Menschen, die Fahrzeuge wichen einander mit knapper Not aus. Die Stadt schien zu summen, als wäre sie von unerschöpflicher Energie beseelt. Endlich verstand ich, was Maxime empfand, wenn er hier lebte: Erregung, dieses unglaubliche Gefühl, das alles möglich machte.

Er tippte einen Code ein, woraufhin sich ein großes Garagentor öffnete. Wir verschwanden im Untergeschoss, und Maxime parkte den Wagen auf dem Platz, der am weitesten von der Einfahrt entfernt war.

»Das Gute an diesem Auto ist, dass niemand erfahren wird, dass es mir gehört«, sagte er ironisch.

Maxime nahm unsere Koffer, und ich folgte ihm zum Aufzug. Nach wenigen Sekunden hatten wir seine Wohnung erreicht. Das Wohnzimmer war so groß, dass meine ganze Wohnung hineingepasst hätte. Ich blickte an die Decke, die mit Stuckleisten und einem beeindruckenden Kronleuchter geschmückt war. Das Echtholzparkett unter meinen Füßen war perfekt gewachst. Reflexartig zog ich mir die Schuhe aus und ging vorsichtig darüber.

»Mach's dir gemütlich«, forderte er mich auf. »Ich bringe die Koffer ins Schlafzimmer.«

»In Ordnung.«

Neugierig streifte ich durch die Wohnung. Trotz der Möbel und der Deko wirkte das Wohnzimmer eiskalt. Von

Maxime war darin keine Spur zu sehen: kein einziges Foto, absolut nichts Persönliches. Es ähnelte eher einer Musterwohnung als einem Ort zum Leben.

Verblüfft, um nicht zu sagen beeindruckt blieb ich vor einem mit Büchern bestückten Regal stehen. Es war tadellos sauber, keine Spur von Staub war zu sehen … und vor allem keine Fingerspuren auf den Glasscheiben vor den Regalen. Ich überflog die Titel und strich lächelnd mit den Fingerkuppen über die Buchrücken. In diesem Möbelstück herrschte das Chaos. Gedichtsammlungen folgten auf Theaterstücke, die ihrerseits vor Romanen des Realismus standen.

»Die sind nur dazu da, schön auszusehen«, erklärte Maxime, als er wieder ins Wohnzimmer zurückkam.

Er gesellte sich zu mir und schaute auch auf die Bücher. Er holte einen beliebigen Band heraus und schlug ihn auf.

»Das hier hat mir Simon geschenkt.«

Er zeigte mir eine handgeschriebene Widmung auf dem Vorsatzblatt. Mit einem müden Seufzer gestand er mir, dass er sie bislang nicht hatte entziffern können.

»Wie … wie ist es möglich, dass das nie jemand gemerkt hat?«, fragte ich.

»Ich hab da so meine Tricks. Entweder habe ich meine Brille vergessen, oder ich sehe es mir später an. Manchmal hilft mir auch Mathilde. Ehrlich gesagt, lässt es sich ziemlich leicht verheimlichen, wenn man kaum Verbindung zu anderen Menschen hat.«

»Das ist also der wichtigste Trick: dich nicht zu sehr auf andere einzulassen?«

Verbittert dachte ich, dass er es sich verdammt leicht machte. Er spazierte durch das Leben anderer Menschen, ohne jemals zu bleiben. Er begnügte sich mit einem Lächeln, einem Scherz oder manchmal einer Prügelei, und dann verschwand er, blieb unerreichbar. Ich verstand nun, dass er seine Art zu funktionieren mir zuliebe nicht ändern würde. Im Gegenteil, die Entfernung zwischen Paris und Chateaurenard würde ihm die Sache zusätzlich erleichtern.

»Das ist mein Ding, ja, genauso, wie alles um mich herum zu zerstören.«

»Frédéric geht es gut«, beruhigte ich ihn. »Wir werden uns schon mit ihm einigen.«

»Liest du mir vor, was er geschrieben hat?«

Er reichte mir das Buch, das Simon ihm geschenkt hatte, eine alte Ausgabe eines Stücks von Molière. Fast ohne es zu merken, strich ich sanft über den dicken, schweren Einband, in den der Titel des Stücks eingeprägt war.

»*Der Menschenfeind*«, sagte ich lächelnd.

»Das hat er mir gesagt, ja. Er fand, der Titel passt zu mir.«

»Aber das stimmt nicht! Du bist ... du bist alles andere als ein Menschenfeind. Und sogar der hat am Ende seine Schwächen.«

»Tatsächlich?«

»Tatsächlich. Er hasst die Menschen im Allgemeinen, aber er liebt eine Frau.«

Ohne jede Vorankündigung schob sich Maxime hinter mich und schlang mir die Arme um die Taille. Ich schwankte zwischen Erleichterung und Verzweiflung. Was ich auch tat oder sagte, ich wusste, dass unsere Beziehung dazu verurteilt war, von sehr kurzer Dauer zu sein. Nach einer letzten Woche in der Buchhandlung würde er verschwinden.

Und weil er daran gewöhnt war, würde er auf diesem Gebiet glänzen und mich bereits vergessen haben, bevor er wieder in Paris angekommen war.

Er gab mir einen Kuss auf die Schulter, und ich schlug das Buch auf, um Simons Worte zu lesen.

»Seine Mutter war Grundschullehrerin«, sagte er. »Deshalb diese Handschrift. Hübscher Anfangsbuchstabe.«

Schweigend las ich seine Widmung und musste schlucken. Ich hatte mit einem oberflächlichen Glückwunsch zum Geburtstag gerechnet, mit einem Witz ohne tiefere Bedeutung, aber inzwischen hallten die Worte anders nach. Ich hätte Maxime einfach anlügen können, aber das wäre unfair gewesen, vor allem an diesem Tag.

Ich räusperte mich und versuchte mich nicht von Rührung überwältigen zu lassen.

»Da steht: ›Herzlichen Glückwunsch zum Geburtstag, Max. Pass gut auf dieses Buch auf, mit meiner Unterschrift kannst du nach meinem Tod locker zwei, drei Partys damit finanzieren.‹«

Hinter mir spürte ich Maximes Körper, der gespannt war wie ein Bogen. Ohne es zu wollen, und obwohl ich Simon nicht kannte, spürte ich, wie mir eine Träne über die Wange lief. Ich wusste, wie es war, einen nahestehenden Menschen zu verlieren, sich allein zu fühlen und gegen den Drang ankämpfen zu müssen, einfach laut zu schreien.

Ich hörte Maxime schniefen, und auf einmal vergrub er den Kopf an meinem Hals.

»Verdammter Klugscheißer. Es würde nicht mal für eine reichen«, murmelte er.

Das brachte mich zum Lachen, und zwischen Lachen

und Weinen blieben wir eine Weile vor dem Bücherschrank stehen.

»Wie wär's mit etwas zu essen? Ich bestelle uns was.«

An diesem Abend aßen wir zu Abend, während einer von Simons Filmen zum zweiten Mal im Fernsehen gezeigt wurde. Maxime erzählte mir von ihrer ersten Begegnung, von ihren Partys und Dreharbeiten. Bewundernd betrachtete ich sein Gesicht, dass bei jeder glücklichen Erinnerung zu leuchten begann. Dennoch fürchtete ich mich vor dem nächsten Tag, denn das würde der Tag sein, an dem er sich der Gegenwart stellen musste.

In jener Nacht schlief ich in Maximes Armen ein, doch gegen zwei Uhr wachte ich auf und war allein. Ich fand ihn in der Küche, er war nur mit seiner Boxershorts bekleidet und hielt ein Glas in der Hand. Es war offensichtlich nicht das erste.

»Alles okay?«

»Nein. Geh wieder schlafen, ich komme gleich.«

Ich näherte mich ihm. Seinen geröteten Augen nach zu urteilen hatte er geweint. Normalerweise hätte ich ihn in die Arme genommen. Aber Maxime hatte mehrmals unter Beweis gestellt, dass er sich anders als andere Menschen verhielt. Möglicherweise würde er mich wegstoßen und sich noch gründlicher hinter seinem Schweigen verschanzen.

»Ich hätte ihm helfen müssen«, flüsterte er endlich.

»Du musst dich nicht schuldig fühlen, Maxime. Wir haben doch alle unsere Dämonen, oder?«

Er schnaubte und leerte ein randvolles Glas in einem Zug, vermutlich war es Wodka.

»Ich glaube nicht, dass du welche hast.«

»Bevor du zu mir in die Buchhandlung gekommen bist,

war ich an dem Punkt, dass ich sie verkaufen wollte. Ich bin pleite, jedenfalls annähernd. Und ohne meinen Laden hätte ich gar nichts mehr. Ohne diesen Laden bin ich im Grunde ein Niemand. Ich kann nichts anderes. Meine Familie ist … völlig kaputt. Meine Eltern haben mich meiner Großmutter überlassen, weil ich für sie nicht das Wichtigste war.«

»Meine Eltern haben sich auch nicht gerade mit Ruhm bekleckert. Aber Simon … Ich weiß nicht, er hatte doch alles. Familie, Freunde, eine Karriere, Geld … Ich habe den Eindruck, dass ich zu wenig auf ihn geachtet habe. Ich war mit der Sache einfach überfordert«, erklärte er und goss sich ein weiteres Glas ein.

»Es ist nicht deine Schuld, Maxime.«

Er bedachte mich mit einem strengen Blick. Egal, wie oft ich diesen Satz wiederholte, er würde mir nicht glauben. Schuldgefühle und Wut waren ein Teil von ihm. Inzwischen befürchtete ich, dass Simons Tod ihn in die finstersten Abgründe seiner Seele zerren würde.

Ich legte ihm eine Hand auf die Brust, auf die Stelle, an der sein Herz zu schnell schlug, und wiederholte meine Worte: »Es ist nicht deine Schuld, Maxime.«

Er starrte mich an, versuchte zu ergründen, ob ich es ehrlich meinte. Ich hatte meine ganze Überzeugungskraft in diese Worte gelegt. Erst jetzt fragte ich mich, ob je zuvor jemand auf diese Weise mit ihm gesprochen hatte. Sein näheres Umfeld war begrenzt und stark mit seinem Beruf verbunden. Wer hatte sich je um sein persönliches Leben gekümmert? Wer hatte ihm je gesagt, dass er nicht für das verantwortlich war, was sich um ihn herum abspielte?

Er trank das Glas in einem Zug aus und fuhr sich müde übers Gesicht, ehe er seine Hand auf meine legte, die noch immer auf seiner Herzgegend ruhte. Er schloss die Finger darum und zog mich an sich.

»Vielleicht hätte ich diesen Mist schon viel früher bauen sollen. Dann hätte ich dich vor diesem Chaos hier kennengelernt.«

»Du musst dich für gar nichts schuldig fühlen.«

»O doch!«, sagte er.

Als er mich hochhob, entfuhr mir vor Überraschung ein Schrei. Eine Sekunde später landete ich auf seiner Kücheninsel und fegte dabei Gewürzdosen und den Toaster auf den Boden. Ehe ich mich entschuldigen konnte, wischte Maxime mit einem Arm die restlichen Gegenstände von der Arbeitsfläche, sodass seine fast leere Flasche und ein ganzes Arsenal brandneuer Töpfe unsanft auf dem Boden landeten.

»In ein paar Sekunden werde ich etwas sehr Schlimmes tun. Und ich werde es mit dir tun – was mich eigentlich entschuldigen sollte …«

Er bedachte mich mit einem Raubtierlächeln, das mich alles vergessen ließ, wovor ich mich fürchtete: unsere bevorstehende Trennung, sein verzehrendes Schuldgefühl, mein Leben nach ihm. Ich nahm sein Gesicht in beide Hände und versuchte mir jedes Detail einzuprägen. Sein kurzer Bart pikte leicht in meinen Handflächen, aber sein glückliches Lächeln und sein Blick, der dunkel war vor Verlangen, ließen mich diese Empfindung vergessen.

Er drückte seine Lippen auf meinen Mund, und seine Hände griffen nach meinem T-Shirt, um es mir auszuziehen. Einen Augenblick später liebkosten seine Lippen bereits meinen Körper und berührten meine Brustwarzen. Ich ließ los, erlaubte Maxime, meinen Körper in seiner Küche in Besitz zu nehmen.

»Die Kondome sind im Badezimmer«, flüsterte er atemlos, während ich bereits Anstalten machte, ihm die Boxershorts auszuziehen.

»Ich hätte nichts gegen eine Dusche«, flüsterte ich zurück.

»Auch wenn ich mich wiederhole: Ich hätte diesen Mist viel eher bauen sollen.«

Sein Lächeln hätte die Polkappen zum Schmelzen bringen können. Er schob mir beide Hände unter die Oberschenkel, und ich schlang meine Beine um seine Hüften. Ich legte ihm die Arme um den Nacken und ließ mich quer durch die Wohnung in das Badezimmer aus schwarzem Marmor tragen.

Maxime vergaß seinen Kummer und die Schuldgefühle, während er mich so zärtlich liebte, als befürchtete er, er könnte mir wehtun. Im Morgengrauen gingen wir in sein Zimmer zurück, wo er sofort einschlief. Seine Gesichtszüge waren endlich entspannt.

Der Trauergottesdienst dauerte eine Stunde. Simons Eltern hatten es geschafft, ihre Privatsphäre zu schützen und die Journalisten fernzuhalten. Dennoch zögerten einige von ihnen nicht, Maxime anzusprechen und dabei Fotos zu machen.

Die Tatsache, dass ich seine Hand hielt, kam ihren Interessen vermutlich entgegen, dachte ich im Stillen.

»Hast du Promimagazine bei dir zu Hause?«, hatte ich Maxime beim morgendlichen Kaffeetrinken gefragt.

»Die bringt mir Mathilde immer mit. Sie möchte wissen, mit wem ich schlafe oder auch nicht.«

»Und?«

»Meistens stimmt es nicht. Ich vermeide es, mit potenziellen Kolleginnen ins Bett zu gehen. Ich begnüge mich mit normalen Frauen, die nicht im Salat herumstochern, sondern gern Pommes essen und nicht ständig Nabelschau betreiben.«

»Soll ich das als Kompliment verstehen?«

»Absolut. Außerdem tust du sogar Zucker in deinen Kaffee. Deine Normalität und dein zukünftiger Diabetes sind megasexy. Deine Brüste übrigens auch.«

Damit waren die fünf Minuten entspannter Unterhaltung an diesem Morgen für uns vorbei, denn danach ging es Schlag auf Schlag: Maxime band sich seinen Krawattenknoten neu, und ich half ihm, einen Text zu lernen, den er in der Kirche auswendig können musste. Ich wusste, dass er bereits ein wenig mitgenommen war – unsere kurze Nacht hatte Spuren hinterlassen –, aber er ließ sich nichts anmerken. Den Großteil der Nacht hatte ich vergeblich versucht, Maxime wieder zu mehr Selbstvertrauen zu verhelfen, ihm klarzumachen, dass er für das geliebt wurde, was er war – mitsamt seiner Wut und allen Unvollkommenheiten.

Auf der Trauerfeier reihte sich eine Rede an die nächste, und eine war lobender als die andere. Vor uns saß Simons Mutter und weinte lautlos, während sie auf das Porträtfoto ihres lächelnden Sohnes schaute. Maxime drückte meine Hand so fest, dass meine Finger steif wurden.

»Du bist dran«, flüsterte ich.

Ich ermutigte ihn, indem ich ihm einen Kuss auf die Hand gab. Er stand auf, strich sich das Jackett glatt und ging zum Rednerpult. Den Sarg, der in der Mitte thronte, wagte er kaum anzusehen. Seine Hände umfassten den Rand des Pults, und nach einem raschen Blick auf Simons Familie begann er zu sprechen.

»Ich … Ich habe Simon bei den Dreharbeiten zu einem meiner ersten Filme kennengelernt. Er hatte bereits Erfahrung in diesem Metier, während ich … noch ein Anfänger war. Wir haben miteinander gesprochen, über uns und unseren Beruf. In diesem Milieu gibt es nicht auf der einen Seite die Guten und auf der anderen die Bösen. Ehrlich gesagt, gibt es dort überhaupt keine wirklich guten Menschen. Bis auf ihn. Als mich einmal eine Kritik richtig runterzog, ist er mit einem Gericht seiner Mutter bei mir aufgetaucht, ich glaube, es war Bœuf Bourguignon.«

Er riskierte ein Lächeln, und ich sah, wie Simons Mutter mit einem Rest mütterlichen Stolzes die Schultern straffte.

»Madame, es war köstlich. Eine der besten Mahlzeiten meines Lebens mit dem besten Kerl auf diesem Planeten.«

Die Zuhörer entspannten sich, und in der Kirche war leises Lachen zu hören. Ich blickte Maxime an, der die Fäuste geballt hatte, um seine Gefühle unter Kontrolle zu halten. Trotz seines freien Redeflusses hörte ich einige leise und heisere Töne heraus.

»Ich habe mich oft über ihn lustig gemacht. Er erledigte Einkäufe für seine Nachbarin, er fragte die Concierge, wie es ihr ging, er bezahlte den Musikunterricht für einen Jungen, der keinen Cent besitzt. Dieser Mann war … wahrscheinlich auf die Erde herabgestiegen, um Gutes zu tun. Aber ich vergesse auch nicht, dass er fluchen konnte wie ein Droschkenkutscher, dass er zu unseren Verabredungen immer zu spät kam und bei seinem Lebenslauf log, indem er behauptete, er trainiere Jiu-Jitsu.«

Erneut ging ein Lachen durch die Reihen. Ich lächelte Maxime an und ermunterte ihn, fortzufahren. Er musste sich wegen Simon nicht schuldig fühlen … und ihm die

Ehre zu erweisen war die beste Methode, um über diese Geschichte hinwegzukommen.

»Ich war nie … ich war noch nie der Typ für große Worte. Wie Sie wissen, lasse ich meistens meine Fäuste für mich sprechen. Simon hat mich deswegen nie verurteilt, aber er hat mich gewarnt, dass ich vieles aufs Spiel setze. Das war es, was ich an ihm geschätzt habe, seine Fähigkeit, zuzuhören, Ratschläge zu geben, ohne andere beeinflussen zu wollen. Ich bin noch nie einem so lustigen, strahlenden Menschen wie ihm begegnet. Er war der Typ, der ebenso leidenschaftlich über einen russischen Film der Zwischenkriegszeit wie über die Kochkunst seiner Mutter reden konnte.«

Eine Träne lief Maxime über die Wange, und er atmete tief durch.

»Das ist es, was ich ihm heute sagen würde, wenn es noch möglich wäre. Ich würde ihm sagen, dass es unglaublich beschissen von ihm war, das zu machen. Ich würde ihm sagen, dass er mir sehr fehlen wird. Und ich würde ihm sagen, dass ich ihn liebe«, brachte er schließlich mit erstickter Stimme heraus. »Ich würde ihm dafür danken, dass er da war, an einsamen Abenden und auch an solchen, an denen gefeiert wurde. Ich würde ihn bestärken, was den Musikunterricht dieses Jungen und die Einkäufe für seine Nachbarin betrifft.«

Maxime stieg die Stufen wieder hinunter und blieb vor dem geschlossenen Sarg stehen. Er war von einer Unmenge Blumen umgeben, und Maxime zog eine Lilie heraus, um sie neben das Schild zu legen, auf dem Simons Name und sein Geburtsdatum eingraviert waren.

»Wir sind da, Simon. Und wir werden versuchen, es genauso gut zu machen wie du.«

Maxime kehrte an seinen Platz zurück und lehnte das Taschentuch ab, das ich ihm reichen wollte. Stattdessen setzte er seine Sonnenbrille wieder auf, die er beim Betreten der Kirche abgenommen hatte, und schwieg, bis der Priester uns aufforderte, das Gebäude zu verlassen.

Simons Eltern wollten nur von Familienangehörigen und nahen Freunden auf den Friedhof begleitet werden. Da wir an der Beerdigung teilnehmen würden, fühlte ich mich umso mehr wie ein ungebetener Gast. Maxime starrte nur mit zusammengebissenen Zähnen auf einen Punkt am Horizont und weigerte sich, den Tod seines Freundes zur Kenntnis zu nehmen. Mir gegenüber stand eine schöne brünette Frau, deren Gesicht hinter einer luxuriösen Sonnenbrille versteckt war und die mir das unangenehme Gefühl gab, heimlich beobachtet zu werden.

Nach der Beisetzung und einem letzten Gebet zerstreute sich die kleine, ungefähr zehn Personen umfassende Gruppe.

»Ich werde mit seinen Eltern reden, okay?«, sagte Maxime und ließ bereits meine Hand los.

Ich ging in Richtung Ausgang, wurde aber rasch von der brünetten Frau eingeholt, die mich von oben bis unten musterte.

»Guten Tag, ich … Ich glaube, wir kennen uns nicht. Ich bin Maximes Agentin. Oder vielmehr seine Ex-Agentin.«

Sie nahm die Brille ab und entblößte ihre vom Weinen geröteten Augen und ihren aschfahlen Teint. Sie versuchte zu lächeln, aber genau wie Maxime schien auch sie am Ende ihrer Kräfte und von Simons Tod tief erschüttert zu sein.

»Sie sind bestimmt Sarah, oder?«

»Ähm … ja. Tut mir leid, ich komme mir hier ein bisschen überflüssig vor. Würde es Ihnen etwas ausmachen, wenn wir diesen Ort verlassen und ein bisschen verschnaufen?«

»Nein, überhaupt nicht. Ich … ich wollte Ihnen für alles danken, was Sie für ihn tun. Ich habe gesehen, dass er Ihre Hand gehalten hat … Heißt das, dass …«

»Die Antwort lautet Ja«, fiel ich ihr ins Wort, um lange Erklärungen zu vermeiden. »Im Augenblick jedenfalls. In einer Woche kehrt er nach Paris zurück.«

Ich wusste bereits, wie diese Geschichte ausgehen würde. Und ich wusste auch, dass ich vorsorglich Maßnahmen ergreifen musste, um nicht diejenige zu sein, die am meisten leidet. Bei unserer Rückkehr nach Chateaurenard würde ich das Thema ansprechen müssen. Er würde sein Leben in der Hauptstadt wiederaufnehmen, und ich würde meine Buchhandlung zu retten versuchen. Eine andere Möglichkeit gab es nicht.

»Oh. Ich … Meine Güte, die Zeit ist so schnell vergangen. Und dann diese Sache mit Simon … das ist einfach schrecklich. Ich fühle mich dafür verantwortlich.«

»Maxime auch. Er hat Schuldgefühle.«

Ich starrte auf meine Füße und scharrte zerstreut mit der Schuhspitze im Kies. Außer Maxime hatte ich mit Mathilde nichts gemeinsam, und im Grunde hatte ich ihr kaum etwas zu sagen. Dieser Ort erleichterte mir das Gespräch nicht im Geringsten.

»Das muss er nicht. Simon hatte Spielschulden. Enorme Schulden. Ich glaube, damit ist er einfach nicht fertiggeworden.«

Es folgte ein langes Schweigen, während wir nebeneinander die gepflasterte Straße entlanggingen. Nach dem Zwischenspiel dieses Nachmittags würde das Leben wieder seinen Gang gehen – dieselbe Geschäftigkeit, dieselbe Energie, dieselbe Dynamik. Im Grunde hatte sich nichts geändert.

»Ich habe Maxime gesagt, dass er Sie wieder engagieren sollte. Werden Sie ihm noch eine Chance geben?«

»Ich bin nie davon ausgegangen, dass unser Gespräch auf dem Polizeirevier wirklich … ernst gemeint war. Maxime ist einfach so, er ist ein richtiger Hitzkopf. Genau darum ist er so talentiert: Seine Gefühle liegen dicht unter der Oberfläche.«

»Allerdings«, sagte ich.

So unverfänglich dieses Gespräch auch war, bestätigte es mir dennoch, was ich auf dem Weg nach Paris bereits gedacht hatte: Meine gemeinsame Zeit mit Maxime war äußerst begrenzt. Er musste spielen, Filme drehen und atemberaubende Rollen übernehmen. Er musste auf seinem Weg weitergehen und ich auf meinem.

»Sind Sie gekommen, um mich vorzuwarnen?«, fragte ich und versuchte, nicht verärgert zu klingen.

»Nein. Maxime hat mich immer schon überrascht, ich zweifle nicht daran, dass er es auch diesmal tun wird.«

»Mit oder ohne mich?«

»Es steht mir nicht zu, das zu beurteilen. Sagen wir mal, ich sehe, dass er sich mit Ihnen verändert hat, aber ich weiß auch, dass eine Fernbeziehung mit einem Schauspieler – und mit ihm ganz besonders – kompliziert sein kann.«

»Ich weiß.«

Ich war beinahe beruhigt. Beruhigt, weil ich feststellte, dass ich nicht die Einzige war, die eine Beziehung mit Maxime für möglich hielt, beruhigt, weil Mathilde ein wohlwollender Mensch war, beruhigt, weil Maxime zumindest eine vertrauenswürdige Frau in seinem Umfeld hatte. Ich erblickte ein Café und schlug ihr vor, hineinzugehen und etwas zu trinken.

Hinter uns hörte ich Schritte. Als ich mich umdrehte, sah ich Maxime, der rasch zu uns aufschloss. Als er uns eingeholt hatte, griff er nach meiner Hand und gab mir einen Kuss auf die Stirn.

»Ich gebe einen aus, Mädels. Wir trinken auf Simon!«

»Sehr gute Idee«, stimmte ich zu.

»Ach, übrigens, Mathilde, finde doch mal die Kontaktdaten von diesem Jungen für mich heraus, ich werde seinen Unterricht bezahlen. Und vergewissere dich, dass seine Nachbarin jemanden hat, der weiterhin die Einkäufe für sie erledigt.«

Einige Sekunden saß Mathilde mit offenem Mund da, dann nickte sie. Wir betraten das Café und nahmen hinten im Gastraum Platz, in der Hoffnung, dass Maxime unerkannt bleiben würde. Als wäre diese Situation völlig normal, legte er mir einen Arm um die Schultern und zog mich an sich.

»Morgen fahren wir zurück«, rief er mir ins Gedächtnis. »Sarah bringt nächste Woche ein Theaterstück auf die Bühne. Sie muss die letzten Proben beaufsichtigen«, erklärte er Mathilde.

»Es ist nur ein Stück für ein Dorftheater«, relativierte ich.

»Du solltest kommen, Mathilde, es wird super! Ich gehe uns mal Kaffee bestellen.«

Erneut ein Kuss auf die Stirn, ein Ritual, an das ich mich viel zu schnell gewöhnte. Ich folgte Maxime mit dem Blick, ehe ich meine Aufmerksamkeit erneut auf Mathilde richtete. Maxime war aufgedreht, vermutlich eine Nachwirkung der Wut, die er kanalisieren wollte. Auf einmal wurde mir klar, was ich tun musste, damit es ihm besser ging und er verstand, dass er trotz seiner Fehler ein guter Typ war.

»Mathilde, ich würde Sie gern um einen Gefallen bitten.«

Am nächsten Tag im Morgengrauen hatte ich das Vergnügen, mich erneut mit Maxime auf den Weg zu machen und zuzuhören, wie er Damiens Auto verfluchte. Es war ihm gelungen, seinen Schmerz zu unterdrücken, das versuchte er mich zumindest glauben zu machen. Aber sobald wir schwiegen, sah ich, wie er sich in seinen Gedanken verlor und der Schmerz ihn förmlich einhüllte. Ich hatte mich damit abgefunden. Man bringt keinen Menschen zum Reden, der nicht reden will.

Irgendwann würde er die Sache verarbeiten. Mit der Zeit. Beim Tod meiner Großmutter hatte mich meine Leidenschaft für die Bücher vor einer Realität gerettet, die zu hart war, um sie zu ertragen. Ich hatte mich in fiktive Männer verliebt, von der idealen Familie geträumt, sogar Ermittlungen an der Seite großer Detektive durchgeführt. Mir war alles recht, was mir erlaubte, der Realität zu entfliehen. Für Maxime musste ich offensichtlich eine andere Lösung finden.

Reden.

Ihn auf einen Boxsack einprügeln lassen.

Ihm auftragen, sämtliche Regale der Buchhandlung neu anzustreichen.

Ihm helfen, lesen zu lernen.

Alles war gut. Das Einzige, was ich nicht im Griff hatte, war die Zeit. Sie lief mir … *uns* davon. Und im Übrigen begann nun das nächste Kapitel unserer Geschichte. Ich nahm mir vor, im Lauf der Woche mit ihm zu reden.

»Wir sind da!«

Maxime strich mir mit dem Handrücken über die Wange und weckte mich aus meinem leichten Schlummer. Die Expressreise nach Paris und wieder zurück hatte mich erschöpft. Simons Beerdigung war bedrückend und Maxime, der zwischen Schmerz und überschießender Energie schwankte, im Auge zu behalten war anstrengend gewesen. Noch dazu hatte ich unsere Situation von allen Seiten betrachtet und nach einer Lösung gesucht, allerdings vergeblich.

»Ich stelle die Tische raus«, verkündete Maxime. »Machst du uns Kaffee?«

Die angenehme Routine entlockte mir ein Lächeln. Ich machte Anstalten, aus dem Wagen zu steigen, aber er fasste mich am Handgelenk und hielt mich zurück.

»Danke, dass du mitgekommen bist.«

»Ich bitte dich. Das ist unter diesen Umständen doch völlig normal.«

»Für dich vielleicht. Für mich ist es … seltsam. Ich bin all das nicht gewohnt.«

Er zeigte erst auf mich, dann auf sich selbst und wirkte leicht verlegen. Zum ersten Mal seit seiner Ankunft bei mir erlebte ich, dass Maxime die Worte fehlten. Unsere Blicke trafen sich, und mein Herz schlug schneller. Er sah mich an, als wäre ich das wertvollste und seltenste Objekt auf der Welt. Seine Miene verriet weder Wut noch Frustration. Im Gegenteil, Maximes dunkle Augen wirkten sanft und aufmerksam.

»Und was ist ›all das‹?«, fragte ich. Meine Wangen brannten.

»Ich weiß es nicht. Ich … Ich habe mich immer gefragt, warum du bereit warst, mich aufzunehmen. Und ich rede nicht von Geld«, fügte er hinzu, ehe ich mich rechtfertigen konnte.

»Maxime …«

»Tatsächlich habe ich es einfach hingenommen, ohne es zu verstehen. Ich habe keine Ahnung, warum du das gemacht hast. Ich weiß weder, warum Anita mir hilft noch warum Damien mir seine Schrottkarre geliehen hat. Ich weiß es nicht, und ich glaube, es ist mir auch egal. Das Einzige, was ich wirklich weiß, ist … Na ja, ich glaube, all das hat mich in seinen Bann gezogen.«

»Immer noch dieses ›all das‹?«, neckte ich ihn.

»Ich habe mich in dich verliebt.«

Sein Geständnis raubte mir den Atem, und gleichzeitig entlockte es mir ein breites Lächeln. Ich wusste nicht, wie er das machte, aber ein Blick von ihm reichte, um mich alle Zweifel und jeden Vorbehalt vergessen zu lassen.

Es war das erste Mal, dass ein Mann mir seine Gefühle offenbarte.

Und es war das erste Mal, dass ich dasselbe empfand.

Darum sagte ich trotz der Zeit, die uns davonlief, und trotz unserer Beziehung, die auf dem Spiel stand, was mir seit unserer gemeinsamen Nacht auf der Seele brannte: »Ich liebe dich auch.«

15

Maxime Ich stand vor dem Ort, den ich in Chateaurenard als letzten besuchen wollte. Für einen Moment war ich beinahe versucht, einen Skandal zu provozieren, um meinen Aufenthalt hier zu verlängern. In drei Tagen ging meine Strafe offiziell zu Ende, und ich würde nach Paris zurückkehren.

Frédérics Laden war eng, die Dekoration wirkte ein wenig altmodisch. Als ich eintrat, gönnte er mir nicht mal ein Lächeln; seine Oberlippe war noch geschwollen von unserer letzten Begegnung. Seine Zurückhaltung brachte mich zum Grinsen, und ich provozierte ihn bewusst, indem ich mir die Hemdärmel bis über die Ellbogen aufkrempelte.

Dass er sich von mir eingeschüchtert fühlte, war offensichtlich. Er hatte so viel Schiss, dass er meinem Blick auswich, damit ich ihm nicht erneut eine reinhaute. Lust dazu hatte ich durchaus: In seinen Augen funkelte Verachtung. Für ihn war ich bestenfalls ein Schauspieler, im schlechtesten Fall ein Versager. Vermutlich traf die zweite Option zu.

»Ich bräuchte da mal ein paar Blumen«, sagte ich, ohne Frédérics hochgezogener Braue Beachtung zu schenken, mit der er mir offenbar zu meinem Scharfsinn gratulieren wollte. Dieser Typ würde mir absolut nicht fehlen, und ihm ging es mit mir genauso.

»Viele Blumen«, fügte ich der Genauigkeit halber hinzu.

Seine Verachtung verwandelte sich in ein angedeutetes finanzielles Interesse. Ich streifte durch den Laden, blieb erst vor den Sträußen stehen, dann vor den Grünpflanzen. Blumen zu verschenken war Anitas Idee gewesen. Ihrer Meinung nach war das besser als lange Erklärungen.

»Ich brauche einen Strauß Lilien für meine Agentin.«

»Nach Paris?«, fragte er leicht beunruhigt.

Wahrscheinlich hatte er Angst, dass ich ihm gleich den Laden verwüsten würde.

»Ja. Sie liefern doch auch aus, oder?«

Ich deutete auf die Preisliste, die hinter ihm hing. Es gab drei Lieferzonen: Chateaurenard, einen Umkreis von zehn Kilometern um den Ort herum – und alles, was außerhalb dieser Zone lag. Für Paris würde ich vermutlich den höchsten Preis zahlen müssen, aber auf diese Art konnte ich mich für meine jüngsten Exzesse entschuldigen.

»Äh … ja. Wie viele Lilien sollen es denn sein?« Seufzend griff er nach einem Notizblock.

»Alle. Und dann möchte ich noch ein Gesteck. Auch für morgen.«

»Ist es für einen bestimmten Anlass?«

»Ja, Grabschmuck. Es bedeutet mir etwas, also machen Sie es anständig. In Ordnung?«

Er nickte, während er wütend etwas auf seinen Block kritzelte. Meine Bestellungen würden ihn den ganzen Tag beschäftigt halten und sein Lager leer räumen.

»Dann einen Strauß für Anita, so groß wie möglich. Lieferung schon morgen und danach einmal pro Woche.«

»Für welchen Zeitraum?«

Ich zuckte mit den Schultern. Mit etwas Glück hatte Anita noch viele Jahre vor sich. Im Vergleich zu dem, was sie für mich getan hatte, war eine Blumenlieferung pro Woche eine Kleinigkeit. Indem sie mir half, das Lesen und Schreiben wiederzuentdecken, hatte sie mich von einem meiner dunkelsten Geheimnisse befreit. Manchmal fiel es mir noch schwer, aber Anita würde mir eine ihrer Freundinnen in Paris empfehlen, die mir weiterhelfen konnte.

»Erst mal für fünf Jahre. Und dann brauche ich noch einen Strauß Rosen. Rote, wenn möglich.«

»Auch alle, nehme ich an?«

»Wie viele haben Sie auf Lager?«

»Ungefähr siebzig.«

»Ja, dann alle. Ich brauche sie für den Theaterabend in zwei Tagen.«

»Gut. Noch etwas?«

»Nein, ich glaube nicht.«

Ich zückte meine Kreditkarte, bereit, für den gesamten Lagerbestand meines Lieblingsfeindes aufzukommen. Blumen hatte ich seit einer Ewigkeit nicht mehr gekauft. Das letzte Mal hatte ich meiner Mutter welche zum Geburtstag geschenkt, aber ich wusste nicht einmal, ob sie sie bekommen hatte. Ich hatte den Verdacht, dass mein Vater bis zu ihrem Tod alles getan hatte, damit sie nicht mehr mit mir sprach.

Ich erinnerte mich noch an seine eisigen Worte auf dem Friedhof.

»Sie ist vor Kummer gestorben«, hatte er mich mit wütendem Blick angefaucht.

Ich schüttelte den Kopf und kam zurück in die Wirklichkeit. Der vierstellige Betrag, den Frédéric nannte, überraschte mich nicht; dass er mir zum Abschied die Hand gab, verblüffte mich hingegen.

»Ich finde, wir sollten Frieden schließen«, sagte er und streckte die Hand aus.

»Und wenn nicht?«

»Dann eben nicht. Aber ein Mann, der Blumen schenkt, kann eigentlich kein mieses, arrogantes Arschloch sein, oder?«

»Oh, Sie wären überrascht!«

Ich zögerte eine Sekunde, dann drückte ich ihm die Hand. Dieser Typ würde niemals mein Freund werden. Ich jagte ihm genug Angst ein, damit er sich von Sarah fernhielt, und er hatte endlich begriffen, dass er keine Chance mehr bei ihr hatte. Aber er wohnte gegenüber, und das bedeutete, dass es jemanden gab, der auf sie aufpasste.

Ich selbst würde bald nicht mehr hier sein, um das zu tun, und bisher war es mir nicht gelungen, die Gleichung unserer Beziehung aufzulösen. Offenbar gab es keine Lösung. Natürlich stimmte das nicht, aber ich sah keine Option, die mir gut genug für sie erschien. Allerdings blieb uns noch eine Gnadenfrist. Das Ende meiner Strafe würde zwar eine Wende in unserer Beziehung einläuten, aber ich war mir sicher, dass wir es trotzdem schaffen konnten.

Sie hier, ich in Paris. Das war nicht ideal, aber es war machbar. Ich könnte pendeln, in den Ferien herkommen, meine Dreharbeiten begrenzen. Ich musste nur den richtigen Moment abpassen, um mit Sarah darüber zu reden. Seit unserer Rückkehr aus Paris war sie pausenlos mit Proben für das Stück beschäftigt und hatte ständig Auswärtstermine. Währenddessen mühte ich mich damit ab, Bücherkisten auszupacken und irgendwo Platz für die

Neuerwerbungen zu finden. Hatte ich tatsächlich einmal Leerlauf, kam Anita vorbei, damit ich in den Genuss einer weiteren Stunde Leseunterricht kam.

Diese letzte Woche verging viel zu schnell, und ich hatte das unangenehme Gefühl, dass Sarah mir aus dem Weg ging. Sicher, nachts waren wir zusammen, aber sie stand bei Sonnenaufgang auf und rührte ihr Essen kaum an. Ich konnte es ihr nicht verübeln. Während ich mich der Realität mit geballten Fäusten stellte, zog Sarah es vor, ihr zu entfliehen.

Nach meiner Stippvisite bei Frédéric betrat ich den Saal, in dem die Proben für das Stück stattfanden. Die Gruppe der ehrenamtlichen Helfer war größer geworden, und die Kulissen waren bereits aufgebaut. Damien wiederholte seinen abschließenden Monolog, während Élise ihr imposantes Kostüm in Ordnung zu bringen versuchte. Anita lachte schallend mit Baptiste, der mir zunickte, als er mich am Eingang des Saals entdeckte.

Sarah und ich hatten unsere eigene Routine entwickelt. Sie hielt nach mir Ausschau, hatte den Zeitpunkt, an dem meine Stunde in Freiheit zu Ende ging, fest im Blick. Fünf Minuten vorher stand ich für gewöhnlich auf und gab ihr ein Zeichen. Sie beendete die Probe, und wir gingen Hand in Hand zu ihrer Wohnung. Wir aßen zu Abend, und manchmal schaffte ich es sogar, bis zum Dessert zu warten, ehe ich Sarah in ihr Zimmer – oder unter die Dusche oder ins Wohnzimmer – zerrte, um mit ihr zu schlafen.

Eine Dreiviertelstunde lang lauschte ich der Probe und erhob mich auch diesmal wenige Minuten bevor die schicksalhafte Stunde schlug. Sarah blickte auf ihre Uhr und drehte sich mit einem kleinen Lächeln auf den Lippen zu mir um.

»Schluss für heute Abend!«, verkündete sie. »Kommt morgen gegen vierzehn Uhr wieder, wir proben ein letztes Mal mit Kostümen. Damien, lies dir deinen Text noch einmal durch, okay? Élise, du musst in der letzten Szene betroffener wirken. Camille verliert durch einige wenige Sätze all ihre Illusionen und ihre große Liebe, okay?«

»Und ich habe meine Illusionen bereits verloren«, knurrte Élise, als sie die Bühne verließ. »Hallo Maxime«, sagte sie mit einem süßlichen Lächeln auf den Lippen.

Ich winkte ihr zum Abschied, dann schob ich die Hände in meine Jeanstaschen. Sarah klappte ihr Notizbuch zu und schob es in ihre Handtasche, ehe sie mir ein strahlendes Lächeln mit den für sie so typischen geröteten Wangen schenkte. Unsere Beziehung war eigentlich kein Geheimnis mehr – zumindest für die Menschen in diesem Saal –, aber sie verhielt sich, als hätten wir uns in eine heimliche Affäre verstrickt. Mich störte nicht weiter, dass alle Bescheid wussten, ich war es gewohnt, vor aller Welt mein Privatleben auszubreiten – selbst wenn es sich dabei meistens nur um Halbwahrheiten handelte.

In einer Hinsicht hatte Sarah jedoch recht: Ich hätte sie gern für mich allein gehabt. Sie bedeutete mir zu viel, um sie der Presse zum Fraß vorzuwerfen.

»War die Probe gut?«, fragte ich, während ich ihr die Saaltür aufhielt.

»Stressig. Keine Ahnung, warum ich mir das jedes Jahr wieder antue.«

»Weil du Herausforderungen liebst?«

Draußen hatte ein leichter Sommerregen das Straßenpflaster genässt. Ich drückte Sarah an mich, hob meine Jacke hoch und legte sie zum Schutz gegen die Nässe über uns beide. Zu meiner Überraschung rückte sie jedoch von mir ab und hob das Gesicht zum Himmel.

»Es regnet!«, protestierte ich.

»Ist doch egal! Komm!«

Innerhalb von drei Minuten waren wir klitschnass. Sarah strahlte vor Glück. Ich nahm sie bei der Hand und zog sie an mich. Sie zu küssen war zu einer neuen Sucht für mich geworden, eine Sucht, die niemandem wehtat. Außer mir selbst, wenn ich mich fragte, was nach dem Ende dieser Woche aus uns werden würde. Sarah drückte ihren feuchten Körper an meinen, und ich spürte, dass sie an meinem Mund lächelte.

»Als ich klein war, habe ich das oft gemacht.«

»Männer auf der Straße küssen?«

»In den Regen hinausgehen. Meine Großmutter hat immer gesagt, dass man sich damit von allem befreien kann. Findest du nicht auch?«

»Ich glaube, wir werden uns nur eine dicke Erkältung dabei holen. Ansonsten wüsste ich nicht, was uns das bringen sollte«, sagte ich und schob mir eine Haarsträhne aus der Stirn. Ich log. Der Anblick, wie Sarah pitschnass und freudestrahlend im Regen stand, würde eine denkwürdige Erinnerung für mich bleiben. Oftmals fragte ich mich, wie sie, die so anders war als ich, so schüchtern, so sanft, so sehr mein Gegenteil, einen derart wichtigen Platz in meinem Leben hatte einnehmen können. Geduldig hatte sie nach und nach den dunklen Schleier gelüftet, der mein Dasein verfinstert hatte. Sie hatte nicht zugelassen, dass ich sie auf Distanz hielt.

Sarah hatte ihren persönlichen kleinen Krieg gegen mich geführt. Sie war gegen eine Mauer geprallt, hatte aber Mittel und Wege gefunden, sie zu umgehen. Und schließlich hatte sie sie niedergerissen, sodass ich schutzlos vor ihr stand.

Ich hatte mich nicht in sie verliebt, ich hatte die Waffen gestreckt und zugelassen, dass diese Frau gegen mich gewann.

Unwillkürlich musste ich lächeln. Sarah war meine größte und schönste Niederlage, diejenige, auf die ich am stolzesten war.

»Warum lachst du?«, fragte sie und schlang ihre Arme um meinen Nacken.

»Wegen dir. Aber vielleicht auch wegen mir selbst, keine Ahnung.«

»Immer noch so geheimnisvoll.«

Sie gab mir einen Kuss auf den Mund, und endlich begriff ich, wozu dieser Spaziergang im Regen gut war. Ich hob sie hoch und legte sie mir über die Schultern, ihren hübschen Hintern in Reichweite.

»Kannst du mir mal sagen, was du da machst?«, rief sie.

»Ich habe den Nutzen deines kleinen Wetterrituals doch noch erkannt.«

»Oh. Und was wäre das?«

»Wir müssen ein Bad nehmen.«

Sarah war in ihren kuscheligen Bademantel eingehüllt, während ich Baptistes Kalbfleisch mit Oliven aufzuwärmen versuchte. Wir hatten den Teller auf dem Rand eines der Schaufenster gefunden, dazu eine Karte, mit der er uns einen schönen Abend wünschte.

»Du musst mal in einem Film mitspielen, in dem du kochen lernst«, kommentierte Sarah, die sich neben mich gestellt hatte.

»Ich komme schon klar«, sagte ich spöttisch. »Kümmer du dich lieber wieder um dein Theaterstück.«

Sarah hatte ihr Notizheft herausgeholt – das auf wundersame Weise trocken geblieben war! – und schrieb eine Liste der Dinge, die sie am nächsten Tag erledigen musste. Unglücklicherweise würde ich nicht zur Probe kommen können, aber Sarah und Damien hatten trotzdem eine Möglichkeit gefunden, wie ich bei der Aufführung dabei sein konnte.

»Womit setzt ihr eigentlich die Flics unter Druck, damit ihr immer bekommt, was ihr wollt?«

»Aktive Korruption und eine Spur von Erpressung«, antwortete Sarah, ohne von ihrem Heft aufzublicken.

»Genauso habe ich mir das gedacht!«

»Damien leistet eine Sachspende für wohltätige Zwecke. Und die Tochter des Oberfeldwebels der Gendarmerie ist ein großer Fan von dir. Sie kommt ziemlich regelmäßig in die Buchhandlung. Du hast sie bestimmt schon gesehen: ein Teenager, brünett, helle Augen, zu stark geschminkt und der festen Überzeugung, dass Stephen King der Gründer einer Fast-Food-Kette ist.«

Ich verkniff mir ein Lachen, denn nun wusste ich, um welches Mädchen es ging. Tatsächlich hatte sie versucht sich an mich heranzumachen, indem sie mich nach meinen literarischen Vorlieben ausfragte. Ich hätte mich nicht einmal für sie interessiert, wenn sie zehn Jahre älter gewesen wäre.

»Verstehe«, sagte ich lächelnd. »Ist deine Liste noch lang?«

»Ich habe den Eindruck, sie ist endlos«, sagte sie seufzend und fuhr sich mit der Hand durch die feuchten Haare. »Und nächste Woche kommt noch eine Lieferung

Bücher, die ich in Empfang nehmen und überprüfen muss.«

»Nimmst du dir denn nie frei?«

»Ob ich mir *was* nehme? Ich habe keine Ahnung, wovon du sprichst.«

»Ferien. Das ist dieses Ding, bei dem man sich in einen Liegestuhl legt und seine Zehen betrachtet. Irgendwann in deinem Leben hast du das doch sicherlich schon mal gemacht, oder?«

»Ja, stimmt. Vor fünf Jahren habe ich die Buchhandlung für eine Woche zugemacht. Bei meiner Rückkehr hatte ich keinen Strom mehr, und ehrlich gesagt, fand ich es wahnsinnig langweilig.«

»Tatsächlich?«

»Tatsächlich. Anita hatte einen Strandbungalow für mich gebucht. Türkisfarbenes Meer, feiner Sand, strahlender Sonnenschein.«

Ich runzelte die Stirn. Es schien sich um die Art von Urlaub zu handeln, von dem die meisten Leute träumen. Und dann begriff ich plötzlich. Sarah träumte nicht von dieser Art Ferien. Sie wusste kaum, was das Wort *Ferien* überhaupt bedeutete.

»Keine Buchhandlung weit und breit?«, fragte ich.

»Keine einzige«, sagte sie und stöhnte. »Ich dachte, ich würde vor Langeweile sterben.«

Ich fing schallend an zu lachen, als ich mir vorstellte, wie Sarah am Strand herumwanderte und die Menschheit verfluchte. Ich stellte unsere Teller auf die Theke und setzte mich auf einen Hocker ihr gegenüber. Sarah legte ihr Heft beiseite und sog den Duft des Abendessens ein.

»Ich sterbe vor Hunger! Und du, wie war dein Tag?«, fragte sie.

»Bücher. Viele Bücher.«

Sarah senkte den Kopf über ihren Teller, um zu verbergen, dass sie zum x-ten Mal rot wurde. Ich aß einen Bissen Kalbfleisch, und um sie zu beruhigen, nahm ich ihre Hand.

»Ich habe Kaffee getrunken«, fügte ich hinzu. »Viel Kaffee. Und ich habe dir Regale herausgesucht, die du an die rückwärtige Wand stellen kannst.«

»Maxime, ich habe kein Geld, um …«

»Betrachte sie als Abschiedsgeschenk.«

»Du bist derjenige, der geht, also bist du es auch, der ein Geschenk bekommen muss.«

Darauf folgte ein kurzes Schweigen. Ohne es zu wollen, waren wir bei dem Gespräch angekommen, das wir immer hatten vermeiden wollen. Meine Abreise war kein Geheimnis. Was aus uns werden würde, war mir hingegen ein Rätsel.

»Das stimmt, ich bin es, der geht«, bestätigte ich, während ich mit der Gabel in ein Stück Fleisch stach.

»Montag, richtig?«

»Ja. Damien bringt mich nach Paris zurück.«

Sarah schüttelte der Kopf. Ich wusste, was sie quälte, und hatte insgeheim gehofft, dass sie das Thema anschneiden würde. Bei der Aussicht auf große Gefühle, Liebeserklärungen und Zukunftsversprechen war mir unbehaglich zumute. Mit solchen Dingen hatte ich keinerlei Erfahrung, und ich war mir sicher, dass ich zu so etwas nicht in der Lage war. Ich hatte nicht vergessen, dass Sarah von perfekten Helden verwöhnt war, und dass ich … einfach nur ich war. Absolut unvollkommen und mit einem Hang zur Gewalt. Da sie schwieg, zwang ich mich, die Sache selbst in die Hand zu nehmen. Wir mussten sie innerhalb der nächsten zwei Tage klären, unbedingt.

»Wir sollten darüber reden«, sagte ich.

»Über Paris?«

»Über Paris, über die Buchhandlung, über dich. Darüber, was wir jetzt tun werden.«

Sie hob den Kopf, wich meinem Blick aber aus. Mit schmalen Lippen und ratloser Miene schob sie ihren Teller zurück. Sie atmete tief durch, und als sie mir endlich in die Augen sah, lag ein Anflug von Traurigkeit in ihrem Blick.

»Oh … Wir werden gar nichts tun«, sagte sie schließlich. »Im Grunde genommen gibt es kein ›Wir‹.«

»Dieses ›Wir‹ hat zusammen gebadet. Dabei hat dieses ›Wir‹ miteinander geschlafen. Es gibt sehr wohl ein ›Wir‹, Sarah.«

»Heute Abend, okay. Morgen vielleicht auch noch. Aber schon am Montag ist es vorbei.«

Ich hatte in meinem Leben viele Schläge einstecken müssen. Man hatte mir die Nase gebrochen und eine Schulter ausgekugelt. Aber nichts davon hatte so geschmerzt wie Sarahs Worte.

Sie verließ mich.

Ließ mich einfach stehen.

Kalt. Umstandslos. Während ich nach einer Lösung für uns beide suchte, beendete sie die Sache zwischen uns mit einer Nüchternheit und Verstandeskälte, die ich in dieser Form nicht von ihr kannte.

Wo war die sensible junge Frau, die ich kennengelernt hatte? Wo war die Frau, die auf der Straße mit mir getanzt hatte? Die war auf einmal verschwunden, obwohl sie doch vor mir saß.

Ich blickte ihr forschend ins Gesicht, ihre Miene wechselte zwischen Besorgnis und Fassungslosigkeit.

»Es geht einfach nicht«, sagte sie schließlich. »Was auch

immer das ist zwischen uns … Ich habe gründlich über die Situation nachgedacht, und es gibt einfach keine Lösung.«

Nachdem ich bisher von ihren Worten wie betäubt gewesen war, riss mich diese verbale Ohrfeige aus meiner Erstarrung. Sie wies mich zurück. Und sie tat es im Alleingang, ohne die Sache vorher mit mir zu besprechen. So umstandslos, wie sie mir die Tür der Buchhandlung geöffnet hatte, schlug sie sie mir vor der Nase wieder zu und zwang mich damit, auf Distanz zu ihr zu gehen. Verbittert nahm ich zur Kenntnis, dass Sarah lediglich wiederholte, was ich selbst jahrelang getan hatte. Ich hatte die Leute wissentlich zurückgewiesen. Ich hatte die Menschen, die mir nahestanden, auf Distanz gehalten und all jene abgewiesen, die eine Verbindung zu mir aufbauen wollten.

Sie zerstörte *uns*, und das tat wahnsinnig weh.

»Ich hatte gehofft, dass wir zusammen darüber nachdenken …«

»Na schön, denken wir darüber nach!«, sagte sie genervt. »Denken wir zusammen über diese verdrehte Situation nach. Du lebst in Paris und ich hier. Wie viele Kilometer liegen zwischen uns, hm? Fünfhundert?«

»Es gibt viele Menschen, die eine Fernbeziehung führen!«

»Das hier ist keine Frage der Entfernung, Maxime. Es geht um … Wie viele Universen trennen dich und mich eigentlich voneinander? Du bist gern Schauspieler, du liebst Paris. Dein Leben spielt sich dort ab. Ich habe meine Buchhandlung, mein Leben ist hier, meine Freunde, meine Kunden, einfach alles.«

»*Fast* alles.«

Ich ballte die Fäuste, um die Wut zu unterdrücken, die

langsam in mir aufstieg. Sarahs Worte wirkten auf mich wie ein Messerstich mitten ins Herz, sie ließen mich atemlos und völlig verblüfft zurück. Ich war so sehr an Sarahs schüchterne Art gewöhnt, dass mich ihre plötzliche Unnachgiebigkeit in Erstaunen versetzte.

Sie mied meinen Blick und verpasste mir einen weiteren Schlag: »Nein. *Alles.*«

Die Klinge durchbohrte mich erneut, schmerzhaft wie eine eiskalte Windbö von vorn. Diesmal war meine Enttäuschung stärker als die Wut.

»Irgendwann würdest du es mir übel nehmen«, fügte sie hinzu.

»Dass du mein Leben ein kleines bisschen schöner gemacht hast?«

»Dass ich dich ausgebremst, dich hier festgehalten habe. Ich habe deine Filme gesehen, Maxime. Ich weiß, was du kannst. Es wäre nicht richtig, hierzubleiben, während dort oben alle auf dich warten.«

»Auf mich wartet niemand.«

»Mathilde sagt etwas anderes.«

»Offiziell ist Mathilde nicht mehr meine Agentin.«

Sarah legte den Kopf schief, und ich streichelte ihr Gesicht. Ich war müde. Wir saßen beim Abendessen, und dieses Gespräch entwickelte sich in eine Richtung, die mir absolut nicht gefiel. Ich hatte nur mit ihr reden wollen … und inzwischen waren wir dabei, uns zu trennen. Dass es so laufen würde, hätte ich nie geglaubt. Ich hatte naiverweise angenommen, Sarah würde einem Kompromiss zustimmen.

»Du weißt genau, dass das nicht stimmt«, sagte sie seufzend. »Und an der Sache zwischen uns ändert es sowieso nichts. Du kannst dich nicht länger hier verkriechen, und ich kann dort oben nicht leben. Das heißt im Klartext, dass du nach Paris gehen musst, und ich bleibe hier.«

»Du willst also, dass wir … aufhören?«

»Ich will, dass wir gefährlich leben, und zwar, indem wir Freunde werden.«

Sie schenkte mir ihr strahlendes Lächeln, das aber nicht strahlend genug war, um auszulöschen, was sie gerade gesagt hatte. Erneut stieg die gewohnte Wut in mir auf, brodelte dicht unter meiner Haut und lauerte darauf, endlich auszubrechen. Ich hatte Lust, mit Tellern zu werfen und so heftig wie möglich mit der Faust gegen die Wand zu schlagen.

»Ich will nicht, dass wir Freunde werden«, stieß ich hervor.

»Aber …«

»Ich will nicht. Ich will nicht so tun, als wäre nichts geschehen. Ich will dir nicht helfen, dein schlechtes Gewissen loszuwerden, indem ich dein Freund werde. Ich verstehe nicht, warum die Tatsache, dass du hier lebst, nicht mit meinem Leben in Paris vereinbar sein soll! Das ist Blödsinn, Sarah, absoluter Quatsch!«

»So stelle ich mir eine Beziehung aber nicht vor«, sagte sie mit todernster Stimme.

»Und was genau weißt du von Beziehungen? Das, was in deinen Büchern steht? Hältst du diesen Schwachsinn etwa für realistisch? Meine Güte, Sarah, wach endlich auf!«

Ich schlug mit der Faust gegen einen Stapel Bücher, der auf den Boden flog. Erschrocken stieg sie von ihrem Hocker. Die impulsive Geste beruhigte mich und half mir, die Welle der Wut zurückzudrängen, die mich zu überrollen drohte.

»Maxime, es ist nicht …«

»Es ist nicht *was?* Keine ideale Welt? Keine perfekte Beziehung? Sarah, all diese Bücher«, sagte ich und deutete mit dem Finger auf den Boden, »sind nur ein Haufen Blödsinn, gemacht für Frauen wie dich.«

»Für Frauen wie mich?«

»Für Träumerinnen, Romantikerinnen, die abgeschnitten sind von der Realität. Ja, manchmal ist es kompliziert, und ja, manchmal muss man sich mit der Realität auseinandersetzen und Lösungen finden. Man muss Kompromisse eingehen.«

»Genau das tue ich doch«, fauchte sie mich an. »Eine Beziehung zu führen bedeutet, auf den anderen Rücksicht zu nehmen.«

Verblüfft sah ich ihr ins Gesicht. Sarah wirkte so gefasst, dass ich mich fragte, ob sie dieses Gespräch geplant hatte. Ich hatte geglaubt, dass sie es lieber vermeiden würde, aber jetzt begriff ich, dass sie sich klare Argumente zurechtgelegt und sich gegen meine Wut gewappnet hatte.

»Und du glaubst, indem du für uns beide entscheidest, nimmst du Rücksicht auf mich?«

»Ich habe von Anfang an nichts anderes getan«, erwiderte sie.

»Von Anfang an? Und wann soll das gewesen sein?«

»An dem Tag, an dem du … Als du zugelassen hast, dass ich dein Tattoo berühre.«

»Das heißt also, du hast dich seit jenem Tag auf dieses Gespräch vorbereitet?«

»Ja. Seit jenem Tag denke ich darüber nach, wie ich ohne dich zurechtkommen soll«, gab sie zu. Ihre Stimme war heiser. »Wie ich dir klarmachen soll, dass sich dein Leben nicht hier abspielt. Ich habe deine Wohnung gesehen, Maxime. Und ich kenne meine, das ist absolut kein Vergleich. Ich habe mit Mathilde gesprochen und verstanden, wie dein Leben tatsächlich aussieht.«

»Wie es mal ausgesehen hat, ja. Aber ich habe nicht vor …«

»Ich habe das Drehbuch gelesen, Maxime. Es ist wirklich gut, und ich wüsste nicht, wer außer dir die Hauptrolle spielen könnte.«

Zögerlich umrundete sie die Theke und kam auf mich zu. Obwohl Sarah sich entschlossen zeigte, wenn es um die Buchhandlung ging, war sie mir gegenüber normalerweise schüchtern und zurückhaltend. An diesem Abend aber sprach ich mit Sarah, der Buchhändlerin, mit der Sarah, die nicht von ihrer Meinung abzubringen war.

»Maxime, du bist Schauspieler. Ich habe es gesehen. Und Mathilde sieht es auch.«

Sie versuchte mich zu beschwichtigen, aber ich war viel zu empört, um mich darauf einzulassen. Abwehrend hob ich eine Hand und gab ihr wortlos zu verstehen, dass sie dabei war, zu weit zu gehen. Ich atmete tief durch und schloss die Augen. Die Wut ließ allmählich nach und machte einer Art Überdruss Platz.

Auf diese Art hatte ich mein Leben immer schon geführt. Ich stieß Menschen zurück, ich warnte sie, ließ sie nicht näher kommen. Sarah hatte sich um meine Warnungen nicht geschert, und schließlich hatte ich sie in mein Leben gelassen. Das sie nun wieder verließ.

Verlassen zu werden war im Grunde nichts Neues für mich. Meine Mutter, Simon, Mathilde, Sarah. Aber zum ersten Mal tat es mir weh. Es war ein diffuser Schmerz, der meinen Körper zerspringen ließ wie eine Messerklinge, die in einen Eisblock dringt. Nicht einmal ein Hagel von Fausthieben hätte mir dermaßen wehtun können.

»Ich gehe jetzt schlafen, und ich glaube, du hast ein Theaterstück vorzubereiten.«

Verbitterter denn je steuerte ich auf mein Zimmer zu. Vor diesem Abendessen hatte ich die Zeit verflucht, weil sie allzu schnell verging, aber nun hatte ich es eilig, diesen Ort zu verlassen.

»Maxime …«

»Gute Nacht, Sarah.«

Ich flüchtete in mein Zimmer und schlug so heftig die Tür hinter mir zu, dass das Haus erbebte. Gleich darauf stopfte ich meine Klamotten in meinen Koffer und ließ nur das Notwendigste für die kommenden zwei Tage draußen.

Hinter der Tür hörte ich leises Geschirrklappern. Ich hoffte insgeheim, Sarah würde anklopfen und tun, was sie immer getan hatte, nämlich verhindern, dass ich automatisch die Flucht ergriff. Aber sie tat es nicht. Auch einige Minuten später herrschte Totenstille.

Ich streckte mich auf dem Bett aus und ging im Geist noch einmal unser Gespräch durch. An welchem Punkt hatte ich die Kontrolle über mein Leben verloren?

»Diese nette, kleine Gewohnheit gefällt mir sehr«, säuselte Anita, während sie mich unterhakte.

»Kann schon sein, aber ich reise übermorgen ab«, rief ich ihr ins Gedächtnis.

Wir verließen die Buchhandlung, und ich schloss die Tür hinter uns ab. Anita wollte mir an diesem Abend einen letzten Auffrischungskurs schenken. Ich war noch kein geübter Leser, aber wenn ich mir Zeit ließ, gelang es mir immerhin, im Restaurant die Speisekarte zu entziffern. Es war mir sogar gelungen, Simons Eltern eine Karte zu schreiben. Okay, nur ein paar Worte und meine Unterschrift, aber das war mehr, als ich mir noch wenige Monate zuvor hätte vorstellen können.

»Ich schlage vor, dass wir heute Abend nur über schöne Dinge sprechen«, sagte Anita.

»Ja, bitte. Meine Dosis an unerfreulichem Zeug hatte ich gestern Abend schon.«

Anita musterte mich argwöhnisch. Am Morgen hatte sie Sarahs Version der Ereignisse gehört, und nun erzählte ich ihr meine, doch es gelang ihr nicht, zwischen uns zu vermitteln. Ihrer Meinung nach verhielten wir uns beide falsch.

»Sie wird schon noch Verständnis für dich aufbringen«, versuchte sie mich zu beruhigen. »Und du auch für sie.«

»Das bezweifle ich. Ich werde am Montagmorgen einfach verschwinden. Kannst du deinen Text?«, fragte ich, um das Thema zu wechseln.

»Den kann ich im Schlaf. Sieh dir nur diese Menschenmenge an!«

Vor dem Saal standen Dutzende Neugierige und warteten. In diesem kleinen Ort markierte die Aufführung das Ende des Sommers. In wenigen Tagen würden die Touristen ihre Ferienhäuser verlassen und wie ich in ihr normales und gewohntes Leben zurückkehren.

»Wir gehen hinter den Kulissen entlang«, sagte Anita und umging bereits den großen Gemeindesaal.

Ich folgte ihr wortlos durch die gewundenen Flure um den Saal herum. Eine gewisse Unruhe hatte sich breitgemacht, Kostüme wurden abgesteckt, die Beleuchtung geregelt. Sarah stand auf der Bühne und brachte die letzten Details der Kulisse in Ordnung, bis alles perfekt war. Ich beobachtete sie eine Weile und war beinahe beruhigt, als ich sah, dass sie traurig wirkte und Schatten unter ihren Augen lagen. Obwohl sie sich so gut darauf vorbereitet hatte, ging es ihr mit unserer Trennung ebenso schlecht wie mir.

Schließlich spürte sie meinen Blick und winkte mir zur Begrüßung kurz zu. Ich reagierte nicht. Wenn wir nicht zusammen sein konnten, würde ich eben alle Brücken hinter mir abbrechen. Eine Freundschaft mit Sarah war kein akzeptabler Kompromiss und würde es auch niemals sein. Ich zog mich zurück und gesellte mich zu Anita und Élise, die gerade geschminkt wurden.

Eine Weile scherzten wir miteinander. Élise war nicht begeistert davon, nach Paris zurückzugehen und ihr Studium wiederaufzunehmen. Ich schlug ihr vor, für mich zu arbeiten und Anitas Aufgabe zu übernehmen.

»Natürlich bezahle ich dich dafür, dann wird dein Studentenleben ein bisschen angenehmer.«

»Heißt das, dass ich demnächst mein aufregendes Leben als Telefonverkäuferin hinter mir lassen kann?«

»Sagen wir, ich kann dir helfen, etwas Besseres zu finden.«

»Meine Güte, Élise, ist deine Frisur immer noch nicht fertig?«, unterbrach uns Sarah, die offensichtlich auf heißen Kohlen saß.

»Noch zwei Minuten! Beruhige dich, alles wird gut!«

»Wenn Damien endlich hier aufkreuzt, bestimmt.«

»Hast du ihn angerufen?«, fragte Anita.

»Ja, ungefähr hundert Mal.«

In der nächsten Sekunde holte sie ihr Handy aus der Tasche und wählte seine Nummer. Anita musterte mich beunruhigt, dann blickte sie auf ihre Uhr. Ohne Damien konnte die Aufführung nicht stattfinden.

»Meine Güte, endlich! Wo steckst du denn, um Himmels willen?«, rief sie. »In einer Viertelstunde geht der Vorhang auf.«

Ich hörte Damien mit aufgeregter Stimme reden und sah, dass Sarah blass wurde. Sie wirkte entgeistert, und für einen Augenblick glaubte ich, sie würde ohnmächtig werden.

»Gut. Ähm … Halt mich auf dem Laufenden, okay?«

Sie warf das Handy auf den Schminktisch und sank auf den Stuhl neben Anita; ihr Blick war leer, ihre Miene wirkte hoffnungslos.

»Seine Tochter hat eine akute Blinddarmentzündung.«

Anita und Élise tauschten beunruhigte Blicke. Letztere legte die Haarnadeln beiseite, die sie in der Hand hielt, und drehte sich zu Sarah um.

»Und was machen wir jetzt?«

»Wir canceln das Stück«, sagte Sarah kurz angebunden.

Sofort hörte jede Geschäftigkeit hinter den Kulissen auf. Die ehrenamtlichen Helfer und die Schauspieler hielten inne und drehten sich zögernd zu Sarah um. Unbehagen und Enttäuschung waren mit Händen zu greifen. Diese Aufführung hatte allen viel Energie und Zeit abverlangt. Dass sich die ganze Arbeit in Nichts auflöste, machte sie traurig.

»Perdican taucht praktisch in jeder Szene auf, ohne ihn kommen wir nicht aus.«

»Wer sagt denn, dass wir ohne ihn auskommen müssen?«

Anitas Frage verblüffte alle. Sie wandte sich an Sarah und ließ eine Bombe hochgehen, die mich völlig unvorbereitet erwischte: »Maxime kennt Damiens Text auswendig, er wird Perdican spielen.«

»Was?«, riefen Sarah und ich gleichzeitig, sie, weil sie es nicht glauben konnte, ich, weil ich mich weigern würde. Noch nie im Leben hatte ich in einem Theaterstück mitgespielt. Und ich stand noch unter dem Eindruck des letzten Gesprächs mit Sarah, war also einigermaßen wütend und wahrhaftig nicht in der Stimmung, einen schüchternen Liebenden zu spielen, der eine Frau verführt, um eine andere eifersüchtig zu machen.

»Ich glaube, das ist keine gute Idee«, murmelte ich.

»Im Gegenteil, die Idee ist hervorragend! Du kannst spielen und kennst den Text!«, rief Anita begeistert.

»Ich … nein, auf keinen Fall.«

»Doch, sie hat recht«, meldete sich Sarah zu Wort. »Du kennst den Text in- und auswendig. Und im schlimmsten Fall können wir dir zwischen zwei Szenen ein bisschen helfen.«

»Sarah, ich habe wirklich keine Lust …«

»Baptiste, hol Damiens Kostüm. Es müsste ihm passen.«

Als wäre nichts passiert, setzte erneut hektische Betriebsamkeit ein. Zwei Helfer liefen zum Zuschauerraum, während Sarah tief durchatmete, erschöpft von ihrer Achterbahn der Gefühle. Wir tauschten einen traurigen Blick. All ihren Anstrengungen zum Trotz hatte das Schicksal, dieser Clown, uns erneut zusammengeführt.

»Danke«, flüsterte sie, den Tränen nahe.

»Ist ja nicht so, dass mich jemand nach meiner Meinung gefragt hätte.«

»Adrenalin und Dornen. Theaterspielen wäre bestimmt etwas für dich.«

Sie stand auf, und ich begriff, dass ich mir eine Gelegenheit hatte entgehen lassen, meine eigene Sache zu vertreten – beziehungsweise *unsere* Sache. Anita kam mit meinem Kostüm hereingestürmt und forderte mich auf, vor aller Augen mein T-Shirt auszuziehen. Sarah verschwand in Richtung Bühne, ihr Notizheft an sich gedrückt.

»Wir proben während der ersten beiden Szenen«, sagte Élise.

Ich nickte, verwirrt und ein wenig benommen. Ich hatte keine Ahnung, wie ich das hinbekommen sollte, und ich würde mich, während ich auf der Bühne stand, auf meine Erinnerung an die Proben verlassen müssen.

»Es wird schon gut gehen«, fügte sie hinzu.

Vermutlich wollte sie weniger mich aufmuntern als vielmehr sich selbst beruhigen. Der Applaus der Zuschauer erklang, und das Ensemble fand sich zu einer zeremoniellen Umarmung zusammen.

»Komm mit«, forderte Anita mich auf.

Diese Frau konnte mich zu allem Möglichen überreden. Ich nahm mir vor, sie bei Gelegenheit darauf hinzuweisen: Sie hatte mir das Lesen wieder beigebracht, und wegen ihr spielte ich in einem Theaterstück mit und hatte Blumen bestellt.

Nun stand ich Arm in Arm mit den anderen Schauspielern da, und wir ermutigten uns gegenseitig vor dieser einzigartigen Aufführung. Sie klopften mir auf den Rücken, wuschelten mir durchs Haar und musterten mich feierlich und voller Respekt, als hielte ich die Geschicke der Menschheit in Händen.

»Können wir anfangen?«, fragte Élise. »Wir werden versuchen, das schnell und gut hinzukriegen … Wahnsinn, ich kann kaum glauben, dass ich Maxime Maréchal beim Proben seiner Rolle helfen werde!«

Der Vorhang hob sich, und in der Rolle des aufdringlichen Kindermädchens betrat Anita die Bühne.

Élise half mir, mich auf die erste Szene vorzubereiten, indem sie sie mit mir las. Wie sich herausstellte, hatten Sarah und Anita recht gehabt – ich erinnerte mich mühelos an den Text.

»Bist du bereit?«, fragte Sarah, als ich bereits auf meinen Auftritt wartete.

»Werde ich jetzt endlich mal nach meiner Meinung gefragt?«

»Eigentlich nicht. Ich wollte nur mit dir plaudern«, versetzte sie mit einem Lächeln.

Eine Sekunde später stand ich vor dem verblüfften Publikum auf der Bühne. Es folgte ein langer, heftiger Applaus, der mir eine Gänsehaut verursachte und den Vorteil hatte, dass ich mein Lampenfieber und die Flaute in meiner Beziehung mit Sarah für einige Sekunden vergaß. Ich lächelte nur und hoffte, dass ich meine Rolle gut genug beherrschte, um Sarahs Arbeit nicht zu zerstören.

Während ich den Blick mit einem überwältigenden Gefühl von Dankbarkeit, das ich nie zuvor empfunden hatte, über das Publikum schweifen ließ, entdeckte ich bekannte Gesichter.

Claude.

Mathilde.

Und meinen Vater.

Die drei saßen nebeneinander in der dritten Reihe. Mein Vater trug seine Festtagskleidung: ein dickes kariertes Hemd und ein abgetragenes Jackett. Er nickte mir zu, und für eine Sekunde erhellte ein Lächeln sein Gesicht. Die Gelegenheiten, bei denen ich meinen Vater hatte lächeln sehen, ließen sich an einer Hand abzählen. Man könnte glauben, dass er sich diesen Gesichtsausdruck für wichtige Ereignisse aufsparte. Beim letzten Mal war ich zwölf Jahre alt gewesen und hatte einen ganzen Nachmittag lang Holz gefällt.

Der Applaus verebbte – mein Signal, mich in die Rolle zu stürzen. Ich lächelte meinen Vater an, um dann mit jähem Stolz und frei von Lampenfieber die erste Replik von mir zu geben: »*Guten Tag, mein Vater, meine geliebte Schwester! Welch Glück! Wie glücklich kann ich mich schätzen*!«

Als das Stück zu Ende war, sah ich, dass Sarah vor Freude weinte. Ich hatte schon viele Schauspieler weinen sehen, vor allem bei Feierlichkeiten anlässlich von Preisverleihungen. Aber bei Sarah war das anders. Sie weinte vor Freude, in die sich ein wenig Stolz mischte. Sie weinte für uns alle, wegen der gelungenen Arbeit, weil der Sommer zu Ende ging, wegen all der Ratschläge, die sie uns gegeben hatte und auf die wir gehört hatten.

Während das Publikum frenetisch applaudierte, kam Frédéric mit einem riesigen Strauß Rosen in der Hand herbeigeeilt. Sarah weinte noch heftiger, und die roten Blüten vermochten ihre brennenden Wangen kaum zu verbergen. Hand in Hand verabschiedete sich das gesamte Ensemble von der Menschenmenge, und der Vorhang fiel.

»Hast *du* dafür gesorgt, dass mein Vater hierherkommt?«, fragte ich Sarah.

»Warst *du* das mit den Blumen?«, fragte sie zurück.

»Ja.«

»Auch ja. Mathilde hat mir dabei geholfen. Ich wusste nicht, dass du heute Abend spielen würdest, ich wollte nur, dass ihr beiden … dass ihr miteinander redet. Ich lass euch allein, dein Vater steht hinter dir.«

Das Gespräch kam nur zögerlich in Gang, aber seine Komplimente trafen mich direkt ins Herz. Er wartete am Ausgang des Saals, bis ich umgezogen war, und ich lud ihn zum Abendessen bei Baptiste ein. Auf dem Platz sah ich, wie Sarah zurück in ihre Wohnung ging, den Blumenstrauß an sich gedrückt. Sie winkte mir zu, und ein kleines Lächeln umspielte ihre Lippen.

Diesmal erwiderte ich die Geste und sah die Theatercrew hinter ihr auftauchen, sie umringten Sarah laut lachend. Eine Zeit lang hatte ich geglaubt, ich könnte sie überreden, mit mir nach Paris zu gehen, aber inzwischen war mir klar, was sie an diesem Ort hielt. Ich verstand sogar, warum sie sich weigerte, eine Fernbeziehung zu führen: Kein Gespräch hätte die Gefühle dieses Abends angemessen wiedergeben können.

»Bist du so weit?«

Mit einem Kaffeebecher in der Hand wartete Damien geduldig, bis ich sein Auto beladen hatte. Sarah unterhielt sich mit ihm, während sie Bücher für den Kauf auf gut Glück verpackte. Sie hatte den Sonntag auf dem Flohmarkt verbracht, um so viele Bücher wie möglich zusammenzutragen. Letztere warteten nun in Kisten, bereit, ein neues Leben zu beginnen.

»Wir können los!«, rief ich und warf eine letzte Tasche auf den Beifahrersitz.

Damien trank seinen Kaffeebecher in einem Zug aus. Seine Tochter lag noch immer im Krankenhaus, an diesem Tag würde Anita auf sie aufpassen. Er stieg zu mir in den Wagen und musterte mich mit strengem Blick.

»Sag ihr wenigstens richtig Auf Wiedersehen, das hat sie verdient.«

»Eigentlich haben wir uns nichts mehr zu sagen.«

»Hör auf, den Trottel zu spielen, und geh dich verabschieden! Ich bewege mich sowieso nicht von der Stelle, bevor ich gesehen habe, wie du dich bei der Frau bedankst, die dich aus dem Schlamassel gezogen hat.«

Der Form halber knurrte ich. Ich wusste, dass Damien recht hatte, aber ich wusste auch, dass es niemals ausreichen würde, mich einfach nur bei Sarah zu bedanken. Sie hatte es fertiggebracht, mir die Augen über mein Leben zu öffnen und mir klarzumachen, dass ich auf eine Katastrophe zusteuerte. Dennoch hatte sie mir das Herz in so kleine Stücke gebrochen, dass ich es vermutlich nie wieder richtig würde zusammensetzen können.

Ich ging zu Sarah in die Buchhandlung, zog die Tür hinter mir zu und schloss ab. Niemand sollte uns stören.

»Heute ist also der große Tag«, sagte Sarah und stapelte Bücher vor sich auf.

»Ja. Damien hat gedroht, mich im Stich zu lassen, wenn ich mich nicht bei dir bedanke. Also, vielen Dank.«

»Keine Ursache. Danke für das Stück, das war sehr großzügig von dir. Du bist … du bist wirklich ein großartiger Schauspieler, Maxime.«

»Ich weiß. Genau darum hast du mich verlassen.«

Es war stärker als ich. Ich hoffte immer noch, dass sie ihre Meinung ändern würde. Und wenn nicht, sollte sie wenigstens ein bisschen von dem Schmerz spüren, der mich quälte. Ich weigerte mich, als Einziger zu leiden, das war unerträglich.

»Dein Vater hat mich schon gewarnt, dass du nachtragend bist. Ich hoffe, zwischen euch beiden läuft es besser.«

»Um die Beziehung zwischen meinem Vater und mir zu kitten, wird es mehr als nur ein Abendessen brauchen.

Ist nicht so einfach, unter tausend Vorwürfe und jahrelange Funkstille einen Schlussstrich zu ziehen.«

Lastendes Schweigen machte sich breit. Ich hätte sofort zurück nach Paris fahren und sie vergessen müssen, aber mein Körper gehorchte mir einfach nicht.

Ich hätte sie gern in die Arme genommen und die Wärme ihres Körpers an meinem gespürt.

Ich hätte sie gern ein letztes Mal zum Erröten gebracht.

Ich hätte ihr gern noch einmal gesagt, dass ich sie liebte. Weil ich es glaubte und weil wenige Tage zuvor allein der Gedanke genügt hatte, um mich glücklich zu machen.

Ich wäre gern Maxime gewesen. Nicht der Schauspieler, nicht der Vorbestrafte oder der arrogante Typ, als der ich hier angekommen war. Einfach nur ich, der Mann, der sich sein Leben zurückholte und dem der Anblick all dieser Bücher fehlen würde.

»Ich habe noch zwei weitere Regalsätze für dich bestellt«, gestand ich schließlich.

»Das wäre doch nicht nötig gewesen.«

»Du könntest sie unter der Treppe anbringen oder an der Wand hinten im Laden.«

»Ja, das mache ich, bestimmt.«

Das Zittern in ihrer Stimme verriet, wie bewegt sie war. Das beruhigte mich. Ich war nicht der Einzige, den es bei der Vorstellung, dass wir uns trennen würden, schier zerriss. Innerhalb von zwei Monaten hatte sich alles geändert. Damien hupte und beendete damit einen weiteren Moment verlegenen Schweigens.

»Danke, Sarah.«

Zu meiner Überraschung stürzte sie sich in meine Arme und drückte mich fest an sich. Mein zerfetztes Herz brachte den Mut auf, schneller zu schlagen, während ich ihren Geruch nach Papier und Druckerschwärze einatmete.

»Pass auf dich auf, ja?«, sagte sie und lehnte den Oberkörper zurück.

»Ich werde es versuchen. Sollte ich noch einmal Mist bauen, sorge ich dafür, dass sie mich wieder hierher schicken.«

»Du kannst auch zurückkommen, ohne Mist zu bauen. Das wäre mir sogar am liebsten«, fügte sie lachend hinzu.

»Und lass dich nicht auf den Nächstbesten ein, in Ordnung? Du verdienst … eine Liebesgeschichte wie in einem Roman, eine, die dich in den siebten Himmel trägt.«

Sie nickte. Ich schloss die Tür wieder auf, trat auf den Platz hinaus und konnte endlich wieder frei atmen. Es war schrecklich, ihr so nahe und dennoch nicht mit ihr zusammen zu sein.

Ehe ich mich zu Damien in den Wagen setzte, warf ich noch einen Blick auf das Schaufenster der Buchhandlung. Wie am Tag meiner Ankunft kam Sarah aus dem Laden; sie trug sogar dieselbe unförmige alte Jeans. Wie gewöhnlich winkte sie uns kurz zu.

Damien ließ den Wagen an, und ich versprach mir selbst, mir so etwas nie wieder anzutun. Nie wieder würde ich ihre Anwesenheit ertragen, wenn wir nicht zusammen waren.

16

Drei Wochen später

Sarah »Aber du wirst doch trotzdem feiern? Nur ein Gläschen? Oder ein Abendessen?«, fragte Anita entgeistert und stellte ihr Glas auf dem Couchtisch ab.

»Das ist doch nichts, was man feiern müsste.«

»Sarah, ich bin alt, mir ist jede Gelegenheit zum Feiern willkommen. Dein Geburtstag ist der perfekte Vorwand.«

»Anita …«

»Wir könnten zu Baptiste gehen. Er bereitet dir dein Lieblingsgericht zu. Magst du immer noch so gern die geschmorte Lammkeule?«

»Warum sollte ich die nicht mehr mögen?«

»Keine Ahnung. Manche Dinge ändern sich eben. Und manchmal ändert man auch seine Meinung bezüglich der Entscheidungen, die man getroffen hat.«

Der Leseclub war seit gut einer Stunde zu Ende, aber Anita hatte mir angeboten, eine Kiste Bücher einzuräumen, die an diesem Tag angekommen war. Auf meinen Geburtstag waren wir zwischen einem Fünfzigerjahrekrimi und einem historischen Roman zu sprechen gekommen. Nun tat ich mein Bestes, um die Aufmerksamkeit meiner Freundin auf ein anderes Thema zu lenken.

»Also, die geschmorte Lammkeule mag ich immer

noch, und meinen Geburtstag will ich nach wie vor nicht feiern«, sagte ich abschließend.

»Aber warum denn?«

»Weil ich nicht … Weil ich zu tun habe. Und weil ich wirklich müde bin. Lass gut sein, ich mache die Kiste morgen zu Ende.«

Anita schenkte meinem Vorschlag keine Beachtung. Stattdessen holte sie einen Stapel von fünf Büchern heraus und stellte ihn neben sich, um ihn zu sortieren. Ich stieß einen müden Seufzer aus und änderte meine Strategie. Je schneller die Kiste leer wurde, desto schneller würde ich meine Einsamkeit zurückbekommen.

»Fehlt er dir?«

Anita war zwar mutig genug, mir diese Frage zu stellen, aber sie wagte mir dabei nicht in die Augen zu sehen. Ihr Blick war auf die Bücher gerichtet, die sie durchblätterte, um ihren Zustand zu überprüfen.

»Wie hast du nur drei Wochen durchgehalten, ohne diese Frage zu stellen?«

»Na ja, eigentlich stimmt das nicht«, gab sie zu. »Ich habe die anderen danach gefragt, dir muss man ja alles aus der Nase ziehen.«

»Ach nee. Mir ist durchaus aufgefallen, dass die Gespräche verstummen, sobald ich irgendwo auftauche.«

Ich erhob mich aus meinem Sessel, entschlossen, mit meinem Verhalten dafür zu sorgen, dass Anita von hier verschwinden würde. Ich hatte keine Lust auf dieses Gespräch. Es fiel mir ohnehin schwer, nicht an Maxime zu denken, und wenn ich über ihn redete, fühlte ich mich nur noch schlechter. Ich wusste, dass Anita mich nicht zur Ruhe kommen lassen würde. Meine Entscheidung missfiel ihr ebenso wie die Tatsache, dass Maxime aufgegeben hatte.

»Ich schließe hinter dir ab«, sagte ich in der Hoffnung, dass sie die Botschaft verstand.

»Sarah!«

»Ich bin müde. Ich mache morgen weiter.«

Widerstrebend stand sie auf und stieß einen missbilligenden Seufzer aus. Ich wollte allein sein, mich mit einem Buch ins Bett verziehen und über meine traurige Lage nachdenken. Bücher enttäuschten mich wenigstens nicht. Sie fragten mich weder aus noch stellten sie innerhalb weniger Wochen mein Leben auf den Kopf.

»Bis morgen, Sarah.«

Nach einem letzten Blick in die Runde verließ sie die Buchhandlung. Ich schloss hinter ihr ab, löschte das Licht und flüchtete in meine kleine Wohnung. Im Schutz der Dunkelheit erlaubte ich mir endlich, die Tränen laufen zu lassen, die mir bereits in den Augen standen.

Mich von Maxime zu trennen war die selbstverständlichste und zugleich härteste Entscheidung gewesen, die ich je getroffen hatte. Von Anfang an war ich überzeugt gewesen, dass wir beide dazu bestimmt waren, in unterschiedlichen Welten zu leben. Ich war mir sicher, dass er in Paris ein erfülltes Leben führte und seine Karriere durchaus das eine oder andere Opfer wert war, einschließlich unserer Beziehung. Er liebte seinen Beruf ebenso sehr wie ich meinen. Ich wäre nicht fähig gewesen, ohne meine Bücher zu leben, und ich ahnte, dass es ihn unglücklich gemacht hätte, Paris zu verlassen. Maxime hätte sich irgendwann gelangweilt, und außerdem wollte ich nicht diejenige sein, die seinem Erfolg im Weg stand.

Damien wich mir bewusst aus, vermutlich wollte er das Messer nicht auch noch in der Wunde umdrehen. Anita und Baptiste passten auf mich auf, indem sie die Titelseiten der Promimagazine möglichst vor mir verbargen. Élise hatte ihr studentisches Leben in der Hauptstadt wiederaufgenommen, worum ich sie beinahe beneidete, denn sie hatte zumindest Gelegenheit, sein Gesicht zu sehen.

Ohne Maxime kam mir die Wohnung hoffnungslos leer vor. Ich hatte meine alte Routine wieder aufgenommen: die Buchhandlung, das Abendessen im Restaurant, die Kunden, die Trödelmärkte. Mein Leben verlief im gewohnten Rhythmus, und dennoch war ich verunsichert. Ich hatte weder meine Begeisterung noch die Freude an der Arbeit verloren, aber inzwischen fragte ich mich nach dem Sinn dessen, was ich hier tat. Ich hatte Maxime gesagt, dass ich gern an diesem Ort lebte. Und das stimmte. Ich habe es geliebt, mit ihm zusammen hier zu leben. Ich habe unsere Abendessen und unsere Gespräche geschätzt. Ich habe mich geehrt gefühlt, als er mir sein Geheimnis anvertraute.

Und jetzt, wo ich allein war, versuchte ich das Gleichgewicht wiederherzustellen, in dem ich vor ihm gelebt hatte. Vergeblich, seit drei Wochen schon. Meine üblichen Techniken funktionierten nicht, auch die Vogel-Strauß-Politik kommt irgendwann an ihre Grenzen. Vor allem, wenn man an dem Ort lebt, den man eigentlich meiden will. An einem Ort voller Erinnerungen an den Menschen, der nicht mehr da ist, ohne jede Hoffnung auf Wiederkehr.

Anfangs hatte ich mich in die Bücher flüchten können. Jedenfalls hatten mir die ersten zwanzig Seiten der fünfzehn Bücher, die ich angefangen hatte, erlaubt, Maximes Bild vor meinem inneren Auge zu verdrängen. Aber dann war unabänderlich alles wieder an die Oberfläche gekommen.

Seine Küsse.

Unsere Umarmungen.

Diese verwirrende Art, mich anzusehen.

Sein seltenes und so angenehmes Lachen.

Hätte ich den Mut gehabt, mich meinen finstersten Gedanken zu stellen, hätte ich Anita geantwortet: Maxime fehlt mir. Er fehlt mir, wie einem die Luft fehlt, wenn man unter Wasser zu atmen versucht.

In der Buchhandlung setzte ich eine ausdruckslose Miene auf und gab lächelnd das Wechselgeld heraus. In meiner Wohnung glaubte ich zu ersticken. Jeder Winkel des Hauses enthüllte einen Teil von Maxime, den ich lieber vergessen hätte.

An diesem Abend war der Schmerz größer und lag mir wie ein Felsblock im Magen, vermutlich, weil Anita das Thema angesprochen hatte. Das hier war neu für mich. Ich hatte auch zuvor schon Verluste erlebt, hatte mehrfach damit fertigwerden müssen, dass ich verlassen wurde. Ich wusste, wie so etwas geht. Die Zeit und die Arbeit sorgten dafür, dass ich dieses ekelhafte Gefühl in einer Ecke meines Bewusstseins begraben konnte. Aber ohne Maxime war ich verloren.

Vielleicht, weil ich diejenige war, die die Entscheidung für uns beide getroffen hatte, vielleicht, weil es nicht so idyllisch war, in jemanden verliebt zu sein, wie man gern glauben möchte, vielleicht, weil ich wusste, dass sein Leben einfach weitergehen würde, während ich meinen Schmerz und den Mangel mit mir herumschleppte in der unguten Vorahnung, dass sie mich schließlich doch noch überwältigen würden.

Nachdem ich zwei Stunden vergeblich in den Schlaf zu finden versucht hatte, ging ich wieder hinunter in die Buchhandlung. Ich sortierte die liegen gebliebenen Bücher und bestückte und ordnete ein ganzes Regal neu. Ich tat mein Bestes, um nicht vor Perdicans gerahmtem Monolog stehen zu bleiben, den Maxime mir geschenkt hatte. Gegen ein Uhr nachts schlief ich endlich ein und wachte einige Stunden später wieder auf – zusammengerollt auf dem Sofa in der Leseecke.

»Es reicht«, knurrte ich. »Es reicht wirklich.«

Ich stand auf und reckte mich. Zu meiner Müdigkeit gesellten sich nun auch noch Gliederschmerzen. Großartig. Ich hasste die Person, die Maxime aus mir gemacht hatte: ein bemitleidenswertes Mädchen, müde und unfähig, eine Entscheidung zu akzeptieren, die sie selbst getroffen hatte. Ich war zu einem Klischee geworden, eine junge Frau mit heftigem Liebeskummer, mit dem sie einfach nicht fertigwurde.

Ich ging ins Bett. Die Entscheidung, dass ich genug gelitten hatte, war eine Sache – eine ganz andere war es, dafür zu sorgen, dass alle Welt davon erfuhr. Darum war diese Nacht nicht besser als alle anderen. Nach dem Aufwachen dachte ich daran, dass ich mich meinem Geburtstag und den besorgten Blicken meiner engsten Freunde würde stellen müssen.

Um zehn Uhr öffnete ich den Laden und beschloss, dass Koffein an diesem Tag mein stärkster Verbündeter sein würde. Ich stellte die Tische raus und hörte dabei den Wetterbericht, der in letzter Zeit ziemlich unvorhersehbar ausfiel.

»Warte, ich helfe dir«, sagte Frédéric und kam mit raschen Schritten auf mich zu.

»Vielen Dank.«

Wenige Minuten später standen Tische und Stühle auf dem Platz vor dem Laden. Er half mir sogar, eines der neuen, von Maxime bestellten Regale vor dem Schaufenster zu platzieren, und betrachtete anschließend die Reihe der in Packpapier eingeschlagenen Bücher.

»›Lass dich überraschen‹, stimmt's?«

»Jedes Buch muss eine Chance bekommen, das ist wichtig.«

Frédéric musterte mich eindringlich, während mich erneut Erinnerungen an Maxime überkamen. Anfangs hatte ihn das Prinzip der Bücher, die man auf gut Glück kaufte, verwirrt, aber später verwendete er besondere Sorgfalt darauf, das betreffende Regal stets aufgeräumt und anziehend zu präsentieren.

»Hast du eine Minute?«, fragte Frédéric.

»Natürlich.«

Er ging rasch zu seinem Laden und kam mit einem wunderschönen Strauß Pfingstrosen zurück, den er mir mit unbeholfener Geste überreichte. »Herzlichen Glückwunsch zum Geburtstag«, sagte er leise.

»Danke, das wäre doch nicht nötig gewesen.«

»Extra für dich bestellt. Sie heißen fast genauso wie du: Sarah Bernhardt. Ich dachte …«

»Das freut mich sehr«, fiel ich ihm ins Wort. »Ich … ich stelle sie nur rasch ins Wasser.«

Vor allem aber brauchte ich Abstand von Frédéric. Diese Blumen waren der perfekte Anlass für ihn, mir zum Geburtstag zu gratulieren, und sie waren sogar ein noch besserer Vorwand, um wieder in mein Leben zu treten. Ich wollte nicht, dass er sich dahingehend irgendwelche Hoffnungen machte. Während ich die Blumen in eine Vase stellte, dachte ich an das, was ich zu Maxime gesagt hatte.

Ich will, dass wir gefährlich leben.

Mit Frédéric stand diese Option nicht zur Debatte.

Er machte einen Rundgang durch die Regalreihen und beglückwünschte mich dabei zur Renovierung. Als er wieder bei mir ankam, spielte ich noch immer mit den Blumen und versteckte mich bewusst hinter den üppigen Blütenkronen.

»Ich gehe dann mal wieder rüber«, sagte er resigniert.

»Okay.«

»Sehen wir uns später?«

Ich begnügte mich mit einem Brummen, das alles und nichts heißen konnte. Ich wollte allein sein. Endlich verließ er die Buchhandlung, und ich seufzte erleichtert.

Der Rest des Vormittags verlief ohne Zwischenfälle. Ich aß bei Baptiste zu Mittag und musste erneut über meine nicht stattfindende Geburtstagsfeier mit ihm diskutieren.

»Hat er dich zurückgerufen?«, fragte er mich, als er mir den Kaffee brachte.

»Nein. Er hat zu tun«, log ich, um Maxime in Schutz zu nehmen.

»Ich rede jeden Tag mit meiner Frau, egal, ob ich zu tun habe oder nicht.«

»Das scheint mir zu den Grundvoraussetzungen zu gehören, wenn man zusammen lebt und arbeitet.«

»Ah, du willst also, dass er zurückkommt. Hab ich's doch gewusst!«

Mit diesen Worten ließ er mich allein an meinem Tisch zurück, ein siegesbewusstes Lächeln umspielte seine Lippen. Ich zog es vor, ihm nicht zu widersprechen. Der Gedanke, gegen meine Freunde kämpfen zu müssen, ermüdete mich. Irgendwann würden sie der Sache überdrüssig werden und ein anderes Thema finden, auf das sie sich stürzen konnten.

Im Lauf des Nachmittags nahm ich neue Bücherkisten in Empfang. Sie stammten aus einem Haus, das kurz zuvor verkauft worden war und dessen ehemalige Eigentümer alles so kostengünstig wie möglich entrümpeln wollten. Ich leerte gerade die dritte Kiste, als ein Bote mit einem Paket erschien.

»Unterschreiben Sie bitte hier«, forderte er mich auf und deutete auf das Display seines Handys.

Ich tat, was er von mir verlangte, und nahm ihm das viereckige Paket aus den Händen. Der Bote murmelte etwas Unverständliches und verließ gleich darauf die Buchhandlung. Mir blieb nicht einmal genug Zeit, ihm zu danken. Ich wog das Paket hin und her und schüttelte es. Kein Geräusch. Vorsichtig öffnete ich es, und zwischen mehreren Lagen Noppenfolie entdeckte ich ein in Packpapier eingeschlagenes Päckchen.

Behutsam hob ich es heraus und sah, dass es dieselbe Art von Etikett trug, die ich für meine Überraschungsbücher benutzte. »Herzlichen Glückwunsch zum Geburtstag« stand darauf geschrieben, mehr nicht. Ich packte das Buch aus – es war eine alte Ausgabe der *Kameliendame.* Schon jetzt war mir klar, dass Maxime hinter diesem Geschenk steckte.

In dem Päckchen suchte ich nach einer Karte von ihm, aber vergeblich, ich musste mich mit dem Buch begnügen. Ich blätterte es durch, atmete seinen Duft ein, berauschte mich an dem Geruch des alten Papiers. Dass Max an meinen Geburtstag gedacht hatte, rührte mich, und dass er mir dieses Buch – und keine Blumen – schenkte, wühlte mich dermaßen auf, dass mir Tränen in die Augen traten. Der Schmerz unserer Trennung lebte sofort wieder auf.

An das Sofa in der Leseecke gelehnt, bewunderte ich

eine Zeit lang mein Geschenk. Natürlich löste sich mein guter Vorsatz der Nacht zuvor in Luft auf, ohne dass ich mich dagegen zu wehren versuchte. Als ich den Boten daher eine Stunde später erneut auftauchen sah, sprang ich auf und eilte ihm entgegen. Diesmal musste er mich nicht daran erinnern, den Empfang des Pakets zu quittieren.

Er war kaum aus dem Laden, da riss ich erst das Paket und dann das Packpapier auf.

Das Pfingstrosenhaus.

Ich brach in befreites Gelächter aus. Im Vergleich zu diesem Geschenk fielen Frédérics Pfingstrosen ziemlich blass aus. Auch dieses Buch blätterte ich nach einer Notiz durch. Aber es gab keine. Ich schluckte die Enttäuschung hinunter, legte das Buch auf die Theke und spähte, bereits in Erwartung einer weiteren Lieferung, auf die Uhr.

Und sie kam. Dann noch eine. Und eine weitere. Der Bote musste nichts mehr sagen. Ich lief ihm entgegen, sobald der Lieferwagen anhielt.

»Wie viele sind es denn noch?«, fragte ich.

»Das würde ich auch gern wissen«, sagte er verschnupft.

Um achtzehn Uhr stellte er mir schließlich eine ganze Kiste abgegriffener Bücher hin. Innerlich jubilierte ich.

Diese Art Schatzsuche begeisterte mich mehr als alle Weihnachtsfeste meines Lebens zusammen. Ich hatte mich nicht mehr so gut gefühlt, seit … seit Maxime fort war, das musste ich zugeben. Das Wissen, dass diese Bücher von ihm kamen, machte meine Aufregung und Freude nur umso größer.

Nachdem ich alle Kisten geöffnet hatte, ordnete ich die Bücher neu an. Es waren ungefähr dreißig, jedes einzelne mit einer Blume im Titel und aus zweiter Hand. Andere

Gemeinsamkeiten gab es nicht: Es waren ebenso Klassiker dabei wie jüngere Titel, großformatige und Taschenbücher, Neuausgaben und Originalausgaben. Ich stellte sie in einer Reihe auf der Theke auf und bewunderte sie.

Damien betrat den Laden und sparte sich die Mühe, mich zu grüßen.

»Ich weiß, dass du schmollend in der Ecke sitzt, aber eine Einladung zum Abendessen schlägst du doch trotzdem nicht aus, oder? Ich verspreche dir, nicht über ihn zu reden.«

»Ja, gern!«

Vor Freude hätte ich beinahe vor mich hin gesummt. Es war geradezu lächerlich. Da tauchte Maxime für einen Moment wieder in meinem Leben auf, und schon war ich eine fröhliche Frau. Damien starrte mich an, als wüchse mir auf der Stirn ein drittes Auge. Seit drei Wochen lehnte ich kategorisch jede Einladung zum Essen oder auf einen Drink ab. Ich kam mir jämmerlich vor, weil die Sache mich dermaßen mitnahm.

Und weil ich verliebt war. Denn genau dieses Gefühl war es, das mich wieder zum Lächeln brachte. Maxime zu lieben machte mich glücklich, aber es zerriss mich, dass ich nicht mit ihm zusammen sein konnte.

»Hat Élise dir Bücher überlassen?«, fragte Damien.

»Élise?«

Damien griff nach einem der Bücher und drehte es um, um mir den Schnitt zu zeigen. Ich entdeckte einen gut lesbaren Stempelaufdruck.

»*Bibliothèque du 9e arrondissement*. Sie studiert doch gleich nebenan, oder?«

Mein Herz setzte einen Schlag aus. Ich überprüfte die anderen Bücher und war nicht überrascht, dass alle den gleichen Stempel aufwiesen. Dies war das Zeichen, nach dem ich den ganzen Nachmittag lang gesucht hatte, eine andere, ebenso unauslöschliche Form von Tattoo, das mir den Weg weisen würde. Maxime spielte noch immer mit seiner Aura des Geheimnisvollen.

»Okay, gehen wir essen?«

»Gibt es noch die Raststätte kurz hinter der Mautstelle?«

Damien schwieg, sichtlich aus dem Konzept gebracht. Ich holte meine Strickjacke und die Schlüssel zur Buchhandlung und schob ihn aus dem Laden. Zufällig trug ich eine vorzeigbare Shorts, sodass ich halbwegs gesellschaftsfähig aussah. Beim Abschließen blickte ich Damien verstohlen von der Seite an. Verblüfft sah er mir zu und stammelte meinen Namen.

»Also, zu der Raststätte?«, fragte ich.

»Äh … ja, aber …«

»Wir werden dort eine Kleinigkeit essen. Wir fahren nach Paris.«

»*Was?*«

Ich saß bereits in seinem Wagen, als Damien endlich die Füße vom Pflaster des Platzes löste. Kopfschüttelnd schob er sich hinter das Lenkrad. Ich scharrte vor Ungeduld mit den Füßen und sah immer wieder auf mein Handy, um die Uhrzeit zu überprüfen. Ich musste Maxime sofort sehen, egal, wie spät es war, ich *musste* ihn sehen.

»Nach allem, was ich für euch getan habe, müsstet ihr eigentlich euer erstes Kind nach mir benennen«, sagte Damien und zog die Augenbrauen hoch.

Bei unserer Ankunft in Paris war es kühl und bereits dunkel. Damien schimpfte über die Fahrweise der Pariser, während ich mich an den Sitz klammerte und um mein Leben betete. Wir verfuhren uns zwei Mal, ehe wir die Bibliothèque Drouot fanden, aus der die Bücher stammten.

Damien parkte auf einem Platz, der eigentlich Bussen vorbehalten war, und erst in diesem Augenblick, als Hektik und Angst sich legten, wurde mir klar, was ich gerade tat. Aus einer Laune heraus waren wir mitten in der Nacht mehr als vierhundert Kilometer über die Autobahn gebrettert, und das nur wegen einer Theorie, die auf ein paar Bücherstempeln beruhte.

War mir in der Buchhandlung alles noch sonnenklar erschienen, beschlichen mich vor diesem großen Gebäude aus Stahl und Glas auf einmal Zweifel. Maxime war ehrlich zu mir gewesen: An einer Freundschaft mit mir hatte er kein Interesse. Ich hingegen fragte mich inzwischen, ob die Aussicht, ohne ihn weiterzumachen, nicht doch unerträglicher war als die, mein gesamtes bisheriges Leben zurückzulassen.

»Bist du dir sicher?«, fragte Damien.

»Nein, ehrlich gesagt, nicht. Was würdest du mir raten?«

»Ich sage dir jetzt etwas, das ich einmal zu meiner Frau gesagt habe: Tu, was du für richtig hältst, dann musst du später nichts bereuen.«

Ich betrachtete die Eingangstür und hoffte beinahe, dass sie abgeschlossen war. Um Maxime gegenüberzutreten, würde ich Energie brauchen. Ich wusste, dass er mir keine Chance geben würde, ihm zu entkommen; es war bereits ein Zeichen, dass er mich hierher gelockt hatte. Ich gab den Kampf auf.

»Das ist ein guter Rat«, murmelte ich.

»Gleich danach hat sich meine Frau scheiden lassen.«

Er schenkte mir ein flüchtiges Lächeln, in dem eine Spur von Bitterkeit lag. Auch wenn Damien seine Scheidung völlig verdaut zu haben schien, war es ihm seitdem nicht mehr gelungen, eine Liebesbeziehung zu führen. Seine Tochter war zum Mittelpunkt seines Lebens geworden.

Um ihn zu trösten, drückte ich ihm die Hand.

»Danke für diesen Abend. Und für alles andere auch«, sagte ich und schenkte ihm ein liebevolles Lächeln.

Ihm hatte ich es zu verdanken, dass die Buchhandlung nach wie vor geöffnet war, dass Maxime in mein Leben getreten war und ich die Botschaft verstanden hatte, die sich in seinen Büchern verbarg.

»Keine Ursache. Ich konnte ja nicht ahnen, dass es so enden würde.«

»Wie meinst du das?«

»Na ja, du bist hier, und wir anderen sind … dort unten.«

Mein Herz zog sich schmerzhaft zusammen. Soeben hatte Damien mein Dilemma in einem Satz zusammengefasst. Es ging nicht mehr um Maxime. Es ging um mich, einzig und allein um die Entscheidungen, die ich treffen musste, darum, was ich aus meinem Leben machen wollte und was ich genau in diesem Augenblick empfand. Ich hatte Maxime gesagt, dass ich ihn nicht enttäuschen oder um seine Karriere bringen wollte, aber damit hatte ich mir nur selbst etwas vorgemacht. Indem ich Maxime fortstieß, indem ich ihn nach Hause schickte, entschied ich mich dafür, mich selbst zu schützen und nichts an meinem Leben zu ändern. Ich hatte Angst gehabt, Angst, mich ins echte Leben zu stürzen ohne die Möglichkeit, mein Buch zuzuklappen, wenn eine Szene mir Angst machte.

»Ich weiß nicht, ob … Schließlich gibt es da noch die Buchhandlung und … na ja, euch alle.«

»Wir werden es überleben, das versichere ich dir. Und was den Laden betrifft … Ich glaube, du solltest dich der Zukunft zuwenden, Sarah, und nicht mehr so tun, als wäre die Buchhandlung dein ganzes Leben.«

»Das ist sie aber«, entgegnete ich.

»Sie ist ein Teil deines Lebens. Der Teil, der dich an die Vergangenheit bindet. Sie ist ein Zufluchtsort wie jeder andere auch. Ich mache dir keinen Vorwurf, ich verstecke mich ja auch beim geringsten Anlass in meinem Weingut. Aber vielleicht ist es an der Zeit, nach vorne zu schauen.«

Erneut warf ich einen Blick auf die Bibliothek. Ich liebte Chateaurenard. Ich fand es toll, dass ich die Gewohnheiten all seiner Einwohner kannte und mit den Urlaubern scherzen konnte, es war großartig, über die Flohmärkte in der Umgebung zu tingeln, um dort neue Schätze aufzustöbern.

Aber ich liebte auch Maxime.

Ich liebte ihn mit seinen Unvollkommenheiten und Zweifeln.

Ich liebte ihn, wie in Büchern geliebt wird, hingebungsvoll und ohne nachzudenken.

»Glaubst du, er ist da drin?«, fragte ich und ließ den Blick über die Etagen schweifen.

In dem Moment, in dem mein Blick auf den Eingang fiel, sah ich eine männliche Silhouette, die sich im Licht der Straßenlaterne abzeichnete. Sofort schlug mein Herz schneller und ließ sich nicht mehr beruhigen. Nachdem wir uns drei Wochen lang nicht gesehen hatten, befürchtete ich, dass unsere Begegnung mit Schweigen beginnen und mit Vorwürfen enden würde. Damien holte mich in die Realität zurück.

»Ich nehme mir ein Hotelzimmer und rufe dich morgen an, okay?«

Ich nickte nur, meine Kehle war wie zugeschnürt. Die schwere Tür quietschte protestierend, als ich sie aufzog, und dann stand ich auf einmal Maxime gegenüber. Sein Jackett und das nachtblaue Hemd betonten seine breiten Schultern. Aus dem offen stehenden Hemdkragen blitzte ein winziges Stück seines Tattoos hervor.

Trotz der hochgezogenen Augenbrauen und des zuckenden Kiefers ging noch immer diese magnetische Anziehungskraft von ihm aus, aber etwas an seinem Blick hatte sich verändert. Seine Augen wirkten weniger finster, die Fäuste waren nicht so fest geballt wie zuvor.

»Lass mich raten – er hat dir Blumen geschenkt?«, fragte er.

»Ja.«

Ich riskierte ein Lächeln. Maxime war offenbar bereit, mich mit dem üblichen Sarkasmus in die Enge zu treiben. Was mich im Hinblick auf den Fortgang des Gesprächs ein wenig beruhigte.

»Habe ich dir nicht gesagt, dass er es tun würde? Die Netten sind immer berechenbar.«

»Und du hast gesagt, dass du mir Bücher schenken würdest. Danke, das war … unerwartet und perfekt.«

»Ich dachte eigentlich, du würdest früher hier auftauchen.«

Er überbrückte die kurze Distanz zwischen uns und strich mir mit dem Daumen über die Wange. Ich erschauerte und versuchte zu verbergen, dass meine Beine sich plötzlich in zitternde Gelatine verwandelt hatten. Mit einer einzigen Geste wischte Maxime die unangenehme Erinnerung an die drei zurückliegenden Wochen aus.

»Du hast lange gebraucht«, fügte er leise hinzu.

Ich wusste nicht, ob er von diesem Abend oder von den letzten Wochen sprach. Mit hängenden Armen stand ich da und traute mich nicht, ihn zu berühren. Dabei wollte ich mich gern vergewissern, dass er wirklich echt war, dass die sinnliche Wärme, die sich in meinem Körper ausbreitete, nicht die Frucht meiner Einbildungskraft war. Ich nahm seinen Duft wahr und griff schließlich nach seinem Hemd, um nicht hinzufallen.

»Ich hatte nicht gesehen, dass … Ich habe den Stempel der Bibliothek nicht gleich bemerkt.«

»Komm, ich muss dir etwas zeigen.«

Er entfernte sich einen Schritt von mir, griff aber gleichzeitig nach meiner Hand. Bei diesem unerwarteten Kontakt zog sich mein Herz ein weiteres Mal zusammen.

»Kennst du den Code?«, fragte ich, während er die Tür zur Bibliothek öffnete.

»Élise arbeitet hier.«

»Hast du deine Beziehungen spielen lassen?«

»Ein bisschen.«

Während wir die Treppe hinaufgingen, lächelte Maxime mich immer wieder verschwörerisch an. Seinem Verhalten nach zu urteilen, kannte er diesen Ort wie seine Westentasche. Er stieß eine schwere, hölzerne Flügeltür auf, und auf einmal umfing uns tiefe Dunkelheit.

»Vor der Dunkelheit fürchtest du dich doch hoffentlich nicht?«

»Nein.«

Meine Stimme zitterte, aber er schien es nicht zu bemerken. Ich hatte keine Ahnung, was wir mitten in der Nacht an diesem Ort tun würden. Ich war verwirrt und versuchte mich auf meine Empfindungen zu konzentrieren: Maximes Hand, die meine hielt, das Parkett unter meinen Füßen, den vertrauten Geruch nach Papier und Staub.

»Was machen wir hier?«, fragte ich schließlich.

»Wir feiern deinen Geburtstag. Warte dort auf mich.«

Er gab mir einen Kuss auf die Hand, ehe er sie losließ. Einen Augenblick später erleuchtete eine Vielzahl winziger Lampen einen großen Raum, der mit Regalen und Büchern ausgestattet war. Die Bibliothek war geräumig und zog sich bis in den rückwärtigen Teil des Gebäudes. Ich drehte mich um die eigene Achse und entdeckte einen Lesebereich für Kinder und einen Arbeitsraum.

»Dürfen wir das überhaupt?«, fragte ich besorgt, während ich auf Maxime zuging.

»Wir dürfen alles, Sarah. Alles, worauf du Lust hast.«

Er schob sich hinter mich und forderte mich auf, meine Strickjacke auszuziehen. Auch er legte sein Jackett ab und warf beide Kleidungsstücke über eine Stuhllehne. Seine Hände umfassten meine Hüften, und er schmiegte sich an meinen Rücken. Erneut begann mein Herz zu galoppieren, aber das Gefühl war ein anderes; es war weder Erregung noch Verlangen. Diesmal war ich nervös, denn ich rechnete mit einem weiteren unvorhergesehenen Manöver.

»Ich habe darüber nachgedacht, was passiert ist«, sagte er, noch immer hinter mir stehend. »Und über das, was du zu mir gesagt hast.«

Seine Stimme vibrierte an meinem Hals, und erneut überlief mich ein köstlicher warmer Schauer. Er schob mich den breiten Mittelgang der Bibliothek entlang. Unsere Schritte hallten in dem Saal wider, und man konnte unsere raschen Atemzüge hören.

»Du hast recht, ich liebe meinen Beruf«, fuhr er fort.

»Maxime …«

»Aber was ich für dich empfinde, ist … anders.«

Wir erreichten die Mitte des Gangs. Auf der linken Seite konnte man durch eine große Glaswand mit Pflanzen davor nach draußen blicken. Davor hingen einige Lichterketten, die dem Ganzen eine märchenhafte Atmosphäre verliehen. Als ich mich nach rechts wandte, erstarrte ich.

»Und ich glaube, es ist das, was du in den Büchern liest.«

Einige Sekunden lang stand ich mich offenem Mund da und suchte vergeblich nach Worten.

Das war Maximes große Stärke: Mit zwei Sätzen war er am Ziel. Dabei hatte er das gar nicht nötig – mich zog ohnehin alles zu ihm. Das Puzzle namens Maxime war faszinierend, und an diesem Abend hatte er weitere Teile hinzugefügt, eine neue Facette von sich selbst enthüllt.

»Du … Hast du …?«

»Ich habe den Tisch gedeckt, aber das Essen wurde geliefert«, versicherte er mir lachend.

»Wir essen hier?«

»Na ja, ich dachte eigentlich, du würdest eher ankommen, und ich habe großen Hunger. Was meinst du?«

Ich hatte solche Schmetterlinge im Bauch, dass ich nicht sofort antworten konnte. Maxime hatte den Tisch traumhaft schön gedeckt, mit Kerzen, Blumen und weißem Porzellan. *Wie in den Büchern.* Ich war das Äquivalent von *Pretty Woman* … nur dass meine Oper eine Bibliothek war.

»Sarah?«

»Ich … Ich weiß nicht. Ehrlich gesagt, bin ich ein bisschen verwirrt. Ich dachte eigentlich, dass du wütend auf mich bist.«

»Das war ich auch, da hast du recht«, gab er lächelnd zu. »Unser letztes Abendessen war schrecklich für mich, ich fand es furchtbar, dass du dich mir widersetzt hast. Aber genau das ist es auch, was ich an dir liebe. Dass du dich mir gegenüber behauptest und nicht zulässt, dass ich mich drücke. Du verwirrst mich, Sarah, du bist nicht so wie die anderen Frauen.«

»Du meinst, nicht so wie die Frauen, die nach zwei Gläsern alles mit sich machen lassen?«, neckte ich ihn.

»Du meinst wohl, nach *einem* Glas.«

»Da hast du aber Glück, dass ich böse Jungs mag.«

»Ich habe Glück, allerdings. Aber ich weiß auch, dass du Bücher magst, und da habe ich mir gedacht, ich schenke dir einfach welche.«

»Und hast du sie eigenhändig eingepackt?«

Auf einmal wirkte er verlegen. Gerührt von seiner Geste, ging ich einen Schritt auf ihn zu. Ich wagte nicht, mir vorzustellen, wie viel Zeit und Energie er aufgewendet hatte, um mich hierher zu locken. Er hatte seine Wut überwunden, war ruhiger geworden. Er war immer noch Maxime, unverstellt und roh, aber es war ihm gelungen, seinen ständigen Zorn in Bahnen zu lenken.

Und jetzt wollte ich ihn küssen. Ein neuer erster Kuss, eine zweite Chance. Ich hatte endlich verstanden, und ich war mir meiner Sache sicher. Keine Reue, kein Drang, zurückzugehen und mich in die Einsamkeit zu flüchten. Ich wollte ihn, den Mann des Adrenalins und der Dornen.

»Es hat ewig gedauert«, sagte Maxime und fuhr sich seufzend mit einer Hand durchs Haar. »Aber jetzt bist du hier, und ich würde sagen, die Mühe hat sich gelohnt.«

»Das hast du sehr gut gemacht«, versicherte ich ihm.

»Ich habe nicht alle Bücher eingepackt.«

»Alle?«

»Na, die da.«

Er deutete auf den Raum um uns herum. Verblüfft musterte ich ihn. Ich musste mich wohl verhört haben.

»Die da?«, wiederholte ich. »Soll das heißen …«

»Die Bücher der Bibliothek.«

Mein Herz setzte einen Schlag aus. Oder vielleicht auch zwei. Ich wich zurück, als hätte ich einen Aufwärtshaken kassiert. Ich stieß mit dem Rücken an ein Regal und war froh, ein wenig Halt daran zu finden.

»Soll das heißen … dieser Ort ist …«

»Ich habe die Bibliothek gekauft. Die Verwaltung wollte sie loswerden, und ich wollte dich zurückhaben.«

Er sah mir in die Augen. Mir war schwindlig. Oder ich war seekrank, denn ich zitterte am ganzen Körper, und der Boden unter meinen Füßen schien zu schwanken. Ich fuhr mir mit einer Hand über die Stirn und versuchte, wieder zur Besinnung zu kommen.

»Das heißt, du hast dir gedacht … du wolltest … mir diesen Ort *schenken*?«

»Ich habe begriffen, dass ich allein kein ausreichender Grund für dich bin, deine Buchhandlung aufzugeben. Also ja, es gibt die Bücher, und es gibt mich. Ich bestehe aus mehreren Bänden mit einer Million Kapiteln.«

Ich spürte, dass ich tiefer errötete als je zuvor. Nach der Seekrankheit musste ich nun auch noch eine heftige Hitzewallung hinnehmen. Es verschlug mir den Atem, nur mit Mühe gelang es mir, mich auf den Beinen zu halten. Welcher Mann schenkte einer Frau eine Bibliothek und tat so, als wäre das völlig normal?

»Du hast dich getäuscht«, sagte ich schließlich leise.

Seine Augen wurden schmal, und um ihn zu beruhigen,

ging ich einen Schritt auf ihn zu. Er musterte mich argwöhnisch, das Vertrauen vom Beginn des Abends hatte sich bereits wieder verflüchtigt.

»Du *bist* ein ausreichender Grund. Mehr als ausreichend«, sagte ich.

»Tatsächlich?«

Seine Augen begannen zu leuchten wie die eines Kindes unter dem Weihnachtsbaum. Ich lächelte ihn an und schluckte die Tränen der Rührung hinunter, die in mir aufstiegen. Dass er mir Bücher schenkte, war bewegend, dass er mir eine ganze Bibliothek schenkte, kam mir unwirklich vor.

»Ich möchte, dass du hier lebst«, sagte er und nahm mich in die Arme. »Ich bin mir sicher, dass du an diesem Ort Wunder vollbringen könntest, antiquarische Bücher ankaufen, einen Leseclub gründen oder …«

Ich brachte ihn zum Schweigen, indem ich meine Lippen auf seine drückte. Seine Hände umschlossen meine Taille, er hob mich hoch und setzte mich auf den Tisch, an dem wir gemeinsam zu Abend essen wollten. Das Porzellan fiel auf den Boden, und um ein Haar hätte ich mich an einer Kerze verbrannt. Maxime nutzte meine Überraschung, um mit der Zunge in meinen Mund einzudringen, und mir entfuhr ein hemmungsloses Stöhnen. Dieser Kuss war die Luft, die mir seit Tagen fehlte.

Ich hatte noch nie Sex in einer Bibliothek gehabt, diese Erfahrung konnte ich jetzt oder niemals machen. Ich knöpfte sein Hemd auf und half ihm, es auszuziehen. Mein Herz schlug noch heftiger, setzte mit verwirrender Leichtigkeit die Fahrt auf der emotionalen Achterbahn dieses Abends fort.

»Diesmal ist es wirklich das erste Mal«, flüsterte Maxime. »Das Mal, bei dem man rot wird«, fügte er hinzu und strich mir mit dem Daumen über die Wange.

»Das Mal der Bücher und eines neuen Lebens.«

Ich legte eine Hand auf sein Tattoo, auf die Dornenranke, die sein Herz fest umschloss, und hauchte einen Kuss darauf. Nachdem ich drei Wochen lang gelitten und mich selbst unverfroren belogen, vor allem aber, nachdem ich entdeckt hatte, dass Maxime mir diese Bibliothek geschenkt hatte, gab es kein Zurück mehr.

»Es ist wirklich nur für dich«, sagte er, während ich über das Motiv auf seiner Haut strich. »Ich will, dass du bleibst, Sarah. Ich … ich hasse es, ohne dich zu leben. Scheiße, ich habe die Musik vergessen!«

Er löste sich aus meinen Armen und schaltete eine kleine Anlage ein, die in einem der Regale versteckt war. Gleich darauf erfüllten die Klänge von *A Groovy Kind of Love* die Bibliothek, ein Oldie aus den Sechzigerjahren.

»Ich habe dir doch schon gesagt, dass du ein ausreichender Grund bist!«, rief ich lachend, während er auf mich zukam.

»Ich wollte gut genug sein. Ich wollte … Ich wollte, dass du wegen mir in den siebten Himmel gehst.«

Erneut kostete ich seine Lippen und beantwortete schweigend seine Frage. Wegen Maxime würde ich nicht in den siebten Himmel *gehen.* Ich würde so schnell dort hinlaufen, dass mir die Puste ausging und das Herz in der Brust zersprang. Er ließ die Hände über meine Schenkel gleiten und umfasste meine Kniekehlen. Er zog mich an sich, löste sich von meinen Lippen, um seine Stirn an meine zu drücken.

»Mit dir gehe ich in den siebten Himmel«, sagte er lächelnd.

»Und ich mit dir«, antwortete ich.

Unsere Lippen verschmolzen miteinander, während ich rückwärts auf den Tisch sank. Wie immer in meinem Leben beschloss ich, dem einzigen Weg zu folgen, den ich in- und auswendig kannte und der mich noch nie enttäuscht hatte.

Dem Weg aus Tinte, Adrenalin und Dornen.

Epilog

Maxime »Meinst du wirklich, ich soll es machen?«

Ich schob Mathilde das Drehbuch zu. Wir saßen seit gut einer Stunde in diesem Café, um über unsere jeweiligen Projekte zu sprechen. Wegen ihres Umzugs und meiner Dreharbeiten hatte ich seit mehreren Wochen nicht mehr mit meiner Agentin geredet.

»Es wäre schade, wenn du es dir entgehen lässt«, sagte sie lächelnd. »Die Regie wird sehr sorgfältig sein, und die Besetzung ist auf Augenhöhe. Ehrlich, Maxime, es ist eine gute Gelegenheit.«

»Na schön. Wenn du es sagst.«

»Du siehst nicht gerade überzeugt aus.«

Sie winkte dem Kellner und bestellte uns erneut etwas zu trinken. Einen Tee für sie, einen Espresso für mich. Um einen Anflug von Nervosität zu vertreiben, rieb ich mir die Hände. Weil ich unbedingt mit Mathilde sprechen wollte, war mir nichts anderes übrig geblieben, als mich in diesem Café in Bahnhofsnähe mit ihr zu treffen. Da ich ständig von Fotografen verfolgt wurde, vermied ich es möglichst, mich in der Öffentlichkeit sehen zu lassen. Obwohl ich seit beinahe einem Jahr mit Sarah zusammenlebte, hatte mich die Wut noch immer nicht verlassen. Sie meldete sich seltener … aber diese Fotografen waren wie ein Funkenregen, der einen Strohhaufen streift.

»Es ist eine exzellente Wahl, Maxime, das kann ich dir versichern. Warum bist du so besorgt?«

»Ich bin nicht besorgt.«

Mathilde legte eine Hand auf meine gefalteten Hände. Mein ganzer Körper war angespannt. Sie schenkte mir ein mütterliches Lächeln, und meine Angst legte sich ein wenig. Meine Agentin kannte mich so gut, dass es ihr manchmal gelang, mein stürmisches Temperament zu bändigen. Ich beschloss, sie abzulenken.

»Wann geht dein Zug?«

»In zwanzig Minuten. Genug Zeit, um dich an deinen Terminplan zu erinnern.«

»Super«, fauchte ich.

Sie musterte mich amüsiert und schlug ihre Agenda auf. Sie schimpfte, als ein paar Visitenkarten und ein Block Post-its herausfielen, und sie schimpfte noch lauter, als ein Foto ihres Sohnes auf den Tisch glitt. Mir war schleierhaft, wie sie es schaffte, so streng zu sein, obwohl dieser schlichte Planer ihre natürliche Neigung zur Unordnung verriet. Ich nahm mir vor, ihr zu Weihnachten einen neuen zu schenken.

Gewissenhaft sah sie die Seiten für die kommenden zwei Monate durch. Ich hatte einige Interviews für einen Film zusagen müssen, musste bei einem Festival einen Preis überreichen und für einen Modefotografen posieren.

»Und heute Abend?«

»Meine Antwort bleibt dieselbe.«

»Ich wünschte wirklich, du würdest dich mit diesem

englischen Drehbuchautor treffen. Er kommt nur selten nach Paris und …«

»Vergiss es. Heute Abend führt Sarah ihr Theaterstück auf.«

Nach ihrer Ankunft in Paris hatte Sarah ganze zwei Monate durchgehalten, ehe sie sich erneut in ein Theaterprojekt stürzte. Nachdem die Bibliothek in eine Buchhandlung verwandelt worden war, hatte sie sich mit einer Französischlehrerin angefreundet, und wenige Wochen später war aus der Idee, ein Stück mit Gymnasiasten auf die Beine zu stellen, ein festes Vorhaben geworden. Diesen Abend würde ich mir um nichts in der Welt entgehen lassen.

»Na gut. Wie du willst.«

»Ach du Schreck, du bestehst nicht darauf?«, neckte ich sie.

»Würde das etwas an deiner Meinung ändern?«

»Nein, wohl kaum.«

»Warum soll ich mich dann aufreiben? Dich zu managen ist anstrengend genug. Ich haushalte mit meinen Kräften, wo immer es geht.«

Sie warf einen Blick auf ihre Uhr und schob den Terminkalender in ihre Handtasche. Ich bezahlte unsere Getränke und begleitete Mathilde zu ihrem Zug.

»Bist du sicher, dass alles in Ordnung ist? Ich finde dich ein bisschen … geistesabwesend.«

»Alles in Ordnung«, antwortete ich ohne Überzeugung.

»Geht es um Sarah? Hör mal, ich weiß, dass ihr nicht gefällt, wie bekannt ihr hier seid, aber wir können eine Lösung finden und euch helfen, damit …«

»Sarah geht es gut. Sie hat ihren Rhythmus gefunden. Ich versichere dir, mit ihr ist alles okay«, wiederholte ich, als ich Mathildes argwöhnischem Blick begegnete. »Dein Zug fährt gleich ab, steig lieber ein.«

Sie schüttelte den Kopf, dann fing sie auf einmal an zu lachen. Sie rückte den Schulterriemen ihrer Tasche zurecht und verschränkte die Arme vor der Brust.

»Zwei Ablenkungsmanöver in weniger als einer halben Stunde. Du hältst mich wohl für eine Anfängerin!«

Abwehrend hob ich beide Hände. Mathilde war viel zu pfiffig, um nicht zu bemerken, dass ich nervöser war als sonst.

»Ihr Schauspieler seid einfach schrecklich! Du hast mir wirklich nichts zu sagen?«

»Nein.«

»Du wirst doch deine Karriere nicht beenden wollen?«, fragte sie alarmiert.

»Nein!« Ich prustete vor Lachen.

»Gut.«

Sie versuchte sich zu beruhigen, aber die Besorgnis in ihrem Blick war deutlich zu sehen. Simons Selbstmord hatte ihr überbehütendes Verhalten noch verstärkt. Sie kümmerte sich noch intensiver um mich und fragte mich nach meinem Privatleben aus, als befürchte sie, dass die Katastrophe sich wiederholen könnte. Was mich betraf, würde es dazu auf keinen Fall kommen: Sarah schützte mich vor mir selbst.

»Es ist alles in Ordnung, Mathilde. Also steig in diesen Zug, bevor er abfährt.«

Widerstrebend leistete sie der Aufforderung Folge. Ich wartete, bis sie ihren Sitzplatz eingenommen und mir flüchtig zugewinkt hatte, ehe ich den Bahnsteig verließ. Mathilde musste nicht wissen, was mich quälte, früher oder später würde sie es sowieso erfahren.

Ich erreichte wieder den Bahnhof und schlenderte durch die Buchhandlung. Vor dem Regal mit den Taschenbüchern blieb ich stehen und überflog die Titel. Ein Lächeln huschte über mein Gesicht: Endlich hatte ich die Lösung für das Problem gefunden, das mir Sorge bereitet hatte, und das hatte Mathilde indirekt alarmiert.

Ich hingegen war keineswegs besorgt.

Im Gegenteil, ich war völlig gelassen. Aber wenn ich eine große Rolle spielte, hatte ich vor dem Betreten der Bühne Lampenfieber wie jeder andere Schauspieler auch. Die Art von Lampenfieber, die einen in Trance versetzt und daran hindert, klar zu denken.

Beim Kauf des Buchs entspannte ich mich ein wenig. Das war mit Sicherheit ein Wink des Schicksals, eines der kleinen Kieselsteinchen, die auf meinem Weg landeten, um mich immer wieder zu Sarah zu führen.

Nach einem kurzen Abstecher in meine Wohnung nahm ich hinten in dem winzigen Theatersaal Platz, den sie angemietet hatte. Meine Hilfe hatte sie hartnäckig abgelehnt, dabei hätte ich einen dreimal so großen Saal für sie auftreiben können. Doch Sarah legte Wert auf ihre Unabhängigkeit.

»Aber das ist doch lächerlich, alle wissen, dass wir zusammen sind«, hatte ich gesagt. »Wo ist das Problem, wenn ich meine Beziehungen spielen lasse?«

»Integrität. Sagt dir das was?«, fragte sie leicht angesäuert.

»Ja, schon mal gehört.«

Ich schob ihr die Haare aus dem Gesicht und zwang sie, mir in die Augen zu sehen. Ich drückte meinen Körper an ihren und schob sie langsam zurück, bis sie mit dem Rücken an der Tür unseres Schlafzimmers stand.

»Ich will hier nicht rumsitzen und dich um Hilfe bitten, ohne selbst etwas zu tun. Das widerspricht allem, was ich bin. Und dann, wenn wir beide uns jemals … Ich meine, wenn du beschließt …«

Meine Lippen berührten ihren Hals, während ich die Hände unter ihren Pulli gleiten ließ. Mit einem Seufzer gab Sarah nach.

Okay, nicht ganz.

»Maxime, lass das!«

»Hör auf zu denken, dass ich dich irgendwann verlassen werde.«

»Warum?«

»Weil es nicht dazu kommen wird.«

Das versprach ich mir selbst ebenso wie ihr. Sarah war eine dicke Mauer zwischen meinen alten Dämonen und mir. Sie hatte mich vor mir selbst gerettet, vor meiner Wut, meiner Raserei, meiner Schande. Bei jeder Notiz, die sie mir hinlegte – vom Einkaufszettel bis zu aufmunternden Worten –, spürte ich, dass ich wiederauflebte. Übrigens bewahrte ich ihre Nachrichten voller Stolz auf: Sie hingen wie Trophäen an den Wänden unseres Schlafzimmers.

Ich drückte das Buch an mich, das ich am Bahnhof für sie gekauft hatte. Mir war noch Zeit geblieben, um es in Packpapier einzuwickeln und ein passendes Etikett zu schreiben. Das Lampenfieber war immer noch da, verstärkt von einer Spur Adrenalin. Ich wusste, dass es ihr gefallen würde.

Das Stück ging reibungslos über die Bühne, und vom Spiel einer jungen Laiendarstellerin war ich sogar sehr angetan. Unter dem Applaus der Menge stellte Élise am Ende die Schauspieler vor. Zögerlich betrat Sarah die

Bühne. Ich pfiff, so laut ich konnte, und der Applaus brandete auf. In den Augen meiner Liebsten sah ich Stolz, gemischt mit Freude. Sie strahlte vor Glück, und die Schauspieler dankten ihr von Herzen.

Nach und nach leerte sich der Saal, und obwohl mich viele Leute anstarrten, traute sich niemand, mich anzusprechen. Offenbar flößte ich immer noch ein wenig Angst ein, und das war gut so, denn dieser Abend gehörte Sarah. Ich wollte ihr nicht die Schau stehlen.

»Hat es dir gefallen?«, fragte sie, als sie sich zu mir gesellte. Ich half ihr in ihre Jacke und nickte.

»Es war super. Dieses Mädchen da … sie hat die Juliette gespielt. Die ist toll.«

»Ich weiß. Sie zögert noch, Schauspielunterricht zu nehmen. Ihre Eltern haben eigentlich nicht das Geld dafür.«

»Sie soll sich einschreiben, wenn nötig, bezahle ich. Und ich werde mit Mathilde über sie reden.«

Hand in Hand verließen wir den Saal. Der Abend war so mild, dass wir zu Fuß nach Hause gehen konnten. Ich zog Sarah an mich und gab ihr einen Kuss auf die Stirn.

»Bravo! Ich bin stolz auf meine brillante Freundin!«

»Es ist doch nur eine Liebhaberei. Bald kann ich mein normales Leben inmitten der Bücher wiederaufnehmen.«

»Da wir gerade von Büchern sprechen: Das hier ist für dich.«

Erneut unterdrückte ich einen Anflug von Nervosität, aber Sarah bemerkte sofort, dass etwas nicht stimmte.

»Alles in Ordnung?«

»Absolut. Mach es auf.«

Sie drehte das Buch hin und her und zeichnete mit den Fingerkuppen die Umrisse nach. Beim Blick auf das Etikett brach sie in Gelächter aus. Ich hielt den Atem an, als sie mitten auf der Straße wie erstarrt stehen blieb.

»Lass dich überraschen?«

»Ja, zur Abwechslung.«

Meine Stimme zitterte erbärmlich, aber Sarah hörte es nicht. Sie war völlig auf das Etikett des Buchs und die beiden Schlüsselwörter konzentriert, die ich darauf geschrieben hatte.

»Spannung und Heldentaten?«

Stirnrunzelnd zerriss sie das hellbraune Papier, wie ein Kind die Verpackung eines Geschenks aufreißt, auf das es allzu lange warten musste. Sie trat in den Lichtkegel einer Straßenlaterne, und ich konnte in aller Ruhe zusehen, wie sich ihre Wangen röteten. Sie warf mir einen ungläubigen Blick zu.

»Spannung und Heldentaten«, wiederholte sie mit tonloser Stimme.

»Mach es auf.«

Sie tat, wie ihr geheißen, und fand, eingebettet in die ausgehöhlten Seiten, das kleine Kästchen mit dem Ring, den ich zwei Monate zuvor für sie ausgesucht hatte. Ich näherte mich ihr, während sie auf dem Vorsatzblatt des Buchs meinen Antrag entdeckte. Erneut musterte sie mich ungläubig. Ich sah, dass sie Tränen in den Augen hatte, die die Verblüffung in ihrem Blick jedoch nicht verschleiern konnten. Ich nahm ihr das Buch aus der Hand und griff nach dem Ring, steckte ihn ihr an und wiederholte: »Spannung und Heldentaten. Das heißt … wenn du willst.«

»Du hast den *Herrn der Ringe* massakriert …«, flüsterte sie.

»Wir können uns den Film ansehen.«

»Was für ein Frevel! Das Buch ist immer besser.«

Dieser kurze Wortwechsel zerstreute all meine Befürchtungen. Sarahs Eigensinn, ihre Überzeugungen, ihr Erröten. Lauter Gründe, ihr Leben mit dem meinen zu verbinden. Lauter Gründe, die mir bestätigten, dass ich ohne sie nicht mehr leben konnte.

»Heirate mich«, murmelte ich an ihren Lippen.

Ihr Flüstern an meinem Mund war kaum hörbar, und doch hatte ich den Eindruck, dass es zwischen den Mauern und über den Asphalt hallte. Ein Flüstern, so unüberhörbar wie ein Schrei. Ein Flüstern, das mich glücklich machen würde bis ans Ende der Zeit.